Jan Beinßen
Pikante Sünden

PIPER

Zu diesem Buch

Als Hans-Paul Wiesinger tot aufgefunden wird, spricht alles dafür, dass der millionenschwere Nürnberger Würstchenproduzent von seinem Sohn ermordet wurde. Doch Wiesinger junior weist alle Beschuldigungen von sich und macht sich mehr Sorgen um den neuen Imageprospekt der Firma. Die Fotos dazu soll ausgerechnet Paul Flemming liefern, dem das Treiben in der Bratwurstfabrik mehr und mehr Rätsel aufgibt: Ein kürzlich entlassener Mitarbeiter verschwindet spurlos, es gibt Hinweise auf Unregelmäßigkeiten in den Büchern der Wiesingers und zu allem Übel wird auch noch eine weitere Leiche gefunden. Familientragödie, Geldschieberei oder ein echter Fleischskandal, der an den strengen Auflagen der Original Nürnberger rührt? Paul Flemming steckt schon tiefer drin, als ihm lieb ist. Es bleibt ihm nichts anderes übrig, als herauszufinden, was an der Produktion der Würstchen so brisant ist …

Jan Beinßen, geboren 1965 in Stadthagen, arbeitet als Journalist und Autor in Nürnberg und war viele Jahre leitender Redakteur der Abendzeitung. Er ist verheiratet und hat drei Kinder. Jan Beinßen hat Drehbücher und Theaterstücke veröffentlicht sowie zahlreiche Kriminalromane, unter anderem die Nürnberg-Krimis rund um den Fotografen Paul Flemming, »Dürers Mätresse«, »Sieben Zentimeter«, »Hausers Bruder«, »Die Meisterdiebe von Nürnberg«, »Herz aus Stahl«, »Das Phantom im Opernhaus«, »Die Paten vom Knoblauchsland« und »Lokalderby«.

www.janbeinssen.de

Jan Beinßen

PIKANTE SÜNDEN

Paul Flemmings zweiter Fall

Piper München Zürich

Mehr über unsere Autoren und Bücher:
www.piper.de

Von Jan Beinßen liegen bei Piper vor:
Dürers Mätresse
Pikante Sünden
Hausers Bruder
Die Meisterdiebe von Nürnberg

FSC
www.fsc.org
MIX
Papier aus verantwortungsvollen Quellen
FSC® C083411

Ungekürzte Taschenbuchausgabe
Piper Verlag GmbH, München
1. Auflage April 2010
3. Auflage August 2013

Umschlaggestaltung: semper smile, München
Umschlagfoto: mauritius images / imagebroker
Papier: Munken Print von Arctic Paper Munkedals AB, Schweden
Druck und Bindung: CPI – Clausen & Bosse, Leck
Printed in Germany ISBN 978-3-492-25477-9

Für Annika

Wer nun am tapfersten kämpft
und seinen Gegner besieget,
dieser wähle sich selbst die beste
der bratenden Würste.

Homer (8. Jh. v. Chr.)

1

Es war der bisher heißeste Tag in diesem Sommer, doch Paul Flemming fror so sehr, dass er den obersten Knopf seines leichten Hemdes schloss, was allerdings überhaupt keine Wirkung zeigte.

Er befand sich in einer Situation, von der er selbst nicht wusste, wie er sie einordnen sollte: beängstigend oder aber einfach nur absolut lächerlich. Um seiner eigenen Motivation willen entschied er sich für Letzteres und nahm sich vor, erstens ganz ruhig zu bleiben und zweitens eine nüchterne Bilanz seiner Lage zu ziehen: Paul Flemming befand sich mitsamt seiner schweren Kameraausrüstung, einer mittelstarken Taschenlampe und sommerlich leichtem Outfit grob geschätzte sieben oder acht Meter tief im Nürnberger Untergrund. Vor ihm ein Labyrinth aus dunklen, feuchten Gängen und hinter ihm ein Labyrinth aus dunklen, feuchten Gängen. Er stand in gebückter Haltung, und von der niedrigen, aschgrauen Decke tropfte unentwegt Kondenswasser in seinen Kragen.

Der alte Mann, der ihm den Schlüssel für den Eingang der Nürnberger Felsengänge gegeben hatte und sich freimütig anbot, Paul auf seinem Weg in die Tiefe zu begleiten, hatte ihn ermahnt, auf keinen Fall die markierten Pfade zu verlassen. Doch Paul hatte nicht nur eine Begleitung durch den Fremdenführer abgelehnt, sondern sich auch über dessen Warnung hinweggesetzt. Denn für seinen neuen Auftrag, eine aktuelle Bilddokumentation vom unterirdischen Nürnberg für die Landesausstellung *200 Jahre Franken in Bayern*, wollte er die jahrhundertealten Felsengänge zunächst ganz allein und ohne jede Störung auf sich wirken lassen. Schließlich besaß er ja einen Lageplan, und der kleine Abstecher in einen unausgeschilderten Seitenarm war ihm als vertretbares Risiko erschienen.

Inzwischen war gut eine Stunde vergangen, und Paul hatte sich – da bestand kein Zweifel mehr – hoffnungslos verlaufen. Wieder fand ein eiskalter Wassertropfen den Weg in seinen

Kragen, und das Licht seiner Taschenlampe wurde allmählich flauer. Paul musste niesen.

Den Auftrag für die Dokumentation von Nürnbergs in vielen Teilen unerforschten Gängen, Fluchten und Felsengewölben im Untergrund der Stadt hatte er direkt aus dem Rathaus erhalten; dazu einen Stoß Aktenordner mit Katastern, Karten und früheren unvollständigen Bestandsaufnahmen. Die Akten lagen ungelesen in seinem Loft am Weinmarkt, und dort hatte er wohl auch seine Vernunft zurückgelassen, ärgerte sich Paul im Nachhinein über seine übereilte und schlecht vorbereitete Exkursion.

Paul zog abermals den Lageplan aus seiner Hosentasche, entfaltete ihn und richtete umständlich das matte Taschenlampenlicht darauf. Er studierte die verwirrend verlaufenden Gänge, erkannte Chaos statt System und fühlte sich nun vollends in einen Irrgarten versetzt. Er streckte seine Hand aus und fuhr zweifelnd an der klammen, bröckelnden Wand entlang.

Angesichts der Kälte, die ihm unter Hemd und Hose kroch, musste er sich eingestehen, dass er für diesen Job völlig falsch ausgerüstet war. Vor allem an wärmere Kleidung hätte er denken müssen, schimpfte er still vor sich hin, als er seinen Weg durch die dunklen kalten Stollen fortsetzte.

Nahezu die komplette Nürnberger Altstadt war unterkellert. Der felsige Untergrund war durchbohrt von unzähligen Stollen, deren Ausläufer angeblich bis hinaus über die Stadtgrenzen reichten. Das wusste Paul, und gerade das Erkunden dieses geheimnisumwitterten unterirdischen Systems hatte ihn an seinem neuen Auftrag ja so gereizt. Aber ohne Ortskenntnisse und bessere Vorbereitung würde er nicht weit kommen. Der Gang, in dem er jetzt stand, war höchstens sechzig Zentimeter breit. Wieder musste er seinen Kopf einziehen; die Erbauer dieses Tunnels hatten seine einsfünfundachtzig nicht vorhersehen können. Paul entschied sich umzukehren, als der Weg in einen Kriechgang überging.

Er machte also kehrt, ohne jede Ahnung, in welcher Himmelsrichtung er unterwegs war. Seine Schritte hallten in den kahlen Stollen wider. Das Knirschen zertretener Steinchen drang laut an sein Ohr. Sobald er aber stehen blieb, herrschte absolute Stille. Er war vollkommen abgeschirmt von der Außenwelt. Das war einerseits beruhigend, andererseits gespenstisch. Ihm schauderte, als er an die vielen gruseligen Geschichten über Nürnbergs geheime Gänge dachte, die ihn schon in seiner Kindheit gefesselt hatten. Etwa das uralte Gerücht vom Schatz, der im fünfzehnten Jahrhundert in einem der Tunnel eingemauert worden war und auf dessen Suche mancher Abenteurer verschollen sein sollte. Von sagenhaften Reichtümern war die Rede gewesen, aber eben auch von Fallen, heimtückischen Mechanismen, die einem den Weg abschnitten, und unendlich vielen Gassen, die im Nichts endeten.

Wieder zerbarsten feinste Steine unter Pauls Schuhsohlen. Er passierte eine Kreuzung, die er eigentlich von seinem Hinweg her in Erinnerung hätte haben müssen, die ihm allerdings gänzlich unbekannt vorkam. Von wo war er gekommen?

Ihm fiel eine andere, häufig erzählte Mär ein: Der Legende nach gab es eine Verbindung zwischen dem Tiergärtnertorplatz in Nürnberg und der Alten Veste in Zirndorf weit vor den Stadttoren Nürnbergs. Während dort Wallenstein 1632 die Stellung gegen die anrückenden Schweden hielt, soll deren König Gustav Adolf den Bau eines Schachts befohlen haben, um seine Gegner im Zirndorfer Feldlager aus dem Untergrund überrumpeln zu können. Na ja, dachte Paul, eine nicht gerade wahrscheinliche Theorie, zumal sich der Schwedenkönig dafür nacheinander unter zwei Flussläufen, der Pegnitz und der Rednitz, hätte hindurchbuddeln müssen. Aber jetzt, hier in dieser kalten, Angst einflößenden Atmosphäre, begann Paul Verständnis für die alten Legenden zu entwickeln. Und dafür, dass die Stadt ein gesteigertes Interesse daran hatte, endlich eine lückenlose Bilddokumentation dieser teilweise unerforschten Unterwelt zu bekommen.

Nach der nächsten Kurve spürte Paul Hoffnung in sich aufkeimen. Ein Luftzug kündigte einen nahen Ausgang an, und er erkannte einen schwachen Lichtschein. Nach ein paar weiteren Schritten bestand kein Zweifel mehr: Paul hatte den erschlossenen Teil der Felsenkeller erreicht. Er beschleunigte seinen Gang. Nackte Glühbirnen an weit durchhängenden Elektrokabeln hießen ihn in der Welt der Zivilisation willkommen – und offengestanden war er mehr als erleichtert darüber.

Je näher er dem Ausgang kam, desto angenehmer stieg die Temperatur und damit sein Wohlfühlbarometer. Er öffnete die wuchtige Stahltür und kniff die Augen zusammen. Gleißendes Licht empfing ihn außerhalb der Felsenkeller. Ihm war augenblicklich wohlig warm zumute. Mit dem zwiespältigen Gefühl, gerade noch einmal davongekommen zu sein, schloss er hinter sich zwei Mal ab. Dann steckte er den Schlüssel in seine Hosentasche, und dort sollte er bleiben, bis er mit besserer Vorbereitung und Ausrüstung zurückkommen würde.

Paul hatte sein Fahrrad auf dem Albrecht-Dürer-Platz direkt neben dem bronzenen Denkmal abgestellt. Noch immer ein bisschen durcheinander ging er auf den hoch aufragenden Maler zu, zwinkerte in den grellen Himmel und genoss die Wärme der Julisonne.

Sein Handy hörte er im ersten Moment fast nicht, und als er es bemerkte, brauchte er einige Zeit, bis er es aus seiner Fototasche geangelt hatte.

»Blohfeld hier«, meldete sich der Anrufer mit vorwurfsvollem Unterton.

»Schönen guten Morgen«, sagte Paul bemüht freundlich, wobei es ihn wurmte, dass der Polizeireporter des Nürnberger Boulevardblatts stets so unhöflich sein musste und auf jegliche Begrüßungsfloskel verzichtete.

»Von wegen schöner Morgen!«, blaffte der Reporter ihn an. »Ich versuche seit Ewigkeiten, Sie zu erreichen!«

»Tut mir leid«, heuchelte Paul. »Ich war vorübergehend abgetaucht und hatte keinen Empfang.«

»Keinen Empfang?«, fragte Blohfeld ungläubig. »Wie dem auch sei. Es gibt Arbeit für Sie.«

»Ich habe genug Arbeit«, sagte Paul, der sich nach seinem Ausflug in den feuchten Untergrund eigentlich auf ein deftiges Frühstück auf der sonnenverwöhnten Terrasse der Studentenkneipe *Ruhestörung* an der Tetzelgasse freute.

Doch dem Reporter schien Pauls Wohlbefinden reichlich egal zu sein. »Schnappen Sie sich Ihren Knipsapparat und kommen Sie in die Wiesinger-Villa nach Erlenstegen«, sagte er energisch, »und zwar flott, ehe die Polizei die Leiche abtransportieren lässt.«

2

Paul musste ordentlich in die Pedale treten, als er in Höhe der alten Eisenbahnbrücke von der Erlenstegener Straße abbog und sich die Günthersbühler Straße hinaufquälte. Auch wenn er gut in Form war, spürte er nach der hinter ihm liegenden Fahrt durch die halbe Stadt nicht nur die Hitze, sondern – zugegeben – auch sein Alter.

Er strampelte tapfer weiter und bog kurz darauf in eine schmale Seitenstraße ein. Die vielen Streifenwagen und Zivilfahrzeuge der Polizei markierten besser als jedes Hinweisschild sein Ziel. Vor einer weiß gekalkten, mannshohen Mauer stellte er sein Rad ab, nahm die Fototasche vom Gepäckträger und ging geradewegs auf einen abweisend blickenden Polizeibeamten zu, der sich vor einer ebenfalls in Weiß gehaltenen, massiven Holzpforte postiert hatte.

»Presse«, nuschelte Paul und wollte sich an dem Beamten vorbeizwängen.

»Halt«, sagte dieser barsch, »Ihren Presseausweis!«

»Ich bin der Fotograf von Herrn Blohfeld«, sagte Paul mit gewisser Ungeduld.

Der Polizist rührte sich nicht vom Fleck. Doch dann erhellte sich seine Miene. Er musterte Paul mit unverhohlener Neugierde und sagte: »Wissen Sie, dass Sie diesem Schauspieler ähnlich sehen? Diesem Hollywoodschauspieler? Diesem ...«

»Ja, ja«, tat Paul das Gehörte ab. »Darf ich jetzt bitte vorbei?«

»Meine Frau schaut sich jeden Film mit ihm an«, redete der Polizist weiter. »Sie schwärmt für ihn. Richtig eifersüchtig könnte man werden.«

»Mein lieber Herr: Ich kann Ihnen versichern, dass ich mit George Clooney weder verwandt noch verschwägert bin.« Paul bemühte sich, bewusst anders zu lächeln als sein Double aus Hollywood. »Lassen Sie mich also passieren?«

Der Beamte trat beiseite. »Diese Ähnlichkeit: erstaunlich.«

Paul betrat einen Garten, der eher die Bezeichnung Park verdient hätte. Ein geschwungener Weg aus weißen Kieseln wurde gesäumt von einem Rasen in Golfplatzqualität. Stattliche Laubbäume mit imponierenden Kronen spendeten Schatten. Sein Blick aber wurde von der Wiesinger-Villa in der Mitte des Anwesens angezogen: ein riesiger, strahlend weißer Bau mit einem von Säulen flankierten Portal und turmartigen Rundbauten an den Seiten. Ein Märchenschloss, kam es Paul spontan in den Sinn, und zwar ein ziemlich kitschiges.

Die Wiesingers. In Nürnberg kannte jeder den größten Bratwurstproduzenten der Stadt. Die Familie war eigentlich zugereist und hatte sich mit Ehrgeiz und Ellenbogen einen Platz im von jeher engen Nürnberger Bratwurstmarkt erkämpft. An Wiesinger-Würstchen kam heutzutage kaum jemand vorbei – egal, ob als Betreiber eines Bratwurststandes oder als Disponent einer Supermarktkette. Die Wiesinger-Villa war ein eindrucksvolles Symbol ihrer Dominanz, dachte Paul.

»Hallo«, sagte er halb erstaunt, halb erfreut, als er anstelle des Polizeireporters Blohfeld Katinka Blohm in elegantem hellem Hosenanzug auf der Veranda der Villa erblickte. Ihr langes blondes Haar fiel ihr ungezwungen über die zierlichen

Schultern, ihre blassblauen Augen musterten ihn freundlich. Paul war erleichtert über den herzlichen Empfang, denn er kannte die Staatsanwältin auch anders.

»Seit wann rauchst du?«

Katinka Blohm sah Paul zunächst fragend an, dann blickte sie auf die halb gerauchte Zigarette in ihrer Rechten und schnippte sie ins Gebüsch. »Der Stress, mein Lieber«, sagte sie. Sie drückte ihm zur Begrüßung einen flüchtigen Kuss auf die Wange. »Du weißt ja, wer der Tote ist.«

Paul nickte. »Hans-Paul Wiesinger, nehme ich an, wenn ich den ganzen Polizeifuhrpark hier sehe.« Er beobachtete Katinkas Reaktionen genau, als er weitersprach. »Blohfeld hat mir am Handy nicht viel erzählt, aber mir ist klar, dass er ein leuchtender Stern in Nürnbergs High Society war.«

Katinka stimmte zu, und Paul bemerkte einige feine Sorgenfältchen, die sich um ihre Augen bildeten. »Offenbar habe ich es immer wieder mit prominenten Mordopfern zu tun«, klagte sie in Anspielung auf einen früheren Fall. »Wiesinger ist«, sie korrigierte sich, »war nicht nur einer der größten Rostbratwurstproduzenten, sondern auch politisch engagiert.«

»Allerdings.«

»Er war einer der wichtigsten und vor allem legalen Spendengeber und Wahlkampfhelfer für die Partei. Auch den Heimatbund soll er stark gefördert haben. Man wird ihn dort vermissen.« Katinka nestelte an ihrem Jackett, wohl auf der Suche nach einer neuen Zigarette. »Geh nur rein. Die Spurensicherung ist beinahe durch, und dein Freund Blohfeld scharrt sicher schon ungeduldig mit den Hufen.«

3

Das Innere der Villa unterschied sich stilistisch kaum von ihrem äußeren Eindruck. Das Foyer war weiß und riesig, und die verarbeiteten Materialien waren erlesen. Paul wollte nicht wissen, was allein die kindshohen Vasen gekostet hatten, die den unteren Absatz einer gewaltigen marmornen Treppe ins obere Stockwerk zierten.

Paul näherte sich einer Tür am Ende der Empfangshalle, die von ihren Dimensionen eher an ein Kirchenschiff erinnerte. Die Tür war einen Spaltbreit geöffnet, und grelles Scheinwerferlicht drang heraus.

»Besser spät als nie«, begrüßte ihn Blohfeld. Hinter der schmächtigen Gestalt des grauhaarigen Reporters entfaltete sich die geballte Schaffenskraft der modernen Kriminalistik: Im gleißenden Licht mehrerer wattstarker Strahler waren Männer und Frauen in weißen Schutzanzügen damit beschäftigt, jeden Krümel in dem antiquiert eingerichteten Arbeitszimmer umzudrehen. Die Kriminalbeamten gingen mit Pinzetten, Pipetten und Tupfern zu Werke, sammelten jedes verdächtig erscheinende Utensil und steckten es in durchsichtige Plastikbeutelchen. Mittendrin im emsigen Treiben, ausgestreckt auf einem Orientteppich, lag ein mit weißen Laken bedeckter Körper.

»Kleines Quiz«, sagte Blohfeld und zupfte sich sein burgunderrotes seidenes Halstuch zurecht, »seit wann gibt es Nürnberger Rostbratwürste?«

Paul, eingenommen von den Vorgängen um ihn herum, zuckte die Schultern.

»1313. Aus diesem Jahr stammt zumindest die erste urkundliche Erwähnung«, sagte der Reporter und pustete sich eine Strähne seines dünnen grauen Haares aus der hohen Stirn. »Zweite Frage: Warum sind Nürnberger Würstchen so klein?«

»Moment, das weiß ich!« Paul hob seinen Zeigefinger. »Weil die Nürnberger Wirte sie damals auch nach der Sperrstunde anbieten wollten und sie somit durch Schlüssellöcher hindurch verkaufen mussten.«

»Könnte man gelten lassen. Eine andere Theorie besagt, dass sie den Häftlingen im historischen Lochgefängnis unter dem alten Rathaus durchs Zellenschloss gereicht wurden und deshalb so kompakt sein mussten.«

»Habe ich die Prüfung also bestanden?«, frotzelte Paul.

Blohfeld strich sich über seine schmale Himmelfahrtsnase. »Bestanden haben Sie erst, wenn Sie mir ordentliche Tatortfotos liefern.«

Paul setzte ein Weitwinkelobjektiv auf den Bajonettverschluss seiner Nikon. Er schloss einen leistungsstarken Stabblitz an und orientierte sich durch den Sucher der Kamera. Konzentriert lichtete er den Raum ab. Zunächst Fotos des abgedeckten Toten auf dem Fußboden, dann folgten Aufnahmen des Schreibtisches mit zerwühlten Unterlagen darauf, anschließend Bilder von weiteren Möbeln, den Wänden und teuer aussehenden Dekorationsgegenständen. Zuletzt fotografierte Paul die Scheibe einer Verandatür, die vermutlich der Täter zerbrochen hatte, um in die Villa einzudringen.

»Was glauben Sie eigentlich, wie viele Würstchen der alte Wiesinger durchschnittlich im Jahr hergestellt hat?«, forderte ihn Blohfeld erneut heraus.

»Keine Ahnung«, sagte Paul. »Zweihunderttausend? Vierhunderttausend? Das ist schwer zu schätzen; man isst ja immer mehrere davon, um satt zu werden.«

Blohfeld lächelte ihn nachsichtig an. »Rechnen ist wohl nicht Ihre Stärke«, sagte er. »Deshalb stehen Sie mit der Miete für Ihre Atelierwohnung am Weinmarkt wohl auch seit Monaten in der Kreide, was? Ich will es Ihnen sagen: dreihundert Millionen! Dreihundert Millionen von diesen verflixt leckeren kleinen Sünden. Der hat sie in alle Welt exportiert und sich daran dumm und dämlich verdient.«

Das sieht man, dachte Paul angesichts der imposanten Kulisse.

»Raubmord?«, fragte er den Reporter, nachdem er weitere Fotos von der zerbrochenen Verandatür gemacht hatte.

Blohfeld sah ihn an, fuhr sich erneut über die Nase und sagte leise: »Das vermutet die Staatsanwaltschaft. Die ersten Eindrücke deuten darauf hin.«

Paul nahm Blohfelds Verschwörerton auf, als er sich erkundigte: »Und was glauben Sie?«

»Das weiß ich selbst noch nicht«, gestand der Reporter ein. »Aber die Alarmanlagen haben nicht ausgelöst, weder die an der Gartenmauer noch die in der Villa selbst. Das gibt einem zu denken.«

»Ein Profi«, suchte Paul nach einer plausiblen Erklärung.

»Warum nimmt er souverän die ersten Hürden, um dann mit brachialer Gewalt die Scheibe einzuschlagen?« Blohfeld schüttelte den Kopf. »Nein, nein, so einfach ist das nicht.«

Paul wusste nicht recht, ob er sich Blohfelds Zweifeln anschließen sollte. Denn warum sollte man einen glasklaren Fall wie diesen unnötig komplizieren? »Wie sieht denn die offizielle Lesart aus?«, fragte er.

Blohfeld grunzte. »Hans-Paul Wiesinger schläft in seinen Privatgemächern im ersten Stock. Er hört ein verdächtiges Geräusch. Da es bereits mitten in der Nacht und er – bis auf den alten Chauffeur – allein im Haus ist, sieht er selbst nach dem Rechten. Er überrascht einen Einbrecher in seinem Arbeitszimmer. Dieser verliert die Nerven und schlägt Wiesinger mit einem – sagen wir – Stemmeisen oder einem ähnlich schweren Gegenstand nieder. Anschließend flüchtet der Täter mit der Tatwaffe.«

Paul hörte ein dumpfes Schluchzen und schaute sich irritiert um, konnte die Herkunft des Geräuschs aber nicht feststellen. »Wer hat den Toten gefunden?«, fragte er.

Blohfeld deutete in die Richtung, aus der das Schluchzen kam. »Dort draußen sitzt er, auf der Veranda, der alte Chauffeur. Armer Kerl. Hat in kindlicher Naivität an seinem Arbeitgeber gehangen. Der Mann ist beinahe im Rentenalter, kann sich von seinem Posten aber offenbar nicht trennen.« Blohfeld kehrte den Chef heraus. »Seien Sie so gut und machen Sie ein paar hübsche Aufnahmen von ihm.«

Paul trat unter Protest eines Spurensicherers durch die zerbrochene Scheibe auf die Veranda hinaus. Tatsächlich saß dort jemand: zusammengesunken, das Gesicht verborgen zwischen großen, faltigen Händen; er trug eine weit fallende, dunkle Chauffeursgarderobe. Paul näherte sich dem Mann und sah hinab auf struppiges schlohweißes Haar. Neben dem Fahrer lag eine Chauffeurskappe, scheinbar achtlos auf die Holzbohlen der Veranda geworfen.

»Es ist alles aus«, stammelte der Mann. »Alles vorbei.«

Paul hatte nicht vor, den Seelsorger zu spielen, zumal er darin bestimmt nicht der Geeignetste war. »Darf ich«, setzte er unbeholfen an, »einige Aufnahmen von Ihnen machen? Sie sind einer der wichtigsten Zeugen«, sagte er bekräftigend.

»Über dreißig Jahre – und dann ein solches Ende«, sagte der Chauffeur mit brüchiger Stimme. Er schaute auf und blickte Paul aus traurigen fahlen Augen an. Dabei fielen Paul seine großen abstehenden Ohren auf.

»Darf ich?«, fragte Paul erneut und drückte schon auf den Auslöser. Fünf Fotos in rascher Folge. Die Sache war blitzschnell im Kasten.

Paul war erleichtert, als er wieder auf Blohfeld stieß, der sich im Foyer von einem Kripobeamten Kaffee aus einer Thermoskanne einschenken ließ. »Der Arme ist ja fix und fertig.«

»Hauptsache, Sie haben die Fotos.«

Paul nickte. »Zur Abwechslung habe ich jetzt mal eine Quizfrage«, sagte er. »Was verdient man denn mit dreihundert Millionen verkauften Würstchen im Jahr?«

Blohfeld zog die Brauen hoch und antwortete: »Streichen Sie eine Null und Sie haben den Umsatz.«

»Dreißig Millionen?«, fragte Paul ungläubig. »Und ich hatte mich schon darüber gewundert, wie sich ein Metzger einen eigenen Fahrer leisten kann.«

Blohfeld lächelte wie üblich ein wenig überheblich. »Nicht nur einen Fahrer, mein Lieber. Da waren auch eine Köchin, ein persönlicher Assistent und ein Gärtner drin.«

»Na, dann«, grinste Paul, »haben wir ja unseren Mörder gefunden!«

Blohfeld klappte die Kinnlade herunter. »Den Mörder?«

»Natürlich«, trumpfte Paul scherzhaft auf, »der Gärtner ist immer der Mörder! Haben Sie schon Kontakt mit ihm aufgenommen?«

Der Reporter verzog keine Miene. »Gärtner, Köchin und Assistent wohnen außer Haus beziehungsweise hatten in der Mordnacht Ausgang. Nun sehen Sie zu, dass Sie Ihre Fotos in die Redaktion mailen«, blaffte Blohfeld Paul an.

Paul beeilte sich, den Tatort zu verlassen. Er hetzte durch das Foyer, blieb an einem zierlichen japanischen Sekretär aus rötlich schimmerndem Edelholz stehen und griff sich eine darauf ausgelegte Imagebroschüre der Wiesinger-Fabrik.

»Das pure Elend«, entfuhr es ihm. Der Prospekt in seinen Händen war bieder, schlecht layoutet und vor allem mies fotografiert. Wenn der alte Wiesinger nicht tot im Nebenraum liegen würde, hätte Paul ihm hier und jetzt ein Angebot für einen neuen, attraktiveren Imagekatalog gemacht.

»Augenblick«, riss ihn Katinka Blohm aus seinen Gedanken. »Ich brauche mal deine Unterstützung«, sagte sie schmeichelnd und lenkte ihn in eine stille Nische zwischen zwei griechisch anmutenden Säulen.

Paul grinste. »Klar. Immer. Gern. Worum geht es?« Er rechnete nicht wirklich mit einem anstrengenden Gefallen.

»Hannah studiert doch jetzt an der Wirtschafts- und Sozialwissenschaftlichen Fakultät, der WiSo«, begann Katinka umständlich.

Paul nickte abwartend. Von Hannah hatte er lange nichts gehört. Nichts mehr, seit sie als Nürnberger Christkind für die eine oder andere Schlagzeile gesorgt hatte. Aber er konnte sich ausrechnen, dass Katinkas widerspenstige Tochter aus erster und gescheiterter Ehe inzwischen ihr Abitur bestanden hatte und zur Studentin aufgestiegen war.

»Sie ist von zu Hause ausgezogen«, erklärte Katinka leicht melancholisch, »ins Noricus.«

»Ins Noricus?«, fragte Paul mit gewissem Unglauben. Ausgerechnet dorthin? Nichts gegen Hochhäuser; die brauchte eine Großstadt nun einmal. Aber musste es das Noricus sein? Die Bettenburg am Wöhrder See genoss nicht gerade den Ruf eines renommierten Mietshauses. In den zwanzig oder dreißig Stockwerken sollten angeblich Prostituierte anschaffen. Und auch sonst war die Klientel wohl nicht die, die sich eine Mutter für ihre neunzehnjährige Tochter wünschen konnte.

»Das Noricus ist schon lange keine Nuttenhochburg mehr.« Katinka schien seine Gedanken lesen zu können. »Hannah hat eine anständige Wohnung zu einem anständigen Preis gefunden«, sagte sie und grinste. »Außerdem eine mit unverbaubarem Burgblick.«

»Nun ja«, gab Paul klein bei. »Was für einen Gefallen soll ich dir oder ihr denn tun?«

»Ich möchte dich bitten, ab und zu nach ihr zu schauen«, sagte Katinka.

»Nach ihr zu schauen?«, fragte Paul perplex. »Wie stellst du dir das vor? Ich bin nicht ihr Vater. Außerdem bin ich froh, wenn ich meine eigenen Angelegenheiten einigermaßen regeln kann.«

Katinka lächelte, wobei ihre blauen Augen ihn erwartungsvoll ansahen. »Gerade weil du nicht ihr Vater bist, bitte ich dich darum. Hannah würde es mir übelnehmen, wenn ich in nächster Zeit zu oft bei ihr aufkreuze, kaum dass sie ihre Selbstständigkeit erkämpft hat.«

»Aber Katinka«, protestierte Paul zum Scherz. »Das hört sich schwer nach verdeckten Überwachungsmethoden an.«

Katinka nickte und blickte ihn schelmisch an. »Ich traue meiner Kleinen ja eine Menge zu – aber leider auch eine Menge Blödsinn. Also? Kann ich auf dich zählen?«

»Ich werde dich bei Gelegenheit um eine Revanche bitten«, sagte Paul und war trotz des ernsten Anlasses ihres Zusammentreffens guter Dinge, weil er seine alte Schulfreundin lange nicht so gelöst erlebt hatte. Paul wollte die gute Stimmung nutzen, um sich mit Katinka zum Abendessen zu verabreden, als ihr Gespräch durch das Geräusch eines hochtourig laufenden Motors unterbrochen wurde.

Beide sahen in Richtung der Toreinfahrt und folgten mit ihren Blicken einem schwarzen Sportwagen mit offenem Verdeck, der in rasantem Tempo den Weg zur Villa hinauffuhr und ohne Rücksicht auf eventuelle Lackschäden den Kies aufstieben ließ.

»Das muss er sein«, raunte Katinka Paul zu.

»Wer?«, fragte Paul. Doch noch während er Katinka die Verandatreppe hinab zur Auffahrt folgte, reimte er sich zusammen, dass es sich bei dem flotten Fahrer wohl um den Sohn von Hans-Paul Wiesinger handeln musste. Andi Wiesinger war erfolgreicher Geschäftsmann und Dandy in einem, von Paul unzählige Male auf diversen Galas, Bällen und Golf-Trophys abgelichtet.

Tatsächlich saß in dem Porsche-Cabriolet, das unmittelbar vor den Treppen zum Stehen gekommen war, ein Mann Mitte dreißig, von schmaler, aber sportlicher Statur, mit einem gebräunten Gesicht und zurückgekämmtem dunkelblondem Haar, das zum Teil von einer Schirmmütze verdeckt wurde. Neben Andi Wiesinger erkannte Paul auf dem Beifahrersitz eine dunkelhaarige Frau mit auffallend dunklem Teint: seine Gattin Doro Wiesinger. Sie war etwa im gleichen Alter wie Wiesinger junior und trug ein extravagantes, leuchtend rotes Kleid, von dem sich eine nicht zu übersehende Goldkette abhob. Ihre dunklen Augen strahlten große Entschlossenheit aus.

»Mein Beileid«, nahm Katinka die Wiesingers in Empfang, kaum waren sie aus dem Porsche ausgestiegen.

Paul bemerkte, dass Wiesinger den Motor laufengelassen hatte. Wohl weil er davon ausging, dass ein Bediensteter den

Wagen in die Garage fahren würde. Wahrscheinlich würde diese Aufgabe dem trauernden alten Chauffeur zufallen, dachte Paul mitleidig.

»Es ist eine Tragödie«, sagte Katinka mit gedämpfter Stimme. »Ich habe Verständnis dafür, wenn Sie sich erst einmal sammeln möchten, bevor wir Sie mit unseren Fragen quälen müssen.« Sie reichte ihm die Hand. »Blohm ist mein Name. Ich bin die zuständige Staatsanwältin.«

Paul lobte Katinka im Stillen für ihre Diplomatie und brachte dezent seine Kamera in Position.

»Staatsanwältin?«, fragte Wiesinger, während er ihr mit leichtem Widerstreben die Hand schüttelte. »Ist das hier nicht Sache der Polizei?«

»Ich bin angehalten, mich in diesem besonderen Fall von Anfang an selbst mit den Ermittlungen zu befassen.«

»Also gut: Fragen Sie ruhig, fragen Sie«, sagte Andi Wiesinger, wobei sein Blick ziellos umherirrte. »Ist er dort drin?« Er zeigte mit einer fahrigen Bewegung auf die Villa.

Katinka nickte. »Die Bestatter werden jeden Augenblick eintreffen.«

»Kann ich ihn sehen?«, fragte Wiesinger.

»Ich würde es Ihnen nicht empfehlen«, sagte Katinka leise.

»Schon gut, schon gut.« Unruhig wandte sich Wiesinger seiner Frau zu. »Ermordet«, sagte er zu ihr. »Stell dir das bloß vor, Liebes. Ermordet – bei uns zu Hause!« Jetzt wandte er sich wieder an Katinka: »Es war ein Einbrecher, sagte die Polizei am Telefon. Ist das richtig? Wie konnte das passieren?«

Katinka deutete an, dass der oder die Einbrecher gut informiert gewesen sein mussten, da sie die Sicherungssysteme umgangen hatten. »Aber die Bluttat selbst war unseren Vermutungen nach kein Vorsatz. Ihr Vater hat den Täter wahrscheinlich auf frischer Tat ertappt.«

»Kein Vorsatz?« Wiesinger griff nach der Hand seiner Frau, die sie ihm aber augenblicklich wieder entzog. »Vorsatz hin, Vorsatz her – das macht meinen Vater nicht wieder lebendig.«

»Kommen Sie direkt aus München?«, bemühte sich Katinka, das Gespräch zurück auf eine sachliche Ebene zu führen.

Wiesinger nickte, und Paul bemerkte beim Blick durch den Sucher, dass das Gesicht des Mannes mit dem Image des ewigen Sunnyboys bei näherer Betrachtung von tiefen Falten durchzogen war. »Wir waren auf einer Vernissage«, knüpfte Wiesinger an. »Bei einer befreundeten Malerin. Wir waren zwar noch im *Käfers*, aber schon recht früh im Hotel.«

»Ja, so gegen ein Uhr«, meldete sich Doro Wiesinger erstmals zu Wort. Ihre Stimme war unerwartet tief und nach Pauls Empfinden durchaus exotisch. »Dort erreichte uns dann gegen Morgen der Anruf.«

Katinka blickte auf ihre Uhr. »Laut dem Chauffeur Ihres Vaters, Herrn Schönberger, hatten Sie Nürnberg am späten Nachmittag verlassen.«

»Ja«, bestätigte Andi Wiesinger. »Schönberger hatte den Wagen voll getankt, und gleich darauf sind wir losgefahren.«

»Der Totschlag wird vom Gerichtsmediziner nach ersten vorsichtigen Schätzungen auf die Nachtstunden zwischen Mitternacht und vier Uhr terminiert.«

»Wie Sie das sagen.« Doro Wiesinger bedachte Katinka mit einem feindseligen Blick. »Wir reden hier über einen Menschen, meinen Schwiegervater, und nicht über irgendein Kaninchen, das bei einem Laborversuch verendet ist.« Sie taxierte jetzt auch Paul voller Argwohn und zog ihr Kleid über dem Dekolleté zusammen, nachdem er seine Kamera abermals auf sie gerichtet hatte.

»Entschuldigen Sie«, sagte Katinka und geleitete die Wiesingers in Richtung der Eingangstür. »Wir sollten uns an einem ruhigen Ort ungestört weiter unterhalten.«

Dann machte sie Paul gegenüber eine Geste, als wollte sie einen lästig werdenden Hund vertreiben. »Du bleibst draußen«, zischte sie.

Großartig, dachte er voller Sarkasmus, als er Andi Wiesinger in seinem Tausend-Euro-Freizeitanzug und seine in

Rot gewandete südamerikanische Schönheit gemeinsam mit Katinka in der Villa verschwinden sah. Doro Wiesinger hatte, so fiel Paul auf, als er sie von hinten sah, um die Hüften herum ein wenig zugelegt. Was mochte das wohl bedeuten?, fragte er sich. Kummerspeck, weil ihr Mann sie so oft betrog? Aber das würde sie kaum nötig haben, denn Doro Wiesinger war dem Vernehmen nach in dieser Hinsicht selbst nicht von schlechten Eltern. Und ihre Attraktivität stand außer Frage. Nein, nein, diese Dame war selbstbewusst genug, um sich genau die Figur zu leisten, die sie anstrebte und die zu ihr passte. Sie war ganz sicher nicht dem zweifelhaften Schönheitsideal abgemagerter Supermodels verhaftet.

Paul stand alleingelassen neben dem schwarzen Porsche der Wiesingers und begann in der knallenden Nachmittagssonne zu schwitzen. Das war es dann wohl, dachte er sich und trat den Rückzug an. Zuvor schoss er noch einige Bilder von dem Cabrio. Die ersten von vorn aus der Froschperspektive – das machte den Wagen imposanter beziehungsweise ließ ihn angeberischer wirken –, dann einige von der Seite. Schließlich richtete er sein Objektiv auf das Cockpit und die ledernen Sportsitze, auf denen noch das *Gucci*-Handtäschchen von Doro Wiesinger lag.

4

Paul radelte zurück und spürte plötzlich, dass er zwar seit Stunden unterwegs war, jede Menge erlebt hatte, aber in der ganzen Zeit keinen Bissen zu sich genommen hatte. Während er in die Pedale trat, überlegte er, ob er vor der Rückfahrt ins Burgviertel einen Schlenker über die Pirckheimerstraße einplanen sollte. Es war kurz nach zwei. Ihm stand der Sinn nach sommerlich leichter italienischer Küche ohne viel Brimborium, und er wusste, dass er genau diese in der *L'Osteria* bekommen würde. Dort gab es nicht nur die besten, sondern auch die größten Pizzen der Stadt. Pizza Rucola war sein Favorit. Und dazu würde er sich ein leichtes Weizenbier gönnen, um die verbrauchten Mineralien in den Körper zurückzuschwemmen.

Mit diesen versöhnlichen Gedanken war er der Realität allerdings um einige Kilometer voraus, denn schon am Naturgartenbad endete seine Fahrt vorläufig. Er nahm sie im quirligen Treiben der vor den Kassen anstehenden Jugendlichen zunächst nur aus den Augenwinkeln wahr, und das noch dazu gehandicapt, weil ihm gerade eine Schweißperle von der Stirn in die Augen gelaufen war. Paul sah zuerst nur ihre unverwechselbare Lockenpracht, und dann erkannte er auch ihre Stimme.

»Hannah?«, rief er, als er beide Bremsen betätigte und das Rad neben dem Kassenhaus des Bades ausrollen ließ.

Hannah Blohms Gesichtsausdruck sprach Bände. Katinkas Tochter schien nicht begeistert zu sein, im Kreise ihrer jugendlichen Freunde von Paul angesprochen zu werden. Paul malte sich ihre Befürchtungen aus: Hoffentlich denkt niemand, dass ich etwas mit diesem Typ habe – er könnte ja mein Vater sein.

Stattdessen sagte Hannah allerdings etwas ganz anderes. Ihre Gesichtszüge klarten erstaunlicherweise auf, als sie sich einem Mädchen an ihrer Seite zuwandte und erklärte: »Das ist Paul Flemming. Der Fotograf, von dem ich dir erzählt habe.«

Das Mädchen, eine attraktive Erscheinung mit dunklem, leicht gewelltem Haar und melancholischen Augen, lächelte Paul erwartungsfroh an. Sie hatte lange magere Beine, die sie mit kokettierender Ungeschicktheit kreuzte, als ständen sie sich gegenseitig im Wege.

»Antoinette«, stellte Hannah sie vor, »französische Gaststudentin und meine Mitbewohnerin. Sie hat nach dem Semesterende einige Wochen drangehängt, um bei uns Land und Leute besser kennen zu lernen.«

»Mitbewohnerin?«, erkundigte sich Paul. »Deine Mutter hat mir schon gesagt, dass du ausgezogen bist, aber eine Mitbewohnerin hat sie nicht erwähnt.«

»Ja, ja, typisch Mami«, winkte Hannah ab. »Wie sollte ich eine eigene Wohnung denn sonst finanzieren?«

»Du hättest ja nicht auszuziehen brauchen«, merkte Paul vorsichtig an.

»Nicht?«, entgegnete Hannah schroff. »Sie ist es doch gewesen, die mit dem Drängen angefangen hat! Katinka hat mir die Pistole auf die Brust gesetzt. Es konnte ihr plötzlich nicht schnell genug gehen. Demnächst muss ich wahrscheinlich noch entscheiden, welche meiner Puppen überleben darf und ob das Schulzeug aus der ersten Klasse zu Altpapier wird oder Teil meiner Memoiren.«

Paul beschloss, nicht näher auf diese Familienangelegenheit einzugehen und sich stattdessen Hannahs neuer Freundin zuzuwenden. »Freut mich«, sagte er. Da ihre rechte Hand verbunden war, reichte sie ihm ihre linke. Die Hand verschwand fast vollständig in seiner, und als er sie für Sekunden drückte, spürte er die Zartheit ihrer Finger. Antoinettes Augen waren ungewöhnlich groß und dominierten ihr zart geschnittenes Gesicht. Ihre Nase wollte nicht so recht zum Rest passen: Sie war eine Nummer zu groß geraten, fand Paul, der froh war, diesem Idealbild einer heranreifenden Frau zumindest ein kleines Manko abtrotzen zu können.

Antoinette war lässig gekleidet. Ein schlichtes weißes Kleid, für eine Studentin gerade passend. Sie trug einen winzigen, in der Sonne funkelnden Stein im linken Nasenflügel. Ansonsten verzichtete sie – im Gegensatz zu Hannah – auf Attribute der Jugend wie Tattoos oder Piercing. Paul bewunderte verstohlen ihre reizvolle Figur. Aufgepasst, ermahnte er sich: An einer so charmanten Versuchung konnten sich mittelalte Herren wie er sehr leicht die Finger verbrennen.

Hannah schien die gleichen Gedanken zu haben, denn sie sagte scharf: »Sie können ihre Hand jetzt wieder loslassen.«

Paul fühlte sich ertappt und schreckte zurück.

»Lass nur«, sagte Antoinette zu Hannah. Dann wandte sie langsam den Kopf und lächelte Paul zuversichtlich an. »Ich habe gehört, Sie können mir eventuell zu einem Zeitungsjob verhelfen?«, fragte sie mit kaum wahrnehmbarem französischem Akzent.

»Wo haben Sie so gutes Deutsch gelernt?«, wollte Paul zunächst wissen.

Antoinette lächelte gewinnend. »Wissen Sie, meine Familie hatte immer viel Kontakt mit den Deutschen.«

»Sie kommt aus Grimaud«, sagte Hannah, als würde die Erwähnung dieses Ortsnamens alles erklären.

Auf Pauls fragenden Blick hin erläuterte Antoinette: »Ein kleines Örtchen auf einem Hügel über der Bucht von St. Tropez.«

»An der Côte d'Azur«, mischte sich Hannah erneut ein.

»Ich weiß, wo St. Tropez liegt«, sagte Paul mit einem Anflug von Verärgerung. Hannah trat schmollend einen Schritt zurück.

»Dort sind im Sommer viele Touristen«, erklärte Antoinette freundlich, »und vor allem viele deutsche Touristen«, redete sie weiter und ließ – das nahm Paul deutlich wahr – den südfranzösischen Akzent jetzt stärker durchklingen. Sie lächelte abermals.

Paul freute sich über diese Avancen, die ihm durchaus schmeichelten. Seine eigenen Gefühle hatte er trotz der sommerlichen Temperaturen allerdings gut im Griff und dachte gar nicht daran, seinen Hormonhaushalt von diesem jungen Ding durcheinanderbringen zu lassen.

Hannah hielt ihn wohl für weniger diszipliniert und selbstbeherrscht, denn sie sagte: »Ich glaube, Herr Flemming muss jetzt schleunigst nach Hause. Er muss sicherlich noch arbeiten.« Dann grinste sie ihn böse an. »Wenn Sie Antoinette mal wieder sehen wollen, können Sie sie ja zu Ihrem vierzigsten Geburtstag einladen.«

»Vierzig werden Sie schon?«, fragte Antoinette und tat erstaunt. Sie griff erneut nach Pauls Hand, und nun wurde die Sache für ihn allmählich doch etwas heikel. Antoinette strich über seine Handfläche und strahlte. »Sie sind ein Typ wie der Delon. Dem merkt man sein Alter auch nicht an. Das liegt am Charisma.« Sie hielt seine Hand ganz dicht vor ihr Gesicht. So nahe, dass er ihren warmen Atem spürte. »Nur die Hände verraten einem das wahre Alter. Die Tiefe der Lebenslinien …«, sagte sie und entließ seine Hand endlich aus ihrer zarten Umklammerung.

»Okay, jetzt langt's.« Hannah schien innerlich zu kochen, und Paul hatte nicht vor, sie ohne wirklichen Grund herauszufordern.

Er verabschiedete sich höflich und setzte sich wieder auf sein Fahrrad, bis Antoinette ihm ein Stück hinterherlief und ihn nochmals auf den Zeitungsjob ansprach. Paul willigte ein, bei Blohfeld ein gutes Wort für sie einzulegen.

Er ließ sich die leichte Anhöhe des Villenviertels hinabrollen und amüsierte sich im Nachhinein über die schmeichelhafte Begegnung mit Hannahs Freundin und ihre Reaktion darauf. Sein Bedürfnis nach Pizza Rucola war mittlerweile allerdings dem aufkeimenden Pflichtgefühl gewichen. Schließlich wartete genug Arbeit auf ihn, dachte Paul, als er in den Weinmarkt einbog und sein Fahrrad ins angenehm kühle Treppenhaus seines Wohnhauses schob: Er musste die Tatortfotos aus der Wiesinger-Villa so schnell wie möglich bearbeiten und in die Redaktion mailen. Er würde eine Nachricht für Blohfeld beifügen und ihm darin eine französische Praktikantin wärmstens ans Herz legen.

5

Das Knoblauchsland duftete. Paul saß tief zurückgelehnt auf dem Beifahrersitz und ließ sich bei geöffnetem Fenster die Loher Hauptstraße entlangfahren. Er atmete die morgendliche Sommerluft in vollen Zügen ein. Während er die Felder an sich vorbeiziehen sah, erschnupperte er erst den charakteristischen Geruch von Sellerie, dann von Lauch, Fenchel, einen Hauch von Dill und ein bisschen Rettich. Es waren die Aromen einer ganzen Gemüseküche, und Paul genoss das ländliche Ambiente so nahe vor den Stadtmauern Nürnbergs.

»Ein herrlicher Morgen«, stimmte Jan-Patrick in Pauls Wohlgefühl ein, während er seinen klapprigen Kastenwagen in eine schmale Stichstraße steuerte. Der Besitzer und Küchenmeister des Altstadtlokals *Goldener Ritter* strahlte Paul über seine braun gebrannte Rübennase hinweg aus unternehmungslustigen dunklen Augen an.

Paul ließ den Arm aus dem Fenster baumeln und vom milden Fahrtwind streicheln. Er beobachtete einen betagten Traktor, der im Schneckentempo über einen Acker kroch. Am Heck war ein ausladendes Holzbrett befestigt, auf dem drei Erntehelferinnen hockten und in gebückter Haltung Radieschen rissen. »Es ist schön, dass ich dich auf deiner Shoppingtour begleiten darf«, sagte er. »Was wird denn auf deiner Tageskarte stehen?«

Der Koch runzelte nachdenklich die Stirn. »Die Leute wollen bei diesen Temperaturen etwas Erfrischendes. Aber ich möchte ihnen keine kulinarischen Langweiler wie Grünkernkaltschale oder angefrorene Gurkensuppe servieren.« Der Kastenwagen donnerte über den staubigen Asphalt, und Paul suchte in einer scharfen Kurve vergebens nach Halt. »Gestern habe ich Melonensuppe mit Kaisergranat aufgetischt«, redete Jan-Patrick ungerührt weiter. »Du hättest die Gesichter dieser verwöhnten Geschäftsleute sehen sollen, wie sie sich zu einem Lächeln hinreißen ließen, als sie kosteten und sich auf ihren Zungen die angenehme Süße von fruchtiger Melone mit der delikaten Salzigkeit des Granats vermischte.«

»Und heute?«, erkundigte sich Paul, dem das Wasser im Mund zusammenlief.

»Das kann ich dir erst sagen, wenn ich das aktuelle Warenangebot gesehen habe. Ich liebe es zu improvisieren. Deshalb kaufe ich lieber direkt beim Bauern statt im Großmarkt.« Dann verfinsterte sich seine Miene. »Manchmal frage ich mich allerdings, für wen ich mir die ganze Mühe überhaupt mache.«

»Was willst du denn damit sagen?«, fragte Paul.

Jan-Patrick richtete bei anhaltend hohem Tempo seinen Blick auf ihn und fuchtelte drohend mit dem Zeigefinger. »Wir züchten uns in unserer Fast-Food-Gesellschaft eine Generation der kulinarischen Analphabeten heran«, wetterte der Koch. »Von den vier Geschmacksrichtungen süß, sauer, salzig und bitter kennen die meisten Kids – also meine Kunden von morgen! – nur noch zwei: süß und salzig. Mehr kommt in einem Hamburger nämlich nicht vor!«

»In der Nürnberger Rostbratwurst aber schon?«, fragte Paul zunehmend beunruhigt wegen Jan-Patricks halsbrecherischen Fahrstils.

Dieser schaute ihn zunächst verdutzt, dann beinahe ein wenig empört an. »Das lässt sich doch nicht vergleichen«, sagte er rigoros. »Die Rostbratwurst ist ein Kulturgut, und – ja – sie ist ein Geschmacksträger allererster Güte.«

»Man kann sich das gar nicht vorstellen, wenn man bedenkt, wie viele zigtausend davon in einer Wurstfabrik wie bei den Wiesingers Tag für Tag über die Fließbänder rollen«, wagte Paul eine Provokation.

Mit Erfolg: Jan-Patrick lief rot an, als er darauf einstieg: »Die Zusammensetzung der Original Nürnberger Rostbratwurst ist ebenso strikt geregelt wie ihre Herkunft ›Made in Nürnberg‹ – egal, ob jemand eine oder Millionen davon herstellt. Das ist Ehrensache. Und für den Fall, dass es jemand mit der Ehre nicht so genau nehmen sollte, gibt es den langen Arm des städtischen Rechtsamtes und des Schutzverbandes Nürnberger Bratwurst, die jeden Verstoß vor Gericht bringen und einstweilige Verfügungen erstreiten. Bisher immer mit Erfolg.« Er blickte Paul direkt in die Augen. »Glaube mir, unsere Wurst kann es mit jedem Hamburger dieser Welt aufnehmen.«

Paul erwiderte seinen strengen Blick, doch dann musste er lachen. Zunächst wollte er es unterdrücken, doch dann prustete er los und hielt sich den Bauch, so sehr amüsierte ihn die verbissene Ernsthaftigkeit, die sein Freund an den Tag legte, wenn es ums Essen ging.

Jan-Patrick, der das Tempo inzwischen wieder gedrosselt hatte, blieb gar nichts anderes übrig, als in Pauls Heiterkeit einzustimmen.

»Zugegeben«, sagte Paul kichernd. »Diese kleinen Dinger sind wirklich unwiderstehlich lecker. Und noch mal zugegeben: Hans-Paul Wiesinger hat in guter Qualität produziert.« Jan-Patrick stimmte ihm nickend zu. Nachdenklicher geworden sagte Paul: »Seinem Sohn Andi traue ich es allerdings kaum zu, dieses Niveau halten zu können. Der scheint sich mehr für schnelle Autos und andere flotte Dinger zu interessieren.«

Jan-Patrick protestierte erneut: »Was sind denn das für Vorverurteilungen?«, schalt er ihn. »Lass den Junior doch sein Geld genießen. Verdient hat er es jedenfalls.« Angesichts von Pauls offenkundiger Verwunderung erklärte er: »Andi hat die Geschäfte schon vor ein paar Jahren von seinem Vater übernommen. Der alte Herr war zwar nach wie vor der Eigentümer und hatte das letzte Wort bei Konzernentscheidungen, aber das Management des Betriebs und damit letztlich auch die Qualitätskontrolle lag bereits in Andis Händen. Der versteht sein Handwerk, glaube mir.«

»Du nennst ihn beim Vornamen«, erkundigte sich Paul neugierig. »Kennt ihr euch näher?«

Jan-Patrick tat die Sache mit jovialer Geste ab. »Na ja, man kennt sich eben. Der *Goldene Ritter* nimmt seit einiger Zeit

Wiesinger-Würstchen ab, und wir sind ja nicht die schlechteste Adresse in Nürnberg, wie du weißt.«

Das wusste Paul sehr wohl. Und er wusste nun auch, dass er eine reelle Chance hatte, mit den Wiesingers durch einen neuen Imageprospekt ins Geschäft zu kommen. In wenigen Worten weihte er Jan-Patrick in sein Vorhaben ein und bat ihn, sich bei Andi Wiesinger für ihn stark zu machen.

Jan-Patrick willigte sofort ein. »Das wird kein Problem sein. Du bist ein guter Fotograf, und mit Qualität sind die Wiesingers immer zu gewinnen.« Er sicherte zu, sich bei nächster Gelegenheit mit Andi Wiesinger darüber zu unterhalten. Dann bremste er den Lieferwagen abrupt.

Sie standen jetzt vor einem futuristisch anmutenden Gebäudekomplex, der einen krassen Gegensatz zu der betulichen Nostalgie der sonstigen Landwirtschaft bildete, die Paul zuvor so angenehm berührt hatte.

»Komm«, forderte ihn Jan-Patrick auf. »Wir machen einen Streifzug durch den Tomatenpark.«

»Tomatenpark?«, fragte Paul neugierig und legte sich den Tragegurt seiner schweren Fototasche um die Schulter.

Als der Koch die Tür zu einem großen Gewächshaus öffnete, staunte Paul nicht schlecht und fühlte sich in einen Dschungel versetzt. Gewaltige, neun oder zehn Meter lange Tomatenpflanzen schlängelten sich dicht an dicht um dünne, von der Decke herabhängende Rankhilfen. Zwischen dem satten Grün der Stränge und Blätter wirkten die blutroten prallen Früchte wie von Künstlerhand gesetzte Farbkleckse.

Der Koch rupfte sich eine besonders große Frucht ab. »Köstlich. Beinahe so gut wie die Paprika aus dem Gewächshaus nebenan.«

»Paprika aus Nürnberg?«, fragte Paul verdutzt.

»Es gibt keine bessere als die fränkische Paprika«, behauptete Jan-Patrick. »Jung, knackig, frisch. So wie deine kleine Französin.«

»Wen meinst du?«, fragte Paul misstrauisch.

Jan-Patrick ging ungerührt weiter. »Nürnberg ist klein. Ist eigentlich immer ein mittelalterliches Dorf geblieben. Da bleiben Geheimnisse nicht lange geheim.«

»Quatsch«, maulte Paul. »Spar dir dein inzestuöses Noris-Szenario. Nürnberg hat eine halbe Million Einwohner. Da können Geheimnisse durchaus geheim bleiben.«

»Aha, es ist also ein Geheimnis.«

»Dreh mir nicht das Wort im Mund um«, wehrte sich Paul.

»Mach ich doch gar nicht«, entgegnete Jan-Patrick mit Unschuldsmiene. »Außerdem habe ich als Koch durchaus nichts gegen junges Gemüse.«

»Jan-Patrick«, begehrte Paul auf. »Lass es bitte. Es gibt nichts zu erklären, weil überhaupt nichts vorgefallen ist. Ich habe die Kleine ja nur ein Mal aus der Entfernung gesehen.«

»Aus der Entfernung? Soso.« Nun war es an Jan-Patrick zu kichern. »Da ist mir aber etwas anderes zu Ohren gekommen.«

»Sag endlich, wer dir das gesteckt hat!«

»Ein Vögelchen hat es mir gezwitschert: Eine meiner Stammkundinnen aus Erlenstegen hat euch Turteltäubchen im Vorbeigehen erkannt.«

Paul beschloss, nicht weiter auf die Neckereien seines Freundes einzugehen, zumal sich ohnehin eine willkommene Ablenkung bot: Zwischen zwei der unendlich langen Tomatenpflanzenreihen bewegte sich etwas. Auf einer Art Schlitten auf Schienen glitt ihnen ein junger schwarzhaariger Mann in grünem Gärtnerkittel entgegen.

»Der Junior«, deutete Jan-Patrick an. »Er hat seinen Vater dazu gebracht, in die neue Technik zu investieren. Jetzt gehören sie zu den Größten im Knoblauchsland.«

Schon wieder ein Junior, dachte Paul mit mäßigem Interesse.

Der Junior, ein freundlicher Endzwanziger mit kräftigem Händedruck, führte die beiden an einem ebenfalls gläsernen

Kesselhaus mit chromglänzenden Wassersilos vorbei in die Lagerhalle. Fein säuberlich nach Farben sortiert standen dort hohe Stapel Gemüse- und Obstkisten. Per Knopfdruck öffnete der junge Mann ein surrend zur Seite gleitendes Tor und führte sie in einen peinlichst sauber gehaltenen Raum, aus dem ihnen kalte Luft entgegenschlug.

Kaum hatten sie den Kühlraum betreten, schloss sich die Tür hinter ihnen. Hier lagerte die Ernte des Vormittags bei schätzungsweise sechs bis acht Grad. Paul beobachtete, wie Jan-Patrick sich verschiedene Kisten mit Gurken, Karotten, Zucchini und Salaten zeigen ließ, die Frische der Ware mit Händen und Nase prüfte, während die Finger des Juniors über ein Palmtop flitzten und die Bestellungen eingaben.

»Ich habe mit meinem Nachbarn, Herrn Flemming, gerade über die Wiesingers gesprochen. Schlimme Sache mit dem Senior, nicht?«, übte sich Jan-Patrick im Smalltalk.

»Hans-Paul Wiesinger war eine integere Persönlichkeit,« antwortete der junge Mann politisch korrekt, »ein überzeugter Franke.«

Paul fröstelte. »Ziemlich kalt hier drin«, sagte er und beschloss, den Junior ein wenig aus der Reserve zu locken. »Wiesingers Sohn übernimmt ja jetzt den Laden. Trauen Sie ihm das zu?«

Der Gemüsebauer schaute Paul mit einem Anflug von Argwohn an. »Ja«, sagte er entschieden. »Wiesinger mag privat nicht den besten Ruf haben, aber er ist ein guter Geschäftsmann. Wissen Sie, er ist Diplomkaufmann, kein Metzger. Trotzdem kennt er sich in der Produktion sehr gut aus. Und er hat es geschafft, innerhalb der letzten drei Jahre den Umsatz beinahe zu verdoppeln und gleichzeitig die Personalstärke zurückzufahren.« Bewunderung schwang in seiner Stimme mit.

Paul malte sich aus, dass die beiden Yuppi-Junioren wahrscheinlich in ihrer Freizeit zusammensaßen und mit ihren Erfolgen prahlten.

»Bei allem Mitgefühl wegen des Todes von Hans-Paul Wiesinger: Andi hat jetzt endlich freie Bahn. Er muss sich nicht länger wegen jeder Kleinigkeit vor seinem alten Herrn rechtfertigen.« Der junge Gemüsebauer spielte wohl auf seine eigene Situation an, als er hinzufügte: »Wenn man die Geschäfte im Grunde schon selbst führt, aber ständig jemanden im Nacken sitzen hat, der alles besser zu wissen glaubt, kann ein harter Schicksalsschlag auch eine Erlösung sein.«

»Sie meinen, sein Vater konnte nicht loslassen?«

Der junge Mann nickte. »Hans-Paul Wiesinger galt als ziemlich stur, wenn es nicht nach seinem Kopf ging. Entsprechend schwierig waren die Familienverhältnisse.«

Bei dem Wort Familienverhältnisse fiel bei Paul der Groschen: Er erinnerte sich vage an eine wilde Geschichte aus dem Wiesinger-Klan. Sie mochte inzwischen gut fünfzehn Jahre zurückliegen. Wenn nicht sogar länger. Hans-Paul und seine Frau hatten sich damals völlig überraschend getrennt. Zunächst hatte dieser Bruch allen Kennern der feinen Gesellschaft Rätsel aufgegeben. Erst allmählich war durchgesickert, dass das Paar wohl in angetrunkenem Zustand aneinandergeraten war. Angeblich hatte Wiesinger seine Frau im Salon der Villa mit einer Pistole bedroht. Ein Schuss löste sich, und eine Kugel bohrte sich in eine der griechischen Säulen. Frau Wiesinger verzichtete seinerzeit auf eine Anzeige, und der Hausanwalt regelte den Rest, damit die Staatsanwaltschaft nicht aktiv werden konnte. Auch die Presse hielt still; alles drang nur in Form von nicht druckfähigen Gerüchten an die Öffentlichkeit. Frau Wiesinger zog unmittelbar nach diesen Vorfällen nach Baden-Baden, wo sie seitdem residierte. Äußerst komfortabel ausgestattet mit einer jährlichen Garantiedividende aus den Unternehmenserlösen auf Lebenszeit.

Seitdem war es ruhig geworden um das Privatleben des alten Wiesinger – er hatte den Skandal ganz einfach ausgesessen. Dagegen sorgten die amourösen Eskapaden seines Sohnes umso häufiger für Schlagzeilen, was den Vater gewurmt haben musste, denn ein unsolides Privatleben vertrug sich ganz und gar nicht mit dem bodenständigen Image eines Rostbratwurstproduzenten.

Paul fröstelte erneut, und er suchte nach dem Tor. Als der Junior auf sein Ansinnen aufmerksam wurde, lächelte er und zog eine kleine Fernsteuerung aus seinem Kittel. »Sesam öffne dich«, sagte er.

Dankbar trat Paul ins Freie. Er lehnte sich an die Motorhaube des Lieferwagens und dachte über den Fall Wiesinger nach. Gab es inzwischen neue Ermittlungsergebnisse? Einer spontanen Eingebung folgend griff er nach seinem Handy und tippte Blohfelds Büronummer ein.

In der Redaktion meldete sich eine junge Frau. Nein, sagte sie, Herr Blohfeld sei nicht zu sprechen. Er führe gerade ein Vorstellungsgespräch mit einer neuen Praktikantin.

Das ging aber schnell, dachte Paul. Sogar verdächtig schnell. Dennoch freute er sich für Antoinette. Er bedankte sich für die Information und wollte schon die Abbruchtaste drücken, als die auskunftsfreudige Mitarbeiterin preisgab, dass Blohfeld dieses Gespräch nicht in seinem Büro, sondern im *Café Central* in der Augustinerstraße führte.

Im *Central?*, fragte sich Paul erstaunt. Was suchte der alte Haudegen Blohfeld in dieser Schickimicki-Bar? Sehr schnell zählte er dann aber eins und eins zusammen. Blohfeld war gut zehn Jahre älter als er – allerdings auch um einiges skrupelloser. Was versprach sich der Boulevardreporter von dem Ausflug ins Szeneleben mit der schönen Antoinette an seiner Seite?

Neugierig tippte Paul Blohfelds Handynummer ein. Er wartete, bis die Verbindung endlich stand. Es tutete ein Mal, es tutete zwei Mal. Nach dem dritten Mal reagierte Blohfeld – allerdings anders, als Paul erwartet hatte.

Fassungslos starrte er auf das Display seines Telefons. »Er hat mich weggedrückt«, sagte Paul. »Er hat mich einfach weggedrückt ...«

6

Es war eine etwas eigentümliche, aber längst liebgewonnene Angewohnheit von Paul, jeweils zwei Bücher gleichzeitig zu lesen. Das hieß im Wechsel mal vier oder fünf Kapitel von dem einem, dann wiederum drei oder vier Kapitel von dem anderen Buch. Während er nach seiner Rückkehr ausgestreckt auf seinem Sofa in seiner geräumigen Atelierwohnung lag und sich durch das große, ovale Oberlicht die Sonne ins Gesicht scheinen ließ, näherte er sich gerade der Seite 300 von Philippe Djians etwas sperrig geratenem Roman *Sirenen,* den er abwechselnd mit der erotischen Anthologie *Haut und Haar* von Linda Jaivin las, als wiederholtes Hupen an sein Ohr drang.

Paul sah zunächst nicht ein, warum er sich wegen eines hupenden Autos unten am Weinmarkt aus Djians skurriler Story um den Polizisten Nathan, der als erfolgloser Polizist und unglücklicher Liebhaber ständig zwischen die Fronten gerät, reißen lassen sollte. Doch als das Hupen nicht aufhören wollte, stand er auf und ging zum Fenster. Er beugte sich so weit vor, bis er zur Straße hinunterblicken konnte.

Er erkannte Katinka sofort. Ihr langes blondes Haar bildete einen starken Kontrast zur dunkelroten Ledergarnitur ihres schwarzen Mini-Cabriolets.

»Hast du Zeit?«, rief sie zu ihm herauf.

Paul freute sich, die Staatsanwältin zu sehen, und noch viel mehr freute er sich darüber, dass sie offenbar in privater Mission unterwegs war. »Klar doch!«, rief er laut zurück.

Fein, dachte er guter Dinge und rieb sich die Hände. Er ging zu seiner Küchenzeile, um seine Espressomaschine einzuschalten; gleichzeitig hielt er Ausschau nach zwei unbenutzten Tassen.

Ja, sagte er sich, zurzeit lief es recht gut für ihn. Erst der Auftrag über die Dokumentation der Felsengänge für die Ausstellung *200 Jahre Franken in Bayern,* dann die stetigen Aufträge für Blohfelds Zeitung und schließlich die Aussicht auf eine neue Imagebroschüre für die Wiesingers – was konnte sich ein freier Fotograf Besseres wünschen? Wenn es auch noch im Privatleben bergauf zu gehen schien, dann, ja dann ...

Paul stutzte. Eigentlich hätte Katinka längst vor der Tür stehen müssen. Aber das Klingeln blieb aus. Paul ging zurück zum Fenster und blickte hinab. Ein schadenfrohes Grinsen breitete sich auf seinem Gesicht aus. Ausgerechnet Katinka, das Musterbeispiel einer emanzipierten Frau, versagte beim Einparken in eine Lücke, in die ihr Mini leicht zwei Mal gepasst hätte.

Typisch Kati, dachte Paul, in manchen Dingen war sie einfach viel zu ungeduldig. Belustigt beobachtete Paul das Treiben fünfzehn Meter unter ihm, und ihm war sehr wohl bewusst, dass gerade das sie noch nervöser und hektischer agieren ließ. Mit jedem Vor- und Zurücksetzen brachte sie ihren kleinen Wagen in eine ungünstigere Position. Paul hörte sie bis zu sich hinauf fluchen und fragte sich, wann sie aufgeben und sich lieber einen Platz im Parkhaus am nahe gelegenen Spielzeugmuseum suchen würde.

Dagegen stellte sich der Fahrer eines blauen Lkw wesentlich geschickter an, der gegenüber auf der anderen Seite des Weinmarkts seinen Dreiachser langsam, aber sicher aus einer engen Toreinfahrt bugsierte. Paul verglich die Fahrmanöver der beiden und fühlte sich königlich wohl in seiner erhabenen Position hoch oben über dem Geschehen.

Glucksend vor Freude holte er sich seine Kamera und richtete sie auf Katinkas Mini. Er würde ihr das Foto bei Gelegenheit in ihr Büro mailen, wenn sie ihn – wie es leider oft ihre Art war – bei einer Erkundigung im Auftrag Victor Blohfelds kühl abblitzen lassen wollte.

Inzwischen hatte der Lkw die Einfahrt verlassen, rollte aber rückwärts weiter. Paul fragte sich, warum der Fahrer den Gang nicht herausnahm und wendete. Ausreichend Platz nach vorn hatte er mittlerweile dafür.

Katinka schien endgültig aufzugeben. Sie kurbelte das Lenkrad bis zum Anschlag herum, was Paul fleißig mit Bildern dokumentierte. Sie setzte ein Stück zurück und wollte dann vorstoßen. Doch der Lkw war inzwischen so nahe gekommen, dass sie warten musste.

Paul legte die Kamera beiseite, lehnte sich auf die Fensterbank und stützte sein Kinn abwartend auf seinen Handrücken. Zentimeter um Zentimeter fuhr der blaue Lastwagen weiter rückwärts. Paul sah, wie Katinka ungeduldig mit ihren Fingern aufs Lenkrad trommelte. Zwischen den beiden Fahrzeugen waren jetzt nur noch wenige Meter Abstand. Paul richtete sich auf. Noch drei Meter. Was war da los?

Katinka drückte auf die Hupe.

Nur noch ein Meter. »Katinka!«, rief er laut. »Du musst weiter hupen! Der sieht dich nicht!«

Das tat Katinka und presste beide Fäuste auf die Hupe.

Noch ein halber Meter.

Paul hörte das metallische Knirschen der Tür und das Bersten der Frontscheibe von Katinkas Mini. Er brüllte: »Raus! Du musst sofort raus aus dem Wagen!«

Auch Katinka schrie. Wie besessen fummelte sie an der Gurthalterung herum, hatte aber Probleme sie zu lösen. Paul sondierte in wenigen Sekunden die Lage und suchte den Weinmarkt nach Passanten ab. Doch niemand war zu sehen.

Er hetzte in Richtung seiner Wohnungstür. Obwohl er mehrere Stufen auf ein Mal hinuntersprang, schien sich die Zahl der Treppenstufen wie durch einen bösen Zauber vervielfacht zu haben. Eine Ewigkeit verstrich, bis er endlich ins Freie rannte.

Er eilte auf den Mini zu, der sich unter dem anhaltenden Druck inzwischen bedrohlich zur Seite geneigt hatte. Katinka war noch immer im Sicherheitsgurt gefangen, halb auf dem Fahrer-, halb auf dem Beifahrersitz. Paul rannte zu ihr und hieb mit den Fäusten auf die Gurthalterung ein. Kein Erfolg. Ohne lange nachzudenken, umrundete er den Lastwagen und riss die Fahrertür des Lkw auf.

Das Fahrerhaus war leer! Paul schwang sich auf den Sitz, trat gleichzeitig Bremse und Kupplung durch und legte den Vorwärtsgang ein. Er setzte einige Meter vor, zog die Handbremse fest an und eilte zu Katinka.

Die ließ sich erschöpft zurückfallen. Sie atmete heftig. Ihre Bluse war feucht vom Angstschweiß. Das Haar klebte ihr in der Stirn, und ihre hellen, wasserblauen Augen starrten Paul verwirrt an.

»Komm erst einmal nach oben in meine Wohnung«, sagte er fürsorglich und löste mit einigen energischen Zügen den verklemmten Anschnallgurt. »Du stehst unter Schock und musst dich ausruhen.«

»Einen Dreck werde ich!«, fauchte die Gerettete ihn an. »Wo ist der Fahrer dieses Ungetüms? Mit dem werde ich ein Wörtchen reden.«

Gerade als Paul ihr die Sache mit dem leeren Fahrerhaus beibringen wollte, kam ein Mann von gedrungener Statur und mit hängenden Schultern in einem abgenutzten Blaumann auf sie zu.

»Was, was, was haben Sie mit meinem Last... Lastwagen gemacht?«, stotterte er.

Katinka und Paul sahen sich ungläubig an.

7

Katinka lag auf seinem Sofa genau in der Position, in der es sich auch Paul vor dem dramatischen Vorfall gemütlich gemacht hatte. Sie wartete auf das Eintreffen von Polizei und Abschleppdienst. Von Gemütlichkeit konnte jetzt allerdings keine Rede mehr sein.

»Ich bin gespannt, wie der Fahrer erklären will, dass sich sein Laster selbstständig gemacht hat.«

»Das hat er nicht«, sagte Paul nachdenklich.

»Was willst du damit sagen?«

Selbstverständlich konnte ein Lkw nicht von allein den Rückwärtsgang einlegen und zielgerichtet ein Auto rammen. Paul ahnte mehr als zu wissen, dass es sich um Vorsatz handelte. »Kann es sein, dass irgendjemand mächtig sauer auf dich ist und sich revanchieren wollte?«, fragte er frei heraus.

Katinka lächelte gequält. »Falls du es vergessen haben solltest: Ich bin Staatsanwältin und mache mir von Berufs wegen jeden Tag neue Feinde.«

»Ich habe vorhin ein paar Aufnahmen gemacht«, kündigte er an und hielt den kleinen LCD-Bildschirm auf der Rückseite seiner Digitalkamera so, dass beide darauf schauen konnten. »Die ersten Bilder zeigen dich in deinem Mini.«

»Wenig schmeichelhaft.« Katinka drängte darauf, diese Aufnahmen zu überspringen.

»Hier taucht erstmals der Lkw auf«, erklärte Paul, als er spätere Aufnahmen auf dem Bildschirm erscheinen ließ. »Und dort ist er von der Seite zu sehen.«

Katinka stützte sich auf ihre Ellenbogen, um auf dem winzigen Bild mehr erkennen zu können. »Kannst du näher an das Fahrerhaus heranzoomen?«

»Nichts leichter als das«, sagte Paul und vergrößerte den Bereich.

»Da ist etwas!«, rief Katinka. »Da! Schau genau hin!«

Auch Paul konnte den Umriss einer menschlichen Silhouette erkennen. Ganz eindeutig: Noch kurz vor seinem Eingreifen hatte jemand hinter dem Steuer des Lastwagens gesessen.

Paul versuchte einen Schuss ins Blaue: »Kann es ein Einschüchterungsversuch wegen deiner Ermittlungen im Fall Wiesinger gewesen sein?«

Katinka lächelte schwach. »Gerade dieser Fall ist so klar und präzise, dass sich niemand der Beteiligten von mir in die Enge gedrängt zu fühlen braucht. Außer dem Raubmörder natürlich, aber von dessen Spur sind wir meilenweit entfernt.«

Paul schaltete die Kamera aus und legte sie beiseite. Er schaute Katinka an. So entspannt, wie sie nun auf seinem Sofa lag, die Augen geschlossen, im Sonnenlicht neue Energie tankend, hatte er sie nie zuvor beobachten können. Ihr Verhältnis war – nach vielen Jahren ohne jeden Kontakt – freundschaftlich, aber reserviert. Vielleicht hatte der heutige Tag eine Wende eingeleitet. Ihm wäre das mehr als recht, denn er mochte Katinka sehr. Er war sich selbst nur noch nicht endgültig im Klaren darüber, wie weit dieses Mögen ging.

»Okay«, sagte er dann. »Raubmord. Alles spricht dem ersten Augenschein nach dafür. Aber du wärest nicht die Katinka Blohm, die ich kenne, wenn du nicht trotzdem schon weitere Nachforschungen in Wiesingers Umfeld angestellt hättest.«

Katinka fuhr sich durch das von der Aufregung verschwitzte Haar. »Hans-Paul Wiesinger war ja nicht nur millionenschwerer Würstchenproduzent, sondern ein großes Tier in der Politik. Regionalpolitik. Er war eine der treibenden Kräfte in der Heimatpflege.«

»Ich weiß, im Frankenbund.«

»Nein«, korrigierte ihn Katinka. »Der Fränkische Heimatbund ist das Konkurrenzunternehmen des Frankenbunds.«

»Sind die nicht alle gleich? Sie fordern Franken als eigenständiges Bundesland und diesen ganzen veralteten Unsinn«, meinte Paul.

»Die Heimatfreunde haben durchaus ehrbare Ziele. Zieh das nicht ins Lächerliche.«

»Du hast also bereits Kontakt aufgenommen?«, wollte Paul wissen.

Katinka deutete ein Nicken an. »Ich glaube zwar nicht wirklich an einen Zusammenhang mit Wiesingers gewaltsamem Tod, denn diese Heimatbund-Angelegenheiten reichen nicht im Entferntesten an die Machtkämpfe der großen Politik heran. Aber zugegeben«, sie versuchte ein Lachen, »sie nehmen sich sehr ernst.«

»Ernst genug, um einen Lkw auf dich loszulassen?«

Katinka schüttelte energisch den Kopf. »Ich weiß, dass diese Leute mehrere Vorstöße begangen haben, per Volksentscheid Frankens Unabhängigkeit und Souveränität zu erlangen. Aber führende Köpfe, wie Wiesinger einer war, haben sich inzwischen davon losgesagt.«

»Eben«, beharrte Paul, »vielleicht war genau das Wiesingers Todesurteil.«

»Mach dich nicht lächerlich«, sagte Katinka. »Wir Franken mögen stolz auf unsere Herkunft sein, meinetwegen auch stur und in gewisser Weise querköpfig. Aber eines sind wir ganz gewiss nicht: radikal.«

Jetzt musste Paul lachen, doch er hielt sofort inne, als er bemerkte, wie Katinka erschrocken ihre Hand vor ihren Mund presste. »Was ist los?«, fragte er besorgt.

»Mir ist etwas eingefallen«, sagte sie leise. Katinka holte tief Luft. »Wahrscheinlich ist es nur ein Zufall: Ein Kollege von mir war vor knapp zwei Jahren ebenfalls wegen einer Strafsache mit dem Heimatbund in Kontakt getreten.« Sie schluckte. »Er hatte kurz darauf einen Unfall – einen mit tödlichem Ausgang.«

Paul sah sie besorgt an. »Was war das für ein Unfall?«

»Er ist auf regennasser Fahrbahn ins Schleudern geraten und gegen einen Baum geprallt. Mir ist das sehr genau in Erinnerung geblieben, denn ich war auf seiner Beerdigung. Niemals werde ich die Gesichter seiner Frau und seiner beiden kleinen Kinder vor dem offenen Grab vergessen.«

Paul runzelte die Stirn. »Kati – ich kann mir denken, wie du dich momentan fühlst, und – zugegeben – ich habe dich ja selbst zu solchen Gedanken inspiriert. Aber hier eine Parallele zu konstruieren, erscheint mir doch abwegig«, versuchte er sie zu beruhigen. »Wie du schon sagtest: Es ist sicher nur eine zufällige Ähnlichkeit.«

Er bot ihr eine zweite Tasse Kaffee an, die sie dankend ablehnte.

»Etwas Kühles wäre mir lieber«, sagte sie und fächelte sich mit der Hand Luft zu. »Hannahs neue allerbeste Freundin hatte letztens ein sehr erfrischendes Rezept parat: Citron pressé – frisch gepresster Zitronensaft, etwas Zucker, Wasser und vor allem viele Eiswürfel.«

Paul machte sich auf die Suche nach einer Zitrone in seinem mager bestückten Kühlschrank.

»Kann ich dir etwas anvertrauen, ohne dass du gleich deinen Kumpel Blohfeld einbeziehst?«, fragte Katinka.

Er nickte unverbindlich, denn diese Bemerkung kränkte ihn.

»Es gibt – trotz aller vordergründigen Klarheit – tatsächlich ein paar große Fragezeichen im Fall Wiesinger«, setzte Katinka an.

Paul verließ augenblicklich die Schmollecke und spitzte die Ohren.

Katinka schaute nachdenklich, bevor sie sagte: »Uns gehen die Spuren aus.«

»Wie das?«, horchte Paul auf. Inzwischen hatte er wider Erwarten eine leidlich frische Zitrone gefunden und machte sich daran, Katinka und sich einen Drink zu mischen.

Katinka strich sich eine blonde Strähne hinters Ohr. »Wir haben einen Toten, jede Menge Unordnung, sogar ein zerbrochenes Fenster, aber keinerlei verdächtige Fingerabdrücke.«

»Schon mal etwas von Handschuhen gehört?«, ärgerte Paul sie und servierte die Getränke.

Katinka verzog den Mund. »Das ist es nicht allein«, sagte sie geheimnistuerisch. »Weißt du: Wo es ein geborstenes Fenster gibt, gibt es normalerweise auch Fußspuren im Bereich rund um das Fenster. Im Garten zum Beispiel.«

»Ja«, sagte Paul. »Man gießt dann Gips in die Abdrücke, und schon hat man die verräterische Sohle des Täters.«

»Genau«, bestätigte Katinka. »Man kann es aber auch zeitgemäßer ausdrücken. Wir sind zum Beispiel in der Lage, die triboelektronische Aufladung des Untergrundes durch das Gehen zu rekonstruieren und dadurch auf die latenten Muster eines bestimmten Fußabdrucks zu schließen. Auch die interferenzholografische Abbildung eines Fußabdrucks ist verräterisch«, sagte sie zu Pauls Erstaunen. »Und notfalls können wir jede Oberfläche mit Infrarotlicht nach frischen Spuren scannen«, setzte sie fort.

»Lass mich raten«, sagte Paul schließlich. »Ihr habt trotz High Tech nichts Verräterisches feststellen können.«

Katinka nahm sich die Zeit, die Zitronenlimonade in einem Zug auszutrinken. »Weißt du, es gibt jährlich über 50 000 Einbrüche und in 75 Prozent der Fälle hinterlassen die Täter verwertbare Fußabdrücke. Aber hier«, sagte sie niedergeschlagen, »gibt es nichts. Rein gar nichts außer den Hinterlassenschaften der Familie selbst, denen der Angestellten, unserer Polizeibeamten, eines trampeligen Zeitungsfotografen und ein paar weiteren harmlosen Spuren; der Größe nach zu urteilen wohl die einer Putzfrau. Aber der Täter, den unser Gerichtsmediziner aufgrund der Wucht des Schlages für einen stattlichen Mann hält, scheint eingeschwebt zu sein.«

»Wie Tom Cruise in dem Film *Mission Impossible* vielleicht?«, fragte Paul, um Katinka aufzumuntern.

Katinka gelang ein schiefes Lächeln. »Da trennen sich wohl die Wege zwischen der nüchternen Ermittlerin und dem von seiner Phantasie gesteuerten Künstler.« Sie machte Anstalten, sich von ihm zu verabschieden. »Ich muss mich jetzt wirklich um mein Auto kümmern«, sagte sie ausweichend, als Paul ihr seine weitere Hilfe in dieser Angelegenheit anbot. »Der Abschleppdienst ist sicher schon da«, beeilte sie sich festzustellen. »Danke nochmals, mein Lebensretter.«

8

Über sein Fensterbrett gebeugt wartete Paul so lange, bis Katinkas Wagen am Abschlepphaken hing. Er winkte ihr noch einmal zu, bevor sie in ein Taxi stieg und abfuhr. Die Sonne knallte vom stahlblauen Himmel herunter und ließ die Luft über dem Kopfsteinpflaster des Weinmarktes flimmern. Paul betrachtete versonnen sein Revier. Seine Blicke schweiften über die teils zweckmäßig schlichten, teils historisch verwinkelten Hausfassaden. Er sah hinüber zum prächtig restaurierten ehemaligen Irrerbad. Dann zum etwas in den Hintergrund versetzten Laden des Metzgers, zum – wie ein Farbklecks wirkenden – Stand seiner Gemüsefrau, gefolgt vom Antiquitätenhändler und natürlich von Jan-Patricks formidablem Lokal, dem *Goldenen Ritter*.

Gerade als er das schmale Fachwerkhaus mit der blau gestrichenen, schmiedeeisernen Eingangspartie betrachtete, öffnete sich die Tür und Jan-Patrick trat in die Nachmittagssonne heraus. Paul nahm seine Kamera zur Hand und holte die Szene mit dem Teleobjektiv näher zu sich heran: Er beobachtete, wie Jan-Patrick ein Handy aus seiner Tasche zog und eine Nummer eintippte.

Als wenig später Pauls Telefon klingelte, musste er kein Hellseher sein, um zu wissen, wer am Apparat war.

»Ich habe die Sache für dich eingefädelt«, meldete sich der Koch wie immer mit breitem fränkischem Dialekt.

»Und ich habe dich genau im Fokus«, sagte Paul und betätigte den Auslöser, sobald Jan-Patrick zu ihm aufsah.

»Sehr witzig«, sagte der Küchenmeister und strich sich schnell die schwarzen, öligen Haare zurecht. »So möchte ich mich aber nicht in der Zeitung sehen.«

»Keine Sorge«, lachte Paul. »So würde dich auch niemand drucken!«

»Ich habe mit Wiesinger telefoniert.«

»Was?«, fragte Paul ungläubig. »Ich dachte, du würdest zumindest eine gewisse Zeit damit warten. Aus Pietätsgründen.«

»Ach was«, tat der Koch Pauls Bedenken ab. »Ich habe den Kondolenzanruf damit verbunden, ihn auf eine Neuauflage seines Imageprospekts anzusprechen.«

Paul wunderte sich sehr darüber, dass Andi Wiesinger in seiner augenblicklichen Situation ein Ohr für diese Lappalie hatte. Zugegeben: Tiefgreifende Trauer hatte er nicht gezeigt, als er an der Wiesinger-Villa mit seinem Porsche vorgefahren war. Paul konnte sich denken, dass der Junior unter großem Erwartungsdruck stand und sich eine lange Trauerarbeit wahrscheinlich gar nicht erlauben durfte.

»Ehe ein anderer Fotograf bei ihm anklopft, habe ich dich ins Spiel gebracht«, sagte Jan-Patrick.

»Danke.« Paul freute sich über das Engagement seines Freundes. »Wann darf ich in sein Büro kommen?«

Paul beobachtete durch sein Objektiv, wie der Koch den Kopf schüttelte.

»Nein, nein«, sagte Jan-Patrick, »so läuft das nicht. Du triffst ihn heute Abend im *Parkcafé*.«

»Im *Parkcafé*?« Pauls Freude verwandelte sich in Skepsis. »Da ist es laut und gestopft voll mit den Schönsten der Schönen.«

»Dann bist du dort ja genau an der richtigen Adresse.« Jan-Patrick zwinkerte ihm zu.

Paul legte die Kamera beiseite und konzentrierte sich aufs Telefonieren. »Nun mal im Klartext: Ich soll ein Bewerbungsgespräch in der Disco führen?«

»Wiesinger und seine Clique haben dauerhaft eine lauschige Ecke im großen Saal des Lokals reserviert. Ihr sitzt in gemütlichen Plüschsesseln, lasst euch vom künstlichen Sternenhimmel inspirieren und könnt ab und zu sogar einen Blick auf die eine oder andere vorbeihuschende Schönheit ergattern. Wenn das keine ideale Basis für einen lohnenden Vertragsabschluss ist, will ich Paul heißen.«

»Bleibe lieber bei Jan-Patrick«, sagte Paul. Er bedankte sich bei seinem Freund. »Was kann ich als Gegenleistung für dich tun? Die eben gemachten Fotos vernichten?«

»Das sowieso«, sagte der Wirt. »Außerdem kannst du mir ein Bratwurstrezept liefern.«

»Bitte?«

»Du hast richtig gehört. Dieses ganze Gerede und die Zeitungsartikel über die Wiesingers haben mich auf den Geschmack gebracht: Mein Beitrag für die Landesschau *200 Jahre Franken in Bayern* wird eine täglich wechselnde Speisekarte mit variierenden Rostbratwurstgerichten sein.«

»Das hast du nicht wirklich vor.«

»Doch«, sagte der andere mit felsenfester Überzeugung. »Und ich denke dabei weder an Würstchen in Aspik noch an Wurstsalat mit Zwiebeln, sondern an wirklich ausgefallene Kreationen.«

Kaum hatte Paul aufgelegt, klingelte sein Telefon erneut. Er nahm ab in der Annahme, noch einmal Jan-Patrick in der Leitung zu haben.

»Was gibt es noch?«, fragte er freundlich. Am anderen Ende blieb es ruhig. Paul hörte lediglich ein leises Rauschen.

»Hallo?«, fragte er.

In das leise Rauschen mischte sich ein feines Knistern, und Paul gewann den Eindruck, jemanden atmen zu hören. Das Atmen klang merkwürdig verzerrt. Beinahe metallisch.

»Hallo?«, fragte er erneut. Dann wurde die Verbindung unterbrochen.

9

Während der Vorbereitungen auf den Abend sah sich Paul vor zwei Probleme gestellt. Das erste war die Garderobe. Heute war Donnerstag, und er wusste durchaus, dass das *Parkcafé* sehr in und sehr schick war – und der Großteil seiner Besucher halb so alt wie er. Da er nicht in Szene-Kneipen ein- und ausging, fehlte ihm die dafür notwendige Coolness. Nach längerem Nachdenken entschied er sich für ein schlichtes, dunkelgraues

T-Shirt und einen lässig fallenden schwarzen Anzug. Denn Schwarz ist immer angesagt, dachte er sich, und ein bisschen wie ein Künstler sah er damit auch aus.

Das zweite Problem bestand darin, dass er sich nur sehr ungern allein unter das Publikum im *Parkcafé* mischen wollte. Er musste nicht lange über eine geeignete Begleitung nachdenken, und tatsächlich erklärte sich Hannah sofort bereit mitzukommen, als er sie anrief und zum Abend einlud.

»Also dann bis um zehn!«

»So spät?«, fragte Paul.

»Vorher ist da nichts los«, sagte Hannah nachsichtig. »Wiesinger wird sowieso kaum vor Mitternacht eintreffen.«

Sie nahmen Pauls Renault, und obwohl es ein kurzes, kompaktes Auto war, brauchten sie lange, um eine passende Parklücke zu finden.

»Kommen Sie«, sagte Hannah unternehmungslustig, als sie ausstiegen.

Sie trug eine offenherzige weiße Bluse, über deren Kragen ihre Locken bei jedem Schritt auf und ab wippten.

»Was macht Antoinette heute Abend?«, erkundigte sich Paul, während sie über eine hölzerne Brücke im menschenleeren Stadtpark gingen und mit ihrem Gespräch eine schlummernde Entenfamilie aufscheuchten.

»Joggen und was-weiß-ich«, sagte Hannah kurz angebunden.

»Nanu?«, wunderte sich Paul laut. »So wenig auskunftsfreudig, wenn es um deine neue beste Freundin geht?« Über ihnen raschelte leise das Laub, und Paul sog den sommerlichen Duft nach frisch gemähtem Gras ein, über das sich allmählich der Dunst des niedergehenden Taus legte.

»Sie ist ja ganz okay«, sagte Hannah zögerlich. »Eigentlich sogar verdammt okay. Aber in letzter Zeit benimmt sie sich merkwürdig. Und sie macht die Männer total uncool an. Ich blicke einfach nicht mehr durch, was sie eigentlich will.«

»Du musst tolerant sein«, sagte Paul. »Sie kommt aus einem anderen Kulturkreis. Sieh es als eine Chance, deinen Horizont zu erweitern.«

»Jetzt reden Sie genauso bescheuert wie meine Mutter«, protestierte Hannah. »Auf jeden Fall ist Antoinette nicht mehr dieselbe wie am Anfang, als ich sie kennen gelernt habe. Sie ist launisch geworden und aggressiv. Und dann die Sache mit Ihnen – ich meine: Es ist doch nicht normal, einen Typen anzubaggern, der fast dreimal so alt ist wie man selbst.«

»Doppelt«, korrigierte Paul.

Hannah nickte missmutig. »Meinetwegen doppelt. Aber ihr Vater könnten Sie locker sein.«

»Da hast du Recht«, sagte Paul.

»Ich glaube, Antoinette geht sehr bald zurück nach Frankreich. Ihre Erwartungen an ihre Zeit in Nürnberg waren wohl zu hoch. Sie macht jedenfalls einen ziemlich gefrusteten Eindruck auf mich.«

Das *Parkcafé* begrüßte sie im Dämmerlicht mit angenehm unaufgeregter Chill-out-Musik. Junge Leute in Bastsesseln schlürften auf der weitläufigen Terrasse Cocktails und unterhielten sich zwischen Palmwedeln und Bambushecken.

Sie gingen hinein und passierten einen langen, halbdunklen Flur. Alle Sitzgelegenheiten waren besetzt. Aus den Augenwinkeln registrierte Paul knutschende Pärchen, Bier trinkende Herrenrunden und kichernde Frauen undefinierbaren Alters, die nach jedem männlichen Besucher interessiert die Hälse reckten.

Hannah führte ihn an einer langen Bar vorbei, die inmitten eines ebenfalls langgezogenen Raums platziert worden war. Drei Barkeeper hatten alle Hände voll zu tun, den Wünschen der Gäste auf den unzähligen Barhockern nachzukommen.

»Kommen Sie. Wir gehen ins Allerheiligste«, leitete Hannah ihn weiter. Paul folgte ihr in einen sparsam beleuchteten Raum oder vielmehr Saal, der von einer samtenen dunkelblauen Deckenverkleidung dominiert wurde, die wie ein

Baldachin Falten schlug. Tausende winziger Glühbirnen, die Sternbilder bildeten, sorgten dafür, dass sich die Gäste wie unter freiem Himmel fühlten.

»Dort hinten sitzt er«, sagte Hannah.

Pauls Augen mussten sich erst an das Zwielicht gewöhnen, dann erkannte er einige Männer, die sich durch ihre teuren, trendigen Outfits vom vorwiegend jugendlichen Publikum des Clubs abhoben.

»Warten wir den Auftritt der Schnecke ab«, riet Hannah, und Paul wusste sofort, was sie meinte: Eine wasserstoffblonde Schönheit hatte sich vor der Männerrunde in Position gebracht. Sie trug ein rotes Rüschenröckchen und ein enges schwarzes T-Shirt. Offenbar eine Kellnerin, die die Aufnahme ihrer Bestellung damit verband, mit den Gästen zu flirten und dabei eifrig mit den Hüften zu wackeln.

»Lassen wir sie geiern«, riet Hannah. »Danach sind sie weniger abgelenkt und offener für Gespräche.«

»Was redest du da?«, zweifelte Paul Hannahs Taktik an. Doch offenbar behielt Hannah Recht. Die Männer schienen sich köstlich zu amüsieren, bestellten neue Drinks und übertrafen sich darin, die junge Frau zu umgarnen.

»Wer sind die beiden Typen neben Wiesinger?«, wisperte Paul Hannah zu.

»Was, die kennen Sie nicht?«, entgegnete Hannah verblüfft. »Der Linke, der mit den blondierten Haarspitzen und dem Zahnpastalächeln, ist Kevin Modzig, der Club-Kicker. Und der andere, rechts neben Wiesinger, ist ein total hipper In-Frisör. Leitet die bestgehenden Salons in Nürnberg. Alles ziemliche Antitypen, wenn Sie mich fragen.«

Als sich die Kellnerin zurückzog, drängte Hannah Paul zum Angriff, und sie gingen zu Wiesinger herüber. Paul grüßte. Der Würstchenbaron sah deutlich entspannter aus als bei ihrer letzten Zusammenkunft.

»Mein Beileid noch einmal«, sagte Paul und merkte im selben Moment, dass diese Bemerkung völlig fehl am Platz war.

Wiesinger schaute nur kurz von einem grünlich schimmernden Getränk auf. »Sorry«, sagte er unverbindlich und ohne Paul dabei wirklich anzusehen, »aber kennen wir uns?«

Paul beeilte sich, ihm ihre Begegnung vor der Wiesinger-Villa in Erinnerung zu rufen und Jan-Patricks Empfehlung ins Gespräch zu bringen.

Wiesinger fing kurz die Reaktion seiner Tischnachbarn ein und winkte Paul – auch im Hinblick auf die junge Begleiterin – zu sich heran. Paul und Hannah quetschten sich in die Sitzecke und lächelten ein wenig verlegen.

»Wollen Sie uns nicht Ihre hübsche Freundin vorstellen?«, forderte Kevin Modzig Paul auf, wobei er Hannah unverhohlen taxierte.

»Das kann ich schon selbst«, sagte Hannah selbstbewusst. »Hannah Blohm, Studentin, ehemaliges Nürnberger Christkind und bekennender Fan von den Kickern der Spielvereinigung Greuther Fürth.«

Dem Star des 1. FC Nürnberg klappte prompt die Kinnlade herunter und er schaute wenig intelligent in die Runde.

Wiesinger lachte laut auf und klopfte sich auf die Schenkel. »Nicht schlecht, Baby, nicht schlecht!« Er musste sich vor Lachen eine Träne aus den Augenwinkeln wischen. Dann wandte er sich Paul zu. »Sie wollen also einen neuen Prospekt für meine Firma fotografieren. Schön. Sie können den Auftrag haben.«

Paul nickte und fühlte sich ein wenig überfahren.

Wiesinger sah ihn ernst an. »Ich möchte meinen Betrieb als modernes Unternehmen mit langerprobter Kompetenz dargestellt wissen. Gestalten Sie es so, dass Sie die jahrhundertealte Tradition in eine moderne, zeitgemäße Hülle verpacken.« Das war keine Bitte, sondern ein Befehl.

Paul überlegte sich, wie er das anstellen sollte, und erkundigte sich: »Kann ich Fotos von Ihrer Fertigung machen?«

Wiesinger winkte entschieden ab. »Völlig falscher Ansatz«, sagte er resolut. »Keine Fotos von der Produktion! Die Leute wollen keine Schweinehälften sehen und keinen Fleischwolf in Aktion. Alles muss ästhetisch und appetitlich herüberkommen. Meinetwegen ein paar Aufnahmen von unserem Präsentationsraum, hauptsächlich aber das fertige Produkt: knusprig braun gebraten, möglichst auf flackerndem Holzkohlegrill.« Wiesingers Augen leuchteten, und Paul erkannte, dass er mit einem Vollblutunternehmer sprach. Jemand, der nicht unbedingt eine neue, nie dagewesene Vision verfolgte, der aber voller Überzeugung und Hingabe handelte.

Bei allen Vorbehalten, die Paul gegenüber dem playboyhaften Auftreten Wiesingers hegte, musste er ihm Professionalität zugestehen. »Ich bin gern bereit, die Aufnahmen nach Ihren Ansprüchen zu gestalten«, sagte Paul freundlich.

»Ich merke schon: Wir verstehen uns.« Wiesinger reichte Paul die Hand. »Mein Vater hätte sicherlich die gleiche Wahl getroffen.«

Als Paul betreten zu Boden sah, ergänzte Wiesinger: »Mein Verhältnis zu meinem Vater war eher geschäftlicher Natur. Ich habe ihn respektiert.«

Wiesinger legte alle eitlen Attitüden ab, als er erklärte: »Er hat meinen Arbeitsstil geschätzt, sich aus dem Betrieb herausgehalten und«, fügte er mit schmalem Lächeln hinzu, »den Großteil des Gewinns eingestrichen. Privat ist jeder seine eigenen Wege gegangen. Aber das ist ja kein Geheimnis.« Wiesinger nahm seine arrogante Selbstgefälligkeit wieder auf, als er sich zurücklehnte und sagte: »Durch den Tod meines Vaters wird sich in unserem Betrieb nichts verändern. Ich habe nicht vor, in irgendeiner Weise neue Saiten aufzuziehen – außer vielleicht, dass ich die horrenden Spendengelder für den Fränkischen Heimatbund zusammenstreichen werde«, endete er lachend.

Der Club-Profi schien sich inzwischen von Hannahs verbaler Ohrfeige erholt zu haben, denn er hatte zu seinem Zahnpastareklamelächeln zurückgefunden und wagte einen neuen Versuch, bei ihr zu landen: »Hat das forsche Ex-Christkind vielleicht Lust auf eine Spritztour mit dreihundertsechzig PS unter der Haube?« Modzig zwinkerte dem Starfrisör dabei verschwörerisch zu.

Paul schaute Hannah gebannt an und freute sich auf eine weitere schlagfertige Antwort. Doch sie schaute den Fußballer nur mit großen Augen und voller Unverständnis an. Es war selten, dachte Paul mit gewisser Genugtuung, Hannah einmal sprachlos zu erleben.

Nachdem sie sich von der Männerrunde verabschiedet hatten, konnte er sich die Frage dann doch nicht verkneifen: »Ich dachte, dein Motto lautet, möglichst viel Spaß zu haben. Diesen Eindruck hast du gerade eben nicht gemacht.«

Hannah verzog das Gesicht. »Spaß ja – aber bitte mit Typen, die ich mir selbst aussuche.«

Paul schmunzelte. Als Dank für ihre sehr förderliche Begleitung wollte er Hannah zu einem Mitternachtsmahl einladen. »Hier gibt es zwei Restaurants, du hast die Wahl«, sagte er gönnerhaft. Er schnappte sich einen Flyer mit der aktuellen Speisefolge von einem Stehtisch und las: »Thaibasilikum-Crèpes, Stör-Mousse, Lachs-Gurken-Maki ...«

Hannah schaute skeptisch. »Sie wissen doch: Ich stehe weder auf angesagte Bars noch auf teure Küchen.« Nun lächelte sie. »Verstehen Sie mich nicht falsch: Ich bin heute Abend gern mitgekommen, weil ich die Sache an sich spannend fand. Aber wenn Sie mir etwas zu essen anbieten wollen, dann plündern wir doch lieber Ihren Kühlschrank daheim«, schlug sie vor.

Paul wog die möglichen Folgen kurz ab, stimmte dann aber zu. Warum nicht, sagte er sich, seine Freundschaft zu Hannah war inzwischen reichlich erprobt und unverfänglich. Vielleicht würde er ihr demnächst sogar das Du anbieten. Andererseits: Man sollte ja nichts überstürzen.

10

Als Paul die Tür seines Appartements aufschloss und das Licht einschaltete, begrüßte sie vom gegenüberliegenden Ende des Flurs der lebensgroße Schwarzweißabzug einer nackten Farbigen, von Paul liebevoll seine »Mokkabraune« genannt. Ein fotografisches Frühwerk, auf das er aber nach wie vor stolz war.

Auch Hannah hatte eine Schwäche für seine Aktfotografie und erkundigte sich regelmäßig nach neuen Werken. Heute Nacht aber hatte sie – abgesehen von unbändigem Appetit auf Zwiebelringe und Kartoffelchips – nur Interesse daran, das soeben Erlebte aufzuarbeiten.

»So dekadent kann doch niemand wirklich sein«, schimpfte sie vor sich hin.

»Sprichst du von Modzig oder den anderen?«, fragte Paul, nahm sich einen der wenigen übrig gebliebenen Chips und kuschelte sich in seine Sofaecke. Zum Trinken hatte er sich ein dunkles *Gutmann*-Hefeweizen bereitgestellt.

»Von allen«, wetterte Hannah und stopfte die letzten Zwiebelringe in ihren Mund. »Ich meine: Der Wiesinger ist verheiratet, oder? Aber wo war heute Abend seine Frau? Ich wette, der Typ hat die Kellnerin mit dem roten Rock, kaum dass wir gegangen waren, abgeschleppt. Jede Wette, der ist jetzt mit ihr im Hotelzimmer«, ereiferte sie sich, und ihre Wangen begannen zu glühen.

»Na und?«, entgegnete Paul, wobei er seine lässige Haltung beibehielt und genüsslich an seinem Bier nippte. »Es kann uns doch egal sein, ob Wiesingers Ehe intakt ist.«

»Trotzdem«, beharrte Hannah, und Paul konnte ihr ansehen, dass sie diese Sache in sich hineinfraß. »Ich möchte zu gern wissen, wie seine Frau aussieht«, sagte sie bärbeißig.

»Wiesingers Frau?«

»Ja! Ich will wissen, was für ein Typ Frau sich in aller Öffentlichkeit von ihrem Mann bloßstellen lässt.«

Paul überlegte einen Moment lang. Dann raffte er sich auf und holte seine Kamera von der Fensterbank. Er setzte sich neben Hannah. »Augenblick«, sagte er, »ich habe den Chip noch nicht gelöscht.« Er aktivierte das kleine LCD-Display am Rücken des Fotoapparats. »Das sind die Fotos, die ich vom Ehepaar Wiesinger gemacht habe. Am Tatort; du weißt schon.«

Hannah beugte sich interessiert vor. »Das ist die Wiesinger?«

»Ja, eine exotische Schönheit. Brasilianerin und wie man hört auch nicht gerade die Jungfrau von Orleans. Enttäuscht?«

Hannah sah näher hin. Dann lächelte sie böse. »Nein, ganz im Gegenteil: Sehen Sie ihre Augen? Diese Frau weiß, was gespielt wird. Wiesinger kann ihr nichts vormachen. Sie ist ihm immer einen Schachzug voraus.«

Paul lachte über Hannahs starke Einbildungskraft. »Und das erkennst du alles in einer winzig kleinen Digitalaufnahme einer Frau, die dir völlig unbekannt ist?«

»Ja«, sagte Hannah voller Überzeugung. »Nennen Sie es Intuition – ich denke, dass es nicht Andi Wiesinger ist, der das Sagen hat, sondern seine Frau.«

»Deine weibliche Intuition in Ehren, aber ich glaube dir kein Wort«, sagte er amüsiert und blätterte weiter durch die Bilder. Er war jetzt bei den Aufnahmen angelangt, die den Porsche zeigten.

Auf dem Foto konnte man die edle Ledergarnitur des Sportwagens erkennen. Noch einmal drückte Paul die Vorwärtstaste, und jetzt füllte das Cockpit des Sportwagens den kleinen Bildschirm.

Paul sah für einen Moment gedankenverloren auf das Bild.

Dann fiel ihm etwas auf. Er betätigte mit dem Daumen das Rädchen, mit dem er den Vergrößerungsgrad der Aufnahme verändern konnte. Er drehte so lange, bis die Tankanzeige den Rahmen füllte.

»Was tun Sie?«, wollte Hannah wissen.

»Ich weiß noch nicht«, sagte Paul angespannt. Dann stand er unvermittelt auf. Schnellen Schrittes ging er hinüber zu seinem Schreibtisch, einer auf zwei grazilen Stützen liegenden Glasplatte.

Er schloss die Kamera an den USB-Anschluss seines Computers an und startete den großen Flachbildschirm, der den Schreibtisch dominierte.

Hannah war ihm neugierig gefolgt und beugte sich über seine Schulter.

Nach wenigen Sekunden war der Rechner hochgefahren. Paul wählte das Cockpit-Foto aus und stellte abermals den Ausschnitt ein, der ihn zuvor elektrisiert hatte.

»Siehst du das?«, hauchte er ergriffen.

»Ich sehe eine leere Benzinanzeige«, sagte Hannah mit vielen Fragezeichen in der Stimme.

»Genau!«, bestätigte Paul. »Der Tank ist leer. Die Nadel steht tief unten im roten Bereich, also auf Reserve.«

»Da steht sie immer, wenn der Motor aus ist«, merkte Hannah an.

»Der Motor war aber nicht aus, als ich diese Aufnahme gemacht habe«, sagte Paul.

»Tja«, sagte Hannah mit aufkeimender Ungeduld. »Dann war der Tank eben wirklich leer. Na und?«

Paul drehte sich langsam um und blickte Hannah direkt in ihre forschen blauen Augen. »Wie viele Liter fasst deiner Meinung nach der Tank eines Porsches?«, wollte er wissen.

Hannah zuckte die Schultern. »Keine Ahnung. Vielleicht fünfzig. Oder sechzig. Keine Ahnung.«

»Und glaubst du, dass eine Tankfüllung bis nach München und zurück reicht?«

Hannah grinste: »Wollen Sie mich veräppeln? Die reicht für zwei Mal München!«

»Genau«, nickte Paul. »Ein voll getankter Porsche schafft leicht die doppelte Distanz.«

»Worauf wollen Sie hinaus?«, fragte Hannah vorsichtig blinzelnd.

Paul, der ihr schon vorher ein bisschen von dem Mord an Wiesinger erzählt hatte, berichtete ihr nun von dem Alibi, das sich Andi und Doro gegenseitig gegeben hatten. Sie waren angeblich die ganze Nacht zusammen in München gewesen. »Herr Schönberger, der Chauffeur der Familie Wiesinger, hat zu Protokoll gegeben, dass er den Porsche betankt hatte, bevor der Junior zur Vernissage nach Schwabing aufgebrochen war. Wiesinger hat das übrigens selbst bestätigt.«

»Sie meinen«, Hannah wurde bleich. »Das bedeutet ja, dass Wiesingers Alibi ...«

» ... geplatzt oder zumindest in Frage gestellt ist«, vollendete Paul den Satz. Ja, genau das war seine Schlussfolgerung, und er fragte sich aufgebracht, was er mit dieser Erkenntnis anfangen sollte.

Hannah fand die Fassung schneller wieder als er: »Ist dieser Chauffeur denn ein verlässlicher Mensch?«, hakte sie nach.

Paul nickte betroffen. »Ja, absolut. Er steht seit Jahrzehnten in den Diensten der Wiesingers. Eine treue Seele. Und sicherlich absolut korrekt.«

»Na, dann«, sagte Hannah mit hochgezogenen Brauen, »haben Sie ein Problem mit einem neuen Auftraggeber, der Sie bestimmt gut bezahlen würde.«

11

Als ein Sonnenstrahl seinen Weg durch das ovale Oberlicht bis ans Kopfende seines Schlafsofas fand und Paul weckte, ahnte er, dass er wieder einmal viel zu spät dran war. Ein Blick auf die Digitalanzeige seines Radioweckers verriet ihm, dass das Frühprogramm von *Radio Gong* schon seit einer guten Stunde ungehört durch sein Atelier plänkelte. Paul sprang auf, verzichtete auf seine morgendlichen Liegestütze und Kniebeugen genauso wie auf eine Rasur und griff sich nach hastiger Katzenwäsche eine Jeans und ein T-Shirt.

Er hatte am heutigen Freitag wirklich sehr viel zu erledigen, dachte er, während er über die ausgetretenen Treppen hinunter zum Weinmarkt lief. Er musste sich dringend eingehender mit seiner Fotostrecke über die Felsengänge beschäftigen, sich gleichzeitig über seinen Wurstprospekt Gedanken machen, Katinka über seine nächtliche Entdeckung informieren und nicht zuletzt Blohfeld bei Laune halten, um nicht von den Zeitungsaufträgen abgekoppelt zu werden. Kurz und gut: Er musste wieder einmal viel zu viele Dinge unter einen Hut bringen und würde sich aller Wahrscheinlichkeit nach hoffnungslos verzetteln. Aber bevor er sich darüber den Kopf zerbrechen konnte, brauchte er erst einmal ein paar frische Brötchen, um sie – dick mit Salzbutter bestrichen – bei einer Tasse Milchkaffee zu genießen und dabei auf Touren zu kommen.

Paul trat mit morgendlichem Schwung auf den Platz, um zum Bäcker zu gehen, als er eine protzige schwarze Mercedes-Limousine auf einem der raren Anwohnerparkplätze bemerkte. Er fragte sich, welcher seiner Nachbarn sich ein solches Luxusgefährt leisten konnte, als er ein leises Surren aus Richtung des Wagens vernahm: Auf der Fahrerseite des Mercedes wurde ein Fenster heruntergelassen. Paul trat näher, da ihn der Fahrer überraschenderweise zu sich heranwinkte, wohl, um sich nach einer Straße zu erkundigen.

Erst als er unmittelbar neben der Limousine stand und sich zu dem Fahrer hinabbeugte, erkannte er den Mann in dunkler Chauffeursgarderobe und weißen Handschuhen: Es war der Fahrer vom alten Wiesinger.

»Grüß Gott«, sagte der Chauffeur und fabrizierte im Gegensatz zu ihrer ersten Begegnung auf der Wiesinger-Terrasse ein Lächeln. »Schönberger ist mein Name. Sind Sie Herr Flemming?«

Paul erwiderte das Lächeln und taxierte den Mann neugierig. Was konnte der Fahrer des Ermordeten von ihm wollen? Schönbergers schlohweißes Haar lugte unter seiner blauen Chauffeurskappe mit schwarz glänzender Krempe hervor. Sein faltiges Gesicht wurde vor allem durch die wachen, großen Augen geprägt, die Schalk hinter der seriösen Fassade vermuten ließen. Dann waren da noch sein großer Mund mit vollen, blassen Lippen und die ebenfalls großen, abstehenden Ohren. Alles in allem nicht die Attraktivität in Person, dennoch machte Schönberger auf Paul einen sympathischen Eindruck: ein Mann mit dem Herzen am richtigen Fleck.

»Ja, ich bin Paul Flemming«, sagte Paul schließlich und reichte dem Chauffeur die Hand. »Wir sind uns in der Wiesinger-Villa begegnet. Vielleicht haben Sie mich an diesem schlimmen Tag nicht wahrgenommen.«

»Doch, doch«, beeilte sich Schönberger zu versichern, »ich war mir nur nicht mehr ganz sicher. Entschuldigen Sie bitte.«

»Schon gut«, sagte Paul, der die Anspannung des betagten Fahrers nach dem Tod seines langjährigen Auftraggebers nur allzu gut verstehen konnte. »Was möchten Sie von mir?«

»Ich möchte Sie abholen«, sagte Schönberger. Im selben Moment öffnete er die Fahrertür und stieg aus. Schönberger trat an die hintere Tür, zog sie auf und nahm eine steife Haltung an. Schönberger nickte in Richtung Fahrzeuginnenraum. »Herr Wiesinger junior erwartet Sie.«

Paul sollte sich zu einem potenziellen Mörder chauffieren lassen? »Was möchte Herr Wiesinger von mir?«

Schönberger verzog verwundert das Gesicht. »Herr Wiesinger möchte nichts von Ihnen, sondern Sie von ihm.«

»Bitte?«, fragte Paul.

Der Fahrer schaute Paul nachsichtig, aber keinesfalls herablassend an. »Sie haben sich bei Herrn Wiesinger für ein Fotoprojekt beworben. Herr Wiesinger wünscht nun, dass Sie mit Ihrer Arbeit beginnen.«

Paul versuchte, sich über zwei Dinge klar zu werden. Nämlich erstens, dass er Wiesinger nach der Entdeckung der verräterischen Benzinstandanzeige auf dem Foto für dringend tatverdächtig halten musste, seinen Vater ermordet zu haben. Und zweitens, dass sich derselbe Wiesinger offenbar seelenruhig mit seinem neuen Imagekatalog befasste. Passte ein solches Verhalten zu einem Mörder?

»Also gut«, sagte Paul und wollte einsteigen.

Schönberger tippte ihn jedoch dezent an die Schulter. »Benötigen Sie nicht Ihre Fotoausrüstung?«

»Nicht beim ersten Mal«, sagte Paul und ließ sich in den exquisit gepolsterten Fond fallen. »Ich muss mir erst einmal ein Bild von der Fabrik machen, bevor ich mit dem Fotografieren beginne.«

»Wie Sie wünschen«, sagte Schönberger und schloss die Tür mit sanftem Druck.

Die Fahrt in den Stadtteil Moorenbrunn, wo sich die Fabrik der Wiesingers befand, nahm Paul wie im Kino wahr: Die Stadt zog nahezu geräusch- und erschütterungslos an ihm vorbei. Er lehnte sich entspannt zurück, lauschte gedämpfter klassischer Musik und genoss die angenehm klimatisierte Luft.

»Seit wann genau fahren Sie für die Wiesingers?«, begann Paul eine nach Möglichkeit unverfängliche Konversation.

»Ich bin am 1. Juli 1971 in die Dienste der Wiesingers getreten«, kam die Antwort prompt zurück.

»Dann kennen Sie die Familie ja sehr genau«, folgerte Paul. »Andi Wiesinger haben Sie wahrscheinlich schon in den Kindergarten gefahren.«

»Nicht ganz«, korrigierte ihn Schönberger. »Aber in die Schule.«

»Ist er wirklich so wie sein Ruf?«, wurde Paul allmählich forscher.

»Wie meinen?«, fragte Schönberger, wobei man seinem aufgesetzt distinguierten Ton anmerken konnte, dass er genau verstanden hatte.

»Nun ja. Man sagt, er sei ein Dandy.«

»Herrn Wiesingers Verhalten mir gegenüber war und ist stets korrekt«, antwortete der Fahrer. Man merkte ihm an, dass er sich bei dieser Fragerei unwohl fühlte. »Allerdings habe ich bisher hauptsächlich die Fahrdienste für den Senior übernommen.«

Paul schwieg, während die Hausfassaden an ihm vorbeiglitten. Auf eine so direkte Art konnte er dem erfahrenen Mann am Steuer nicht beikommen. Wenn er etwas Erhellendes über die Wiesingers herausbekommen wollte, musste er deutlich subtiler vorgehen. Er musste einen Köder auswerfen, dem Schönberger nicht widerstehen konnte. Am besten wäre es wohl, ihn bei der Ehre zu packen. Paul kramte weitere Details über die Wiesingers aus seinem Gedächtnis und startete einen neuen Versuch.

»Es heißt ja: Der Apfel fällt nicht weit vom Stamm«, sagte Paul wie beiläufig, während er weiter aus dem Fenster sah. Paul dachte dabei an die Schüsse im Salon und die unrühmliche Trennung Hans-Paul Wiesingers von seiner Frau: seine Freiheit gegen ihre gesicherte Zukunft.

Schönberger reagierte nicht.

»Man sagt, dass auch Hans-Paul Wiesinger die ein oder andere Frauengeschichte am Laufen hatte«, redete Paul weiter. Er registrierte, wie sich die Hände des Fahrers fester ums Lenkrad schlossen.

»Das ist Unsinn«, sagte Schönberger scharf. »Herr Wiesinger war sicher kein einfacher Mensch. Er war mitunter sehr direkt und energisch, manchmal impulsiv, aber immer fair.« Er legte eine Pause ein. Die Häuserkulisse wechselte in triste Südstadtmonotonie. »Mir sind diese Gerüchte natürlich zu Ohren gekommen«, räumte Schönberger dann kleinlaut ein. »Hin und wieder gab es auch Hinweise auf die eine oder andere Liaison. Aber Herr Wiesinger war ein sehr diskreter Mensch – es gab nie irgendwelche Skandale oder schmutzige Geschichten in der Presse über ihn zu lesen. Er war ein Gentleman und hat seine Angelegenheiten entsprechend dezent geregelt.«

Was auch immer das heißen sollte, dachte Paul.

»Der Sohn hält es wohl nicht so mit der Diskretion?«, forderte er den Chauffeur abermals heraus.

»Wenn Sie von Andi Wiesinger sprechen: Ja, vielleicht sollte er mitunter ein wenig zurückhaltender sein.«

Bevor sich Paul über die Offenheit des Fahrers freuen konnte, wurde ihm die zweite Botschaft dieser Aussage bewusst. »Es gibt wohl noch einen zweiten Sohn?«

»Ja«, sagte Schönberger.

»Verraten Sie mir mehr?«, fragte Paul.

»Da gibt es nicht viel zu verraten: Stephan Wiesinger, zwei Jahre älter als Andi. Stephan war lange Zeit der Kronprinz und sollte das Unternehmen irgendwann einmal übernehmen.«

»Aber?«

»Stephan hatte von jeher andere Interessen«, sagte Schönberger, wobei so etwas wie leises Bedauern in seiner Stimme mitschwang. »Er studierte Medizin und nahm eine Stelle als Internist in einem Lübecker Krankenhaus an. Er hat eine Frau und zwei Kinder: Zwillinge. Sie dürften jetzt etwa im Teenager-Alter sein.«

»So, wie Sie das sagen, klingt es, als gäbe es wenig Kontakt zum Rest der Familie.«

Schönberger nickte. »Da haben Sie Recht. Stephan hat nie den richtigen Zugang zur Rostbratwurstproduktion gefunden. Er hat – trotz all der Bemühungen seines Vaters – unser Geschäft nicht zu schätzen gewusst.«

»Vielleicht wollte er einfach kein Metzger werden.«

Schönbergers Schultern verkrampften sich. »Es geht um mehr als um den Metzgerberuf. Die Nürnberger Wurst ... Sie als Einheimischer sollten eigentlich wissen, welche Bedeutung die Profession der Wiesingers für unsere Stadt hat.«

Paul verstand die Schelte sehr wohl, wollte aber provozieren: »Die Wiesingers sind doch gar keine echten Franken ...«, deutete er an.

Schönberger gab das erste Mal während ihrer Fahrt so stark Gas, dass Paul den Motor des Wagens hören konnte. »Natürlich sind sie Franken«, empörte sich Schönberger. »Hans-Paul Wiesinger ist, ehem, war Ehrenbürger der Stadt und überdies Träger des Bundesverdienstkreuzes.«

»Mag sein«, sagte Paul, »aber der Name Wiesinger ist nun einmal nicht fränkisch.«

»Der Name Flemming ist es ebenso wenig«, giftete ihn Schönberger an.

»Okay, entschuldigen Sie«, gab Paul klein bei, denn schließlich war er selbst ein halber Preuße. Seine Eltern hatte erst der Krieg beziehungsweise die Vertreibung hierher verschlagen.

»Die Wiesingers sind seit vielen Generationen fest in der Metzgerzunft verhaftet«, sagte der Chauffeur stolz. »Die Familie stammt ursprünglich aus der Gegend um Bad Tölz. Hans-Paul Wiesingers Urgroßvater verlegte sein Geschäft nach Nürnberg, aber erst sein Sohn spezialisierte sich auf die Rostbratwurst.«

Die Wiesingers hätten sich vor dem Zweiten Weltkrieg einen im ganzen Reich bekannten Namen als Haus- und Hoflieferanten der Politprominenz während der Nürnberger Reichsparteitage verschafft, berichtete der Fahrer weiter. Nach dem Krieg sei es ihnen relativ schnell gelungen, die Entnazifizierung zu überstehen.

»Hans-Paul Wiesinger verhalf dem Unternehmen schließlich zum internationalen Durchbruch«, schwelgte Schönberger im Glanz der Vergangenheit.

Und Andi Wiesinger führte die Automatisierung der Massenproduktion und damit die Entlassung Hunderter von Mitarbeitern ein, dachte Paul die Unternehmensgeschichte zu Ende.

Sie näherten sich dem Firmensitz. Er beschloss, den alten Chauffeur in Ruhe zu lassen. Nur eine letzte Frage konnte er sich nicht verkneifen. Der Wagen rollte auf das Pförtnerhäuschen der Wiesinger-Fabrik zu, als sich Paul erkundigte: »Wissen Sie, wie Ihre berufliche Zukunft aussieht?«

Schönberger gab dem Pförtner einen Wink, worauf sich das Tor unverzüglich öffnete. »Ich habe nur noch ein knappes Jahr bis zur Rente. Bis dahin wird Herr Wiesinger junior sicherlich Aufgaben für mich finden.«

Paul kam nicht dazu, sich weitere Gedanken um Schönberger zu machen, denn sie erreichten den Verwaltungstrakt des riesigen Gebäudekomplexes. Alle Bauten waren schlichte Funktionsträger: schnörkellos und ohne Pathos errichtet. Weiße Fassaden, weitgehend fensterlos. Fleisch ist ein Produkt, das schnell, steril und möglichst abgeschieden verarbeitet werden will.

Schönberger öffnete die Tür und entließ Paul – zu dessen leisem Bedauern – aus dem angenehmen Komfort der Nobelkarosse.

12

Paul betrat ein ausgesprochen nüchternes Foyer, in dem ihm eine Empfangsdame mit strengem Blick entgegenkam.

»Herr Flemming«, stellte sie fest, und es klang wie ein Vorwurf. »Herr Wiesinger wird gleich für Sie da sein. Wenn Sie solange in unserer Besucherecke warten würden?« Sie dirigierte ihn ohne Umwege in eine Nische mit hellgrau gepolsterten Sesseln.

Paul nickte ihr dankend zu, setzte sich und schaute sich um. Alles wirkte überaus aufgeräumt und akkurat. Ein Eindruck, den er bereits bei der Fahrt über das Werksgelände gewonnen hatte. Es war penibel sauber; kein Härchen lag auf dem Boden. Aus den Augenwinkeln bemerkte er eine ganz in Weiß gekleidete Gestalt, die ihn merkwürdig ansah, dann aber zügig weiterging. Paul blickte ihr nach: offenbar eine Mitarbeiterin in der obligatorischen Schutzkleidung.

Als Wiesinger nach ein paar Minuten nicht auftauchte, stand er auf und studierte eine Bildergalerie an der Wand: Mehrere statisch aufgenommene Fotografien zeigten verschiedene, auf Hochglanz polierte Messer beziehungsweise Beile. In ihrer glänzenden Sterilität wirkten diese Schlachtwerkzeuge wie Kunstgegenstände. Paul trat näher heran und las leise die Bildunterschriften: »Abhäutemesser, Stechmesser, Blockmesser, Rückenspalter, Knochensäge, Ausbeinmesser, Fleischzerlegesäge«. Weitere Aufnahmen zeigten laut Legende »Bolzenschussgerät«, »Auslösebügel« und »Schussbolzen«.

»Und aus all dieser Brutalität erwächst eine der vortrefflichsten Köstlichkeiten, die die Region seit Jahrhunderten hervorgebracht hat«, sagte eine selbstsichere Stimme hinter ihm.

Paul fuhr herum.

»Habe ich Sie erschreckt?« Andi Wiesinger – in elegantem, italienisch geschnittenem Anzug – stand ihm mit verschränkten Armen gegenüber. »Kommen Sie mit. Wir wollen keine Zeit verlieren.«

Schnellen Schrittes lotste Wiesinger ihn durch das Gebäude. Während sie unzählige Büros passierten, durch deren gläserne Türen Paul Frauen und vereinzelt auch Männer an PCs arbeiten sah, erläuterte Wiesinger die Grundstrukturen der Wiesinger-Geschäftspolitik. Paul hörte sehr genau hin. Doch solange er auch wartete: Mit keinem Wort ging Wiesinger auf den Tod seines Vaters und die sich daraus ergebenden Folgen für das Geschäft ein.

»Schön und gut«, sagte Paul nach einem fast zwanzigminütigen Marathon durch den Bürokomplex. »Wenn ich einen Bratwurstprospekt fotografieren soll, kann ich aber leider keine Fotos von Computerarbeitsplätzen gebrauchen.«

»Wieso nicht?« Wiesinger blieb abrupt stehen und stemmte die Arme in die Hüften. Eine Strähne seines ordentlich zurückgekämmten blonden Haares löste sich. »Wir sind ein moderner Betrieb. Das meiste läuft bei uns vollautomatisch und computergestützt.«

So wie bei den Knoblauchsländer Gemüsebauern, dachte sich Paul. Er forschte in Wiesingers Gesicht. Dessen Augen bewegten sich unentwegt und schienen Pauls Blick auszuweichen. Gleichwohl stand Wiesinger felsenfest mit leicht gespreizten Beinen vor ihm. Mimik und Gestik schienen sich zu widersprechen. Paul wollte sich eine Taktik zum weiteren Vorgehen zurechtlegen, als Wiesinger ihn unvermittelt angrinste: »Ich werde Ihnen mal was sagen. Vielleicht verstehen Sie unsere Branche dann ein wenig besser.«

Zu Pauls großer Überraschung legte ihm Wiesinger kumpelhaft seinen Arm um die Schultern. »Die fränkischen Bratwursthersteller sind von jeher darauf bedacht, dass kein Unbefugter in ihrem Betrieb spioniert und das Geheimnis der Rezepturen – vor allem der Kräutermischung – aufdeckt. Jeder – auch Sie, Flemming – ist in den Augen des fränkischen Metzgermeisters ein potenzieller Bratwurstagent.« Wiesinger lockerte seinen Griff um Pauls Schultern. »Der Großteil unserer Produktion findet aus dieser Tradition heraus hinter verschlossenen Türen statt. Das mag für Sie lächerlich klingen, aber es ist uns bitterernst damit: Die Tabelle mit den Daten, nach denen die Gewürze abgewogen werden, sind mit einer fünfstelligen Zahlenkombination gesichert in einem Tresor gelagert.«

»Das klingt wirklich ein wenig seltsam«, räumte Paul ein.

»Wir müssen uns mit allen Mitteln gegen Spionage wappnen«, sagte Wiesinger energisch und strich die widerspenstige Haarsträhne aus dem Gesicht. »Die großen Nürnberger Wurstfabrikanten kommen zusammen auf einen Ausstoß von über einer Milliarde Würstchen im Jahr. Haben Sie eine ungefähre Vorstellung davon, was für einer enormen Wirtschaftskraft das entspricht? So etwas lockt nun einmal Neider an.«

»Das mag sein. Aber sagen Sie mir bitte: Wenn ich all das nicht fotografieren soll, was darf ich in Ihrem Prospekt zeigen?«

»Die Essenz«, sagte Wiesinger leichthin. »Wir wollen die Wurst so zeigen, wie sie ist: als vollendetes Meisterwerk.«

Paul bedachte sein Gegenüber mit einem anerkennenden Blick. »Das haben Sie schön gesagt. Aber das in Fotos auszudrücken ist natürlich nicht ganz einfach.«

Wiesinger raunte Paul vertrauensvoll zu: »Ich möchte, dass Sie die Bratwurst verstehen lernen – ihre Erotik für den Gaumen. Wussten Sie, dass bei einem Münchner Starkoch, einem guten Freund von mir, seit zwanzig Jahren Wiesinger-Würstchen süßsauer mariniert mit einem Hauch Ingwer der Appetithappen Nummer eins sind?«

»Nein«, sagte Paul zweifelnd.

»Unsere Würstchen sind jeweils nur der Auftakt, die knusprige Verheißung. Mein Münchner Freund serviert zum Beispiel danach Trüffel-Nudeln oder Angel-Dorsch mit Lorbeerduft.«

»Sie meinen also, ich soll die Nürnberger Rostbratwurst als eine Art Kunstwerk verstehen. Ich soll den Betrachter verführen und ihm zeigen, wie kostbar Wiesinger-Würstchen sind.«

Wiesinger sah ihn zufrieden an. »Endlich haben Sie unsere Philosophie begriffen. Ganz wie mein Münchner Freund.«

»Das klingt, als würden Sie jeden Abend bei diesem Starkoch speisen«, stellte Paul fest.

»Wenn ich in München bin, meistens«, sagte Wiesinger.

»Am Abend, als Ihr Vater starb, auch?«, fragte Paul vorschnell.

Andi Wiesinger reagierte erwartungsgemäß misstrauisch. »Warum interessiert Sie das?«

Paul wiegte den Kopf und schwieg. Er war erstaunt, als Wiesinger weitersprach.

»Hören Sie, Flemming.« Wiesinger sah Paul ernst an. »Es ist mir durchaus bewusst, dass mich im Moment alle Welt für den großen Buhmann hält. Aber eines kann ich Ihnen versichern: In der Todesnacht meines Vaters war ich mit dem Gegenteil dessen beschäftigt, was Tod bedeutet.«

»Ich verstehe nicht«, sagte Paul.

»Sie werden es bald verstehen«, sagte Wiesinger. Er tauschte seine bis eben zur Schau gestellte Vertraulichkeit gegen eine eiserne Maske. Paul wunderte sich darüber nur kurz, denn er hörte hinter sich das Klackern von Schuhen mit hohen Absätzen. Als er sich umdrehte, sah er zu seiner Überraschung Doro Wiesinger in einem farbenfrohen Kleid und mit aufwendig hochgestecktem Haar auf sie zukommen. Sie erweckte den Eindruck, als wäre sie auf dem Weg zu einer Cocktailparty.

Lächelnd reichte Frau Wiesinger ihm die Hand und deutete einen Knicks an. »Herr Flemming, freut mich sehr! Ich hoffe, Sie finden ausreichend Motive für Ihre Bilder.«

Ein wenig viel der Ehre für den Besuch eines stinknormalen Fotografen, argwöhnte Paul. Ihr gekünsteltes Lächeln behagte ihm nicht, zumal er Doro Wiesinger bei ihrer ersten Begegnung wesentlich reservierter erlebt hatte. Auch Andi Wiesinger schien der Auftritt seiner Frau nicht recht zu sein. Er räusperte sich übertrieben und sagte: »Wenn du dich extra hierher bemüht hast, Schatz, kannst du Herrn Flemming zur Pforte begleiten. Wir sind fertig für heute.« Mit unterkühlter Miene drückte er Pauls Hand und ließ die beiden stehen.

Doro Wiesinger sah ihrem Mann nach, blickte dann Paul an, presste die Lippen zusammen und kicherte wie ein Teenager. »Ist er nicht süß?«, fragte sie. »Man könnte fast meinen, Andi sei eifersüchtig.«

Paul sah betreten zu Boden. Er fühlte sich unwohl in seiner Haut. Keinesfalls wollte er Gegenstand eines Familienzwistes werden. Und auf eine flirtende Doro Wiesinger war er weder eingestellt noch besonders scharf. Stattdessen nutzte er die unverhoffte Gelegenheit, durch seine Begleiterin womöglich doch noch einen Blick hinter die Kulissen der Wurstfabrikation werfen zu können.

»Ihr Mann wollte mich leider nicht hineinlassen«, begründete er offen seinen Wunsch.

Doro Wiesingers tiefschwarze Augen musterten ihn interessiert. »Die Hygienevorschriften sind sehr streng.«

»Ich möchte ja nichts anfassen. Nur gucken«, schmeichelte Paul.

»Ohne Desinfektion und Schutzkleidung kommt man nicht in die Nähe der Produktion.«

»Soll mir recht sein.«

Doro Wiesinger schien mit sich zu hadern, gab sich aber einen Ruck. In rasantem Tempo stolzierte sie durch die neonweißen Gänge. Paul hatte Mühe ihr zu folgen. Sie dirigierte ihn in eine Umkleidenische, wo er einen weißen Überzug, eine transparente Haarhaube, Schuhüberzieher und Mundschutz anlegen musste. Sie selbst schlüpfte mit lässiger Routine in die Schutzkleidung und führte Paul zu einer Art Schleuse, auf deren Boden mehrere rotierende Rollen angebracht waren. Seine Begleiterin erläuterte, dass es sich um die Desinfektionsstraße handele, und ließ sich, an Laufstangen abgestützt, über die Rollen gleiten. Sie waren mit einer Flüssigkeit getränkt, deren Geruch Paul unangenehm in der Nase biss.

Die nächste Station war ein kastenförmiger Aufbau, der Paul an einen Geldautomaten erinnerte. Zumindest verfügte er über einen ebensolchen, wenn auch größeren Schlitz. Doro Wiesinger schob nacheinander ihre Hände hinein. Paul tat es ihr nach und fühlte eine leichte Erwärmung seiner Haut.

»Ihre Hände sind jetzt keimfrei«, erklärte Doro Wiesinger.

Anschließend gelangten sie durch eine Schwingtür in eine gewaltige, taghell erleuchtete Halle. Fasziniert blickte Paul auf ein weit verzweigtes, über mehrere Etagen reichendes System von Förderbändern, die mit hellem Surren bei hoher Geschwindigkeit liefen. Es war kühl in der riesigen Fabrikhalle, und soweit Paul sehen konnte, waren er und Doro Wiesinger allein.

Seine Begleiterin machte keine Anstalten ihn aufzuhalten, als er näher an die Förderbänder herantrat: Würstchen in verschiedenen Stadien ihrer Weiterverarbeitung rasten an ihm vorbei. Nackt und bleich schossen sie über die Förderbänder und verschwanden zwischendurch immer wieder für einige Sekunden in einer Maschine. Einige wenige aus der ungeheuren Masse wurden vollautomatisch ausgesondert, landeten auf schmalen Nebenbändern. Die anderen teilten sich in schnell dahingleitende Ströme auf, wurden luftdicht verschweißt oder verließen die Halle über ein anderes Band, vielleicht, um irgendwo in diesem komplexen System in Dosen gefüllt zu werden, dachte sich Paul.

»Wohin gehen die Würstchen?«, fragte er über die surrenden Bänder hinweg.

»Etwa ein Fünftel ist für den heimischen Markt bestimmt, der große Rest wird exportiert.«

»So viel geht ins Ausland?«

»Aber ja. Wiesinger-Würste finden Sie auf den Frühstücksbüfetts fast aller internationalen Hotels, wo wir die britischen Sausages längst verdrängt haben. Wir beliefern Peking genauso wie Moskau oder Brüssel. Die Ware wird vorgebrüht und -gebraten, vakuumverpackt oder schockgefroren bei minus achtzehn Grad. Und dann geht's auf Weltreise.«

Paul ließ die futuristisch anmutende Fertigungsmaschinerie noch eine Weile auf sich wirken, bevor er fragte: »Was ist denn alles drin in Ihrer Wurst?«

»Schweinefleisch. In gleichen Teilen Schlegel, Backen, Bauch. Und natürlich unsere geheime Gewürzmischung.«

Paul deutete auf die Bänder: »Ich sehe hier nur die fertigen Würste. Wo verarbeiten Sie denn die Rohstoffe?«

Doro Wiesinger hakte sich bei Paul ein und dirigierte ihn zurück zur Schleuse. »Meinen Sie nicht, dass Sie für den ersten Tag mehr als genug gesehen haben?«

»Nun«, gab Paul notgedrungen nach, »ich bin ja so weit fertig.«

Wenig später schälte sich Doro Wiesinger aus ihrem Schutzanzug. In ihrem Barbie-Kleidchen wirkte sie nun wieder absolut fehlplaziert in der sterilen Welt der Metzger.

Paul wollte sich für die Werksbesichtigung bedanken, als seine Begleiterin ihn unvermittelt an der Hand berührte. Er zog sie schnell zurück.

Doro Wiesinger lächelte ihn für sein Empfinden eine Spur zu freundlich an. »Im Gegensatz zu meinem Mann achte ich bei der Auswahl meiner Begleiter auf Qualität – und ich bin diskret«, hauchte sie anzüglich.

»Das freut mich für Sie«, sagte Paul und vergrößerte den Abstand zu ihr.

Doro Wiesinger kniff die Augen zusammen. Nicht beleidigt, wie Paul bewundernd feststellte, sondern eher kampflustig.

»Okay«, sagte Doro Wiesinger schließlich und ging voran.

Paul fiel ein Stein vom Herzen. Um Frau Wiesinger keine Gelegenheit für einen neuen Versuch dieser Art zu geben, wechselte er schnell das Thema, während sie die Gänge der Fabrikationshalle entlangschritten. »Hat sich die Aufregung um den Tod Ihres Schwiegervaters allmählich gelegt?«

Doro Wiesingers Pfennigabsätze schienen bei jedem Schritt die weißen Bodenfliesen durchbohren zu wollen. »Ach, mein Schwiegerpapa«, sagte sie mit leise anklingender Wehmut. »Er konnte herzensgut und charmant sein. Aber – das wissen Sie ja sicher – er war auch ein Tyrann.«

»Auf jeden Fall ein Mann voller Widersprüche«, bemerkte Paul und war gespannt auf die Reaktion.

Doro Wiesingers hochgestecktes schwarzes Haar wipple hektisch beim Gehen. »Widersprüche, ja, das trifft es auf den Punkt. Auf der einen Seite hat er jeden Cent umgedreht und war – was den Betrieb anging – knauserig wie ein Schwabe. Auf der anderen Seite hat er Zigtausende in diesen Heimatbund gepumpt und damit Leute unterstützt, die ihn und seine Heimatliebe nur benutzt haben.«

»Was meinen Sie damit?«

Sie erreichten die Ausgangstür der Fabrikhalle. »Die haben meinen Schwiegervater schamlos ausgebeutet«, stellte Doro Wiesinger verärgert fest. »Dieser geleckte Vereinsvorsitzende – Dr. Jungkuntz – ist durch und durch unseriös.«

Paul zog kaum merklich die Brauen hoch. Doro Wiesinger – in ihrem schrillen und viel zu tief ausgeschnittenen Kleid – vermittelte auch nicht gerade Seriosität.

»Ich bin sicher, dass mein Schwiegervater nicht der Einzige war, der vom Heimatbund über den Tisch gezogen wurde«, steigerte sich Doro Wiesinger in ihre Hasstirade gegen Jungkuntz hinein. Mit erhobenem Zeigefinger mahnte sie: »Dort sollte die Presse bohren, statt sich lächerlich zu machen mit Klatschgeschichten über meinen Schwiegervater, Andi und mich.«

»Haben die Schlagzeilen der letzten Tage Ihren Mann wohl sehr getroffen?«, fragte Paul und versuchte, sein wieder aufkeimendes Interesse zu vertuschen.

Doro Wiesinger winkte ab. »Der lacht sich tot. Wissen Sie: In unserer Position kriegt man irgendwann eine Scheiß-egal-Haltung. Wir haben uns überlegt: ›Okay, versuchen wir, den Namen Wiesinger nach dem Todesfall möglichst aus der Presse herauszuhalten.‹ Aber das ist völlig unmöglich. Und in einer Woche kräht sowieso kein Hahn mehr danach, weil sich Dieter Bohlen dann wieder mal seinen Penis gebrochen hat und es eine neue Schlagzeile gibt.«

Die Wiesinger schien leidgeprüft zu sein, denn sie sagte: »Die wühlen alle im Schlamm. Im Boulevardgeschäft gibt es keine Ehrenmänner. Titten, Tote, Tiere, Tränen – das sind die vier Ts. So funktioniert es nun mal.«

Paul sah Doro Wiesinger einige Momente forschend an. Sie hatte unzweifelhaft mehr Charakter, als ihr äußeres Erscheinen und aggressives Auftreten vermuten ließen. Sie war eine Schauspielerin, die sich mit den besonderen Umständen ihres Lebens im Rampenlicht zu arrangieren versuchte. Irgendwie tat sie ihm leid.

»Sie finden die letzten Meter bis zur Pforte allein?«, fragte sie, ohne eine Antwort zu erwarten. Paul hatte gerade noch Gelegenheit sich zu verabschieden, als sie sich bereits im flotten Stöckelschritt entfernte.

Nachdenklich verließ er das Gebäude. Paul fragte sich reichlich verwirrt, was sie mit ihrem merkwürdigen Auftritt ihm gegenüber eigentlich erreichen wollte. Seine Menschenkenntnis, dachte er, hatte ihn in den letzten Tagen oft im Stich gelassen.

Er hatte die Pforte beinahe erreicht, als sich ihm eine Frau in den Weg stellte. Sie trug den weißen Kittel der Metzger und eine transparente Haarhaube, die mit einem eng anliegenden Gummizug zusammengehalten wurde.

»Hui«, stieß Paul aus, »haben Sie mich erschreckt.«

»Entschuldigung«, sagte die Frau, die Paul auf Mitte fünfzig schätzte.

Sie musterte ihn forschend. »Sie sind von der Presse, oder?«, fragte sie zögernd.

Paul wog sekundenschnell die Wirkung der verschiedenen möglichen Antworten ab und entschied sich dann zu einem Nicken.

»Ich habe Sie schon eine ganze Weile beobachtet. Sie sind wegen der Mauscheleien in der Fertigung hier, oder?«

»Mauscheleien?« Paul versuchte, das Gehörte mit den ihm bekannten Informationen unter einen Hut zu bringen.

»Der Zugang zu unseren Werkshallen wird mehr und mehr eingeschränkt und überwacht. Die Fabrik ist mittlerweile zur Festung geworden. Offiziell werden die strengeren EU-Richtlinien in der Lebensmittelhygiene vorgeschoben. Aber niemand kann sich erklären, wie immer weniger Arbeiter immer mehr Ware produzieren können. Nur noch ein paar von uns dürfen hinein – da muss man doch misstrauisch werden.«

Paul taxierte die Frau forschend. War sie vertrauenswürdig?

»Auf was wollen Sie hinaus?«, fragte er dann ernst.

»Weshalb sind Sie denn hier?«

Paul sah seine Felle davonschwimmen. »Haben Sie Beweise für Ihre Vermutungen?«

Aber seine Gesprächspartnerin schien den Mut zu verlieren. »Nein, nein. Ich dachte bloß ... ich wollte nur helfen.«

»Danke«, sagte Paul und setzte seinen Weg zur Pforte fort.

»Augenblick.« Die Frau holte ihn ein. »Sprechen Sie mit Julius Imhof.«

»Wer soll das sein?«, fragte Paul.

Die Frau stemmte ihre dünnen Arme in die Hüften. »Julius war mein Arbeitskollege. Er ist entlassen worden. Von einem Tag auf den anderen, weil er zu neugierig geworden war.«

13

Es war schon nach zwölf Uhr, als Paul endlich den kleinen Bäckerladen in der Nähe des Weinmarktes betrat. Er musste eine Weile anstehen, weil eine alte Dame, die sich auf eine mattsilberne Gehhilfe stützte, zeitraubend lange mit sich rang, ob sie die Mohnschnecke, einen Nusstaler oder vielleicht doch lieber ein Butterhörnchen nehmen sollte. Paul kürzte das Warten ab, indem er sich die Tageszeitung nahm und den Lokalteil aufschlug. Natürlich war der Wiesinger-Mord noch immer das Thema Nr. 1. Beim Blick auf die Autorenzeile las Paul allerdings anstelle von Blohfelds Namen einen ihm unbekannten anderen. Verwundert legte er die Zeitung zurück auf den Tresen und ließ sich – endlich an der Reihe – die zwei letzten Brötchen einpacken.

Warum hatte Blohfeld es hingenommen, dass sich ein anderer in seiner Domäne als Polizeireporter tummelte?, rätselte Paul auf dem Rückweg.

Der Sommer prägte das Bild des Weinmarktes: Die Bäume vor den Parkbuchten standen in kräftigem Grün, die Früchte des Obststandes schräg neben dem urigen Antiquitätenladen wirkten im warmen Gold des Lichts besonders appetitlich und unter den eleganten Sonnenschirmen vor dem *Café Sebald* nippten Geschäftsleute mit hellen Anzügen und dunklen Brillen an ihrem Cappuccino.

Paul schmunzelte, weil ihm gefiel, was er sah. So mochte er den Weinmarkt, sein persönliches Revier. Die kleine Stadt in der großen Stadt, wie er gern sagte.

Er wollte zu seinem Haus abbiegen, als sein Blick auf einen Jungen auf der anderen Straßenseite fiel. Der kleine Kerl, vielleicht drei oder vier Jahre alt, begleitete seine Mutter, wobei er eine unkonventionelle Art der Fortbewegung gewählt hatte: Mit beiden Händen hielt er die Träger einer Plastiktüte fest, während seine Füße in der Tüte steckten. Wie beim Sackhüpfen kam der Junge nur langsam voran und ging bei jedem dritten Hüpfversuch gefährlich tief in die Knie, behielt aber letztlich sein Gleichgewicht. Paul schaute sich das Treiben belustigt an und winkte dem Kleinen zum Abschied augenzwinkernd zu.

Zu Hause hatte Paul es sehr eilig, sein Telefon zu finden, doch es steckte nicht in der Ladestation. Auch Schreibtisch und Sofa erwiesen sich als Fehlanzeige. Auf der Ablage neben der Spüle wurde Paul endlich fündig und tippte die Nummer von Katinkas Büro ein.

»Guten Morgen«, flötete er gut gelaunt in den Hörer. »Schon so früh am Verfassen von beinharten Anklageschriften?«

»Früh?«, kam es trocken zurück. »Haben Sie heute schon mal auf die Uhr geschaut, Herr Fotograf? Andere machen um diese Zeit Mittagspause.«

Paul gönnte sich ein wenig mehr von dem angenehm unverbindlichen Vorgeplänkel, bis er sich erkundigte: »Ist die Polizei wegen deines Minis weitergekommen?«

»Nicht wirklich«, sagte Katinka wenig begeistert. »Sie prüfen, ob sich der Lkw durch einen technischen Defekt von selbst in Bewegung gesetzt haben könnte.«

»Von selbst? Aber ich habe doch den Fahrer fotografiert! Schon vergessen?«

»Die Kripo meint, dass man das nicht eindeutig sagen kann. Der Kontrast zwischen hellem Umfeld und dunklem

Führerhaus ist zu groß, um tatsächlich jemanden hinter dem Steuer erkennen zu können. Außerdem ...«

»Außerdem, was?«, fragte Paul.

»Außerdem könnte es sich um einen Lausbubenstreich gehandelt haben.«

»Was?« Paul starrte finster auf den Hörer. »Behauptet das die Kripo etwa auch?«

»Nein«, sagte Katinka betont ruhig. »Das behaupte ich.«

Paul war für einen Moment sprachlos.

»Nach dem Schock«, setzte Katinka fort, »habe ich mich viel zu schnell in Versuchung führen lassen, Zusammenhänge zu einem meiner Ermittlungsfälle zu konstruieren. Mit etwas Abstand betrachtet ist das natürlich Unsinn. Wahrscheinlich haben ein paar Jugendliche den Lastwagen gesehen, wurden auf den verlockend im Schloss steckenden Schlüssel aufmerksam und ...«

»Nimm es mir nicht übel«, unterbrach sie Paul, »aber da bin ich ganz anderer Meinung. Auch, oder gerade – wie du so schön sagst –, mit Abstand betrachtet, bleibt das für mich ein Attentatsversuch.«

»Jetzt übertreibst du aber.« Katinka bemühte sich um einen ausgleichenden Tonfall. »Viel mehr interessiert es mich, wer den Schaden an meinem Wagen zahlt.«

Paul lenkte ein und kam auf den eigentlichen Grund seines Anrufs zu sprechen: »Ich muss dir in Sachen Wiesinger zwei interessante Neuigkeiten berichten: Erstens habe ich eine Erklärung für die fehlenden Fußabdrücke des Einbrechers.«

»Was mischst du dich da schon wieder ein?«, wollte Katinka wissen. »Aber gut. Schieß los.«

»Ich habe einen kleinen Jungen beobachtet, der in einer Plastiktüte durch die Gegend hüpfte.«

»Mmm«, meinte Katinka. »Und?«

»In Operationssälen werden Überzieher getragen, und Forscher in sterilen Labors haben meines Wissens ebenso Schutzhüllen an ihren Füßen«, half ihr Paul auf die Sprünge.

»Überzieher, soso«, sagte Katinka anzüglich.

»Es ist eine plausible Erklärung, oder?«, wollte Paul wissen. »Auch in Fertigungshallen für Lebensmittel wie denen der Wiesingers sind diese Dinger üblich.«

»Ja«, sagte Katinka. »Die Spurensicherer der Kripo tragen sie übrigens auch. Aber, Paul, mal im Ernst: Hast du jemals von einem Einbrecher gehört, der in OP-Kleidung oder Metzgerdress auf Diebestour geht?«

»Ist das etwa ein Grund, diese Möglichkeit auszuschließen?«, beharrte Paul auf seinem Einfall.

»Nichts für ungut. Überlass uns Profis die Ermittlungen, okay?«, sagte Katinka versöhnlich.

Doch das brachte Paul erst recht in Rage. »Okay. Aber sieh dir bitte mal die jpg-Dateien an, die ich dir gleich mailen werde. Das sind Fotos aus dem Porsche von Andi Wiesinger.«

»Ja«, setzte Katinka zögernd an, »und?«

»Wenn du genau hinschaust, erkennst du die Tankanzeige. Sie ist bereits im roten Bereich.«

»Das ist sie immer, wenn der Motor aus ist«, argumentierte sie wie am Abend zuvor ihre Tochter.

»Schon klar«, sagte Paul. »Erinnerst du dich nicht? Wiesinger hatte den Motor laufen lassen. Wahrscheinlich, weil er davon ausging, dass ihn der Chauffeur später in die Garage fahren würde.«

»Im roten Bereich sagst du?«, fragte Katinka sehr verhalten.

»Ja«, kostete Paul seinen Überraschungserfolg aus. »Und das, obwohl der Wagen bekanntlich erst am Vortag voll getankt worden war.«

»Das gefällt mir gar nicht«, sagte Katinka nach längerem Schweigen. Resolut setzte sie fort: »Kannst du das vorerst für dich behalten?«

»Falls du auf Blohfeld anspielst, brauchst du dir keine Sorgen zu machen. Der scheint im Urlaub zu sein, denn heute Morgen stand in der Zeitung ein ganz anderer Name über dem Wiesinger-Bericht.«

»Von wegen Urlaub!« Nun war es Katinka, die überlegen lachte. »Dieser andere Name wird deinem Freund in nächster Zeit öfters die Schau stehlen: Gernot Basse ist der neue Nürnberger Lokalchef bei Blohfelds Blatt. Ein Aufsteiger mit großen Ambitionen. Der wird dem Urgestein Blohfeld ganz schön zu schaffen machen.« Eine gewisse Schadenfreude lag in ihrer Stimme. »Basse ist übrigens ein sehr kultivierter und gut aussehender Mann.«

Paul musste sich erst sammeln, bevor er den nächsten Anruf startete. Er konnte sich lebhaft ausmalen, was in Blohfeld in diesen Tagen vorgehen musste. Er hatte den Polizeireporter als ruppigen, aber zuverlässigen und – wenn auch sehr tief verborgen in seinem Inneren – herzlichen Menschen schätzen gelernt. Jemand mit Ecken und Kanten und der einen oder anderen Macke noch dazu. Aber Blohfeld hatte seine Gründe für sein ruppiges Auftreten, denn er hatte vor Jahren durch eine berufliche Torheit einen Top-Job bei einem Hamburger Magazin verspielt. Jetzt, in Nürnberg, hoffte er, seine letzten Berufsjahre zumindest durch eine zweite Karriere im Kleinen würdig abschließen zu können. Dass ihm nun Gernot Basse vor die Nase gesetzt worden war, musste für ihn ein Schlag ins Gesicht gewesen sein.

Paul wagte es trotzdem.

»Ja?«, schnauzte der Reporter erwartungsgemäß in den Hörer.

Paul erkannte sofort, dass er ihn in einem schlechten Moment erwischt hatte. Im folgenden, sehr kurz gehaltenen Telefonat kam Paul weder dazu, den Namen Gernot Basse auszusprechen, noch sich nach Blohfelds neuer Praktikantin Antoinette zu erkundigen. Blohfeld riss das Gespräch sogleich an sich und redete den Mord an Wiesinger klein. Aus Pauls Sicht war das ein bequemer Weg für Blohfeld, den Fall getrost Basse überlassen zu können, ohne dabei sein Gesicht zu verlieren.

Doch dann bewies Blohfeld, dass er seinen legendären Spürsinn nicht gänzlich verloren hatte. »Ich denke, es kann trotzdem nichts schaden, sich intensiver im Umfeld des Verstorbenen umzuhören.«

Paul hörte ein leises Zischen, gefolgt von intensivem Atmen. »Ist die Zigarre gut?«, erkundigte er sich freundlich.

»Danke, danke«, paffte Blohfeld.

»Ich habe womöglich einen vielversprechenden Ansatz«, hob Paul behutsam an. »Ein früherer Mitarbeiter des Wiesinger-Konzerns könnte uns vielleicht ein paar Hinweise auf die geschäftlichen Gepflogenheiten der Wiesingers geben. Ich habe einen entsprechenden Tipp bekommen. Soll ich dem nachgehen?«

»Nein, nein«, wiegelte Blohfeld ab, doch Paul fühlte, dass er Blohfelds Interesse geweckt hatte. »Um das Thema Bratwurst werde ich mich persönlich kümmern. Fangen Sie lieber beim Fränkischen Heimatbund an. Ich kann es zwar nicht verstehen, aber Wiesinger hat diesen Verein mit sage und schreibe einer Dreiviertelmillion Euro jährlich unterstützt. Mit offiziellen Anfragen werde ich bei denen kaum etwas erreichen.«

»Moment«, wehrte Paul ab. »Warum sollte ich mehr Glück haben? Ich bin nur der Fotograf.«

»Nur?«, fragte Blohfeld im Säuselton. »Stellen Sie Ihr Licht nicht unter den Scheffel. Wenn sich einer bei denen einschleichen kann, dann sind Sie das.«

»Einschleichen?« Paul ahnte Böses.

»Sie sind durch Ihre Fotodokumentation über die Felsengänge für die Landesschau ohnehin voll und ganz dem fränkischen Heimatgedanken verpflichtet. Das öffnet Ihnen Tür und Tor bei denen.«

»Also gut«, gab Paul klein bei. »Was soll ich tun?«

Blohfeld hatte es wieder einmal geschafft, ihn für sich einzuspannen. Das war wieder typisch, dachte Paul. Typisch für

Blohfeld, der in seiner schroffen Art Aufträge verteilte. Typisch aber auch für Paul, der sich nur zu gern weiter von seiner Neugierde treiben ließ und sich mit Dingen beschäftigte, mit denen er im Grunde genommen nichts zu tun hatte.

Die verdeckte Recherche beim Heimatbund würde allerdings so lange warten müssen, bis Paul einige andere dringende Pflichten erledigt hatte: Er musste sich den Felsengängen widmen, denn mit seinem Detektivspielen verdiente er keinen Cent. Um gleichzeitig Katinkas Bitte zu entsprechen, ein Auge auf ihre Tochter zu haben, entschloss er sich, Hannah zu fragen, ob sie ihn in den Untergrund begleiten möchte, um ihm zu assistieren.

14

Am Nachmittag trafen sie sich im Schatten des Albrecht-Dürer-Denkmals. Zu Pauls Überraschung war Hannah in Begleitung von Antoinette gekommen, wogegen Paul an sich nichts gehabt hätte, was ihm angesichts der Gerüchte über ihn und die Französin allerdings unpassend erschien.

Hannah ließ Paul keine Gelegenheit, seine Vorbehalte zu äußern. Sie drückte ihm ein in Papier eingeschlagenes Brötchen in die Hand, aus dem verheißungsvoll die schwarzbraunen Enden dreier gut durchgebratenen Rostbratwürstchen ragten. »Ich hatte gerade Appetit darauf, und da dachte ich, Sie möchten vielleicht auch etwas zu essen.«

»Danke«, sagte Paul und biss in den willkommenen Snack. Das knusprige Fleisch erfüllte augenblicklich seinen Gaumen mit dem einzigartigen Aroma. Er schmeckte die feine Würze mit einem Hauch Majoran, die Milde des Gehäcks und die leise dagegen ankämpfende beißende Note der mit Bedacht verkohlten Haut. Paul fragte sich zum wiederholten Mal, warum man sich an Nürnberger Würstchen selbst dann niemals überaß, wenn man sie jeden Tag haben konnte. Ein Mysterium – und das seit hunderten von Jahren.

»Hat dir Blohfeld heute Nachmittag freigegeben?«, erkundigte sich Paul bei Antoinette.

Sie nickte mit gequälter Miene. »Ich habe mir zwei freie Stunden erkämpft. Nach Herrn Blohfelds Verständnis müssten Journalisten eigentlich vierundzwanzig Stunden am Tag arbeiten.«

»Gehen wir?«, forderte Hannah ungeduldig zum Abstieg in die Tiefe auf.

Paul registrierte anerkennend, dass die beiden Mädchen mit langen Hosen, wärmenden Sweatshirts und vor allem trittsicheren Wanderstiefeln gut für die Tour durch die Unterwelt gerüstet waren.

»Okay«, willigte er ein und tastete nach seinem Schlüssel.

Trockene Kälte schlug ihnen entgegen, als sie das zu den Felsenkellern führende Treppenhaus betraten.

»Eines kann ich nicht verstehen«, sagte Hannah in ihrer üblichen saloppen Art, »jedes Kind in Nürnberg kennt die Felsengänge, weil sie uns hier schon als Schüler durchgeschleust haben. Wo soll es also unentdeckte Geheimnisse geben, die eine teure Fotodokumentation rechtfertigen?«

Paul schmunzelte. »Oh, die gibt es tatsächlich. Meine Auftraggeber aus dem Rathaus haben das ihren Vorgängern zu verdanken. Der Rat der Freien Reichsstadt Nürnberg war immer peinlichst darauf bedacht, nicht nur den Verlauf der Gänge geheim zu halten, sondern sogar die Existenz der unterirdischen Anlagen. Über Jahrhunderte hinweg waren die Stollen topsecret. Die letzte offizielle Erfassung stammt von Baumeister Endres Tucher – und entstand ungefähr 1460!«

Hannah neigte zweifelnd den Kopf. »Bleibt die Frage, warum man die Gänge überhaupt in den Boden gegraben hat – und wer den teuren Spaß bezahlt hat.«

Berechtigte Fragen, dachte Paul. »Ich glaube kaum, dass man das so pauschal beantworten kann.«

»Versuchen Sie's, Flemming«, stachelte ihn Hannah an. »Wir sind zwei neugierige Mädels.« Sie lächelte ihrer Freundin zu, doch die verschränkte missmutig die Arme.

»Viele der Gänge sind im Grunde nichts anderes als verbindende Korridore zu verschiedenen Kellern, die meisten sind kaum mehr als sechzig Zentimeter breit und gerade so hoch, dass man aufrecht darin gehen kann.« Paul formte mit den Händen eine schmale Flucht. »Etliche Querverbindungen sind erst im letzten Krieg entstanden, als die Gänge als Luftschutzkeller dienten und Tausenden Schutz vor den Bombenangriffen geboten haben.« Jetzt breitete er seine Hände aus. »Die zwischen den Gängen liegenden Felsenkeller dagegen sind weitaus großflächiger und haben oft sogar mehrere Stockwerke. Sie sind alle in Handarbeit entstanden – mit Hacke und Meißel.«

»Und?«, bohrte Hannah weiter.

»Die vielen Geschichten über geheime unterirdische Soldatenverlegungen, Schatzkammern und jede Menge Gruselstorys kennst du ja selbst. Nach alldem, was ich aus den Aufzeichnungen aus dem Stadtarchiv weiß, ging es in Wahrheit aber immer nur ums Bier.« Während sie den gut beleuchteten und in den vierziger Jahren kostspielig ausgebauten Korridor verließen und ins eigentliche Reich der geheimnisumwitterten Gänge und Fluchten einbogen, klärte sie Paul bereitwillig über den großen Durst der Nürnberger auf gutes und vor allem gut gekühltes Bier auf. Er berichtete von den konstanten Temperaturen im felsigen Untergrund der Stadt: nie weniger als acht und nie mehr als zwölf Grad. Dazu eine relativ verlässliche Luftfeuchtigkeit. Ideale Bedingungen zum Vergären und Einlagern von Bier.

»Um sich zu besaufen, haben die Leute diese riesigen Katakomben gegraben?«, fragte Hannah und tippte sich zweifelnd an die Stirn.

Paul nickte amüsiert. Er erzählte von den bescheidenen Anfängen, den kleinen Kellern der Privatbrauereien, die es zu Dutzenden in der Altstadt gab. »Sie wurden später durch Querstollen miteinander verschmolzen, bis sie schließlich einen riesigen unterirdischen Kellerkomplex bildeten. Die Brauereien wurden größer, und alle nutzten sie die Keller, weil sie dort optimale Bedingungen vorfanden. Außer in heißen Sommern, denn dann stieg das Thermometer selbst im Untergrund. Die Leute hatten sich damals damit beholfen, dass sie schon im Winter große Mengen Eis unter die Erde transportierten. Eis, das im Sommer langsam abschmolz und die Temperaturen niedrig hielt. Das Eis wurde durch Eisschächte nach unten geworfen. Die waren recht tief und daher ziemlich gefährlich.«

»Wie ein ungesicherter Aufzugsschacht«, verglich Hannah.

»Ja«, bestätigte Paul. »Auch heute noch macht man besser einen großen Bogen um die Eisschächte.«

Doch Hannahs Wissensdurst war damit nicht gestillt. »Das erklärt die Entstehung der Keller. Aber was ist mit den Felsengängen? Einige davon sind doch viel älter als die Geschichte des Bierbrauens in Nürnberg.«

»Sie dienten vorwiegend der Wasserversorgung«, erklärte Paul und wunderte sich darüber, dass Antoinette einen so desinteressierten Eindruck machte.

»Antike Wasserleitungen?«, fragte Hannah ungläubig.

»Nürnberg steht auf mehreren Schichten unterschiedlichen Gesteins. Dieser Schichtenkomplex – er nennt sich übrigens Bunter Keuper – ist zwischen dreihundert und fünfhundert Meter dick. Die unterste Schicht besteht aus Benkersandstein oder auch Gipskeuper genannt.«

»... und Gips ist wasserundurchlässig«, folgerte Hannah. Feiner Kies knirschte unter ihren Schuhen.

Paul stimmte zu. »Es gilt heute als einwandfrei erwiesen, dass die älteren Felsengänge zur Wassergewinnung und zum -transport dienten. Unsere Vorfahren haben sich ziemlich geschickt der hydrologischen Eigenschaften der geologischen Strukturen bedient.«

»Wow«, sagte Hannah. »Was Sie alles für Wörter kennen. Würden Sie nicht so verwegen aussehen, würden Sie einen prima spießigen Erdkundelehrer abgeben.«

»Danke für das Kompliment«, sagte Paul bissig und war ein wenig beleidigt. Sie folgten noch eine Weile den leidlich gut beleuchteten und ausgewiesenen Pfaden, bevor Paul nach einem Blick auf seine mitgeführte Wegeskizze die kleine Gruppe in einen Seitenarm dirigierte.

Alle drei schalteten ihre Taschenlampen an. Sie mussten enger zusammenrücken, denn der Gang wurde zusehends schmaler.

»Und aus welchem Jahr stammen die ältesten Stollen?«, wollte Hannah wissen.

»Keine Ahnung«, versuchte Paul das Lehrerimage abzustreifen. »Die ersten Gänge wurden von Privatleuten gegraben. Darüber existieren keine Unterlagen mehr.«

»Wenigstens ungefähr?«, Hannah blieb beharrlich.

»Im Stadtarchiv liegt eine Rechnung von, lass mich überlegen, 1383 oder so. Darin ist von einem ›heimlichen Ding im Untergrund‹ die Rede. Man geht davon aus, dass dies der erste Hinweis auf eine von der Stadt bezahlte Grabung ist.«

»Heimlich musste das alles sein, damit niemand von den Wasseradern erfahren und sie vergiften konnte?«, folgerte Hannah.

Paul grinste sie an. »Wenn du nicht so forsch aussehen würdest, würdest du eine gute Streberin abgeben.« Seine Unaufmerksamkeit bereute er im nächsten Augenblick, als er sich den Kopf an einer hervorstehenden Felsspitze stieß. »Verdammt«, fluchte er leise und hörte Hannah kichern.

Nach ungefähr dreißig Metern hatten sie eine weitere Abzweigung erreicht. Paul richtete den Strahl seiner Lampe in den kreuzenden Gang. Er war nach oben hin abgerundet. Auf dem Boden war eine sorgfältig verlegte Reihe Ziegel zu sehen.

»Das hier ist ein solcher Wasserstollen«, erklärte Paul. »Die Wasserrinne ist später abgedeckt worden.«

Dann leuchtete er tiefer in den Gang hinein, so dass die Mädchen den Verlauf der Rinne bis zu einer Kurve in etwa fünfzehn Metern Entfernung verfolgen konnten. »Es gab mehrere leistungsstarke Röhren, die das Wasser bis in die City geführt haben«, sagte Paul. »Die Leitungen waren die Achillesferse der Stadt. Kein Feind durfte ihren genauen Verlauf erfahren.«

»Gab es da wohl schlechte Erfahrungen?«, fragte Hannah.

»Wenn ich es dir sage, nennst du mich dann Geschichtslehrer?«

Hannah grinste. »Nur Mut.«

»Also gut: Um 1550 hatte Markgraf Albrecht Alcibiades die Stadt belagert. Er erfuhr von einigen weniger geschützten Wasserzuleitungen, ließ sie über Nacht freilegen und zerstören. Daraufhin trocknete der Schöne Brunnen am Hauptmarkt für längere Zeit aus.«

»Kompliment: Sie haben's wirklich drauf«, sagte Hannah diesmal ganz ohne ironischen Unterton.

Paul holte ein kompaktes Aluminiumstativ aus seinem Rucksack. Er schraubte seine Kamera darauf und verteilte an Hannah und Antoinette jeweils ein über Infrarot auszulösendes Blitzgerät. Auf zwei weiteren leichten Stativen platzierte er akkubetriebene Scheinwerfer für die Hintergrundbeleuchtung.

Als er Antoinettes Zurückhaltung bemerkte, fragte er sich, ob es eine gute Idee gewesen war, die Französin an der Exkursion in den Untergrund teilnehmen zu lassen. Von dem forschen Auftreten, das sie bei ihrer ersten Begegnung an den Tag gelegt hatte, war heute nichts mehr zu spüren. Sie schien etwas zu bedrücken.

Er machte seine Aufnahmen und kontrollierte die Ergebnisse auf dem integrierten Bildschirm seiner Kamera, bevor er die Ausrüstung wieder verstaute.

»Auf geht's zur nächsten Station«, trieb er seine Begleiterinnen an.

»Wie ist Blohfeld denn so als Chef?«, sprach er Antoinette kumpelhaft an.

»Streng, aber sonst ganz okay«, sagte sie knapp. Antoinette blickte sich nach Hannah um, die einige Meter von ihnen entfernt ging. »Herr Flemming«, sagte sie förmlich. »Es gibt etwas, bei dem ich vielleicht Ihren Rat gebrauchen könnte.«

»Meinen Rat?«, stutzte Paul, »etwa in Bezug auf Blohfeld?«

»Nein, nein«, Antoinette biss sich auf die Lippen, »jedenfalls nicht direkt.«

»Wie kann ich dir denn helfen?«, fragte Paul freundlich.

Hannah hatte inzwischen zu ihnen aufgeschlossen, woraufhin Antoinette wieder so kurz angebunden war wie zuvor. »Schon gut«, sagte sie, »ist nicht so wichtig.«

Sie folgten dem Gang bis zu einer neuerlichen Abzweigung. Dieses Mal fanden sie die schmale Wasserrinne ohne Ziegelabdeckung vor. Paul, der Antoinettes offenkundiger Beklommenheit entgegenwirken wollte, versuchte sich mit einer weiteren Überlieferung über die Felsengänge. Während er seinen Fotoapparat von neuem einsatzbereit machte, berichtete er von einer verborgenen Tür irgendwo unter dem Alten Rathaus: »Dahinter beginnt der Legende nach ein versteckter Tunnel, der durch zweiundsiebzig Türen, Kammern und Gewölbe führt. Bei der vierzigsten Tür, die angeblich unweit des Zeughauses liegt, ist ein gewisser Seyfried Schürstab, ein Mitglied des Ältestenrates, der dem König von Frankreich Stadtgeheimnisse zuspielen wollte, eingemauert worden.«

»Wie soll man sich bei so vielen Toren und Türchen überhaupt zurechtfinden?«, fragte Hannah, während Antoinette beharrlich schwieg.

»Wahrscheinlich gar nicht«, sagte Paul und löste aus. Die Blitzlichter flammten auf und erhellten den schlauchförmigen Gang. In der Rinne glitzerte Feuchtigkeit. »Aber wenn wir uns Mühe geben und diese vierzigste Tür wirklich finden, kann ich das Skelett des Seyfried Schürstab in meine Fotodokumentation aufnehmen.«

Hannah lachte. »Da wird einem ja angst und bange«, sagte sie. »Mehr noch würde mich interessieren, was hinter der letzten Tür verborgen sein soll. Gold? Diamanten?«

»Diamanten in Nürnberg – wohl kaum. Es existiert ein Gerücht, demzufolge irgendwo dort unten ein Dokument mit den ersten Anleitungen zur Herstellung der Bratwurst sowie eine Erklärung dafür gelagert ist, warum sie so kurz ist.«

»Im Ernst?« Hannah stemmte ihre Arme in die Hüften. »Sie verarschen mich doch, oder?«

»Was ist an all diesen Storys schon Ernst?«, gab Paul die Frage schmunzelnd zurück. »Aber wie ich meine Landsleute einschätze, traue ich ihren Vorfahren so einen Unfug durchaus zu.«

Hannah kicherte. Antoinette dagegen verzog keine Miene.

Nach einer weiteren Stunde in den Felsengängen, in der sie immer wieder anhielten, fotografierten, anhielten, fotografierten, hatte Paul genug. Ihm war allmählich ziemlich kalt, und er wollte nicht länger mit diesem schlecht gelaunten Mädchen an seiner Seite arbeiten.

Er dirigierte die beiden zurück in Richtung des offiziellen Rundwegs.

»Schade«, sagte Hannah. »Ich wäre gern tiefer eingedrungen in dieses krasse Gängesystem. Hat irgendwie was vom Charme einer Geisterbahn.«

»Viel weiter geht es nicht«, bremste Paul ihren Elan. »Die meisten Rinnen und Schächte sind ungesichert. Über die Lochwasserleitung könnten wir zwar bis hinauf in die Burgkasematten gelangen, aber der Hauptgang vom Burgberg hinunter zum Sebalder Platz ist im Krieg eingestürzt und nicht mehr passierbar. In anderen Stollen steht hüfthoch das Wasser. Da müssten wir mit einer Taucherausrüstung wiederkommen.«

Auf dem Weg zurück zum Ausgang durchquerten sie einen geräumigen, aber sehr schlecht beleuchteten Felsenkeller. Die Luft war feucht und zugig und der Boden sehr uneben.

Während Paul über weitere Exkursionen in den Untergrund redete, hörte er hinter sich das laute Geräusch aufstiebender Kieselsteine. Als er sich umdrehte, war es bereits zu spät. Antoinette war vom Weg abgekommen. Er sah, wie sie das Gleichgewicht verlor, sich an der scharfkantigen Wand des Felsenganges abzustützen versuchte und dann im Schatten eines steinernen Stützpfeilers verschwand.

Sofort richtete Paul den Lichtkegel seiner Taschenlampe in die Richtung, wo Antoinette verschwunden war, doch nichts war zu sehen. Er rannte los und bekam gerade noch mit, wie Antoinette Halt an einem rostbraunen Gitter suchte. Das Gitter gab nach und schlug mit ohrenbetäubendem Scheppern zurück in seine Verankerung.

Antoinette streckte ihre rechte Hand vor, um den Aufprall abzufangen. Die Hand, um die sie ihre Bandage trug, knickte jedoch ab, sobald sie den Boden berührte, so dass das Mädchen ungebremst auf dem Steinboden aufschlug.

Jetzt eilte auch Hannah herbei. Mit Schrecken erkannte Paul, dass Antoinette nur wenige Zentimeter vor einem drei oder vier Meter breiten und mehrere Meter tiefen Abgrund zu Boden gegangen war: Kurz hinter dem Mädchen klaffte das Loch eines ausgedienten Eisschachtes. Paul wagte einen kurzen Blick über den Rand des Abgrunds und erkannte spitz aufragende Holzbalken – die Reste eines Eisgalgens, mit dessen Hilfe seinerzeit bierkühlende Eisblöcke in die Tiefe hinuntergelassen worden waren.

»Das war knapp«, stieß Paul erschrocken aus und bestaunte ehrfürchtig den ebenso imposanten wie unberechenbar gefährlichen Eisschacht.

Zusammen halfen Paul und Hannah der schluchzenden Antoinette auf die Beine. Auf der Stirn hatte sie lediglich eine kleine Schramme, die aber nicht blutete. Von ihrer Hand konnte Paul das leider nicht behaupten. Ein roter Fleck breitete sich sternförmig auf dem weißen Verband aus und wuchs beängstigend schnell.

»Verflucht!«, entfuhr es Paul. »Wir müssen dich sofort hier herausbringen!«

Die Strecke bis zum Ausgang geriet zur Nervenprobe. Antoinettes Wunde an der Hand blutete so stark, dass sie eine Spur roter Tropfen hinter sich zurückließ.

Paul fühlte sich für den Unfall verantwortlich und wollte Antoinettes Verletzung so schnell wie möglich behandelt wissen. Sie beeilten sich, eine nahe Apotheke zu erreichen, die aber Betriebsferien hatte. Kurz entschlossen dirigierte Paul die Mädchen in Richtung Weinmarkt. Dort steuerte Paul das Geschäft seines Metzgers an. »Der hat ganz sicher einen Erste-Hilfe-Kasten.«

Sie stürmten in den kleinen Laden, in dem glücklicherweise gerade keine Kundschaft war. Der Metzger, ein kräftig gebauter, rotwangiger Mann, reagierte sofort. Für einen Moment verschwand er im hinteren Teil des Ladens, um mit einem weißen Koffer mit aufgedrucktem roten Kreuz zurückzukehren.

Paul entfernte die blutverschmierte Bandage von der Hand der zitternden Antoinette und erschrak. Auf Antoinettes Handfläche klafften mehrere tiefe Schnitte. Sie waren offensichtlich nur unzureichend verheilt gewesen und bei dem Sturz in den Felsengängen erneut aufgeplatzt.

»Meine Güte«, stammelte Paul. »Wo ist das passiert?«

»Mir ist eine Weinflasche heruntergefallen«, jammerte sie.

Der Metzger reichte Paul das Verbandszeug. Paul presste eine Mullbinde fest auf Antoinettes Wunden. Diese stieß ein leises Wimmern aus.

»Du musst damit unbedingt zum Arzt. Die Schnitte müssen genäht werden«, sagte Paul eindringlich, während er den Verband festzog.

Antoinette – die Augen gerötet – bedankte sich verstört für die Verarztung und stand auf.

»Ich begleite dich«, sagte Hannah. Sie legte ihren Arm um die schmalen Schultern der Französin, dann verließen die beiden den Laden.

»Puh!«, sagte der Metzger und ließ sich neben Paul auf der Taschenablage des Tresens nieder. »Ich habe zwar von Berufs wegen keine Probleme damit, Blut zu sehen – aber diese tiefen Schnitte in der Hand des jungen Mädchens bringen selbst einen wie mich ins Schwitzen.«

»Wem sagen Sie das«, antwortete Paul erschöpft und ließ sein Gesicht kurz in seinen Händen verschwinden.

»Waren das Modelle von Ihnen, Herr Flemming?«, fragte der Metzger, wobei ihm seine Indiskretion kein Kopfzerbrechen zu bereiten schien.

»Nein. Hannah – die mit den Locken – ist die Tochter einer, äh, einer Bekannten. Die andere ist ihre Freundin, eine französische Gaststudentin.«

»Wie dem auch sei.« Der Metzger raffte sich schnaufend auf. Er umrundete den Tresen. »Wie wäre es mit drei im Weggla?«, erkundigte er sich aufmunternd.

Paul hatte noch den Geschmack des letzten Wurstbrötchens in seinem Mund, doch würde er ein weiteres ganz sicher nicht ablehnen.

Während der Metzger drei dunkle Würstchen vom Rost seiner Grillplatte nahm und sie in ein bereits aufgeschnittenes Brötchen legte, fragte Paul neugierig nach: »Verraten Sie mir das Rezept Ihrer Würstchen? Sie produzieren doch noch selbst, oder?«

Der Metzger nickte bedächtig. »Schon, aber das ist ja kein Geheimnis.«

»Nicht? Die großen Wurstfabriken machen aber sehr wohl eines daraus. Die Fabrikationshallen sind tabu.«

»Das liegt wohl daran, dass niemand die Fabrikationsmethoden abschauen soll«, meinte der Metzger. »Die Rezeptur selbst ist allgemein zugänglich. Die Zutaten wurden zuletzt im März 1998 vom städtischen Ausschuss für Recht, Wirtschaft und Arbeit verbindlich festgeschrieben.« Er reichte Paul das Brötchen. »Grob entfettetes Schweinefleisch von mittelgrober Körnung, ohne Brätanteil, nicht umgerötet, im engen Schafsaitling auf sieben bis neun Zentimeter abgedreht. Pro Stück zwanzig bis fünfundzwanzig Gramm. Dazu kommt die jeweils individuelle Majoranwürzmischung.«

Paul biss hinein. »Mmm, da schmeckt man den Unterschied zur Meterware aus der Wurstfabrik.«

»Meinen Sie?«, fragte der Metzger mit traurigem Lächeln. »Ich glaube kaum, dass Sie bei einem Blindtest wirklich etwas merken würden.«

»Was wollen Sie damit sagen?«, protestierte Paul schmatzend.

»Fakt ist, dass die Wurstproduktion für uns Kleinbetriebe zu teuer geworden ist. Ich werde ab kommenden Monat Wiesinger-Würstchen ins Sortiment nehmen, sonst lege ich bei jeder Wurst drauf.«

Paul schluckte hinunter. »Das können Sie doch nicht machen!«

»Wieso nicht? Auf dem Christkindlesmarkt gibt es nur noch einen einzigen Stand, der die Würstchen traditionell auf Holzkohle statt auf Gasflammen grillt. Alles wird vereinheitlicht. So ist nun einmal der Lauf der Dinge.«

»Aber der Preis darf doch nicht alles entscheiden«, wehrte sich Paul beharrlich dagegen, dass sein Haus- und Hofmetzger die – für Pauls Geschmack – beste Bratwurst der Stadt abschaffen wollte.

»Leider doch«, sagte der Metzger und wischte sich mit den dicken Fingern über die Stirn. »Immer weniger Kunden denken so wie Sie, Herr Flemming. Ich habe da neulich etwas Interessantes in der Zeitung gelesen. Moment, ich habe den Artikel sogar aufgehoben.« Der Metzger wühlte in einem Zettelstapel neben der Kasse. »Da haben wir es schon: Hier steht, dass die Deutschen 1970 ein Drittel ihres Geldes für Nahrungsmittel ausgegeben haben. Heute sind es nur noch vierzehn Prozent. Und zweiundsechzig Prozent der Leute sagen, dass für sie der Preis bei Nahrungsmitteln wichtiger ist als die Qualität.«

»Trotzdem darf eine Qualitätswurst nicht sang- und klanglos untergehen«, unternahm Paul einen letzten Rettungsversuch.

»Danke für Ihre Treue, Herr Flemming«, sagte der Metzger. »Aber Wiesinger-Würstchen müssen nicht schlechter sein als meine – und ich will nicht den Rest meiner Kundschaft an die Discounter verlieren.«

Reichlich desillusioniert verließ Paul die Metzgerei. Eine Schar Spatzen auf der Suche nach Brotkrumen nahm Reißaus vor ihm, als er über das Kopfsteinpflaster in Richtung seines Hauses ging.

Er würde als Nächstes seine Kameraausrüstung ins Atelier bringen, kurz unter die Dusche springen und sich dann wie geplant der Kür widmen: Blohfelds Rechercheauftrag bei den Heimatfreunden. Mit etwas Glück könnte er noch für heute einen Termin vereinbaren.

15

Als Paul nach einem vielversprechenden Telefonat mit dem Heimatbund bereits eine gute Stunde später mit seinem Rad von der Burgschmietstraße in Richtung Großweidenmühlstraße abbog, mischte sich in die schwüle Spätnachmittagsluft ein angenehm frischer Dunst, der aus der nahen Pegnitz aufstieg. Paul ließ das Klinikum Hallerwiese linker Hand liegen, passierte ein wunderschön in Stand gesetztes, sandsteinernes Eckhaus aus der Gründerzeit und rollte über den Großweidenmühlsteg.

Die Geschäftsstelle des Fränkischen Heimatbundes residierte in einem modernen Gebäudekomplex. Paul betrachtete die geschwungene schnörkellose Außenfassade aus wasserblau bedampftem Glas. Das Ensemble fügte sich trotz seiner beachtlichen Größe harmonisch in die Umgebung ein, verschmolz farblich mit dem Blau des Himmels und spiegelte sich in der Pegnitz. Paul war einigermaßen verblüfft über den unfränkischen Baustil, den die Heimatfreunde für ihr Domizil gewählt hatten.

Eine Mappe mit einer Auswahl seiner Arbeiten unterm Arm betrat Paul ein lichtdurchflutetes Foyer, mit weißen Wänden und hellen Marmorfliesen, in dem ihn eine junge Frau freundlich begrüßte. Sie war genauso groß wie Paul, also deutlich über einsachtzig, hatte glattes blondes Haar und gepflegte Hände.

»Herr Jungkuntz freut sich, Ihre Bekanntschaft zu machen – trotz der Kurzfristigkeit Ihrer Anmeldung bei uns«, kürzte sie die Begrüßungsformalitäten ab und geleitete ihn in einen Raum, der genauso wenig seinen Erwartungen von Butzenscheibenromantik entsprach wie alles andere in diesem aufgeschlossenen und modernen Bürohaus.

Herr Jungkuntz entpuppte sich als adretter Mann von Mitte vierzig mit weitgehend faltenlosem Gesicht, freundlichen, intelligenten Augen und kurz geschnittenen, dunkelblonden Haaren. Er trug ein hellblaues, kurzärmeliges Hemd und eine dezent gestreifte Krawatte.

»Setzen Sie sich«, sagte er und deutete auf eine Sitzecke, die von gepflegten Grünpflanzen eingefasst war.

»Danke«, nahm Paul die Aufforderung an. Er legte seine Visitenkarte auf den polierten Tropenholztisch zwischen ihnen und schlug die Mappe mit den Arbeitsproben auf. »Ich bin Ihr Mann, wenn es um authentische Heimatfotos geht.«

Jungkuntz lächelte offen. »Das weiß ich. Sie sind mir durchaus ein Begriff. Ich schätze vor allem Ihre Aktaufnahmen.«

Paul war abermals verblüfft. Gerade mit diesem Teil seines Repertoires wollte er hier ganz sicher nicht punkten.

»Das überrascht Sie?«, fragte Jungkuntz amüsiert. »Ich weiß echte Fotokunst durchaus zu schätzen.« Er beugte sich vor. »Aber sagen Sie mir: Wie sind Ihnen Ihre ungewöhnlich plastischen Schwarzweißaufnahmen aus der Froschperspektive gelungen, die Sie unlängst in der Kunsthalle ausgestellt haben? Von den Fußsohlen aufwärts – wie ist das technisch überhaupt möglich?«

Paul musste innerlich blitzschnell umdisponieren, sagte dann aber höflich: »Mit einer Glasplatte.«

»Interessant.«

»Ich habe zu Hause einen Schreibtisch, der lediglich aus einer verstärkten Glasscheibe besteht, die auf zwei Stützen ruht. Eines Tages kam mir die Idee ...«

»Fantastisch!«, sagte Jungkuntz euphorisch. »Sie haben die Models auf der Platte drapiert und waren selber mit der Kamera darunter. Dadurch wurde auch der liegende Akt aus völlig neuem Blickwinkel möglich. Nochmals: Kompliment!«

»Meine Modelle haben sich beschwert, weil die Glasplatte so kalt war«, scherzte Paul und war misstrauisch wegen der allzu legeren Atmosphäre.

»Wissen Sie«, hob Jungkuntz an und kam endlich aufs eigentliche Thema zu sprechen: »Jeder sollte stolz sein auf seine Qualitäten und dazu stehen. So halten wir es auch bei uns im Heimatbund. Ich singe ganz sicher nicht das Lied der Benachteiligten.«

Paul sprang bereitwillig darauf an: »Es ist ja inzwischen auch verdammt lange her, dass die Freie Reichsstadt Nürnberg vom Königreich Bayern geschluckt wurde, zweihundert Jahre.« Er blickte sein Gegenüber neugierig an. »Sehen Sie sich eigentlich als Nürnberger, als Franke oder als Bayer?«

Jungkuntz schmunzelte. »Selbstverständlich als Nürnberger. Jeder definiert sich zunächst nach seinem Umfeld, seiner Herkunft und kulturgeschichtlichen Identität. Unsere Zugehörigkeit zu Bayern ist eine historische Tatsache, die wir mit ein klein bisschen emotionaler Ambivalenz tragen, zugegeben.«

»Unterstützen Sie denn die Jubiläumsfeiern zur zweihundertjährigen Vereinigung mit Bayern?«, fragte Paul.

»Ach, wissen Sie«, Jungkuntz lehnte sich entspannt zurück. »Wirkliche Franken machen sich ihren eigenen Reim auf die

Sache. Ich sehe es als Chance, uns und unsere Geschichte vor einem breiten Publikum darzustellen. Mit Herz und Verstand. Auf allen Ebenen. Ich möchte eigentlich nicht erleben, dass wir dieses historische Datum nur dadurch abhandeln, dass wir Dürer-Gemälde aus München zurückfordern.«

»Sondern?«, fragte Paul, dem die intelligente und besonnene Art seines Gegenübers allmählich sympathisch wurde.

»Gerade in den Zeiten der Globalisierung ist es wichtig, sich auf seine Wurzeln zu besinnen, auf die eigene Identität und Regionalgeschichte. Aber es gibt weitaus weniger langweilige Möglichkeiten, unsere Ansprüche auf Selbstbehauptung geltend zu machen, als gebetsmühlenartig die Abspaltung einzufordern. Mir liegt mehr die lässige Art: spielerisch und augenzwinkernd.« Er beugte sich vor. »Hand aufs Herz: Das offizielle Bayern wäre ohne uns Franken nicht halb so toll!«

Paul musste lachen. »Dennoch«, sagte er, wobei sein Blick auf Jungkuntz' gepflegte, schmale Hände fiel. Am Handgelenk trug er eine zierliche, teuer aussehende Uhr mit hellbraunem Krokodillederarmband. »Sie vertreten einen sehr bedeutenden Verband mit vielen einflussreichen Mitgliedern. Sie müssen doch konkretere Ziele verfolgen.«

»Das gefällt mir«, sagte Jungkuntz, wobei sich in seine zuvorkommende Art ein Hauch von Überheblichkeit einschlich. »Sie sind ein kritischer Geist. Sie wollen genau wissen, mit wem Sie zusammenarbeiten. Aber ich versichere Ihnen, wir planen keine Weltrevolution. Und – wie gesagt – die Forderung nach dem Bundesland Franken ist ein alter Hut.« Er rutschte in seinem Stuhl erst nach links, dann wieder nach rechts. »Natürlich haben einige noch immer diesen Traum von der Ostverschiebung der Oder-Neiße-Linie, doch realistisch betrachtet wäre für uns schon viel gewonnen, wenn ein paar mehr Franken im bayerischen Kabinett sitzen würden.«

»Dort haben wir zurzeit doch zumindest einen sehr starken Mann«, warf Paul ein.

Jungkuntz lächelte. »Momentan ist die fränkische Sache in München tatsächlich gut vertreten.« Dann erhob er sich, schob seinen Schlips zurecht und streckte Paul seine Hand entgegen. »Ich denke, wir werden bald den einen oder anderen Auftrag für Sie haben. Lassen Sie mir ein paar themenbezogene Arbeitsproben zukommen, und wir gehen dann ins Detail.«

Jungkuntz begleitete Paul zurück ins Foyer, wo sich Paul eine Bemerkung über die großzügige Ausstattung des Verwaltungsbaus nicht verkneifen konnte: »Ihre Gönner lassen sich die Institution einiges kosten.«

Jungkuntz' freundliche, warme Stimme nahm einen unterschwellig gereizten Ton an: »Wir wirtschaften sehr sparsam. Aber mit der Repräsentanz darf man nicht knausern. Schauen Sie sich an, wie die Münchner in ihrer Staatskanzlei mit Glas und Stahl geprasst haben.«

Da musste Paul zustimmen.

»Außerdem haben wir hohe Unkosten durch Druckerzeugnisse, Ausstellungen, Werbeauftritte und nicht zuletzt durch freie Mitarbeiter wie Sie, Herr Flemming«, fügte Jungkuntz schneidend hinzu.

Paul verstand sehr wohl, verabschiedete sich noch einmal freundlich, winkte der repräsentativen Empfangsdame zu und verließ das schmucke Domizil der Heimatfreunde.

Im Vergleich zur klimatisierten Luft in dem Gebäude war es draußen noch immer unerträglich heiß. Paul hielt kurz inne, um sich an die Hitze zu gewöhnen. Für eine erste Kontaktaufnahme war das Gespräch erfolgreich verlaufen, fand Paul, zumal für einen kurzfristigen Termin am späten Freitagnachmittag. Nur Blohfeld würde wahrscheinlich enttäuscht sein, dass er nicht gleich versucht hatte, mehr über Wiesinger und sein Verhältnis zum Heimatbund herauszufinden. Paul wandte sich dem Baum zu, an den er sein Fahrrad gelehnt hatte.

Im ersten Moment glaubte er, dass es sich nicht um sein Rad handeln konnte, das er auf dem Asphalt der Straße liegen sah. Da aber kein zweites Fahrrad in der Nähe war und zumindest die dunkelblaue Metallicfarbe Paul an sein eigenes Rad erinnerte, musste er den Tatsachen ins Auge sehen.

Er trat langsam näher und betrachtete ungläubig die platt gewalzte Ansammlung von Aluminiumrohren, verbogenen Speichen, dem aufgeplatzten Sattel und Splittern von Vorder- und Rücklichtern. Paul ging in die Hocke und hob den traurigen Rest seiner Klingel auf. Was, um alles in der Welt, war hier vorgefallen? Paul schaute sich nach allen Seiten um. Doch die Straße war leer, und die Pegnitz gurgelte genauso friedlich und sanft vor sich hin wie zuvor. Die Sonne brannte auf Pauls Kopf, als er sich erhob und den Schlamassel mit mehr Abstand betrachtete: Es war eindeutig zu erkennen, dass hier nicht bloß ein paar Rowdys am Werk gewesen waren. Jemand musste Pauls Fahrrad vorsätzlich auf den Boden gelegt haben und anschließend mit einem Liefer- oder sogar Lastwagen darübergefahren sein. Wahrscheinlich sogar mehrmals vorwärts und rückwärts, so sehr war der Rahmen verbogen.

Er dachte darüber nach, die Polizei zu verständigen. Doch das war nur ein sehr kurzer Gedanke, denn er konnte sich ausmalen, dass eine Anzeige gegen unbekannt nicht viel bewirken würde. Und versichert war sein Rad sowieso nicht.

Paul sah hinüber zur Zentrale der Heimatfreunde. Durch die Glasfront des Portals hätte die Empfangsdame eigentlich sehen müssen, was draußen vor sich gegangen war. Aber sie hatte nicht mal mit der Wimper gezuckt, als Paul sich verabschiedet hatte. Was, zum Teufel, wurde hier gespielt? Paul war ein Mensch, der allein schon aus Bequemlichkeitsgründen gern an Zufälle glaubte. Aber das Schicksal seines Fahrrads erinnerte ihn doch allzu sehr an das von Katinkas Mini. Und er fragte sich zutiefst besorgt, ob es tatsächlich einen Zusammenhang zwischen diesen beiden Vorfällen gab – wie auch immer dieser aussehen mochte.

16

Zu Fuß gestaltete sich der Rückweg entlang der Pegnitz recht zäh, zumal Paul den Rahmen seines Rades geschultert und ein paar unzerstört gebliebene Teile unter den Arm geklemmt hatte.

Die leicht ansteigende Weißgerbergasse, die ihn mit einer angenehm kühlen Brise empfing, war seine letzte Herausforderung, bevor er schweißüberströmt am Weinmarkt ankam und den Rest seines Fahrrads in einer Ecke des Hausflures abstellte. Er war frustriert. Nicht allein wegen seines zerstörten Fahrrads, sondern weil er sich hinters Licht geführt fühlte. Jemand hatte gewusst, was er vorhatte, und hat ihm ordentlich eins ausgewischt.

Jetzt gab es für ihn nur einen Ort, der ihn wieder aufbauen konnte. Er blickte zunächst durch die große Schaufensterscheibe des *Goldenen Ritters* und trat durch den von den blau lackierten, gusseisernen Säulen flankierten Eingang in das schmale, windschiefe Fachwerkhaus.

Die Auslage im Tresen gleich neben der Tür war mit zerstoßenem Eis gefüllt, und bald würde Jan-Patricks gute Seele Marlen sie mit frischem Fisch bestücken, und den Abendgästen würde schon beim Eintreten das Wasser im Mund zusammenlaufen.

Als ihm Jan-Patrick mit lässig übergestreifter Schürze entgegenkam, fühlte sich Paul in seinen Erwartungen bestätigt. Hier durfte er sich zurücklehnen und seine schlechte Laune für einen Moment vergessen.

»Gut, dass du gerade jetzt auftauchst«, begrüßte ihn der Koch enthusiastisch, »komm mit!«

Jan-Patrick zog Paul am Saum seines T-Shirts durch die dunkle, eng bestuhlte Gaststube bis in die Küche. In dem kleinen, weiß gekachelten Raum waren zwei Angestellte damit beschäftigt, Zutaten für die Menüs der abendlichen Gäste herzurichten. Auf einer Arbeitsplatte hatte Jan-Patrick sorgfältig nebeneinander mehrere Schüsseln mit klein geschnittenen Zwiebeln, mit Hackfleisch und anderen Zutaten bereitgestellt.

»Und, was zauberst du heute Schönes?«, fragte Paul.

Jan-Patrick, der Paul nur bis zur Schulter reichte, grinste breit. Seine schneeweißen Zähne bildeten einen auffälligen Kontrast zu seinem dunklen Teint und dem pechschwarzen, mit viel Gel zurückgekämmten Haar. »Die erste von tausendundeiner himmlischen Bratwurstkreation!«

Paul schaute näher hin. »Du machst also tatsächlich Ernst mit deiner Idee. Was genau soll das werden?«, fragte er, als er in einer Schüssel geriebenen Käse und griffbereit daneben eine Flasche Cognac bemerkte.

Jan-Patrick spitzte auf seine unnachahmliche Art die Lippen, wobei sich feine Fältchen um seine Augen bildeten. Wüsste Paul nicht ganz sicher, dass Jan-Patrick einem uralten fränkischen Geschlecht entstammte, würde er ihn ganz bestimmt als Süditaliener einstufen.

»Das wird ein sommerlicher Wurstimbiss«, sagte der Koch selbstgefällig und untertrieb dabei kokettierend.

»Wie ich dich kenne, eher ein Sterne-Koch-Schmaus«, sagte Paul.

Jan-Patrick lächelte geschmeichelt und ließ sogleich seine flinken Finger über die Zutaten sausen.

»Wir haben hier gewürfelten Räucherbauch, frisches Bratwurstgehäck, fein gehackte Zwiebeln ...« Jan-Patrick schüttete die Räucherbauchstückchen in eine Pfanne auf seinem Gasherd. In einer zweiten landeten zischend die Zwiebeln.

»Glasig dünsten«, sagte Jan-Patrick und gab im nächsten Atemzug das Gehäck dazu, vorsichtig eine Prise Salz, Paprikapulver und einen kräftigen Schuss Sahne.

»Ist das nicht ein Frevel für einen Profi wie dich?«, fragte Paul irritiert, als er seinen Freund nach einer Ketchupflasche greifen sah.

Jan-Patrick lachte auf. »Du musst es ja keinem weitersagen!« Dann schmeckte er das angereicherte Bratwurstgehäck mit dem Ketchup und Zitronensaft ab. Nahezu gleichzeitig schnitt er ein Weißbrot der Länge nach auf, griff hinein und zog – als würde er einen Fisch ausnehmen – mit einer gekonnten Drehung seiner Rechten das Innere heraus. Die ausgehöhlten Brothälften beträufelte er mit Cognac.

»So«, sagte Jan-Patrick und drehte das Gas herunter. »Jetzt fülle ich das Gehäck zusammen mit dem Räucherbauch in das Brot.« Danach griff er beherzt in eine Schale mit geriebenem goldgelbem Käse und krönte das Ganze mit Butterflöckchen.

»Jetzt schieben wir diese Köstlichkeit in den Ofen und warten eine halbe Stunde«, sagte er zum Finale. »Schön knusprig, in Scheiben geschnitten und mit Salatblättern garniert, wird es zu einem spritzigen, jungen Frankenwein serviert.«

»Hast du schon einen Namen für diese Kreation?«, wollte Paul wissen.

Der Koch verneinte. »Noch nicht. Aber das Wort Bratwurst wird auf jeden Fall darin auftauchen.«

»Oje«, entfuhr es Paul. »Wenn man dich so reden hört, könnte man denken, dass sich Nürnberg niemals von seinem Bratwurst- und Lebkuchenimage verabschieden kann.«

»Das musst gerade du sagen«, entgegnete der Koch und signalisierte Paul, sich zu setzen. »Du machst doch die Fotoaufnahmen für den neuen Wiesinger-Katalog – da wäre ich an deiner Stelle mit dem Lästern vorsichtig.«

Paul senkte schuldbewusst den Kopf. »Okay, okay, ich werde mich bessern. Aber mein Interesse an der Wurst an sich ist – obwohl ich sie gern esse – nun mal nicht besonders groß.«

Jan-Patrick schnippte mit den Fingern, worauf einer seiner Angestellten eine Ladung braun gebratener Würste von einem Rost über einem offenen Holzkohlengrill nahm und auf einem Zinnteller drapierte. Zusammen mit einer stattlichen Portion Meerrettich wurden sie Paul serviert.

»Ich glaube, du musst noch einiges über die Nürnberger Rostbratwurst lernen«, sagte der Küchenmeister mit der Attitüde eines Oberlehrers und reichte Paul eine Gabel.

Paul wollte zunächst ablehnen. Denn es war ja bereits das dritte Mal an diesem Tag, dass er Bratwürste vorgesetzt bekam. Doch angesichts der knusprigen Versuchung war sein Appetit schnell wieder geweckt. Paul freute sich auf die nun folgende kulinarische Geschichtsstunde und biss mit Appetit in die erste der dunkel gebratenen Würste.

»Fangen wir beim Namen an: Die Bezeichnung Bratwurst geht nicht auf die Zubereitungsart, sondern auf das Wort Brät für klein gehacktes Fleisch zurück. Schon sehr früh, im Jahr 1497, verpflichtete eine Wurstverordnung die Metzger dazu, aus einem Nürnberger Pfund – das waren gut fünfhundertsechzig Gramm – fünf Würste zu produzieren.«

Paul überschlug die Zahlen und fragte: »Dann müssten die Würste doch eigentlich größer sein als bloß sieben Zentimeter, oder?« Der Kontrast im Geschmack zwischen der würzigen Bratwurst und dem scharfen Meerrettich schmeichelte seinem Gaumen.

Der Koch nickte. »Dass die Würstchen heute nur noch höchstens dreißig Gramm wiegen, liegt vor allem an den damaligen Preiskämpfen: Die Metzger produzierten immer kleinere Würste und konnten so mit der Geldentwertung mithalten.«

»Dann sind die Schlüsselloch-Theorie und all die anderen schönen Storys bloß Märchen?«, fragte Paul kauend.

»Schon möglich«, antwortete Jan-Patrick und warf einen kritischen Blick in die Backröhre. »Andererseits beleben solche Legenden das Geschäft. Man sollte sie also tunlichst am Leben erhalten. – Schließlich klingen einige von ihnen wirklich überzeugend …«, fügte er verschmitzt hinzu.

»Wie dem auch sei«, sagte Paul gut gelaunt, »unsere Nürnberger schmecken jedenfalls wie eh und je besser als jede andere Wurst der Welt.«

»Das lass besser nicht die Coburger hören«, sagte Jan-Patrick augenzwinkernd. »Die sind mindestens genauso stolz auf ihre eigene Wurst.«

Paul tauchte das dritte Würstchen in den kleinen Rest der scharfen weißen Beigabe und scherzte: »Die Bratwurst ist der knusprige Spiegel der fränkischen Seele. Kein anderer Gegenstand verkörpert jede Nuance des anspruchsvollen fränkischen Wesens mehr als diese Wurst.«

»Das hast du schön gesagt.« Jan-Patrick streifte seine Hände an der Schürze ab. »Man könnte auch sagen: Eine Rostbratwurst ist sieben Zentimeter Nürnberg.« Er lachte über seine eigene Pointe und wurde dann nachdenklich: »Eigentlich schade, dass du dir deine Würstchen zu Hause immer noch selbst braten musst.«

Paul biss abermals zu. »Zu Hause gibt es bei mir keine Wurst.«

Jan-Patrick setzte sich zu ihm. »Ich weiß. Du bist der ewige Single. Aber ich frage mich ernstlich, ob es dir auf Dauer ausreichen wird, mit dem ein oder anderen Model ins Bett zu steigen.«

Paul verschluckte sich am nächsten Bissen. Er hustete und sagte belustigt: »Die Mädchen, die bei mir auftauchen, wollen einfach nur ihre Fotos, und das war es. Abgesehen davon würden mir solche Geschichten meinen Ruf als Fotograf verderben.«

»Ach was«, Jan-Patrick schlug sich auf die Schenkel, »bei deinem Aussehen hast du doch jeden Tag die freie Wahl!«

»Bei meinem Aussehen?«, fragte Paul amüsiert.

Der Koch nickte heftig. »Sportliche Figur, markantes Gesicht mit gutmütigen braunen Teddybäraugen, dichtes dunkles Haar – da findest du ruckzuck etwas kleines Wendiges fürs Bett ...«

»Dunkles Haar mit grauen Strähnen an den Schläfen«, verbesserte ihn Paul und erklärte: »Weißt du, ich bin fast vierzig, und ich habe diesen albernen Wettbewerb um die Schönsten und Jüngsten schlichtweg satt. Außerdem will ich nicht jeden Freitag und Samstag in die Disco und am Sonntag dann zum Bungee-Jumping, nur um mit meinen jugendlichen Nebenbuhlern mithalten zu können. Vielleicht bin ich für so etwas auch einfach zu bequem geworden.«

»Du und bequem?« Der Küchenmeister blickte seinen Freund über seine kräftige Nase hinweg bewundernd an. »Aber du siehst nun mal aus wie ein Playboy. Vielleicht solltest du einfach dazu stehen.«

Paul kratzte sich nachdenklich im Nacken. »Playboy? In diesem Begriff schwingt heutzutage etwas von angegammelten Bars mit, in denen die Verschlüsse der Scotchflaschen verkrustet sind.«

Jan-Patrick stemmte die Arme in die Hüften. »Jetzt hör aber auf mit der Tiefstapelei. Bei dir assoziiere ich mit dem Wort Playboy etwas ganz anderes: Geist, Gewitztheit, Ausstrahlung und eine belebende Prise Übermut.«

Paul setzte sich auf. »Damit kann ich aber nichts anfangen. Du weißt doch, dass ich mich nach einer ehrlichen Beziehung zu einer wirklich erwachsenen Frau sehne. Aber leider bin ich in den Augen der meisten Menschen offenbar der Typ für eine unverbindliche Affäre. Mein Image scheint ziemlich viele Mackerklischees zu erfüllen. Ich glaube, genau darin liegt mein Problem.«

Der Koch druckste einige Momente herum. Dann sagte er: »Dann verstehe ich dich erst recht nicht. Es ist nicht schwer zu erkennen, dass du Katinka Blohm mehr als nur Sympathie entgegenbringst. Das Gleiche gilt umgekehrt. Warum löst du dein Problem nicht einfach dadurch, dass du mal ganz offen mit ihr darüber sprichst?«

»Was geht dich das eigentlich an?«, fragte Paul leicht irritiert.

»Als dein langjähriger Gastwirt, Nachbar und Freund eine ganze Menge! Warum macht ihr beiden nicht endlich Nägel mit Köpfen, anstatt immer eure alte Schulfreundschaft vorzuschieben? So wie ich es sehe, bist du auf dem besten Wege, Katinka Blohm in die Arme irgendeines dahergelaufenen Wichtigtuers wie Gernot Basse zu treiben.«

Paul blieb die Spucke weg. Basse, der neue Redaktionsleiter der Boulevardzeitung, Blohfelds Chef, was hatte der denn mit Katinka zu schaffen?

»Ich meine«, sagte Paul schließlich bemüht, »dass Katinka und ich und wohl auch Basse alt genug sind, um für uns selbst zu denken.« Dann wollte er aber doch wissen: »Woher kennst du den Neuen?«

Jetzt war es an Jan-Patrick zu lächeln. »Er will über meine Bratwurstwochen berichten. Das spricht dafür, dass endlich ein kultivierter Mann auf dem Chefsessel der Zeitung gelandet ist.«

»Hat Basse dir gegenüber Katinka erwähnt?«

Der Koch schaute ausweichend zur Seite. »Basse hat sich bei mir nach einem Tisch erkundigt. Ein möglichst romantisches Eckchen, wie er ausdrücklich betonte. Dabei deutete er an, dass er vorhabe, eine gewisse Staatsanwältin zum Essen auszuführen.«

»Soso.« Paul bemühte sich um einen ironischen Ton. »Romantische Ecke ...« Dann fasste er sich wieder und fragte, ob Basse, der ja sehr freimütig mit seinen Informationen zu sein schien, auch etwas über Blohfelds Zukunft durchblicken hatte lassen.

Jan-Patrick zögerte nur kurz. »Er hat ein großes Mitteilungsbedürfnis, da hast du Recht. Er hat anklingen lassen, dass er nicht viel von der Haudraufmentalität eines Victor Blohfeld hält. Er nennt Blohfelds Stil den Boulevard der siebziger Jahre. Basse selbst sieht sich mehr als Mann des investigativen Journalismus.«

Paul lachte befreit auf. »Unter investigativem Journalismus verstehe ich etwas anderes, als über Bratwurstrezepte zu schreiben.«

17

Nach einer kurzen Nacht in der überhitzten Atelierwohnung begann der Samstag alles andere als ruhig: Das Telefon klingelte. Paul schälte sich aus seinem Laken, das er zum Schutz vor einer aufdringlichen Mücke eng um sich geschlungen hatte, und tastete nach dem Hörer. Gleichzeitig schielte er auf den Radiowecker. Es war kurz nach sieben Uhr, also quasi mitten in der Nacht.

»Ja?«, meldete er sich und richtete sich etwas steif auf seinem Schlafsofa auf. Eine alte Sportverletzung im Knie schmerzte wieder.

»Sind Sie Flemming, der Fotograf?«, fragte eine Frauenstimme.

Ein wenig zu schrill für diese Uhrzeit, dachte Paul und gab keine Antwort.

Die Anruferin ließ sich davon nicht ins Bockshorn jagen, sondern stellte sich als Volontärin der Lokalredaktion von Blohfelds Blatt vor. Paul möge seine Kamera einpacken und sich auf der Wöhrder Wiese einfinden, sagte sie, noch immer schrill. Und zwar umgehend.

Paul überlegte ernsthaft, ob er die schroffe Volontärin auflaufen lassen und abermals schweigen sollte. Aber das ging natürlich nicht, denn ihm war an jedem neuen Auftrag gelegen.

»Um was geht es?«, fragte er möglichst freundlich, während er aufstand und ins Bad schlurfte.

»Um einen Mord an einer jungen Frau. Mehr ist nicht bekannt. Sie werden in spätestens zwanzig Minuten am Tatort an der Wöhrder Wiese erwartet.«

»Ist Blohfeld schon vor Ort?«, fragte Paul und drückte einen Streifen Zahnpasta auf den Bürstenkopf.

»Herr Blohfeld hat sich für ein paar Tage freigenommen«, antwortete die Schrille und legte auf.

»Was?« Paul ließ die Zahnbürste ins Waschbecken sinken. Bislang hatte sich der Polizeireporter seines Wissens nach so gut wie nie freigenommen. Nein, argwöhnte Paul, das passte nicht zu ihm. Und schon gar nicht würde Blohfeld sich einen Mord entgehen lassen.

Er wählte den direkten Weg zu Fuß über den Hauptmarkt, wo die ersten Markthändler ihre Stände aufbauten und kistenweise Obst und Gemüse ausluden, dann lief er die Pegnitz entlang und am Großkino *Cinecitta* vorbei durch die Unterführung des Altstadtrings. Er überquerte die hölzerne Brücke, die über einen Seitenarm der Pegnitz führte, und gelangte auf die Wöhrder Wiese.

Der Park begrüßte ihn mit friedlicher Stille. Die dicht belaubten Büsche schirmten die Fahrzeuggeräusche der Stadt ab. Über der weiten Grasfläche, die von großen Bäumen umsäumt war, lag feiner Morgendunst.

Der Park war um diese Zeit menschenleer, und Paul verlangsamte automatisch seinen Gang, als er sich seinem Ziel am östlichen Rand der Wiese näherte.

Ein weißrotes Flatterband signalisierte ihm von weitem, wo er erwartet wurde. Trotz des Aufgebots an Polizisten, Sanitätern und Journalisten wirkte die Szenerie merkwürdig leise und unaufgeregt. Die Männer verhielten sich ruhig und bedächtig, als würden sie sich an die friedfertige Umgebung anpassen.

Paul ging näher heran und schaute sich nach dem Pressesprecher der Polizei um. Stattdessen trat ihm ein groß gewachsener schlaksiger Kerl mit offenem Lächeln, leicht gelockten schwarzen Haaren und rostbraunem Cordanzug entgegen. Er reichte Paul eine ebenfalls große Hand – Paul war versucht, sie als Pranke zu bezeichnen.

»Paul Flemming, wenn ich nicht irre«, sagte der Mann und durchbrach das verhaltene Gemurmel der anderen mit einer selbstsicheren, dunklen Stimme. Bevor Paul antworten konnte, stellte sich der andere vor: »Gernot Basse.« Er zog mit der freien Hand eine Visitenkarte aus seiner Jacketttasche. »Ich bin der neue Zeitungschef, wie Sie sicherlich schon wissen.«

»Ich habe eigentlich mit Victor Blohfeld gerechnet«, sagte Paul und fühlte sich überrumpelt. »Dass Chefs um diese Zeit persönlich unterwegs sind, ist ja eher ungewöhnlich.«

»Nun wollen wir den Ball mal schön flach halten«, sagte Basse und blickte auf Paul hinab. »Herr Blohfeld hat eine Menge Überstunden angehäuft, die er jetzt abbaut. Außerdem möchte ich die Arbeitsgebiete meiner Mitarbeiter gern selbst kennen lernen.«

Paul beschloss, die Erklärung vorerst zu akzeptieren und Blohfeld später auf diese seltsame Entwicklung anzusprechen. Er machte sich an die Arbeit und nahm seine Kamera aus der Fototasche, setzte ein 35-mm-Objektiv auf und näherte sich dem Fundort der Leiche, um welche die anderen Fotografen dicht gedrängt standen. Die Äste eines Johannisbeerstrauchs waren niedergedrückt und einige Zweige abgebrochen, das Gras davor war platt getreten.

Das Aussehen der Leiche machte Paul zutiefst betroffen. Er musste seine Kamera zwischen sich und das Geschehen bringen, um den Anblick der Toten ertragen zu können.

Durch das Objektiv sah er zwei schneeweiße, schlanke Beine, die zu einem X verschränkt im Gras lagen. Die junge Frau lag auf dem Bauch, so dass von ihrem Kopf nur lange schwarze und vom Tau feuchte Haare zu sehen waren. Sie trug leichte schwarze Shorts und ein weißes T-Shirt mit drei schwarzen Streifen an den Seiten. Beides war durchnässt und klebte am Körper. Der Täter hatte die Hose bis zu den Kniekehlen heruntergezogen, so dass ihr Po nur zur Hälfte von dem T-Shirt bedeckt wurde. Der linke Arm des Opfers lag angewinkelt neben dem Kopf, der rechte unter ihrem Körper verborgen.

Paul hatte – Berufserfahrung als gelegentlicher Pressefotograf hin oder her – sich nie daran gewöhnen können, Aufnahmen von Toten zu machen. An diesem Sommermorgen fiel es ihm besonders schwer. Dennoch löste er aus und veränderte mehrfach die Perspektive, um das Opfer von allen

Seiten zu zeigen. Blohfeld beziehungsweise sein neuer Chef würde später selbst entscheiden müssen, welches der Bilder sie ihren Lesern zumuten wollten. Beim Umrunden der Leiche fiel Paul auf, dass nirgends Blut oder ein anderes Zeichen äußerer Gewalteinwirkung zu sehen war. Wäre da nicht die heruntergelassene Hose und die gespenstisch fahle Hautfarbe gewesen, hätte Paul angenommen, das Mädchen sei nur gefallen und würde jeden Augenblick wieder aufstehen.

Plötzlich fühlte Paul eine schwere Hand auf seiner Schulter und drehte sich erschrocken um. »Ach, Sie sind das«, sagte er, als er in das ernste Gesicht Gernot Basses sah.

»Machen Sie ruhig weiter«, sagte Basse mit gütigem Unterton. »Und verändern Sie ab und zu Ihre Blende. Es ist nicht gut, sich nur auf die Automatik zu verlassen.«

Diese Bemerkung versetzte Paul einen Stich und er entschied, jetzt und sofort klare Fronten zu schaffen. Statt der Aufforderung nachzukommen, packte er seine Kamera demonstrativ ein. »Ich habe genügend Fotos gemacht«, gab er dem augenfällig verdutzten Basse Kontra. »Weiß man eigentlich schon, wer die Tote ist?«

»Nein. Nur dass das Opfer gestern zwischen zweiundzwanzig Uhr und zwei Uhr morgens überfallen und getötet worden ist.«

»Ziemlich spät, um joggen zu gehen«, stellte Paul fest.

Basse nickte. »Vor allem ziemlich leichtsinnig.«

»Vielleicht wollte sie ursprünglich früher joggen, ist aber aufgehalten worden«, mutmaßte Paul.

Basse neigte mit nachsichtigem Lächeln den Kopf. »Woraus schließen Sie das? Entstehen auf dieser Grundlage die Artikel Ihres Freundes Blohfeld?«

»Er ist nicht mein Freund«, stellte Paul klar.

»Sondern?«

»Mein Auftraggeber.«

Basse zog die Brauen hoch. »Ihr Auftraggeber steht vor Ihnen. Ich fürchte, an diesen Gedanken werden Sie sich gewöhnen müssen.« Augenzwinkernd fügte er hinzu: »Keine Sorge, ich bin ein fairer Team-Player. Wir werden miteinander auskommen.«

Pauls aufkeimende Wut wurde dadurch keineswegs gemildert. Doch es hatte keinen Sinn, es sich gleich bei der ersten Begegnung mit dem neuen Zeitungsboss zu verscherzen. Blohfeld würde er mit einem verpatzten Einstieg ebenfalls keinen Gefallen tun.

Paul beobachtete, wie die Spurensicherer ihre Koffer zusammenpackten und den Tatort räumten. In einem der Klarsichtbeutel, die die Kripoleute verstauten, erkannte er ein gemustertes, burgunderrotes Tuch.

»Sieht nicht aus, als gehöre das der Toten«, bemerkte Paul, als er registrierte, dass auch Gernot Basse auf das Fundstück aufmerksam wurde.

»Nein, mit Sicherheit nicht. Diese Farbe und dieses verschnörkelte Muster – so etwas tragen Männer mit schlechtem Geschmack und schlechten Manieren«, behauptete Basse.

Diese Aussage stimmte Paul trotz ihrer Häme nachdenklich. »Könnte es vom Täter stammen?«, fragte er den Redaktionsleiter leise.

»Möglich«, sagte Basse.

»Es könnte aber auch schon vor Wochen hier verloren worden sein«, mutmaßte Paul weiter, worauf Basse nur unschlüssig die Schultern zuckte.

Bewegung kam in die Runde, als Polizisten das Flatterband für zwei Träger mit einem metallischen Behelfssarg hoben. Paul trat ehrfürchtig ein paar Schritte zurück. Gleichwohl fasste er in seine Fototasche und hielt die Kamera griffbereit. Die Bestatter positionierten sich neben der Toten und hoben sie mit geübtem Griff an. Bevor sie sie in den bereitstehenden Sarg legten, wendeten sie die Leiche vorsichtig.

Grünes Schnittgras klebte an Oberschenkeln und am T-Shirt. Das Gesicht war verdeckt mit dicken, von der Nässe verklebten Haarsträhnen. Als die Bestatter die Tote in den Sarg senkten, hing der rechte Arm schlaff herunter. Die Hand war mit einer Bandage verbunden. Dann lösten sich die verklebten Strähnen und gaben das Gesicht frei.

Paul wollte wegsehen, so sehr berührte ihn diese Szene. Aber er schaffte es nicht und schaute gebannt auf das Gesicht der Frau, das er nun erkannte. Er blickte in diesem Moment nicht durch seine Kamera, und dennoch kam es ihm vor, als würde sich sein Gesichtsfeld verengen und seine Augen nur noch das Antlitz der Toten wahrnehmen.

»Antoinette«, flüsterte er. Die schwere Kameratasche rutschte ihm von der Schulter und fiel mit dumpfem Aufschlag ins Gras. »Antoinette«, wiederholte Paul leise. Er trat einen Schritt näher, doch ihm wurde schwindelig. Die Bestatter klappten den Deckel zu.

Paul schwankte. Mein Gott, sagte er sich, das darf nicht wahr sein. Antoinette war tot. Das Opfer eines Vergewaltigers! Antoinette! Ausgerechnet!

Paul bückte sich ganz langsam nach seiner Tasche. Wie sollte er das Hannah beibringen?

»Kennen Sie die Tote etwa auch?«, fragte Basse. Seine eigene Betroffenheit war ihm deutlich anzumerken. Als Paul nicht antwortete, legte der Redaktionsleiter abermals seine Hand auf Pauls Schulter. »Ich werde den Kripoleuten mitteilen müssen, dass es sich bei der Toten um unsere Praktikantin handelt. Und danach kommen Sie erst einmal mit in mein Büro und trinken einen Kaffee. Ich denke, wir sollten uns in Ruhe unter vier Augen unterhalten ...«

18

Die Fahrt bis zur Redaktion nahm Paul wie durch einen Schleier wahr. Er saß neben Gernot Basse in dessen Dienst-Audi und hing seinen Gedanken nach. Der Tod dieses Mädchens ging ihm sehr nahe, auch wenn er Antoinette kaum gekannt hatte; genau genommen hatte er sie ja nur zwei Mal gesehen, das letzte Mal erst gestern.

Vieles ging ihm durch den Kopf: der zierliche, brutal entblößte Frauenkörper im mit Tau benetzten Gras, das fahle Weiß der Haut – die Farbe des Todes. Paul musste das Fenster einen Spaltbreit öffnen, damit ihm nicht schlecht wurde.

Sie parkten im Hinterhof des Redaktionsgebäudes. Mit einem klappernden Aufzug gelangten sie in die Etage der Redaktionsleitung. Noch immer war Paul gedanklich abwesend, als sie an einer freundlich lächelnden Sekretärin mit braunem Pagenschnitt vorbeigingen.

Basses Büro war nicht besonders groß und schlicht eingerichtet. Ein grauer Designerschreibtisch, schlanke schwarze Sessel mit hohen Lehnen, ein Laptop in griffbereiter Nähe. Die weiße Wand wurde von zwei Ölgemälden dominiert. Sie stellten zwei Katzen dar. Eine leckte sich die Pfote.

»Schön«, log Paul, um den neuen Chef nicht zu kränken. Kunst war schließlich reine Geschmackssache.

Basse ließ sich in den Sessel hinter seinem Schreibtisch fallen, der unter seinem Gewicht nachschwang. Dann kreuzte er die Arme hinter dem Nacken. »Hat meine Frau gemalt«, sagte er, offensichtlich eine Reaktion erwartend. Als diese ausblieb, raunte er Paul verschwörerisch zu: »Sie werden es nicht für möglich halten, aber meine Frau ist Autodidaktin.«

»Aha«, sagte Paul ein wenig ratlos und musterte noch einmal genauer den ungelenken Pinselstrich.

»Wo ist Blohfeld?«, lenkte Paul das Gespräch ein wenig plump auf ein anderes Thema.

Basse stutzte und winkte ab. »Augenblick«, sagte er und betätigte die Lautsprechertaste seines Telefons. »Frau Goscinny, schicken Sie bitte unsere Volontärin zu mir. Sagen Sie ihr, ich habe einen wichtigen Auftrag für sie.«

Dann wandte sich Basse wieder Paul zu. Auf seiner Stirn bildeten sich sorgenvolle Falten. »Um ganz offen zu sein: Ich habe die Sache selbst übernommen, weil ich glaube, dass Herr Blohfeld mit Geschichten dieses Kalibers überfordert ist.«

»Was soll denn das heißen?«, fragte Paul reichlich erstaunt.

»Es mag ja sein, dass der Kollege Blohfeld mit seinen Methoden in der Vergangenheit den einen oder anderen Erfolg erzielen konnte, ich aber halte seine Berufsauffassung für fahrlässig.«

Paul versuchte, die Information mit dem, was er über Blohfelds Wesen wusste, abzugleichen und sinnvolle Schlüsse daraus zu ziehen. »Das ist aber ein sehr hartes Urteil«, sagte er dann reichlich ratlos.

Basse schaute ihn entsprechend missmutig an. »Sie mögen Herrn Blohfeld länger kennen als ich, aber auch ich kann eins und eins zusammenzählen.«

»Was meinen Sie?«, fragte Paul, obwohl er Basses Gedanken längst ahnte.

»Blohfeld hat nicht gerade ein Geheimnis daraus gemacht, was er von Antoinette als Praktikantin in erster Linie erwartete.«

»Jetzt übertreiben Sie bitte nicht«, mahnte Paul verhalten. »Blohfeld ist kein Bill Clinton.«

»Nicht?«, fragte Basse mit einem Anflug von Sarkasmus. »Er raucht doch ebenfalls Zigarre, oder?« Dann sah er Paul mit ernstem Blick an. »An wen erinnert Sie denn das Seidentuch, das am Tatort gefunden wurde?«

Paul stutzte. »Sie meinen doch nicht …«

Basse beugte sich vertrauensvoll vor. »Ich meine gar nichts. Wenn die Tote eine x-beliebige Joggerin gewesen wäre, hätte ich trotz dieses Halstuchs nie und nimmer einen Zusammenhang hergestellt. Denn es liegt mir fern, Herrn Blohfeld als Lustmörder darzustellen. Jetzt aber bleibt mir kaum eine Wahl: Denn die Tatsache lässt sich nicht so einfach aus dem Weg räumen, dass Blohfeld gestern Abend mit Antoinette verabredet war.«

Paul schnappte nach Luft. Woher konnte Basse das wissen?, ging es ihm durch den Kopf. Ließ er seinen Mitarbeiter etwa heimlich überwachen, um ihm bei passender Gelegenheit eine Verfehlung unter die Nase reiben zu können? »Haben Sie schon versucht, ihn zu erreichen?«, fragte Paul skeptisch.

»Nein, aber er wird sich von mir einige unangenehme Fragen gefallen lassen müssen, wenn er wieder ins Büro kommt.«

Es klopfte an der Tür. Auf Basses lautes »Herein!« trat eine junge, pummelige Frau mit strähnigem blondem Haar und Brille ein. Ihre Haltung war geduckt und die Stimme diesmal leise. Dennoch hörte Paul sofort, dass es die Frau war, die ihm telefonisch seinen Auftrag für die Wöhrder Wiese erteilt hatte.

»Sie wollten mich sprechen, Herr Basse?«

»Ja«, sagte Basse. »Ich schätze Ihre korrekte und verlässliche Vorgehensweise. Ich möchte Ihnen daher eine verantwortungsvolle Aufgabe übertragen.«

In die unscheinbare Erscheinung im Türrahmen geriet Bewegung. Die junge Frau richtete sich erwartungsvoll auf. »Ja?«

»Sie können sich denken, dass ich durch die beiden Morde über alle Maßen mit Arbeit belastet bin«, deutete Basse wichtigtuerisch an.

»Ja«, sagte die Volontärin und biss sich erwartungsvoll auf die schmalen Lippen.

»Die Sache ist die: Meine Frau ist für eine Woche verreist, und ich komme wegen der vielen Arbeit kaum nach Hause.« Er zog einen Schlüsselbund aus seiner Hose und hielt ihn der jungen Frau entgegen. »Wären Sie so gut, heute Mittag meine Katzen zu versorgen? Katzenfutter finden Sie in der Speisekammer direkt neben der Küche. Milch ist im Kühlschrank.«

Die Volontärin nahm augenblicklich wieder ihre geduckte, unterwürfige Haltung an und griff nach dem Schlüssel.

»Eines noch«, hielt Basse sie auf. »Achten Sie bitte darauf, dass die Katzen nicht ins Wohnstudio gelangen. Sie zerkratzen das Leder.«

Die Volontärin zog kommentarlos ab.

»Zurück zum Thema«, sagte Basse, als die junge Frau die Tür hinter sich zugezogen hatte. »Es versteht sich von selbst, dass ich Blohfeld schützen werde. Solange es vertretbar ist.«

»Was genau verstehen Sie unter ›vertretbar‹?«, erkundigte sich Paul, der aus dem Verhalten des neuen Zeitungschefs nicht schlau wurde.

»Das kann ich Ihnen sehr genau sagen: Ich werde mich nicht strafbar machen, nur um den Kopf eines ohnehin sehr fragwürdigen Kollegen zu retten.«

Paul schwieg. Er wusste nicht, was er darauf antworten sollte. Zum einen war ihm Blohfelds Rolle zurzeit selbst völlig rätselhaft. Zum anderen traute er Basse nicht über den Weg. Paul stufte ihn mittlerweile als Karrieristen ein, dem ein halsstarriger Charakter wie Blohfeld ein Dorn im Auge sein musste.

Aber als sie an der Tür standen, um sich zu verabschieden, betonte Basse mit festem Blick: »Wir werden uns vor unseren Kollegen stellen und sein gutes Ansehen schützen. Den Ball ...«

»... flach halten«, ergänzte Paul.

Basse nickte und zwinkerte ihm kumpelhaft zu. Nach einem kräftigen Klaps auf die Schulter war Paul aus dem Gespräch entlassen.

Paul ging zum Aufzug und drückte auf den Knopf. Die Aufzugstür glitt auf. Als Paul eintrat und den Knopf für das Erdgeschoss drückte, blockierte eine eilig dazwischen gehaltene Hand die Lichtschranke. Die unscheinbare Volontärin gesellte sich zu ihm.

Sie waren allein in der Aufzugskabine, als sie sagte: »Basse ist ein Arschloch.«

Paul versuchte, gleichgültig auszusehen. Er befand sich hier in einem Schlangennest, das war ihm inzwischen klar. Er wollte nicht zu viel von seinen eigenen Gedanken preisgeben.

»Basse will Blohfeld ans Messer liefern«, redete die Frau weiter. »Das weiß jeder.«

»Ich weiß gar nichts«, sagte Paul, wobei er sich fragte, ob die Volontärin sein Gespräch mit Basse belauscht hatte.

Die junge Frau rückte mit dem Zeigefinger nervös ihre Brille zurecht. »Er glaubt, dass Blohfeld ahnt, wer der Wiesinger-Mörder ist.«

Paul erstarrte. »Moment«, sagte er. Der betagte Fahrstuhl fuhr unruhig durch den Schacht und gab beängstigend knarrende Geräusche von sich. »Woher wollen Sie Basses Pläne so genau kennen?«

»Das ist nebensächlich«, winkte die Volontärin ab und guckte ihn aus großen Augen durch ihre starke Brille an. »Blohfeld hat seit dem Mord an Wiesinger in Sachen Bratwurst recherchiert. Über irgendein Ding, das den Wiesingers nicht passte. Die neue Praktikantin, diese Französin, hatte er übrigens mit in die Sache hineingezogen.«

Der Fahrstuhl stoppte. Quietschend schob sich die Tür auf. »Wollen Sie andeuten, dass Blohfeld gezielt kaltgestellt werden soll?«, fragte Paul aufgebracht. »Aber das ergibt überhaupt keinen Sinn.«

Die Volontärin zwängte sich an ihm vorbei. »Doch, jetzt ergibt es einen Sinn: Wie ich Basse kenne, will er Blohfelds Lage ausnutzen, indem er sich die Wiesinger-Story selbst unter den Nagel reißt und Blohfelds Lorbeeren erntet.« Dann fügte sie deutlich leiser hinzu: »Ich mag diesen gemeinen, alten Kerl. Und ich will nicht, dass man ihm etwas Böses antut.« Damit verabschiedete sich die eigentümliche junge Frau und ließ Paul stehen.

19

Er verließ das Redaktionsgebäude mit dem unangenehmen Gefühl, in seiner Überraschung und Trauer unbedarft gehandelt zu haben und Basse gegenüber viel zu vertrauensselig aufgetreten zu sein. Die obskuren Andeutungen der Volontärin hatten ihr Übriges dazu beigetragen, Paul zu verunsichern. Er würde dringend mit Blohfeld selbst sprechen müssen. Er griff zu seinem Telefon, doch weder unter seiner Privatnummer, noch am Handy meldete sich der Reporter.

Von der Redaktion aus waren es nach Hause zum Weinmarkt nur wenige Gehminuten. Es war drückend schwül, so dass ihn in seiner Wohnung die Hitze eines Ofens erwarten würde. Kurz entschlossen entschied sich Paul daher für einen Abstecher zur Sebalduskirche. Die angenehmen Temperaturen, aber auch die Ruhe würde ihm gut tun und hoffentlich zu klaren Gedanken verhelfen.

Er hatte das imposante Gebäude sehr schnell erreicht. Erwartungsgemäß war die Luft in dem Gebäude kühl und trocken. Er durchschritt das schmale, hoch aufragende Kirchenschiff, um nach einem Platz zum Ausruhen und Nachdenken zu suchen. Nicht dass Paul ein gläubiger oder gar frommer Mensch war. Nein, ganz sicher traf das nicht auf jemanden wie ihn zu, der sich als Achtzehnjähriger über den Kopf seiner Mutter hinweggesetzt hatte und aus der Kirche ausgetreten war. Paul glaubte genauso wenig an einen Gott wie er an das Schicksal glaubte. Dennoch fühlte er sich von jeher von sakralen Bauten angezogen, und er spürte durchaus die spirituelle Atmosphäre, die von jahrhundertealten Gemäuern wie denen von St. Sebald ausging.

Gerade als er sich auf einer der menschenleeren Kirchenbänke niederlassen wollte, durchdrang ein lauter Ruf die weihevolle Stille und hallte von den Mauern wider. Paul hatte keine Mühe damit, die markante Stimme von Pfarrer Hannes Fink zu erkennen:

»Hey, Flemming, welch eine seltene Ehre in Gottes Haus!«, rief der Geistliche erfreut.

Paul blickte sich suchend nach seinem Freund und Nachbarn um.

»Hier hinten bin ich! Im Westchor!«

Tatsächlich sah er den beleibten Pfarrer mit dem schwarzen, im Nacken zum Pferdeschwanz gebundenen Haar unterhalb der Brüstung des Engelschors vor dem dominanten Kruzifix am Mittelfenster stehen. Paul beeilte sich, Fink zu erreichen. Er stieg die wenigen Stufen hoch, die zu dem Altarplateau führten, und bückte sich unter einer Absperrkordel hindurch. Hinter dem Pfarrer waren an einer Wäscheleine von Kindern gemalte Bilder aufgehängt. Fink hatte eine Klammer in der Hand, mit der er die nächste kunterbunte Pinselei an die Leine hängen wollte, als er Paul begrüßend zulächelte.

Die beiden umarmten sich freundschaftlich, wobei ihm der Pfarrer fest auf die Schultern klopfte. »Lange nicht gesehen«, sagte Fink herzlich. »Zu lange«, fügte er mit leisem Vorwurf hinzu.

Paul nickte. »Ich hatte viel um die Ohren in der letzten Zeit«, machte er einen halbherzigen Erklärungsversuch.

»Schon gut«, sagte Fink und entließ Paul aus der Umarmung. »Was führt dich in die Sebalduskirche?«

Paul verzog das Gesicht. Womit sollte er anfangen?

»Beistand?«, erkundigte sich Hannes Fink vorsichtig. Als Paul nicht gleich antwortete, führte ihn Fink einige Schritte weg von Altar und Kruzifix an die poröse Sandsteinmauer des Westchors. »Ich sehe es dir an, mein Lieber«, tastete sich der Pfarrer behutsam vor. »Es ist etwas Schlimmes passiert, und du weißt nicht, mit wem du darüber reden kannst.«

Paul nickte zögernd, denn ihm wurde erst jetzt klar, dass er den Weg in die Kirche wahrscheinlich aus genau diesem Grund gewählt hatte. »Eine junge Frau ist heute früh tot aufgefunden worden. Wahrscheinlich vergewaltigt und ermordet.«

»Und du kanntest das Mädchen?«, fragte Fink, wobei er ihn sorgenvoll musterte.

Paul nickte. Er erzählte dem Pfarrer das Wenige, was er von Antoinette wusste. Allerdings sparte er Blohfelds undurchsichtige Rolle dabei vorerst aus.

Fink schwieg einen Moment, um das Gehörte zu verarbeiten. Dann drehte er sich um und deutete auf die Kindermalereien. »Siehst du diese kleinen Kunstwerke?«, fragte er.

Paul sah sich die Bilder näher an. Eines zeigte einen lumpig gekleideten Mann vor einem Haus, auf dessen Fenstersims sich eine Frau lehnte. Vom Dach des Hauses hingen überlange Eiszapfen. Die kleine Malerin, laut Bildunterschrift eine zehnjährige Sarah, hatte der Frau einen staunenden Gesichtsausdruck verpasst.

Ein weiteres Bild stellte eine Gruppe von Menschen dar. Ein siebenjähriger Lars hatte einer der Figuren einen Heiligenschein aufgesetzt, eine andere Figur kauerte ohne Beine und Füße am Boden und reichte dem Heiligen ihre Hand.

»Interessant«, sagte Paul etwas unbeholfen, weil er nicht wusste, worauf Fink hinauswollte.

»Die Bilder sind nach dem letzten Kindergottesdienst entstanden«, erklärte der Pfarrer. »Die Kids haben sich mit unserem Stadtpatron, dem heiligen Sebaldus, auseinandergesetzt und mit den Wundern, die ihm zugeschrieben werden.« Fink deutete auf das erste Bild: »Das Eiszapfenwunder. Weil Sebaldus fror, bat er einen Mann, für ihn im Haus ein Feuer zu machen. Als dieser ablehnte, bat St. Sebald dessen Frau, ein paar Eiszapfen vom Hausdach brechen zu dürfen. Mit denen schürte er das Feuer an.«

»Und das zweite Bild?«, erkundigte sich Paul.

»Ein Ketzer, der bei einer Predigt des Heiligen widersprochen hatte, versank in der Erde. Daraufhin rettete ihn Sebaldus und zog ihn wieder hinaus.« Fink machte eine weitschweifende Handbewegung. »Die anderen Bilder zeigen die Heilung des Blinden, das Brot-und-Wein-Wunder ...«

Paul lächelte schwach. »Ich verstehe, was du sagen willst, Hannes. Sebaldus ist seit vielen hundert Jahren tot und man denkt immer noch an ihn.«

»Seit tausend Jahren«, korrigierte ihn Fink.

»Ja, meinetwegen seit tausend Jahren. Aber die Erinnerung allein wird Antoinette nicht wieder lebendig machen.«

Fink sah ihn freundlich an. »Das nicht. Aber es gibt eine Allerweltsweisheit, die einen wahren und hilfreichen Kern hat: Wirklich tot ist man erst dann, wenn niemand mehr an einen denkt.«

Paul atmete tief durch. Er blickte noch einmal zu den Kinderbildern auf. Eines stellte ein besonders gut gelungenes Porträt des Stadtheiligen dar. St. Sebalds Augen wirkten auf diesem Gemälde wach und aufmerksam und seine Lippen so plastisch, als könnten sie sich jeden Augenblick bewegen. »Du hast wohl Recht. Jetzt kommt es nicht allein darauf an, den Mörder zu finden, sondern ich muss mich um Antoinettes Belange kümmern.« Dann schaute Paul seinen Freund an. »Kannst du mir dabei helfen?«

Fink antwortete, ohne zu zögern: »Selbstverständlich. Du sagtest, sie stammt aus einem kleinen Ort in Südfrankreich?«

»Ja, aus Grimaud«, bestätigte Paul.

»Ich werde mich mit ihrer Heimatgemeinde in Verbindung setzen und alles für eine baldige Überführung vorbereiten. Vorher sollen alle, die sie bei uns kannten, Gelegenheit bekommen, sich von Antoinette zu verabschieden.«

»Danke«, sagte Paul und drückte dem Pfarrer die Hand.

»Das ist mein Job«, sagte Fink, »und meine Überzeugung.« Dann legte sich ein rührseliger Ausdruck über sein rundes Gesicht. »Wenn es dir recht ist, werde ich es auch übernehmen, das alles Hannah beizubringen. Ich denke mir, dass du vielleicht nicht unbedingt die richtigen Worte finden könntest, um ...«

»Schon gut«, nahm Paul ihm lange Erklärungen ab. »Ich wäre dir sehr dankbar dafür.«

»In Ordnung«, sagte Fink entschlossen. »Und nun zum Thema Sühne und Vergebung: Gibt es einen Verdächtigen?«

»Nun ja – Antoinette war spät abends alleine joggen. Da kann es praktisch jeder …«

»Bitte! Paul, mach mir nichts vor«, unterbrach Fink ihn energisch. »Ich kenne dich, seit du deine Ausbildung als Fotograf abgeschlossen hast. Erzähl mir also keine Märchen.«

Paul wog ab, ob er seinem Freund Hannes gegenüber Blohfeld belasten sollte oder ob er es Blohfeld schuldig war, sich in Schweigen zu hüllen. Die Verdachtsmomente gegenüber dem Reporter waren allerdings erdrückend, und wahrscheinlich würde es Fink früher oder später sowieso erfahren. Also berichtete Paul von Blohfelds offenkundigem Interesse an Antoinette, ihrer abendlichen Verabredung, dem am Tatort gefundenen Seidenhalstuch und schließlich auch von Blohfelds plötzlichem Verschwinden.

»Mmm.« Fink wiegte den Kopf und setzte sich auf die Stufen vor dem Altar. »Das macht diesen Boulevardreporter in der Tat ziemlich verdächtig.« Dann straffte er seine Schultern und fügte hinzu: »Andererseits bin ich ja strikt gegen jede Art der Vorverurteilung.« Er tippte sich an die Stirn, als wollte er seinen Gedanken auf die Sprünge helfen. »Ich dachte immer, er ist so ein schlauer Fuchs, und dann stellt er sich bei einem Mord dermaßen stümperhaft an? Meiner Meinung nach passt das nicht zusammen.«

»Vielleicht gibt es einen Zusammenhang mit dem Mord am Bratwurstproduzenten Wiesinger.« Paul berichtete Fink von dem, was er von der Volontärin erfahren hatte.

Der Pfarrer schüttelte heftig den Kopf, wobei sein Pferdeschwanz hin und her flog. »Aber nein«, protestierte er. »Das ist Quatsch!« Dann aber wurde er nachdenklich.

»Was ist?«, wollte Paul wissen und setzte sich neben den Pfarrer auf die kühlen Steinstufen.

»Wenn ich es mir recht überlege, könnte es eine Erklärung geben. Aber das wäre … furchtbar.« Fink wurde blass.

»Sag schon«, drängte Paul. »Woran denkst du?«

»Bist du schon mal auf den Gedanken gekommen, dass Andi Wiesinger Blohfeld bestochen hat, damit er sein Wissen für sich behält?«

»Blohfeld ist nicht der Typ des bestechlichen Journalisten«, tat Paul die Sache ab.

»Ich spreche von einer ganz massiven Bestechung«, beharrte Fink. »Vielleicht sogar verbunden mit Drohungen. – Außerdem: Nach allem, was man über den neuen Redaktionsleiter hört, muss Blohfeld gerade jetzt besonders empfänglich für Angebote aller Art sein«, sagte Fink finster, »denn in seinem Job kann er keinen Blumentopf mehr gewinnen.«

»Aber das erklärt nicht Antoinettes Tod«, hielt Paul dagegen.

»Immerhin war sie Mitwisserin und stand Blohfeld nach dessen Seitenwechsel im Weg.«

Paul rieb sich die Stirn. »Ich kann das nicht glauben. Blohfeld mag ein ungehobelter Klotz sein, ein Unsympath, aber kein Mörder!«

Fink erhob sich. »Mein lieber Paul: Denk, was du willst. Aber beherzige bitte meinen Rat, dass Vertrauen zwar gut, Kontrolle jedoch allemal besser ist. Sei vorsichtig in nächster Zeit. Und lege dich nicht allzu sehr für deinen Kumpel Blohfeld ins Zeug.«

Paul nickte betroffen. »Ich werde darüber nachdenken«, sagte er. Als er Fink zum Abschied herzlich an sich drückte, fiel sein Blick noch einmal auf die Kinderbilder an der Leine. »Sag einmal«, rätselte Paul, »was hält St. Sebald auf dem Bild ganz rechts für merkwürdige braune Stängel in der Hand?«

»Das sind keine Stängel«, antwortete der Pfarrer verschmitzt. »Das sind Nürnberger Würstchen.«

»Von einem Würstchenwunder habe ich aber noch nie etwas gehört«, gab Paul zu bedenken.

Fink blickte ihn mit schelmischem Grinsen an. »Ja, das ist in der Tat eine ganz besondere Geschichte. Die erzähle ich dir vielleicht beim nächsten Besuch.«

20

Kaum hatte Paul die Kirche verlassen, umfing ihn erneut die Glut des Hochsommers. Die heiße Luft drückte auf seine Lungen, und ein beklemmender Gedanke ließ ihn schon nach wenigen Schritten wieder stehen bleiben. Er starrte hinauf zu den beiden Glockentürmen und musste wegen des gleißenden Lichts blinzeln. Was wäre, fragte er sich mit stärker werdender Besorgnis, wenn Blohfeld gar nicht die Rolle des Täters zufiel, für den ihn alle hielten, sondern die eines Opfers? Was wäre, wenn Blohfeld ebenfalls einem Verbrechen zum Opfer gefallen war? Blohfeld, der unbequeme Journalist, stellte durch sein Wissen für den einen oder anderen sicherlich eine größere Bedrohung dar als Antoinette. Vielleicht war er nicht untergetaucht, sondern lag irgendwo im Unterholz am Pegnitzufer. Tot, ermordet!

Paul schüttelte die düsteren Gedanken ab. Blohfeld war niemand, der sich einfach so umbringen ließ. Nie und nimmer würde der raubeinige Reporter sang- und klanglos abtreten. All das waren nur Hirngespinste; die wahnsinnigen Temperaturen spielten Paul übel mit und trübten seine Sinne.

Paul sann über die nächste Möglichkeit nach, sich vor dem wenig einladenden Gang in seine überhitzte Wohnung zu drücken. Ein Eiskaffee beim *Café Sebald* vielleicht? Oder ein gut gekühltes Achtel Weißwein in Jan-Patricks *Goldenem Ritter*?

Für Momente dachte Paul sogar ernsthaft darüber nach, seine Expedition in die Felsengänge fortzusetzen, denn diese garantierten kühle Temperaturen und Ablenkung; außerdem trug er ja noch immer den Schlüssel für den Zugang unterhalb des Albrecht-Dürer-Denkmals bei sich.

Aber nein. All das waren Ausflüchte, mit denen er sich um das herummogeln wollte, was jetzt am dringendsten anstand: Er musste Blohfeld finden.

Paul erreichte sein Wohnhaus. Er wollte sein Fahrrad aus dem Hausflur holen und sich gleich wieder auf den Weg machen.

Erst als er die Haustür aufschloss, fiel ihm wieder ein, dass er gar kein Fahrrad mehr besaß. Unwillig wegen der ofenähnlichen Temperaturen, auf die er sich einstellen musste, stieg er in seinen Renault.

Er kurbelte beide Seitenscheiben nach unten und schob das Dachfenster auf. Bis zur Pirckheimer Straße hatte er es nicht weit. Zwar wusste er die Hausnummer des Reporters nicht, doch würde er dessen Haus auf jeden Fall von einem seiner früheren Besuche wieder erkennen. Es war das schönste in der Straße: restaurierter goldgelber Sandstein, unterbrochen von himmelblauen, säuberlich verputzten Wandflächen, verziert mit verspielten Erkern und Türmchen und gekrönt von einem spitz zulaufenden Dach aus karminroten Ziegeln. Paul mochte diese im Krieg unzerstört gebliebene Gründerzeitperle und hatte Blohfeld schon öfters heimlich um seine großzügig geschnittene und komplett mit Parkett ausgelegte Wohnung im vierten Stock beneidet.

Paul entdeckte eine Parklücke und wollte den Blinker setzen, als ihm beim Blick in den Rückspiegel ein dunkler Geländewagen auffiel, der in einigem Abstand ebenfalls bremste.

Paul korrigierte den Winkel seines Rückspiegels und sah, dass der Wagen langsam an den Straßenrand gerollt war und stoppte. Paul stieß einen leisen Pfiff aus. Möglich, dass er zur Paranoia tendierte, aber er wollte einen Zufall ausschließen.

Paul gab Gas. Er beschleunigte seinen Renault so stark, dass er das dünne Blech seines Heckaufbaus klappern hörte. Ein weiterer Blick in den Rückspiegel untermauerte seine Befürchtung: Auch der Geländewagen hatte wieder Fahrt aufgenommen. Er beschleunigte ebenso wie Paul und verkürzte die Distanz zu ihm.

Also gut, sagte sich Paul. Vor ihm tauchte eine Straßenbahn auf, die an einer Station halten wollte. Auch Paul hätte jetzt langsamer fahren müssen. Doch stattdessen trat er erneut aufs Gaspedal und schoss zwischen Tram und wartenden Fahrgästen hindurch.

Der andere Wagen tat es ihm gleich. Paul sah durch den Rückspiegel, wie einige der Wartenden verärgert zurück auf den Bürgersteig sprangen.

Für Paul war nun klar, dass er verfolgt wurde. Er rief sich den Stadtplan der Nürnberger Kernstadt ins Gedächtnis, um sich einen Fluchtweg auszudenken. An der nächsten Kreuzung bog er zunächst scharf nach rechts in die Bayreuther Straße ab. Er drückte weiter aufs Tempo, aber er hatte seinen Verfolger noch immer nicht abgehängt.

Er erreichte den Rathenauplatz. Auch hier hatte Paul Glück mit den Ampeln und steuerte seinen Wagen in den Maxtorgraben. Mit achtzig Stundenkilometern raste er die Straße an der Maxtormauer entlang, in der bangen Hoffnung, dass kein vergeistigter Student der nahen Universität die Straße überquerte.

Er schoss an der imposanten Kulisse der Nürnberger Kaiserburg vorbei, während zwischen den Zinnen der Burgmauer die grellen Sonnenstrahlen funkelten. Paul konzentrierte sich darauf, sein Auto strikt auf der schmalen Trasse des Vestnertorgrabens zu halten, denn unter ihm – nur abgetrennt durch eine hüfthohe Sandsteinmauer – gähnte die Tiefe des Burggrabens.

An der nächsten Ampel schaute er erneut in den Rückspiegel in der Erwartung, seinen Verfolger jeden Augenblick auftauchen zu sehen. Doch da war niemand. Ein Dutzend Autos fuhr an ihm vorbei. Der Geländewagen indes war verschwunden.

Langsam bog Paul zum zweiten Mal in die Pirckheimerstraße ein. Von seinem Verfolger war noch immer weit und breit nichts zu sehen.

»Das gibt es doch nicht«, sagte er laut vor sich hin. Stieg ihm der ganze Zirkus allmählich zu Kopf?

Zum Glück fand er schnell wieder eine Parklücke. Als er an der blank polierten Messingtafel nach Blohfelds Klingelknopf suchte, sprach ihn ein Mann mit heiserer Stimme an: »Wenn

Sie zu dem Reporter wollen, sparen Sie sich die Mühe. Der ist nicht da.«

Paul sah sich um. Hinter ihm stand ein untersetzter Mann in blauer Hausmeisterkluft. Er hatte fettiges graues Haar und trug eine dicke Brille.

»Ja, ich möchte zu Herrn Blohfeld«, bestätigte Paul die Vermutung des Mannes. »Können Sie mir vielleicht sagen, wann ich ihn antreffen kann?«

Der Hausmeister winkte ab. »Bei jedem anderen Mieter könnte ich es. Aber nicht bei diesem Journalisten.« Das Wort Journalist versah er mit einer derart abwertenden Betonung, dass es anrüchig und unmoralisch klang. Dann ging er einfach davon.

Paul war die Lust am Ermitteln an diesem Tag vergangen. Er schaute nach, was sein Geldbeutel noch hergab. Dann steuerte er seinen Wagen bis vor die nächstbeste Eisdiele, die er gegenüber der U-Bahn-Haltestelle Rennweg ausmachte. Er setzte sich in die schattigste Ecke und bestellte zwei Spaghettieis. Das erste schlang er hinunter, das zweite genoss er.

Als er dem Kellner zum Zahlen winkte, waren seine Gedanken an Blohfeld ziemlich unterkühlt.

21

Paul war klatschnass geschwitzt, als er mitten in der Nacht aufwachte. Durch sein Oberlicht starrte er in einen leicht bewölkten Himmel, der vom Vollmond in ein milchiges Weiß getaucht wurde. Paul sah auf seinen Radiowecker: drei Uhr früh.

Er schlug sein Laken zur Seite und stand auf. Er strich sich über die nackte Brust und fühlte den salzigen Schweiß auf seiner Haut. In der Küchenzeile füllte er ein Glas mit Leitungswasser und stürzte es in einem Zug hinunter. Dann füllte er das Glas erneut.

Als sein Telefon läutete, fuhr er erschrocken auf.

»Ja, hallo?«, rief er in den Hörer.

Am anderen Ende herrschte Stille.

Dann hörte er ein leises Atmen. Wie bereits bei dem mysteriösen Anruf vor ein paar Tagen klang es metallisch verzerrt.

Paul war jetzt hellwach. Er fragte so ruhig er konnte, wer am Apparat sei. Doch der nächtliche Anrufer ließ ihn im Ungewissen. Paul fragte erneut, ungeduldiger diesmal. Dann vernahm er eine eigentümlich fremdartige Stimme. Paul konnte nicht einschätzen, ob er mit einem Mann oder einer Frau sprach. Sein Anrufer verwendete offenbar einen Sprachverzerrer. Die Stimme drohte ihm. Sie sprach von einer letzten Warnung.

Pauls Herzschlag schien für einen Moment auszusetzen. Er schnappte nach Luft. Dann fasste er sich und sagte resolut: »Wer spricht da?«

Doch der Anrufer ging nicht darauf ein. Er wiederholte die Drohung und forderte Paul auf, seine Neugierde zu zügeln. Doch seine Neugierde worauf? Paul war drauf und dran, dieses unschöne Telefonat zu beenden, als die Stimme sagte: »Fühlen Sie sich eigentlich sicher, wenn Sie mit Ihrem Telefon am offenen Fenster stehen?«

Paul blickte erschrocken nach draußen. Der Weinmarkt war menschenleer. In keinem der umliegenden Häuser brannte Licht. »Wo sind Sie?«, bellte er in den Hörer.

Die metallische Stimme schwieg wieder und gab Paul Zeit, seine Angst wachsen zu lassen.

»Sie geben eine gute Zielscheibe ab«, sagte der Anrufer.

Paul zog instinktiv den Kopf ein und entfernte sich vom Fenster.

Aus dem Hörer hörte er nur noch ein leises Klicken. Dann war die Leitung wieder frei.

An Schlaf war nicht mehr zu denken. Paul fühlte sich verletzlich und nackt – und das nicht nur im wörtlichen Sinn. Er zog sich hastig etwas über und schaute vorsichtig durch das Fenster. Er rang mit sich, ob er die Polizei einschalten oder sich mit Katinka in Verbindung setzen sollte. Er entschied sich für Letzteres und wählte ihre Nummer. Es schien eine Ewigkeit zu dauern, bis jemand ans Telefon ging.

»Hallo?«, krächzte eine verschlafene Stimme.

»Hier ist Paul. Bist du es, Katinka?«, flüsterte Paul. Er fühlte sich belauscht und wollte daher nicht lauter sprechen.

»Flemming?«

»Ja, ich bin es«, bestätigte er mit gepresster Stimme. »Katinka?«

»Nee«, kam es verärgert zurück.

»Was soll das heißen?«, fragte Paul ungeduldig.

»Ich bin es: Hannah.«

»Hannah? Du?«

»Ich wollte nicht allein sein in meiner neuen Wohnung, nach allem, was mit Antoinette passiert ist ...«

»Ich verstehe«, sagte Paul.

»Warum rufen Sie um diese Uhrzeit an? Was soll der Scheiß? Sie haben mich geweckt, Mann!«

»Ist deine Mutter zu sprechen?«

»Sind Sie durchgedreht? Die schläft natürlich.«

»Ich muss sie sprechen«, drängte Paul. »Es ist sehr wichtig.«

»Unmöglich. Ich bin doch nicht bekloppt und wecke sie.«

»Ich habe einen Drohanruf bekommen. Womöglich ist auch deine Mutter in Gefahr. Hattet ihr ebenfalls einen Drohanruf?«

»Der einzige Drohanruf in dieser Nacht ist Ihrer, Flemming. Und jetzt lassen Sie mich schlafen. Ich habe genug ätzende Dinge erlebt in den letzten Tagen.« Hannah legte auf.

22

Am Sonntagmorgen, bei strahlendem Sonnenschein, erschien ihm der nächtliche Anruf wie ein böser Traum. Er verwarf den Gedanken, doch noch die Polizei zu alarmieren. Was hatte er denn für Beweise?

Paul schlug sein Auftragsbuch auf: Für die nächste Woche hatte sich eine junge Frau zu einem Shooting für eine Fotomappe angemeldet. Dann musste er sich natürlich weiter um die Felsengänge kümmern. Und nicht zuletzt wartete Andi Wiesinger auf seine Vorschläge für die neue Imagebroschüre.

Damit war Paul wieder beim Thema Wiesinger. Wenn Blohfeld es vorzog abzutauchen, würde Paul persönlich in Sachen Bratwurst aktiv werden müssen. Ihm fiel wieder die Begegnung mit der verunsicherten Wiesinger-Beschäftigten ein, die ihm den Namen des geschassten Mitarbeiters zugespielt hatte. Paul wog einen Moment das Für und Wider eines Alleingangs ab und entschied sich dann, die Sache in Angriff zu nehmen.

Den Namen fand er auf Anhieb im Telefonbuch: Julius Imhof, ein typisch Nürnberger Familienname. Imhof wohnte im Stadtteil St. Leonhard, direkt am Südwestring. Paul würde abermals sein Auto benötigen.

Wieder waren die Temperaturen schon am Morgen auf schier unerträgliche Höhen gestiegen. Während Paul in seinem Renault saß und zügig die große Kreuzung am Plärrer passierte, dachte er über den nächtlichen Anruf nach.

Selbst wenn er ihm nun weit weniger Angst einflößte als noch ein paar Stunden zuvor, hätte er doch gern den Grund für den Telefonterror gewusst. Der Anruf musste in Zusammenhang mit dem Fall Wiesinger oder aber mit dem Fränkischen Heimatbund stehen. Der Heimatbund war ihm suspekt. Nach seinem Gespräch mit Jungkuntz, dem Vorfall mit seinem Fahrrad und nach alldem, was ihm Katinka erzählt hatte, musste in diesem Verein etwas oberfaul sein. Doch auch bei den Wiesingers witterte er Ungereimtheiten, je länger er mit dieser merkwürdigen Familie und ihrer Firma zu tun hatte: Der Hinweis auf Julius Imhof war das eine. Schwerer noch wog die Sache mit Blohfeld. Er hatte bei den Wiesingers recherchiert und war nun unauffindbar, Antoinette sogar tot. Doch Moment, konnte er so einfach einen Zusammenhang zwischen dem Wiesinger-Mord und Antoinette herstellen? Außerdem waren der Heimatbund und die Wiesinger-Wurstfabrik seriöse und bodenständige Institutionen, die es wohl kaum nötig hatten, auf solche Wild-West-Aktionen zurückzugreifen. Und schließlich, warum sollte Andi Wiesinger ihm drohen lassen, wenn er ihn gleichzeitig für einen Imageprospekt engagierte und ihn damit überhaupt erst in die Lage versetzte, in dessen Betrieb herumzuschnüffeln?

An einer Kreuzung musste Paul scharf bremsen: In seinen Gedanken versunken, hätte er um ein Haar die rote Ampel übersehen.

Als sie auf Grün sprang, ordnete sich Paul auf der linken Spur ein, da er bald in eine der abzweigenden Wohnstraßen abbiegen musste. Er fuhr über die Jansenbrücke in Richtung Sündersbühl, warf einen Blick auf die Eisenbahnschienen und Lokschuppen zu seiner Linken. Kurz darauf setzte er den Blinker.

Das Haus der Familie Imhof grenzte unmittelbar an eine der lichtdurchlässigen Schallschutzwände zum Südwestring. Als Paul das schlichte Einfamilienhaus aus den Sechzigerjahren entdeckte und wenig später das schmale Grundstück betrat, fühlte er sich angespannt und auf unbestimmte Art unwohl. Er hörte das gedämpfte Rauschen des Verkehrs, sah, wie die Schatten der Lastzüge über das versengte Gras der kleinen Wiese huschten, und gewann einen beklemmenden Eindruck von der Lebenssituation der Imhofs: Hier hatte sich jemand den Traum von den eigenen vier Wänden erfüllt – ein Traum allerdings, der eingebettet war in einen Alptraum aus Beengtheit, Verkehrslärm und Autoabgasen.

Er drückte den Klingelknopf neben einem vergilbten Namensschild. Die Frau, die ihm kurz darauf öffnete, war anders, als es sich Paul vorgestellt hatte. Sie war klein. Er überragte sie mit seinen einsfünfundachtzig um gut und gern zwei Köpfe. Paul schätzte sie auf Mitte fünfzig, aber wahrscheinlich sah sie älter aus, als sie war. Ihr spitz zulaufendes, faltiges Gesicht war willkürlich mit Mascara, Lidschatten und billigem Lippenstift bemalt. Ihre fransigen Haare waren pechschwarz gefärbt. Die zierliche Figur steckte in einem ausgeleierten lilafarbenen T-Shirt und einer verwaschenen engen Hose, die an den Knöcheln endete. Dazu trug sie Gymnastikschuhe.

Der Geruch nach Kohl und billigem Essigreiniger schlug ihm entgegen. Der Flur war schlicht und im Stil der ausklingenden Sechziger eingerichtet: kleingliederige Fliesen, eine schmale, abgenutzte Kommode mit weißem Häkeldeckchen, einfache Duplikate von Landschaftsbildern in Öl an den blassgelben Wänden.

Frau Imhof stemmte die Fäuste in die Hüften und verzog die Lippen, als sich Paul vorstellte: »Mein Name ist Flemming. Ich bin Fotograf und soll für die Wiesingers einen neuen Imageprospekt erstellen. Während meiner Vorbereitungen wurde ich von einer Mitarbeiterin Ihres Mannes angesprochen, die mir geraten hat, mich mit ihm in Verbindung zu setzen.« Er trat einen Schritt näher auf die Frau zu. »Wissen Sie: Ich mache mir gern ein Bild von denjenigen, für die ich arbeiten soll. Vielleicht sind sie es ja gar nicht wert ...«

»Kommen Sie herein«, sagte Frau Imhof nach kurzem Zögern.

In einem kleinen, unspektakulären Wohnzimmer goss Frau Imhof Paul einen wässrigen Kaffee ein.

Paul machte es sich auf einem ausgesessenen Sofa bequem. »Wann wird sich denn Ihr Mann zu uns gesellen?«, fragte Paul, während er mit zwei Kissen in selbst gehäkelten Bezügen herumhantierte.

»Gar nicht«, sagte Frau Imhof betonungslos und riss eine Schachtel Discountkekse auf.

»Verzeihung?«, fragte Paul irritiert.

Frau Imhof platzierte die Kekse auf dem niedrigen Sofatischchen unmittelbar vor Paul. »Greifen Sie zu!«, forderte sie ihn auf.

»Danke.« Paul war überrumpelt von der neuen Situation. Er nahm sich einen Keks. »Wo hält sich Ihr Mann auf?«

»Das weiß ich leider nicht«, sagte Frau Imhof. Ihr Lächeln war ebenso ehrlich wie traurig.

»Wollen Sie damit sagen, Ihr Mann ist verschwunden? Vermisst?«

»Vermisst würde ich es nicht nennen. Dann müsste ich ja eine Vermisstenanzeige aufgeben, was ich ganz bestimmt nicht vorhabe«, sagte Frau Imhof ruhig. »Wir sind seit über dreißig Jahren verheiratet. Ich kenne meinen Mann sehr gut und weiß, wie er seine Krisen bewältigt. Der Rauswurf bei Wiesinger hat ihn stark mitgenommen. Ich denke, er braucht jetzt Zeit für sich allein, um damit fertig zu werden.« Ein Anflug von Verletzlichkeit legte sich über ihr ausgemergeltes Gesicht.

»Frau Imhof«, beschwor Paul seine Gastgeberin. »Glauben Sie, Ihrem Mann ist etwas zugestoßen?«

»Nein«, sagte Frau Imhof beinahe überrascht. »Ganz sicher nicht. Wie schon gesagt: Er braucht eine Weile zum Nachdenken. Das ist alles.«

Paul sah sich hektisch um. Er registrierte einen geschnitzten Elch, mundgeblasene Glasenten und anderen verstaubten Kitsch. Auf dem Fernseher standen vergilbte Familienfotografien. »Was verstehen Sie unter ›eine Weile‹?«, fragte er ungeduldig.

Frau Imhof nahm sich einen Keks und biss hinein. »Die können nicht verderben«, sagte sie kauend. »Jedenfalls nicht so schnell wie Fleisch.«

Paul verstand den Wink. »Wie meinen Sie das? In Deutschland kommt doch nur das beste Fleisch auf den Tisch.«

Es war Frau Imhof anzusehen, dass sie Paul seine vorgetäuschte Naivität nicht abnahm. Sie seufzte. »Haben Sie BSE schon vergessen? Oder den Skandal um das Gammelfleisch?«

»Ja, schön, Sie kennen sich bestimmt besser aus als ich«, sagte Flemming und sah sie herausfordernd an. Er wollte mehr hören. Also legte er den nächsten Köder aus: »Soviel ich weiß, besagt die goldene Bratwurstregel, dass ausnahmslos hochwertiges Fleisch verarbeitet werden darf, und das auch nur innerhalb der Nürnberger Stadtgrenzen.«

Mit tieferer Stimme, als wollte sie jemanden imitieren, verkündete Frau Imhof: »Mein Mann hat immer wieder gesagt: Der Fleischmarkt ist ein Moloch mit acht Millionen Tonnen Jahresumsatz – und die Behörden schaffen es nicht, ihn ausreichend zu kontrollieren. Das ist die große Chance der Gauner und Betrüger.«

Paul wartete ab, ob sie noch mehr zu diesem Thema zu sagen hatte und womöglich ein paar Details preisgeben würde. Aber Frau Imhof nahm sich den nächsten Keks und kaute schweigend.

»Nun, äh ...«, setzte Paul etwas ratlos an. »Gerade bei Nürnberger Rostbratwürstchen sind die Regeln bekanntlich doppelt streng. Da ist das Schummeln sicher nicht so leicht.«

»Wo ein Wille ist, ist auch ein Weg«, sagte Frau Imhof, und es klang triumphierend.

»Das hört sich so an, als hätte Ihr Mann dabei geholfen, heimlich minderwertiges Fleisch zu verarbeiten.« Er hätte den Satz am liebsten zurückgenommen, denn er merkte sofort, dass er über sein Ziel hinausgeschossen war.

Über Frau Imhofs Gesichtszüge legte sich ein dunkler Schatten. »Mein Mann hat dazu beigetragen, dass es dem Unternehmen in wirtschaftlich schwierigen Zeiten gut ging«, sagte sie trotzig und zog Paul die Kekspackung unter seinen Fingern weg.

Der Rest ihres Gesprächs verkürzte sich auf einige wenige Floskeln. Ehe sich Paul versah, fand er sich vor der Haustür wieder. Bevor seine sichtlich in ihrer Ehre gekränkte Gastgeberin sie hinter ihm schließen konnte, gelang es Paul immerhin, ihr seine Visitenkarte zuzustecken. »Falls Ihr Mann sich melden sollte, sagen Sie ihm bitte, dass ich ihn sprechen möchte.«

Kaum hatte er das Grundstück verlassen, meldete sich Katinka auf seinem Handy in geschäftsmäßig kühlem Ton, der darauf hindeutete, dass sie, obwohl heute Sonntag war, aus ihrem Büro anrief.

»Am Apparat«, sagte Paul vorsichtig.

»Was ist das denn für eine Begrüßung?«, kam es prompt zurück. »Machst du etwa wieder Dummheiten?«

»So würde ich es nicht nennen.«

»Ist ja auch egal. Ist schließlich deine Sache.«

»Wie kommst du überhaupt darauf, dass ich irgendwelche Dummheiten machen könnte?«, fragte Paul ein wenig verärgert.

»Ach, nur so.«

Paul glaubte ihr nicht und wurde konkreter: »Was gibt es, Kati?«

»Ich frage mich, was du gestern bei Blohfelds Wohnung zu suchen hattest.«

»Wieso?« Paul stutzte. »Beschattet ihr ihn etwa?«, fragte er mit leichter Entrüstung.

»Mm«, gestand Katinka ein. »Du bist ja informiert, was den zweiten Mord anbelangt: den an der Joggerin auf der Wöhrder Wiese, Antoinette.« Sie ließ diesen Satz einige Sekunden nachwirken, damit Paul Zeit hatte, die Zusammenhänge selbstständig zu erkennen. »Am Tatort wurde bekanntlich ein Herrentuch gefunden, das dem Geschmack deines Freundes sehr nahe kommt. Außerdem hat mir ein Vögelchen gezwitschert, dass Blohfeld mit Antoinette in der Mordnacht verabredet war. Kurzum: Er ist zurzeit der einzige Verdächtige im Mordfall Antoinette. Es wäre sicher hilfreich, wenn er sich meldet und hilft, die Verdächtigungen gegen ihn auszuräumen.«

Nach einigen Sekunden des Nachdenkens fragte Paul: »Seid ihr mir auch auf den Fersen?«

»Nein«, sagte Katinka ohne jedes Zögern. »Warum fragst du?«

Paul dachte an die Verfolgungsjagd mit dem Geländewagen zurück. »Man könnte den Eindruck gewinnen ...«

»Quatsch. Was hätten wir für einen Grund dafür?«, fragte Katinka. Dann, nach einem nachdenklichen Schweigen: »Sollten wir einen haben?«

»Natürlich nicht.«

»Dann sorge in deinem eigenen Interesse dafür, dass es so bleibt«, sagte Katinka. »Ach, was war denn das letzte Nacht mit diesem ominösen Drohanruf?«

Paul war sauer. »Vergiss es.«

23

Auf seinem Rückweg in die Altstadt fuhr Paul vom Hallertor aus nicht bis zum Weinmarkt durch, sondern suchte sich einen Parkplatz am schattigen Nägeleinsplatz. Von dort aus ging er die wenigen Meter bis zu seiner auserkorenen Ruheoase zu Fuß.

Der Biergarten am Kettensteg war zu dieser Uhrzeit kaum besucht. Paul wählte einen Stuhl direkt neben einem schmalen, künstlich aufgeschütteten Sandstrand am Ufer der Pegnitz. Hier war es nicht zu heiß, und das Rascheln der Blätter überdeckte angenehm den Straßenverkehr vom nahen Westtorgraben.

Paul orderte einen Milchkaffee und ein Glas stilles Wasser. Er zog sich einen zweiten Klappstuhl heran und legte seine Beine darauf. Während er auf das glitzernde Flusswasser blickte, versuchte er die Ereignisse der letzten Tage zu sortieren. Das fiel ihm nicht leicht, denn die Teile dieses Puzzles wollten sich einfach nicht ineinander fügen. Unruhig rutschte

Paul auf dem Stuhl hin und her. Er brauchte irgendetwas, das ihm half, sich zu konzentrieren. Etwas, das dazu beitrug, die Dinge für ihn plastischer und anschaulicher zu machen. Sein Blick fiel auf ein kleines blaues Stück Kunststoff, das aus dem Sand des Ministrandes lugte: die Beine eines kopfüber im Sand steckenden Playmobilmännchens. Er stand auf und beugte sich über das Spielzeug. Er fuhr mit seiner Hand durch den warmen Sand und legte eine Reihe weiterer recht abgenutzter Figuren frei: den Mann mit den blauen Hosen, eine Frau mit weitem Rock und Prinzessinnenkrone, einen weißhaarigen Greis, einen Mann mit aufgedrucktem Stoppelbart, der ein wenig so aussah wie ein Verbrecher, eine Figur im Anzug und mit Koffer in der Hand, ein Mädchen mit Zöpfen und einen Hund mit nur noch drei Beinen.

Bis auf den Hund nahm er alle Figuren mit zu seinem Platz. Nachdenklich stellte er das Playmobilgrüppchen auf dem Tisch neben sich auf. Er schob die Männchen eine Weile hin und her – dann hatte er gefunden, was er brauchte.

Er nahm den weißhaarigen Opa, legte ihn zwischen die anderen Figuren und rekapitulierte:

Würstchenfabrikant Hans-Paul Wiesinger – der Playmobilopa – wird ermordet in seinem Arbeitszimmer aufgefunden. Die Terrassentür ist zerbrochen, aber es gibt keine verwertbaren Spuren. Junior Andi Wiesinger und Gattin Doro treffen verspätet aus München ein, wo sie angeblich die ganze Nacht über gewesen sind. Doch die Benzinstandanzeige in ihrem Porsche lässt Zweifel daran aufkommen.

Jetzt stellte Paul den Playmobilmann mit den blauen Hosen – Wiesinger junior – und die Prinzessin – Doro Wiesinger – dazu und mit etwas Abstand den Stoppelbärtigen, der für ihn Blohfeld symbolisierte:

Paul und Blohfeld machen also zwei Spuren aus. Die eine führt in Richtung des Fränkischen Heimatbundes, dessen Geschäftsführer Jungkuntz in einem ungewöhnlich modernen und noblen Ambiente residiert.

Paul stellte nun den Mann im Anzug dazu:

Die andere Spur führt direkt in die Fabrikhallen, in denen womöglich nicht alles mit rechten Dingen zugeht. Ein gefeuerter Mitarbeiter, der vielleicht mehr wissen könnte, verschwindet urplötzlich, und seine Frau belässt es bei vagen Andeutungen. Allein für den Mitarbeiter hatte Paul im Moment keine Figur übrig.

So viel zu Fall eins. Nun nahm Paul die Figur des Mädchens in die Hand und platzierte sie in Blohfelds Nähe, aber abseits der Wiesinger-Familie:

Paul lernt die Französin Antoinette kennen. Sie fängt bei Blohfeld als Praktikantin an, hilft ihm bei den Wiesinger-Recherchen und wird ermordet auf der Wöhrder Wiese aufgefunden. Ein Halstuch am Tatort deutet auf Blohfeld hin, der seitdem ebenfalls verschwunden ist.

Parallel zu alldem widerfährt Paul selbst eine Reihe von Dingen, die in einem Zusammenhang mit einem der beiden Fälle stehen könnten, aber nicht zwingend müssen: Vor seinem Haus wird das Auto von Katinka demoliert, wenig später Pauls Fahrrad. Er bekommt Drohanrufe.

»Noch einen Milchkaffee?«

»Bitte?« Paul wurde aus seinen Gedanken gerissen, als die Kellnerin neben ihm auftauchte und amüsiert auf die Playmobilfiguren schaute. »Ja, gern. Aber einen kleinen diesmal.«

»Kommt sofort. – Die dürfen Sie übrigens behalten, wenn Sie mögen.«

»Was?«

»Die Figuren. Die liegen schon so lange hier. Wird niemand mehr vermissen.« Sie zog sich mit einem Lächeln zurück.

Paul überlegte kurz und schob das Plastikmädchen wie eine Schachfigur neben den Opa: Es gibt also zwei Morde, die durchaus miteinander zu tun haben könnten.

Kurze Zeit später nahm Paul den zweiten Milchkaffee entgegen und nippte am Schaum.

Ein Zusammenhang zwischen den beiden Todesfällen – je länger er darüber nachdachte, desto wahrscheinlicher erschien er ihm. Ein Sexualdelikt, noch dazu ausgeführt von Blohfeld, lag zwar im Bereich des Möglichen, aber allein der Hinweis darauf, dass auch Antoinette mit dem Fall Wiesinger befasst gewesen sein soll, stimmte ihn misstrauisch.

Wie war das mit den Wiesingers?, fragte sich Paul zum wiederholten Male und sah sich den Mann mit den blauen Hosen und die Prinzessin an. Könnte Antoinette etwas in Erfahrung gebracht haben, das wiederum sie selbst in Gefahr gebracht hatte? Womöglich wirklich etwas über minderwertige Wurstzutaten?

Oder musste er ganz woanders suchen? In der Familie der Wiesingers selbst? Hatte Antoinette vielleicht in den komplizierten Verflechtungen des Wiesinger-Clans einen dunklen Punkt gefunden?

Denk nach, zwang sich Paul. Was wusste er über die Wiesingers, einmal abgesehen von den allgemein bekannten Klatsch- und Tratschgeschichten?

Er schlürfte seinen Kaffee und sah sich die ramponierte Prinzessin näher an. Als Erstes wollte er sich mit Doro Wiesinger befassen. Er drehte die Figur und betrachtete das aufwendig bedruckte Kleid. Doro war nicht nur wegen ihrer Herkunft und ihres Temperaments der bunte Hund in der Familie. Sie hatte nach Pauls Einschätzung Probleme damit sich dem Understatement der Wiesingers unterzuordnen. Paul schätzte sie als ebenso heißblütig wie eifersüchtig ein. Es musste einen guten Grund dafür geben, dass sie ihrem Mann mehr Freiheiten ließ, als man es von einer Ehefrau mit ihrem Naturell erwarten würde.

Paul malte sich aus, wie ihr Schicksal verlaufen sein könnte: Doro war weltoffen, verliebt und wohl auch naiv gewesen, als sie in den Clan einheiratete. Andi Wiesinger trug sie auf Händen, doch der Alltag ernüchterte die beiden schnell. Von Anfang an sah die Nürnberger Gesellschaft in Doro nur eine exotische Beigabe zum erfolgsverwöhnten Unternehmer Wiesinger junior. Die beiden lebten sich auseinander, arrangierten sich dann aber mit ihrer Ehe.

Nun stellte Paul die Prinzessin in gebührendem Abstand zum Mann mit den blauen Hosen auf den Tisch zurück:

Jeder geht inzwischen seinen eigenen Interessen nach. Eine Scheidung wäre zu teuer und würde außerdem dem Renommee der Firma schaden. Doro ist Meisterin im Verdrängen und tröstet sich mit extravaganten Kleidern, Schmuck und Reisen.

Wie waren die anderen Wiesingers einzuordnen? Nun gut, über den Senior und den Junior hatte Paul – nicht zuletzt dank des Gesprächs mit dem Chauffeur – einiges erfahren. Aber was war mit den Wiesingers, die für ihn nicht greifbar waren, weil sie nicht mehr in Nürnberg lebten? Die geschiedene Frau des Seniors zum Beispiel oder der zweite Sohn, Stephan, von dem er bis vor kurzem noch nie etwas gehört hatte? Wie stark waren die Familienbande ausgeprägt? Oder wichtiger noch: Inwieweit konnten diese beiden vom Tod des Seniors profitieren?

Wieder griff er nach der Mädchenfigur: War das vielleicht die Spur, auf die Antoinette und Blohfeld bei ihren Recherchen gestoßen waren und die sie in den Tod und Blohfeld in die Flucht getrieben hatte? Waren sie auf gierige Erben gestoßen, die den Senior eiskalt abserviert hatten? Paul straffte seine Schultern. Seine neueste Theorie ließ zum jetzigen Zeitpunkt zwar noch eine Menge Fragen offen, doch immerhin bot sie ein starkes Motiv.

Das erste Mal seit Beginn der seltsamen Vorkommnisse hatte er das Gefühl, so etwas wie einen roten Faden zu erkennen. Wieder und wieder musterte er die Playmobilfiguren und versuchte die Dinge in seinem Geist zu ordnen. Paul beschloss, den vermeintlichen Schummel in der Wurstfabrik und das obskure Spiel des Heimatbundes vorübergehend zu Nebenkriegsschauplätzen zu erklären und sich ganz auf die neue Fährte zu konzentrieren. Wenn er mit seiner Vermutung Recht hatte, drehte sich das eigentliche Geschehen ums liebe

Geld – nämlich um die Aufteilung des Familienvermögens. Das wäre eines der ältesten Mordmotive der Welt. Und es würde sogar als Motiv für beide Morde ausreichen. Jetzt musste Paul nur noch herausfinden, wer der oder die Hauptbegünstigte war. Ein aufregendes Prickeln durchströmte seinen Körper. Er trank seinen Kaffee aus und winkte der Kellnerin.

24

Als Paul seinen Wagen erreichte, überlegte er, dass dieser an seinem jetzigen Standort eigentlich ganz gut geparkt war, und entschied sich zu Fuß zum Weinmarkt zu gehen. Er wählte den direkten Weg durch die Weißgerbergasse. Das Kopfsteinpflaster unter seinen Füßen, das fein herausgearbeitete Fachwerk an den Häuserfronten zu beiden Seiten der schmalen Straße und die allmählich abklingenden Temperaturen versetzten ihn in eine angenehm versöhnliche Stimmung.

Er reduzierte das Tempo und erfreute sich an der vertrauten Umgebung. Schon merkwürdig, dachte er, er lebte seit fast vierzig Jahren in ein und derselben Stadt und war immer wieder aufs Neue angetan. Er liebte dieses einzigartige Flair, das die Verbindung aus Alt und Neu ausmachte.

Je näher er dem Weinmarkt kam, desto mehr holte ihn allerdings der schnöde Alltag wieder ein. Ewig würde er sich weder vor der stickigen Luft noch vor dem unerledigten Abwasch in seiner Wohnung drücken können. Also riss sich Paul zusammen und ging nach Hause. Er grübelte weiter über die Familiengeschichte der Wiesingers, als er die Stufen bis hinauf zu seiner Atelierwohnung nahm. Für seine Erbschleichertheorie fehlte ihm leider jedweder Beweis. Es würde schwer werden, Katinka auf diese rein spekulative neue Spur zu bringen. Gedankenverloren holte er sein Schlüsselbund heraus.

Dann stockte er.

Sein Schlüssel passte nicht ins Schloss. Zumindest nicht ganz.

»Das gibt es doch nicht«, murmelte Paul. Er zog den Schlüssel heraus und versuchte es erneut. Fehlanzeige. Er schaute sich unsicher um. Doch, er war in der richtigen Etage, vor der richtigen Tür. Irrtum ausgeschlossen.

Aber auch beim dritten Versuch versagte sein Schlüssel den Dienst. Paul beugte sich hinunter und begutachtete das Schloss. Vielleicht – so schoss es ihm durch den Kopf – hatten sich Kinder einen Spaß erlaubt und das Türschloss mit Kaugummi verklebt.

Aber nein, überzeugte er sich, das Schloss schien frei zu sein. Beim näheren Hinsehen entdeckte er allerdings feine Kratzspuren an der Türblende.

Paul atmete mehrmals tief durch. Dann bückte er sich erneut und betrachtete eingehender die Kratzer an dem Messingschild, das das Schloss umfasste. Paul nahm all seinen Mut zusammen und drückte kräftig gegen das Türblatt.

Die Tür schwang auf.

Zögernd trat er ein.

»Hallo?«, fragte er betont selbstsicher, als er in sein Loft ging. »Hallo, ist hier jemand?«

Paul fühlte sich wie ein Fremder in den eigenen vier Wänden. Ein tiefes Unbehagen nahm sich seiner an, und seine Schritte wurden unsicher. Die Mokkabraune, der lebensgroße Abzug der nackten Schwarzen, begrüßte ihn wie immer vom anderen Ende des Flurs. Doch irgendetwas in ihrem Gesicht schien ihn zu warnen.

Es war trotz der fortgeschrittenen Tageszeit hell in seinem Loft. Von draußen drangen Motorengeräusche und Stimmen durch die geöffneten Fenster bis in seine Wohnung hinauf. Paul versuchte sich zu beruhigen. Er stieß die Tür zum Atelier auf, wobei sich seine Körperhaltung unbewusst weiter verkrampfte: Seine Knie waren durchgedrückt, die Fäuste kampfbereit nach vorn gestreckt.

Die Abendsonne schien durch das große, ovale Oberlicht und tauchte sein Atelier in mildes Licht. Alles war so, wie er es verlassen hatte. Die Kaffeetasse stand unberührt auf seinem Schreibtisch, daneben ein Teller mit einem liegen gebliebenen Brötchen vom Frühstück. Das schmutzige Geschirr türmte sich immer noch neben dem Spülbecken.

Was nicht ins erwartete Bild passte und sich noch dazu laut schnarchend bemerkbar machte, fand er nach grober Orientierung recht schnell auf seinem Sofa: flach ausgestreckt, mit einer längst verglommenen Zigarre in der Hand, lag dort friedlich schlafend niemand anderes als Victor Blohfeld.

Ungläubig trat Paul näher heran. Er beugte sich vorsichtig über ihn und hörte seinen rasselnden Atem. Dann stieß er ihn mit der Spitze seines rechten Fußes an.

Augenblicklich kam Bewegung in den dürren Körper des Reporters.

»Um Himmels willen, Blohfeld, was tun Sie hier?«, fragte Paul.

Der Reporter richtete sich auf und strich sein strähniges graues Haar zurecht. »Entschuldigen Sie, dass ich Ihr Schloss zerstört habe. Aber ich bin nicht mehr so geübt in solchen Dingen.« Blohfeld grinste ihn gewinnend an, als erwarte er Beifall für sein Geständnis.

»Verdammt, Blohfeld, was machen Sie hier?« Paul sah den Reporter entgeistert an. »Alle Welt sucht Sie.«

Blohfeld setzte das unterwürfigste Lächeln auf, das Paul je bei ihm gesehen hatte. »Ich bitte um Asyl«, sagte der Reporter und blickte ihn beschwörend an.

»Er kann hier nicht bleiben«, grummelte Paul, während er erneut sein lädiertes Türschloss beäugte und die Sicherheitskette anlegte.

Wütend stapfte er zurück ins Wohnzimmer. Was, zum Teufel, bildete sich dieser Kerl eigentlich ein? Paul konnte es nicht ertragen, Blohfeld so selbstgefällig auf seinem Sofa sitzen und beim Biertrinken zusehen zu dürfen.

»Sie können auf keinen Fall bleiben«, sagte er nun laut und deutlich. Doch natürlich war er neugierig auf das, was Blohfeld zu erzählen hatte. Und ein bisschen leid tat ihm der Reporter auch. Trotzdem war Pauls Toleranzgrenze durch den Einbruch in seine Wohnung schon überschritten, und er dachte nicht daran, Blohfeld mit offenen Armen bei sich aufzunehmen.

Dieser schaute betrübt von seiner Bierflasche auf, die er sich ohne zu fragen aus Pauls Kühlschrank genommen hatte. »Kommen Sie, mein Lieber«, sagte Blohfeld und klopfte mit der Linken auf die freie Sitzfläche neben sich. »Wenn Sie ein Geständnis von mir hören wollen: sehr gern!«

Paul atmete tief durch und setzte sich neben den Reporter. »Ich will kein Geständnis, denn ich bin weder die Polizei noch die Staatsanwaltschaft und schon gar nicht Ihr Beichtvater. Alles, was ich will, ist, nicht persönlich in diesen hässlichen Fall hineingezogen zu werden.«

Blohfeld ignorierte Pauls Einwände und sah ihn über seine schlanke Himmelfahrtsnase hinweg eindringlich an. »Hören Sie: Ich habe mir den ganzen letzten Tag und die Nacht in irgendwelchen Hinterhofkneipen um die Ohren geschlagen. Unsere Volontärin hatte mich sofort angerufen, als sie feststellte, dass Basse zur Wöhrder Wiese gefahren ist. Ich hatte mich zurückgezogen, um in Ruhe den Wiesinger-Fall zu untersuchen und aus der Schusslinie dieses Aufschneiders zu geraten. Später steckte sie mir, dass die halbe Staatsanwaltschaft der Stadt hinter mir her ist. Nun, Flemming, Sie wollen sicherlich hören, was ich zu den absurden Vorwürfen gegen mich zu sagen habe.« Er räusperte sich lautstark. »Die Anklage lautet, dass ich ein Auge auf Antoinette geworfen hatte. Dazu sage ich: Ja, ich fand dieses Mädchen außerordentlich attraktiv. Weil sie sehr geheimnisvoll war, was sie für mich interessant gemacht hat. Aber, Euer Ehren, ich habe ganz sicher nicht versucht, sie zu meinem Betthäschen zu degradieren. Das ist weder mein Stil noch habe ich das nötig.«

»Blohfeld ...«, hob Paul an.

Doch der Reporter redete weiter: »Die Anklage lautet außerdem, dass ein seidenes Halstuch am Tatort gefunden wurde, das eventuell mir gehören könnte. Und auch dazu sage ich: Ja, das Halstuch kann durchaus aus meinem Besitz stammen. Jeder weiß, dass ich diese Tücher gern trage. Es ist eine Marotte von mir. Es kann sein, dass ich eines verloren habe. Aber ganz sicher nicht dort, wo man Antoinette tot aufgefunden hat.«

»Blohfeld ...«, versuchte Paul es erneut. Der Reporter rührte ihn: Er redete und redete und wirkte dabei wie ein Ertrinkender, der durch hektisches Strampeln versucht, das Unvermeidliche hinauszuzögern.

»Die Anklage lautet: Ich soll Antipathie gegenüber dem neuen Redaktionsleiter Gernot Basse hegen. Dazu sage ich abermals: Ja! Ihm würde ich es sogar zutrauen, dass er das Seidentuch neben der Leiche drapiert hat, um mich zu belasten.«

»Blohfeld, hier geht es nicht um Basse, es geht einzig und allein ...«

Wieder unterbrach ihn der andere: »Basse ist ein rücksichtsloser Ehrgeizling! Ein Aufsteiger, für den Nürnberg nur das Sprungbrett für den nächsten überbezahlten Posten ist. Basse sitzt auf dem Stuhl, der längst mir zustehen würde!«

Paul verzichtete darauf, dem Reporter zu widersprechen. Er betrachtete Blohfeld nachdenklich: ein Mann um die fünfzig, zierlich gebaut, die grauen Haare trug er entschieden zu lang, über die Wangen zogen sich Dutzende rote Äderchen. Blohfeld waren sein Alter und sein Lebensweg anzusehen.

Doch die Augen funkelten kämpferisch. Sie waren es, die Paul davon zurückhielten, zum Telefon zu greifen und die Polizei zu verständigen.

»Danke für Ihre Geständnisse«, sagte Paul und zeigte erstmals seit ihrer Begegnung ein leises Lächeln. »Wenn sich alles so einfach aufklären lässt, wie Sie behaupten, warum stellen Sie sich nicht und schaffen die Sache aus der Welt?«

Blohfeld kniff die Augen zusammen. »Ihre Freundin von der Staatsanwaltschaft sucht ein schwarzes Schaf, das sie in mir gefunden zu haben glaubt. Ich traue ihr nicht.«

»Aber, Blohfeld, ich bitte Sie: Was haben Sie gegen Katinka?«

»Nichts. Ich habe sogar einen Mordsrespekt vor einer Frau, die mit neunzehn ungewollt schwanger wird, ihr Kind gegen jedermanns Rat auf die Welt bringt, ihr Jurastudium mit Bravour meistert und sich seit Jahren erfolgreich in einer Männerdomäne durchsetzt.«

»Aber?«

»Sie ist ein zäher Hund. Ich möchte nicht zwischen ihre Klauen geraten.«

Paul blickte sein Gegenüber scheel an. »Wenn Sie wirklich Hilfe von mir erwarten, müssen Sie mich wenigstens ein bisschen mehr ins Vertrauen ziehen.«

»Was meinen Sie?« Blohfeld wechselte unruhig seine Sitzposition.

»Was haben Sie über die Wiesingers in Erfahrung gebracht? Und was hatte Antoinette mit diesen Recherchen zu tun?«

Blohfeld rollte die Augen und legte seinen Zeigefinger auf die Lippen. »Es ist besser, wenn Sie nicht zu viel wissen.«

»Das ist absurd!«, beschwerte sich Paul. »Sie erwarten von mir, dass ich Sie schütze, und wollen gleichzeitig Ihre Geheimnisse für sich behalten?« Paul rutschte näher an Blohfeld heran. Es war das erste Mal, seit sie sich kannten, dass er sich dem Reporter gegenüber überlegen fühlte. Diese Lage wollte er keinesfalls ungenutzt lassen. »Machen Sie mir nichts vor,

Blohfeld: Auch die Staatsanwaltschaft geht mittlerweile davon aus, dass Andi Wiesinger nicht ehrlich spielt. Sagen Sie mir, was Sie herausgefunden haben!«

Als der Reporter noch immer nicht antworten wollte, legte Paul seine Karten auf den Tisch: seinen Verdacht, dass Hans-Paul Wiesingers Ex-Frau oder einer seiner Söhne aus Habgier dem Schicksal nachgeholfen hatten und Antoinette davon Wind bekommen hatte.

Blohfeld winkte ab. »Da überschätzen Sie Antoinettes journalistische Fähigkeiten bei weitem. Sie war lediglich eine Praktikantin. Sie hatte gar nicht die Gelegenheit, tief genug zu schürfen.«

Paul platzte der Kragen. Er hieb mit der Faust auf den Couchtisch und blaffte den Reporter an: »Sie machen es sich verdammt leicht, Blohfeld! Sie sitzen hier einfältig herum und lassen sich jedes Wort aus der Nase herausziehen. – Ich halte die Witwe, die Söhne oder vielleicht sogar die unzufriedene Schwiegertochter jedenfalls für höchst verdächtig.«

Blohfeld schien irritiert über Pauls Reaktion, ließ sich aber nicht unterkriegen. »Damit sind Sie auf dem Holzweg«, sagte er lapidar.

Paul wurde wütend. Pfarrer Finks Vermutung fiel ihm wieder ein, und er fragte: »Haben Sie sich von Wiesinger schmieren lassen?«

Blohfelds Verblüffung stand ihm ins Gesicht geschrieben. Mit offenem Mund starrte er Paul an. Dann breitete sich wieder das selbstbewusste Grinsen auf seinem Gesicht aus, und er fing laut an zu lachen. Blohfeld amüsierte sich dermaßen gelöst und lautstark, dass Paul das Läuten des Telefons beinahe nicht gehört hatte. Er griff nach dem Hörer und erschrak, als er Katinkas Stimme vernahm.

Hektisch signalisierte er Blohfeld leise zu sein.

»Schaust du gerade Fernsehen?«, wollte Katinka wissen.

»Ja, ja, irgendeine von diesen albernen Soaps«, wiegelte Paul ab und warf Blohfeld einen finsteren Blick zu.

»Hör zu, Paul, ich habe nicht viel Zeit«, sagte Katinka. »Du bist ja im Bilde über die Vorgänge bezüglich des Mordes auf der Wöhrder Wiese. Aber ich muss dich warnen. Es geht um deinen Freund Blohfeld.«

»Er ist nicht mein Freund.« Paul fing Blohfelds beleidigten Blick auf.

»Das am Tatort gefundene Seidentuch stammt von ihm.«

»Warum bist du dir so sicher?«, fragte Paul beunruhigt darüber, dass Katinka an ihrer gestern geäußerten Vermutung festhielt.

Katinka ignorierte seine Frage. »Wir sind auf der Suche nach ihm, und ich bin überzeugt davon, dass er bei einem seiner Arbeitskollegen Unterschlupf suchen wird. Das Rotlichtmilieu haben wir schon erfolglos abgeklappert.«

»Keine Sorge: Jetzt weiß ich ja Bescheid«, sagte Paul kurz angebunden.

»Übrigens: Zeugen haben Blohfeld und das Mädchen am Abend des Mordes im Biergarten beobachtet – die beiden sollen einander sehr zugetan gewesen sein. Zwei richtige Turteltäubchen.«

Paul sah Blohfeld scheel an und lenkte dann schnell vom Thema ab: »Gibt es etwas Neues wegen der nicht vorhandenen Spuren in der Wiesinger-Villa«?

»Nein. Absolute Fehlanzeige. Außer kleinen Blutspritzern auf den Scherben der zerbrochenen Glasscheibe. Aber die sind bislang nicht ausgewertet worden und stammen vermutlich vom Toten selbst.«

Katinka klang so niedergeschlagen, dass Paul sich nicht traute weiterzufragen und noch einmal auf die verdächtige Benzinstandanzeige im Wiesinger-Porsche zu sprechen zu kommen. »Was wirst du als Nächstes tun?«, fragte er schließlich bewusst emotionslos.

»Das weiß ich nicht.« Katinka legte eine Pause ein. Ganz so, als wollte sie Paul die Gelegenheit geben sich zu äußern.

Paul überlegte, wie er Katinka aufmuntern könnte. Sollte er sie vielleicht zum Essen einladen, um sie zu trösten? Doch mit Blohfeld im Nacken schien ihm das zu heikel. Paul biss die Zähne zusammen und schwieg.

»Ich muss jetzt Schluss machen«, sagte Katinka nun eine Spur enttäuscht. »Ich bin mit dem neuen Redaktionsleiter Basse verabredet. Im *Goldenen Ritter*. Verspricht ein sehr netter Abend zu werden. – Ich hoffe, die Warnung ist angekommen und ich kann mich auf dich verlassen«, hakte Katinka noch einmal nach.

»Ja, sicher«, sagte Paul und drückte die Auflegetaste. Er fragte sich, ob Katinka die Warnung auf Blohfeld bezog oder ob sie auf ihre Verabredung mit Basse anspielte und Paul damit aus der Reserve locken wollte. Langsam richtete er seine Aufmerksamkeit wieder auf seinen Kollegen, der gerade den letzten Schluck aus seiner Bierflasche nahm.

Paul setzte sich zurück auf das Sofa. »Was zum Teufel haben Sie mit Antoinette gemacht?«, fauchte er Blohfeld an.

Der zuckte zusammen. »Nichts. Ich habe Ihnen bereits alles gesagt. Mehr ist nicht hinzuzufügen.«

»Das nehme ich Ihnen nicht ab. Katinka sagt, es gibt Zeugen, die Sie am Abend vor dem Mord beim Flirten beobachtet haben.«

Blohfeld machte eine abfällige Handbewegung, doch seine zur Schau gestellte Lässigkeit wirkte auf Paul wenig überzeugend. »Zwischen Flirten und Töten besteht ein gewisser Unterschied, meinen Sie nicht auch?«

Doch Paul war noch immer in Rage, als er fragte: »Was ist bei den Wiesingers faul?«

Blohfeld war unsicher. Schweißperlen bildeten sich auf seiner hohen Stirn. »Es gibt offenbar große Unstimmigkeiten in der Finanzverwaltung des Unternehmens«, rückte er zögernd heraus. »Die hausinterne Finanzbuchhaltung ließ sich noch außen vor halten. Aber jetzt sind die externen Buchprüfer aufgewacht. Mehr konnte ich bisher nicht herausfinden.«

»Ärger mit dem Finanzamt?«, fragte Paul erstaunt. Er setzte sich über seine Bedenken hinweg und beschloss, den Reporter in seine eigenen Recherchen einzuweihen. Paul berichtete noch einmal ausführlich von seinem Termin beim Heimatbund und von den Hinweisen, die auf einen Fleischbetrug im Hause Wiesinger hindeuteten.

»Da kommt einiges zusammen«, bestätigte Blohfeld. »Mein lieber Flemming: Sie waren ganz schön fleißig.«

»Danke. Aber das hat mehr zur Verwirrung beigetragen, anstatt Klarheit zu schaffen.«

Der Reporter schüttelte bedächtig den Kopf. »Ganz im Gegenteil: Die Zahlungen an den Heimatbund, die Unstimmigkeiten in der Wiesinger'schen Buchhaltung und die Hinweise auf Gemauschel in der Wurstproduktion könnten schon miteinander zu tun haben.«

»Sie meinen, das eine hängt mit dem anderen zusammen?«

»Aber natürlich, lieber Freund«, sagte Blohfeld. »Alles steht miteinander in Verbindung, wir wissen bloß noch nicht, wie. Diesen Verdacht hege ich übrigens schon seit längerem.«

Paul zog argwöhnisch die Augenbrauen hoch. »Wie lange genau?«

Blohfeld rieb sich schuldbewusst das Kinn. »Ich hatte Antoinette über die womöglich gefälschten Bilanzen bei Wiesinger in Kenntnis gesetzt – vielleicht hat sie das dazu inspiriert, irgendwelche Dummheiten zu begehen.«

26

Der Montagmorgen begann für Paul mit einer merkwürdigen neuen Erfahrung: Er wurde von einem Schnaufen geweckt, und zunächst glaubte er, ein Tier zu hören, das sich hinauf in sein Atelier verirrt hatte. Dann aber sah er Blohfeld durch die nur halb geschlossene Tür im Badezimmer stehen und identifizierte damit die Geräuschquelle.

Paul richtete sich auf seinem Schlafsofa auf. »Guten Morgen«, sagte er. »Ich habe Sie gar nicht für einen Frühaufsteher gehalten.«

»Bin ich auch nicht«, entgegnete Blohfeld, der sich gerade rasierte. »Aber es wäre besser, wenn ich allzeit zur Flucht bereit bin. Dieser Staatsanwältin Blohm traue ich es zu, dass sie hier unangemeldet hereinplatzen könnte.«

Ja, dachte Paul. Das traute er ihr auch zu. Ob sie wohl einen netten Abend mit Basse verbracht hatte? Paul wollte aufstehen, doch ein flaues Gefühl in der Magengegend hielt ihn davon ab. An seinen Schläfen pochte der Puls, und ihm wurde heiß. Paul musste sich eingestehen, dass er eifersüchtig war.

»Ist Ihnen nicht gut?«, erkundigte sich Blohfeld.

»Doch, doch«, sagte Paul knapp und rappelte sich endlich auf. Er beeilte sich beim Anziehen. »Soll ich uns ein paar Brötchen holen?«, schlug er Blohfeld vor. Der saß inzwischen erwartungsfroh auf einem Hocker an der Küchentheke und nickte. »Gern. Zwei Rosinenbrötchen ohne Rosinen, bitte.«

»Rosinenbrötchen ohne ... Blohfeld, was soll der Unsinn?«

»Sie wissen schon. Zwei von diesen ganz normalen süßen Teilchen. Und, äh, ist da auch ein Zigarrenladen in der Nähe?«

Paul verließ kommentarlos das Loft.

Es war sehr früh und die Luft angenehm kühl. Paul musste beim Bäcker nicht einmal anstehen. Er ließ sich eine Brötchen- und Hörnchenauswahl eintüten und griff wie immer zur Tageszeitung. Guter Dinge schlenderte er zurück zu seiner

Wohnung. Doch als sein Blick unterwegs auf die Schlagzeile fiel, hatte er es plötzlich sehr eilig.

Atemlos stürzte er in sein Appartement. Blohfeld sah ihn erstaunt an, als er die Brötchentüte achtlos auf das Sofa schmiss und dem Reporter die Zeitung vor die Nase hielt.

»Hier!«, stieß Paul aus. »Basse hat zugeschlagen!«

Blohfeld nahm ihm die Zeitung fragend ab und schlug sie auf. Dann wurde er blass.

»Bratwurst-König Andi Wiesinger unter Mordverdacht«, las Blohfeld mit belegter Stimme vor, dann las er leise weiter. Schließlich schaute er auf. »Hier steht, dass Andi Wiesinger Angst um sein Erbe hatte und seinen Vater deshalb ermordete. Hier steht, dass Wiesinger senior einen Notartermin vereinbart hatte, dem der Junior mit seiner Tat zuvorkommen wollte. Hier steht, dass ein leerer Autotank dazu verhelfen wird, Wiesinger junior zu überführen, und seine Festnahme nur eine Frage der Zeit ist.«

Paul schluckte. »Das wird Katinka gar nicht gefallen.«

Blohfeld schmiss die Zeitung auf die Küchentheke. »Was glauben Sie, von wem Basse diese Infos bekommen hat?«, rief er aufgebracht. »Ihre Staatsanwältin hat aus dem Nähkästchen geplaudert. So sieht die Sache aus!«

»Aber nein.« Paul schüttelte den Kopf. »Nicht einmal ich wusste von diesem Notartermin. Sie würde dermaßen brisante Informationen niemals weitergeben.« Wieder überfiel ihn das tückische Grummeln in der Magengegend.

Blohfeld nickte finster. »Mit wem man das Bett teilt, mit dem teilt man auch seine Geheimnisse.«

»Fassen Sie sich an Ihre eigene Nase«, wies ihn Paul zurecht, »Sie haben mit Antoinette ja offensichtlich auch das ein oder andere Geheimnis gehabt.«

Blohfeld errötete. »Wie auch immer dieser Informationsdeal zustande gekommen sein mag: Fest steht, dass sowohl Frau Blohm als auch Herr Basse bald eine Menge Ärger am Hals haben werden. Andi Wiesinger ist einer der einflussreichsten Männer in der Stadt und bei weitem noch kein überführter Mörder.« Dann grinste der Reporter. »Was den Ärger anbelangt: Zumindest Basse gönne ich ihn.«

Nach dem Frühstück zog sich Paul in sein Auto zurück, um per Handy das unvermeidliche Telefonat zu führen. Nach langem Tuten meldete sich die Staatsanwältin mit einem kläglich klingenden »Blohm«.

»Ich bin es: Paul.« Dann fiel er gleich mit der Tür ins Haus: »Hast du die Zeitung gelesen?«

Schweigen.

»Katinka?«, fragte Paul besorgt.

Am anderen Ende schnäuzte sich jemand lautstark. Paul bezweifelte, dass Katinka erkältet war.

»Ich bin am Boden zerstört«, sagte sie mit zitternder Stimme. »Mein Chef macht mir die Hölle heiß. Die Chancen, gegen Wiesinger jetzt noch ermitteln zu können, sind gleich null. Heute früh um acht hatte ich einen seiner Anwälte am Apparat – der hat mir regelrecht gedroht. Meine Güte, Paul, was habe ich bloß getan?«

Ja, was?, fragte sich auch Paul. »Wieso hast du Basse das alles erzählt?« Pauls Ton war schärfer als geplant. »Du hättest wissen müssen, dass das am nächsten Morgen haarklein in der Zeitung stehen würde. Der hat noch vom Restaurant aus den Spätdienst seiner Redaktion angerufen und jedes Detail in den Computer diktiert.«

»Ich habe ihm vertraut«, sagte Katinka kleinlaut.

»Vertraut?«, fragte Paul eine Spur zu laut. »Du traust einem Journalisten? Bist du noch bei Trost?«

»Basse ist so anders«, versuchte Katinka zu erklären. »Er ist höflich und zuvorkommend. Er hat mich doch sogar in den *Goldenen Ritter* eingeladen. Wir haben sehr gut gegessen.«

»Katinka!«, begehrte Paul auf. »Ich glaube, deine gestrige Menüfolge ist jetzt eher zweitrangig.«

»Auf jeden Fall muss er einen handfesten Grund dafür gehabt haben, dass er die Story sofort gebracht hat. Denn die Konstruktion meiner Anklage war doch noch völlig unausgegoren.«

»Was?«, fragte er ungläubig. »Du verteidigst diesen Typen?«

»Paul«, sagte Katinka sanft. »Das kannst du nicht verstehen. Basse ist sehr intelligent, und er wird sich seine Gedanken über die Folgen gemacht haben.«

Paul war danach, vor Wut in sein Telefon zu beißen. Stattdessen tat er so, als wäre sein Akku leer, und legte auf.

Er saß mit gegen das Lenkrad gestemmten Armen da und schaute aufgebracht vor sich hin.

Dann klingelte das Handy.

»Ja?«

»Entschuldige«, sagte Katinka leise, »das eben war nicht sehr nett von mir. Ich wollte dich nicht kränken.«

»Schon gut«, sagte Paul knapp und wollte erneut auflegen.

»Moment!«, stoppte ihn Katinka. »Eine gute Nachricht habe ich wenigstens für dich.«

»Und die wäre?«, fragte Paul wenig begeistert.

»Die Blutspur, die wir in der Mordvilla gefunden haben, ist analysiert. Es ist nicht das Blut des Opfers. Jetzt sind wir einen kleinen Schritt weiter.«

»Bravo.«

»Und noch etwas: Der Mord auf der Wöhrder Wiese ist vermutlich aufgeklärt.«

»So?« Paul spürte, wie seine Lebensgeister erwachten.

»Ja. Wir haben den genetischen Fingerabdruck des Täters identifiziert.«

»Jemand aus eurer Kartei, nehme ich an«, drängte Paul.

»Ja – so kann man es nennen«, sagte Katinka. »Weißt du: Dein Freund Blohfeld hat vor ein paar Jahren im Rahmen einer Reportage eine Speichelprobe abgegeben und gentechnisch analysieren lassen.«

»Katinka«, setzte Paul Böses ahnend an. »Du willst mir doch nicht erzählen, dass ihr diese Speichelprobe aufbewahrt habt?«

»Doch«, sagte Katinka trotzig, »und der Vergleich mit Gewebespuren vom Seidenhalstuch ergab unzweifelhafte Parallelen.«

»Speichelproben von einem Pressetermin zu verwenden – ist das ethisch zulässig, geschweige denn erlaubt?«

»Nein, aber es ist auch nicht zulässig, junge Mädchen zu ermorden.«

»Aber Katinka«, protestierte Paul, »was für ein Motiv soll er denn gehabt haben? Ihr dürft euch nicht ausschließlich auf dieses Seidentuch beschränken. Gibt es denn sonst keine verwertbaren Spuren? Hautpartikel? Haare? Sperma?«

»Kein Sperma«, räumte Katinka ein. »Wir wissen inzwischen auch, dass es keine Vergewaltigung war.«

»Na also!«, atmete Paul auf.

»Das macht die Sache aber nicht besser«, sagte Katinka ernst. »Ich möchte dich nochmals eindringlich davor warnen, Blohfeld zu decken. Er ist gefährlich und unberechenbar. Vergiss das nicht.«

Nach diesem Gespräch brauchte Paul Zeit zum Nachdenken und spazierte durch die Stadt. Blohfeld muss von diesen neuesten Erkenntnissen nichts wissen, beschloss er dann, sie würden ihn nur noch nervöser machen.

Nach zwei Stunden kehrte er mit drei Packungen Playmobil in sein Loft zurück. An seinem Schreibtisch packte er mit einem Anflug kindlicher Freude seine Einkäufe aus. Seine Playmobilsammlung vom Kettensteg wurde nun durch einige weitere Figuren ergänzt: Er hatte einen Reporter mit Kamera gekauft, der Basse verkörpern sollte, außerdem eine hübsche Blondine, die er auf den Namen Kati taufte. Dann war da eine Figur vom Typ Arbeiter, die den verschwundenen Ex-Beschäftigten der Würstchenfabrik darstellte. Sogar noch ein weiterer

Playmobilmann war in einer der Packungen enthalten; in Standardkleidung und mit dem ebenfalls standardisierten freundlichen Lächeln. Für ihn hatte Paul allerdings noch keine Verwendung.

Blohfeld quittierte Pauls Spieltrieb mit einem abfälligen Grinsen und zog sich mit einem dickleibigen Roman aus Pauls Bücherregal gelangweilt in den Archivraum zurück, den Paul mit Hilfe einer ausrangierten Matratze zu einem notdürftigen Gästequartier umfunktioniert hatte.

Den Rest des Nachmittags nutzte Paul zum Abarbeiten des Postbergs, der sich neben seinem Schreibtisch stapelte. Er überwies einige überfällige Rechnungen, sortierte Reklame und Wurfzeitungen aus und stieß schließlich auf ein Schreiben vom Finanzamt, das einige Belege als Anhang zu seiner letzten Steuererklärung nachforderte. Paul fragte sich, ob er Blohfelds Unterbringung auch von der Steuer absetzen könnte.

27

Am Abend taute sich Paul eine Packung tiefgefrorenes Sushi auf – Blohfeld hatte dankend abgelehnt – und goss sich dazu, weil er keinen Weißwein im Haus hatte, ein Hefeweizen ein. Er stellte sich darauf ein, den Abend mit einer DVD zu verbringen – hoffentlich ohne Störungen durch seinen Untermieter. Nach kurzer Durchschau seiner schmalen Filmsammlung entschied er sich für Bertoluccis *Träumer* und machte es sich auf seinem Schlafsofa bequem. Er war Bertolucci-Fan, seit er das erste Mal – mit gerade mal dreizehn Jahren – den *Letzten Tango in Paris* gesehen hatte.

Es klingelte.

Paul, der bereits die Stäbchen für das Sushi in den Händen hielt, raffte sich widerstrebend auf. Er schaute auf die Uhr: fast halb zehn. Wer konnte das noch sein?

Katinka sah mitgenommen aus. Als Paul ihr die Tür öffnete, trat sie ihm mit einem bemühten Lächeln entgegen. Ihr langes blondes Haar hing ihr strähnig und glanzlos über die Schultern. Über ihren blauen Augen lag der matte Schleier, den Paul schon oft bemerkt hatte, wenn sie abgespannt und müde war. Katinka trug einen sportlich eleganten Hosenanzug mit weißer Bluse. Sie schien direkt von der Arbeit zu ihm gefahren zu sein. Nur die schwarze Robe der Staatsanwaltschaft hatte sie abgelegt, und die Knöpfe der Bluse waren bereits weiter geöffnet, als es sich für die heiligen Schwurgerichtsräume geziemt hätte.

Pauls Blicke streiften ihr Dekolleté. Glasklare Schweißperlen hatten sich auf der glatten Haut ihres Halses gebildet. »Was machst du denn so spät hier?«, fragte er, wobei er im Türrahmen stehen blieb. Mit einem unauffälligen Blick nach hinten vergewisserte er sich, dass sich Blohfeld noch immer im Archivraum aufhielt. Er stellte beruhigt fest, dass die Tür geschlossen war.

»Sorry, wenn ich so spät bei dir reinschneie«, sagte Katinka. Ehe sich Paul versah, war sie unter seinem an den Rahmen gelehnten Arm hindurchgetaucht und in die Wohnung gehuscht. Paul machte einen Satz hinter ihr her, doch da war sie bereits an seiner Mokkabraunen vorbei strikt auf sein Sofa zugeeilt. Als wäre sie bei sich zu Hause, ließ sich Katinka fallen und lehnte sich entspannt zurück.

»Mhm, Sushi«, stellte Katinka mit Blick auf Pauls Couchtisch fest, »darf ich?«

Paul nickte nervös. Geschickt nahm Katinka mit den Stäbchen eine auf Klebereis fixierte Scheibe Lachs auf, tunkte sie in Sojasauce und Wasabi und ließ sie in ihrem Mund verschwinden. Sie hustete. »Warum muss diese grüne Paste so höllisch scharf sein?«

»Das ist japanischer Meerrettich«, sagte Paul nach einem weiteren skeptischen Blick zur Archivtür und setzte sich zu ihr. »Was führt dich her?«, erkundigte er sich freundlich und fragte sich, ob ihr Besuch nicht nur ein Vorwand dafür war, um nach Blohfeld zu suchen.

Katinka fischte mit den Stäbchen nach einer mit Algenblättern umfassten Reisrolle. »Ich brauche jemanden zum Reden.«

Das klang ehrlich, dachte Paul. Katinka machte nicht den Eindruck, als würde sie gleich wieder gehen wollen. Paul konnte also nur hoffen, dass Blohfeld durch das Klingeln an der Haustür gewarnt worden war und sich weiter im Verborgenen halten würde.

»Ich habe mir Gedanken wegen dieses nächtlichen Drohanrufs bei dir gemacht. Hannah hat mir ja davon erzählt, und ich muss sagen: Die Sache behagt mir ganz und gar nicht.«

»Ach, den habe ich längst vergessen«, tat Paul die Sache ab.

»Ich aber nicht«, sagte sie ernst und – wie Paul fand – fürsorglich. »Wenn wir den Kerl fassen wollen, gibt es nur einen Weg.«

»Willst du eine Fangschaltung bei mir installieren?«, fragte Paul.

Katinka nickte bestimmt. »Ich glaube, wir haben keine andere Wahl – nach allem, was mit meinem Mini und deinem Fahrrad passiert ist. Ich könnte das übrigens mit Zustimmung des Untersuchungsrichters auch ohne deine Einwilligung veranlassen. Aber das möchte ich nicht.«

Paul zog die Brauen hoch. Blohfeld würde er in der nächsten Zeit wohl nur noch mit dem Handy telefonieren lassen. »Meinetwegen. Aber höchstens für ein paar Tage.«

Katinka sah ihn zufrieden an. Doch auf ihrer Stirn bildeten sich sogleich neue Sorgenfalten. »Das Zweite, um das ich mir Sorgen mache, ist immer noch der ungeklärte Mord an Wiesinger.«

»Du hast mächtig Ärger wegen Basses Skandalstory, stimmt's?«

Katinka nickte betrübt. »Nicht nur das«, gestand sie, »meine geplante Anklage gegen Andi Wiesinger ist wie befürchtet zusammengefallen wie ein Kartenhaus.« Es war heiß in Pauls Loft, und Katinka öffnete einen weiteren Knopf, um sich Abkühlung zu verschaffen. Paul wusste nicht, wo er hinsehen sollte. Er stand auf und holte auch Katinka ein Bier.

»Andi Wiesinger hat ein erstklassiges Alibi«, sagte Katinka und lachte erneut. Es war ein frustriertes Lachen. »Seine Anwälte haben mir Spesenquittungen mit Datum und Uhrzeit vorgelegt. Dazu eine Liste von namentlich aufgeführten Zeugen für seine Anwesenheit in München.«

»So wie du das sagst, handelt es sich bei den Zeugen um den Ministerpräsidenten und sein Kabinett.«

»Das nicht, aber allein die Anzahl der Zeugen ist erdrückend.« Sie nahm einen großen Schluck aus dem Weizenglas. Auch Paul trank. »Um es kurz zu machen«, sagte Katinka resigniert, »Wiesinger hat die Nacht in einem Edelbordell verbracht. Er hat den Spaß mit seiner Kreditkarte finanziert und damit gleichzeitig dokumentiert.«

»Aber was ist mit der verräterischen Benzinanzeige seines Wagens?«, fragte Paul.

»Dafür hatten die Anwälte auch keine Erklärung. Die Polizei ermittelt in dieser Sache zwar noch. Aber was spielt das letztlich für eine Rolle, wenn es ein Dutzend Zeugen gibt, die Wiesinger in den fraglichen Stunden höchst aktiv erlebt haben?«, fragte sie zynisch.

»Wahrscheinlich keine«, räumte Paul ein und leerte sein Glas mit großen Schlucken. »Wie geht es jetzt weiter?«

»Keine Ahnung«, sagte Katinka. »Nach alldem bin ich einfach nur erschöpft.«

Paul schloss kurz die Augen. Er spürte die aufkommende Müdigkeit und auch den Alkohol. Er versuchte sich zu konzentrieren. Weil er nicht wusste, was er sonst tun konnte, stand er wenig später auf, um sich und Katinka ein weiteres Bier zu holen.

Als er sich wieder setzte, kuschelte sich Katinka an seine Seite. Paul spürte sie ganz dicht neben sich und fühlte ihren warmen Atem an seinem Hals. So nah war sie ihm noch nie gewesen. Wenn doch bloß nicht Blohfeld im Nebenraum wäre!

Katinka nahm einen weiteren, diesmal kleinen Schluck aus ihrem Glas. Sie schwieg jetzt und mied seinen Blick. Paul traute sich nicht, sich zu rühren, und saß stocksteif neben ihr.

Nach einigen quälenden Minuten stand Katinka abrupt auf. Paul folgte ihr in den Flur, wo sie sich kurz und bündig voneinander verabschiedeten.

Dann fiel die Tür ins Schloss.

»Verdammt«, sagte Paul laut zu sich selbst. »Verdammter Idiot!«

28

Paul war frustriert und auch ein bisschen benebelt vom Bier. Er öffnete die Tür des Archivs. Blohfeld lag gerade ausgestreckt auf seiner Matratze und schnarchte. Paul hockte sich neben den Schlafenden und stieß ihn an die Schulter. »Die Luft ist rein. Sie ist weg.«

Blohfeld gab einen unfreundlichen Grunzton von sich und schlug widerstrebend ein Auge auf. »Ich habe geschlafen. Können Sie keine Rücksicht nehmen?«

»Mir ist nach Reden zumute«, sagte Paul bedrückt.

Blohfeld richtete sich auf. »Mir aber nicht. Ich brauche meinen Schlaf; zu Hause bekomme ich davon viel zu wenig.«

»Das hört sich an, als würden Sie Ihr Asyl bei mir als Urlaub betrachten«, schlussfolgerte Paul wenig begeistert.

»Urlaub?«, fragte Blohfeld und er klang nachdenklich. »Da ist sogar etwas Wahres dran. Je länger ich hier zum Nichtstun gezwungen bin, desto mehr Abstand gewinne ich zu meinem Job und zu meinem Leben als Reporter. Ich hatte in den letzten Jahren ständig den Eindruck, ich befände mich auf der Flucht.«

»Das sind Sie ja jetzt tatsächlich.«

»Ha, ha, sehr witzig. Ich meine etwas ganz anderes: In der Redaktion bin ich im Dauerstress. Ständig auf der Jagd nach der Schlagzeile von morgen. Ist Ihnen eigentlich klar, was es heißt, bis zur Nachmittagskonferenz mindestens fünf Themen zu finden, die sich für einen Anriss auf Seite Eins eignen, und möglichst noch dazu einen zugkräftigen Text für das Plakat auf den Stummen Verkäufern, den Zeitungskästen, zu liefern? Gleichzeitig ist man in seinen Wunschträumen immer auf dem Weg in ein besseres Leben, das wahrscheinlich nie kommen wird. Wissen Sie, Flemming: Manchmal glaube ich, ich sollte den ganzen Kram hinwerfen und endlich mal zur Besinnung kommen.«

Paul hörte verwundert zu. Es war selten, dass das Raubein Blohfeld so offenherzig über sein Leben sprach. Dennoch gefiel Paul der Gedanke ganz und gar nicht, dass Blohfeld anfing, sein Loft als Kurklinik zu betrachten. »Vielleicht wäre es besser, wenn Sie bald aus Ihrem Versteck herauskommen«, schlug Paul vor.

»Nicht, solange ich nicht entlastet bin«, lehnte Blohfeld entschieden ab. »Ich möchte, dass Sie mir einen Gefallen tun.«

»Und der wäre?« Paul schwante nichts Gutes.

»Ich habe noch einmal über Antoinette nachgedacht. Und über die Art ihres Todes. Ich halte es für möglich, dass Antoinette ihren Mörder gekannt hat.«

»Ja, davon geht Katinka Blohm ebenfalls aus.«

»Nein, nein. Ich habe nicht vor, mich selbst zu belasten. Ich will Ihnen mal sagen, was an dem Abend wirklich lief.«

»Da bin ich gespannt.«

»Wie Sie ja selbst am besten wissen, hatte sie sich für den Nachmittag freigenommen. Gegen Abend rief sie mich an und fragte, ob sie am Wochenende auch in die Redaktion kommen müsse. Sie erzählte mir von dem Sturz in den Felsengängen und auch, dass Sie trotzdem auf der Wöhrder Wiese joggen gehen würde. Da habe ich ihr vorgeschlagen, dass wir uns bei der

Gelegenheit kurz im Biergarten treffen könnten. Dort erschien sie auch. Wir haben uns ein wenig unterhalten …«

»Ja«, sagte Paul sarkastisch, »für diese Unterhaltung gibt es anschauliche Zeugenaussagen.«

Blohfeld hüstelte. »Wie dem auch sei – sie ist gleich darauf weitergelaufen. Das ist alles, was ich weiß. Aber ich bin ziemlich sicher, dass sie geschrien hätte, wenn sie von einem Unbekannten überfallen worden wäre. Und das hätte jemand hören müssen. Denken Sie nur an die vielen Liebespaare, die in lauen Sommernächten auf der Wöhrder Wiese unterwegs sind.«

»Schon möglich«, sagte Paul wenig überzeugt, »aber worauf wollen Sie hinaus?«

»Nun – wenn Antoinette ihren Mörder gekannt hat, findet sich vielleicht ein Hinweis auf ihn in ihren Hinterlassenschaften.«

»Die wurden von der Polizei bereits beschlagnahmt und untersucht.« Er fragte sich besorgt, ob Blohfeld keine besseren Ideen hatte, sich aus der Klemme zu befreien. Zeit genug zum Denken hatte er schließlich gehabt.

»Trotzdem möchte ich, dass Sie noch einmal genau nachsehen«, beharrte Blohfeld auf seiner Bitte. »Vielleicht wurde irgendetwas übersehen.«

»Nachsehen?«, fragte Paul perplex. »Wo denn?«

»In Antoinettes und Hannahs gemeinsamer Wohnung. Überzeugen Sie Hannah davon, dass Sie das ganze Appartement auf den Kopf stellen müssen. Schauen Sie in jeder Ritze nach, tasten Sie das Polster ihres Bettes ab, durchwühlen Sie den Kleiderschrank, heben Sie den Teppich an. Irgendwo muss es einen Hinweis geben.«

Paul sagte Blohfeld, dass er darüber morgen nachdenken würde. Jetzt war es auch für ihn an der Zeit sich hinzulegen.

Paul war zutiefst erschöpft, gleichzeitig jedoch viel zu aufgekratzt, um einschlafen zu können. Er wälzte sich hin und her und versuchte, die Eindrücke von dem verpatzten Abend mit Katinka zu verdrängen.

Seine Gedanken wanderten wieder zu Blohfeld, dann zu Hannah und landeten schließlich bei Antoinette – der Französin, die sich in Nürnberger Angelegenheiten gemischt hatte.

Paul dachte zurück an seinen letzten Besuch bei Pfarrer Fink. Und an die Bilder des heiligen Sebaldus, die er in seiner Kirche aufgehängt hatte. Paul wusste nicht viel über den Stadtheiligen, aber er meinte sich zu erinnern, dass auch St. Sebald kein gebürtiger Nürnberger war.

Er knipste das Licht an und ging zu seiner hauptsächlich mit Bildbänden und Romanen gefüllten Bücherwand. Er ließ seinen Zeigefinger über die Buchrücken gleiten, bis er schließlich fündig wurde und einen schon reichlich abgestoßenen Band über die Nürnberger Stadt- und Kulturgeschichte hervorzog.

Paul nahm den schweren Wälzer mit zu seinem Sofa und suchte nach einem Kapitel über St. Sebald. »Sebaldus, Stadtpatron Nürnbergs, gestorben um 1070«, las er und übersprang großzügig einige Spalten. »Historisch gesichert ist über Sebaldus kaum mehr bekannt, als dass er im Westen des entstehenden Nürnbergs bei Poppenreuth als Einsiedler im Wald lebte. Die älteste Legendenüberlieferung im 1280 entstandenen Reimoffizium *Nuremberg extolleris* sieht in Sebaldus einen Zeitgenossen Kaiser Heinrichs III. und behauptet, Sebaldus stamme aus einem vornehmen Geschlecht in Frankreich.«

»Na also«, sagte er und fühlte sich bestätigt.

Er schlug das Buch zu und legte sich wieder hin. Er schloss die Augen und suchte in seinem Geist nach weiteren Parallelen, Verknüpfungen, Eingaben, Hinweisen ...

29

Paul kam Blohfelds Bitte gleich am nächsten Morgen nach. Die Zeit bis halb zehn – einem seiner Meinung nach zumutbaren Zeitpunkt, um eine Studentin zu wecken – vertrieb er sich erst mit Liegestützen und dann mit Brötchen, Kaffee und der Tageszeitung. Von Blohfeld selbst war nichts zu sehen oder zu hören; er schien noch immer den Schlaf der Gerechten zu schlafen. Zumindest war die Tür zum Archiv fest verschlossen, und Paul hatte keineswegs die Absicht, an diesem Zustand etwas zu ändern.

Paul erwischte eine sehr verschlafene Hannah am Telefon. Glücklicherweise fiel ihm rechtzeitig wieder ein, dass er womöglich schon abgehört wurde. Er ging daher nicht auf die näheren Umstände seines Anrufes ein, sondern schlug lediglich vor, Hannah im Noricus zu besuchen.

»Warum wollen Sie denn ausgerechnet zu mir in meine enge Bude? Treffen wir uns lieber bei Ihnen.«

»Nein, es bleibt dabei: Ich komme zu dir«, sagte Paul resolut.

Mit der Straßenbahn hatte er den Hochhauskomplex am Wöhrder See bald erreicht. Er fragte sich wieder einmal, warum man in den siebziger Jahren solche scheußlichen Wohnbunker gebaut hatte. Noch mehr wunderte er sich allerdings darüber, wie ein vernünftiger Mensch wie Hannah in diesen aus Beton gegossenen, gigantischen Hühnerstall freiwillig einziehen konnte.

Paul konnte den Eingang nicht finden. Er fragte zunächst eine Mutter, die mit ihren drei Kindern gerade einen der Wohntürme verließ. Sie beschrieb ihm freundlich den Weg. Auch eine ältere Dame, der er später im Treppenhaus begegnete, erwies sich als ausgesprochen höflich. Paul nannte Hannahs Namen, worauf sie ihm bereitwillig die Nummer des Stockwerks nannte.

Ein wenig fühlte sich Paul ertappt. Sein Bild vom Noricus war mit Vorurteilen behaftet. Er brachte die Hochhäuser mit hässlichen Graffiti, pöbelnden Jugendgangs und Rauschgiftbestecken in den Sandkästen in Verbindung. Doch was er vorfand, waren zuvorkommende Bewohner einer zwar riesigen, aber gut gepflegten und keineswegs anonymen Wohnanlage.

Die Fahrstuhltür öffnete sich in der dreiundzwanzigsten Etage und gab den Blick auf einen schlichten, schmalen Flur frei. Paul schaute aus einem der Fenster hinaus. Die Aussicht war fantastisch. Nürnberg lag ihm zu Füßen wie eine filigrane Spielzeugstadt. Er sah die Altstadt mit der markanten Silhouette der Kaiserburg und den klobigen runden Stadtmauertürmen. Zwischen den roten Dachschindeln mäanderte glitzernd die Pegnitz. Als er seinen Blick nach links wandte, stach der steil aufragende Business Tower der *Nürnberger Versicherungsgruppe* aus der ansonsten unspektakulär niedrigen Bebauung heraus. Noch weiter hinten – vom Dunst fast verhüllt – tauchten das gigantische Rumpfgebäude der nie fertig gestellten Kongresshalle und die anderen Stein gewordenen Hinterlassenschaften aus der Zeit der Reichsparteitage auf.

Neben der Klingel standen noch die Namen beider Mädchen. Hannah hatte es offensichtlich nicht übers Herz gebracht, Antoinette gänzlich aus ihrem Leben zu tilgen. Paul drückte den Klingelknopf.

»Hallo«, sagte Hannah. Sie trug ein ausgewaschenes T-Shirt mit einem klein geschriebenen Schriftzug quer über der Brust und knappe, ausgefranste Jeansshorts. Ihr Haar war ziemlich strubbelig. »Kommen Sie rein. Ich habe uns Kaffee gemacht.«

Die Wohnung entsprach ziemlich genau Pauls Erwartungen – wenigstens musste er sich diesmal nicht korrigieren: simple, praktische Einrichtung, die wohl hauptsächlich von *Ikea* stammte, zwei Schreibtische voll mit Büchern und Regale mit Aktenordnern in griffbereiter Nähe. Ein paar Topfpflanzen, eine stilvoll zerknitterte gelbliche Gardine, die Wände zart rosa getüncht.

Hannah drückte Paul einen Kaffeebecher in die Hand.

»Danke«, sagte er. Automatisch schaute er noch einmal auf ihr T-Shirt und beugte sich vor, um die Schrift darauf zu entziffern: Wer das lesen kann, ist mir eindeutig zu nah, entzifferte er und blickte verdutzt auf.

Hannah grinste ihn vielsagend an. »Darauf fallen alle rein.«

»Dann pass gut auf, dass das T-Shirt bei der nächsten Wäsche nicht einläuft. Wenn die Buchstaben noch kleiner werden, wird es brenzlig.«

Paul war froh, dass es zu diesem seichten Auftakt gekommen war und er erst einmal mit Hannah flachsen konnte, bevor er das unvermeidliche Thema anschneiden musste.

Er trank seinen Kaffee aus. »Vielleicht hast du es dir schon denken können: Ich bin wegen Antoinette hier.«

Prompt entglitten Hannahs Gesichtszüge, und Paul befürchtete, dass sie in Tränen ausbrechen würde. Doch sie fing sich wieder, und Paul berichtete ihr – ohne Blohfeld direkt ins Spiel zu bringen – von den bisherigen Ermittlungen und seinem Verdacht, dass Antoinette womöglich etwas recherchiert hatte, das sie letztendlich das Leben kostete.

»Es ist nur eine leise Ahnung: Womöglich kannte sie ihren Mörder«, wand sich Paul, dem die Argumentation mangels stichhaltiger Beweise schwerfiel. »Ich würde gern ihr Zimmer sehen.«

»Die Polizei hat schon alles auf den Kopf gestellt«, entgegnete Hannah.

»Vielleicht haben sie ja etwas übersehen«, versuchte Paul sie umzustimmen.

Hannah pustete sich einige Löckchen aus dem Gesicht. Ihre knallblauen Augen tasteten ihn unsicher ab. »Ehrlich gesagt war ich selbst so neugierig und habe ein bisschen geschnüffelt.«

»Und?«, fragte Paul. »Etwas gefunden?«

»Nix. Überhaupt nichts.«

»Trotzdem«, sagte Paul entschlossen. »Lass uns noch einmal nachsehen. Mit etwas Glück stoßen wir auf irgendeinen Hinweis, der uns weiterhelfen kann.«

Hannah führte ihn widerstrebend in einen kleinen quadratischen Raum mit Fenster in Richtung Norden. Paul meinte, noch den Hauch eines Parfums wahrnehmen zu können. Die Einrichtung war auch hier schlicht, jedoch hatte sich Antoinette mit einigen Erinnerungsstücken an ihre Heimat umgeben. Ein mit groben Strichen und viel Farbe gepinseltes Ölbild an der Wand stellte eine südländische Straßencafészene dar, die Tagesdecke über ihrem Bett war ockergelb und mit aufgedruckten Olivenhainen verziert, eine pastellfarbene Bootsplanke mit Antoinettes Namen hing über dem Kopfende. Paul trat an das Fenster und hatte freie Sicht bis zum Flughafen. Eine große Passagiermaschine setzte gerade zur Landung an, und er fragte sich, ob Antoinette bei diesem Ausblick wohl manchmal an den Rückflug nach Frankreich gedacht hatte.

Er sah sich aufmerksam im Zimmer um und entdeckte einen auffälligen Gegenstand in einer Ecke. »Was ist das?«, fragte er verblüfft.

»Eine Klarinette«, sagte Hannah.

»Das sehe ich auch. Aber warum ist sie lila?«

»Vielleicht hatte Antoinette etwas gegen spießige Holztöne«, unterstellte Hannah.

Paul näherte sich behutsam dem Musikinstrument. »Eine lilafarbene Klarinette – findest du nicht, dass das ein wenig seltsam ist?«

»Keine Ahnung. War mir auch egal, solange sie nicht darauf spielte.«

»Hat sie dir damit wohl den Schlaf geraubt?«

Hannah lächelte traurig. »Nein. Antoinette war sehr rücksichtsvoll. Sie hat das Ding eigentlich nie benutzt.«

Paul streckte seine Hände nach der Klarinette aus. »Darf ich?«, fragte er.

»Mein Gott – ich komme mir vor wie ein Einbrecher in der eigenen Wohnung«, sagte Hannah.

»Das bist du genau genommen ja auch«, bestätigte Paul. »Wir tauchen gerade unautorisiert in Antoinettes Privatsphäre ein. Aber wir haben einen verdammt guten Grund dafür.« Er löste die Klarinette vorsichtig von dem Stativ und hob sie sachte an. Er betrachtete zunächst prüfend das Mundstück und anschließend den Trichter. Dann setzte er dazu an, das Kopfteil abzuschrauben.

»Was tun Sie da?«, mischte sich Hannah ein.

»Ich werde die Klarinette auseinander nehmen«, sagte Paul und betonte jedes Wort. »Du sagtest, dass das Instrument nie gespielt wurde. Ich ahne, warum. Ich glaube, wir werden darin die Lösung für unser großes Rätsel finden.«

Hannah beobachtete ihn eine Weile dabei, wie er ungelenk versuchte, die Klarinette in ihre Bestandteile zu zerlegen. Dann mischte sie sich wieder ein: »Und ich glaube, Sie sind auf dem Holzweg. Im wahrsten Sinne des Wortes.« Hannah grinste ihn mit einer gewissen Schadenfreude an. »Zum echten Detektiv fehlt Ihnen noch so manches. Auf die Klarinette bin ich nach Antoinettes Ermordung natürlich als Erstes gekommen. Dieses auffällige Lila – ich habe sie bis auf die letzte Taste demontiert, ohne etwas dabei zu finden.«

»So?« Paul kam sich lächerlich vor.

»Gehen wir wieder rüber«, schlug Hannah vor. »Antoinette war eben einfach nur ein Mädchen, das Pech gehabt hat.«

Das klingt ebenso traurig wie wahr, dachte Paul deprimiert.

»Möchten Sie noch einen Kaffee?«, bot sie freundlich an.

»Nein, nein«, wehrte Paul mühsam lächelnd ab. »Das wäre dann heute früh schon der dritte.« Er ging in den Flur. Er hatte angesichts der nach wie vor hohen Temperaturen keine Jacke dabei, dennoch fiel sein Blick auf den Garderobenständer unmittelbar neben der Wohnungstür.

»Sind das deine Sachen, die dort an den Haken hängen?«, erkundigte er sich beiläufig.

»Ja«, sagte Hannah. »Das heißt: Die braune Lederjacke gehörte Antoinette. Ich muss sie noch zu den anderen Sachen in ihren Koffer legen.«

Paul näherte sich der Jacke und nahm sie behutsam vom Haken. »Feines Leder«, sagte er prüfend. »Hast du schon in den Taschen nachgesehen?«

Hannah sah ihn mitleidig an. »Selbstverständlich habe ich das. Ich habe sogar das Innenfutter abgetastet – nur zum Zerschneiden konnte ich mich nicht durchringen.«

Paul resignierte. Es hatte wohl wirklich keinen Sinn, länger einem Hirngespinst nachzujagen. Mit kaum unterdrücktem Bedauern reichte er Hannah die Hand und dankte ihr für den Kaffee.

Als er die Wohnungstür öffnete, stolperte er fast über einen Stapel Post, der auf der Schwelle lag. Er bückte sich danach.

Hannah erschien ebenfalls an der Tür. »Ach, das war wieder mein überkorrekter Nachbar. Er kann es nicht leiden, wenn mein Briefkasten überquillt, und bringt dann die Post für mich mit nach oben.«

Paul wollte Hannah die Sachen in die Hand drücken, als sein Blick auf das Absenderfeld eines Briefes fiel.

»Haben Sie etwas entdeckt?«, fragte Hannah, weil Paul so augenfällig innehielt.

»Ich glaube, ja«, sagte er und zog den schmalen Umschlag langsam hervor. Es handelte sich um einen Retourbrief mit dem Vermerk, dass er unzureichend frankiert war. Die Absenderin war Antoinette!

»Er ist an ihre Heimat adressiert«, stellte Paul voll innerer Anspannung fest, »an eine Adresse in Grimaud.«

»Ja«, bestätigte Hannah. »Wahrscheinlich an jemanden aus ihrer Familie.«

Paul sah sie mit fester Entschlossenheit an. »Wir müssen den Brief öffnen.«

»Sollte ich nicht besser meiner Mutter Bescheid sagen?«, fragte Hannah.

Paul honorierte zwar Hannahs unerwartete Korrektheit gegenüber den Ermittlungsbehörden – und vor allem gegenüber ihrer Mutter –, schüttelte jedoch den Kopf. Er wollte kein Risiko eingehen. Der Brief konnte Hinweise auf Blohfeld enthalten und ihn entlasten. Andererseits konnte aber auch das genaue Gegenteil passieren und Blohfeld durch den Brief noch tiefer in die Affäre gezogen werden.

Paul fackelte nicht lange, steckte seinen Zeigefinger in den Falz des Kuverts und riss es auf. Er entfaltete unter dem erwartungsvollen Blick Hannahs einen mehrseitigen Brief.

Paul wollte mit dem Vorlesen beginnen, als ihm klar wurde, dass er kein einziges Wort verstand.

»Können Sie etwa kein Französisch?«, fragte Hannah gleichermaßen verstört wie enttäuscht.

Paul sah von dem Brief auf. »Ich bin alter Lateiner. Mag sein, dass mir das hilft, wenn ich die Inschriften auf verfallenen römischen Tempeln entziffern soll. Aber momentan bin ich – ehrlich gesagt – mit meinem Latein am Ende.«

»Geben Sie mal her«, sagte Hannah bestimmt und schnappte sich die eng beschriebenen Papierbögen. Sie hielt sie dicht vor ihr Gesicht. »Eine ziemliche Sauklaue.«

»Kannst du etwas davon verstehen?«, fragte Paul, der ein nervöses Prickeln in sich aufsteigen spürte.

Hannah gab ihm den Brief schulterzuckend zurück. »Nicht die Bohne: Ich kann auch kein Französisch.«

»Was?« Paul war verblüfft. »Hast du etwa auch Latein gewählt?«

»Gewählt würde ich das nicht nennen. Mama hat mich genötigt. Sie hat wohl erwartet, dass ich irgendwann einmal Jura studieren werde so wie sie, und da ist Latein ja obligatorisch.«

Paul nickte enttäuscht und faltete die Blätter zusammen. Er überredete Hannah dazu, den Brief mitnehmen zu dürfen. Er würde einen Übersetzer finden müssen – einen vertrauenswürdigen noch dazu.

30

Der Erste, der ihm einfiel, war Jan-Patrick. Gute Köche sind von Berufs wegen frankophil, dachte sich Paul, als er wieder in der Straßenbahn saß – den Brief in seinen von Wärme und Aufregung feuchten Händen. Ja, ganz sicher würde er Französisch können, selbst wenn es nur ein paar Brocken waren.

Paul stieg am Plärrer um; danach hatte er es nicht weit bis nach Hause zum Weinmarkt und damit zu Jan-Patricks Lokal. Die Tür des *Goldenen Ritters* stand weit offen. »Nur herein!«, begrüßte ihn charmant Marlen und drückte ihm ein Küsschen auf die Wange. »Er ist hinten in der Küche«, sagte sie gut gelaunt.

Paul verzichtete auf einen Smalltalk mit der Kellnerin und ging direkt weiter ins Herz des Lokals, wo Jan-Patrick, in voller Kochmontur, in seine Arbeit vertieft war. Er hantierte ebenso flink wie geschickt mit allerlei Küchengeräten und Zutaten. Es roch köstlich in der schmalen Küche.

Paul trat näher und sah, wie der Küchenmeister mit geübten Bewegungen einen hauchfeinen Blätterteig entrollte und ihn anschließend auf einem großen Backblech auslegte.

»Hallo, Meister«, grüßte ihn Paul.

»Hallo«, sagte der Koch ohne aufzusehen.

Paul spürte, dass sein Freund im Moment keine Zeit hatte, und musste für sein Anliegen wohl oder übel noch ein wenig Geduld aufbringen. Er beobachtete fasziniert, mit welch eleganter Leichtigkeit Jan-Patrick den Teig mit einer gleichmäßigen Schicht Semmelbrösel überzog. Dann wandte sich der Koch einer Edelstahlschüssel mit Bratwurstgehäck zu und begann, es mit feinen Prisen verschiedener Gewürze abzuschmecken.

»Bastelst du wieder an einer deiner erlesenen Bratwurstkreationen?«

»Ach was«, tat der Koch seinen Einwurf ab. »Da ist nichts Erlesenes dran.« Er zerrieb getrocknete Kräuter zwischen seinen Fingerspitzen und gab sie in winzigen Mengen zu dem Fleisch. »Was ich vermitteln möchte, ist lediglich ein Bewusstsein für gutes Leben durch gutes Essen, und ich spreche eben gerade nicht von Luxus. Nicht von Kaviar, Hummer, Gänseleber, Trüffel – das alles kommt nicht auf meine neue Karte. Ich möchte den Leuten zeigen, dass ein schlichtes Bratwurstgericht, mit Liebe gemacht, ebenfalls Genuss bringen kann, dass es das Leben verschönert.«

Paul deutete auf die restlichen Kräuter, die Jan-Patrick auf seiner Arbeitsplatte ausgebreitet hatte. »Ich nehme trotzdem nicht an, dass die aus dem Supermarkt stammen.«

»So weit kommt's noch«, sagte Jan-Patrick abfällig. »Schmeiß die Supermarktkräuter aus dem Fenster. Kauf dir im Frühjahr ein Stöckchen Rosmarin für zwei oder drei Euro auf dem Hauptmarkt, pflege es auf der Fensterbank, dann hast du das ganze Jahr über das volle Aroma.«

»Aber mach es nicht so spannend: Was kochst du heute Feines?«, fragte Paul höflich und knetete den Brief in seinen Händen.

»Bratwurstpastete«, sagte Jan-Patrick ganz ohne Pathos und legte sogleich wieder los: Er griff mit beiden Händen in die Edelstahlschüssel und verteilte das Gehäck beherzt auf dem Backblech. Dann drehte er sich zu einer antiquiert anmutenden Waage mit Silbergewichten um und wog eine Handvoll Schalotten ab, die er sogleich würfelte.

»Weißt du«, sagte der Koch selbstvergessen, als er die Schalotten in eine Pfanne gab und mit etwas Öl andünstete, »bis vor ein paar Tagen hatte ich geglaubt, alles über die Nürnberger Rostbratwurst zu wissen. Von wegen – seit ich mich wirklich intensiv mit ihr befasse, erlebe ich immer neue Überraschungen.«

»Zum Beispiel?«, fragte Paul.

Jan-Patrick gab die glasig gedünsteten Zwiebeln zusammen mit den würzig duftenden Kräutern auf das Gehäck. Dann nahm er ein gut poliertes Fleischmesser und zerschnitt eine

Lage gekochten Schinken mit präzisen Bewegungen in breite Streifen. »Wusstest du zum Beispiel, warum unsere Bratwurst so schmeckt, wie sie schmeckt? So ganz anders als all die Nullachtfünfzehn-Würste aus dem Rest der Republik?«

»Darüber habe ich mir schon oft Gedanken gemacht«, sagte Paul interessiert.

Nachdem sein Freund den Schinken auf der Pastete ausgelegt hatte, häutete er ein halbes Dutzend Tomaten und schnitt sie – ebenso wie eine Handvoll eingelegte Gurken – in Scheiben. Jan-Patrick arbeitete so schnell, dass es Paul kaum glauben konnte. »Nürnberg war ja dank des heiligen Sebaldus eine der wichtigsten Pilger- und später auch Handelsstädte überhaupt. Hier trafen die Warenströme aus der ganzen damals bekannten Welt zusammen. Schon um 1500 gelangten die Gewürze des Orients hierher: Pfeffer, Muskat, Koriander, Ingwer, Thymian – das waren alles neue Geschmacksgeber. Die Metzger haben munter drauflosexperimentiert. Eine von diesen faszinierenden neuen Zutaten hatte es den Nürnbergern besonders angetan.«

»Ich ahne schon, um welche es sich handelt«, sagte Paul lächelnd.

Jan-Patrick verteilte Tomaten- und Gurkenscheiben locker über dem Gehäck und schloss sein Werk mit einer weiteren dünnen Decke aus Blätterteig ab. »Am Hauptmarkt tauchte die neue Gattung der Lippenblütler erstmals auf: Majoran. Bald wuchs er in fast allen Vorgärten. Unser Wurstkraut! Den letzten Geschmackskick verschafften meine Vorgänger der Wurst durch das Brennmaterial. Sie haben Edel- und Nadelhölzer verfeuert, Wacholder, Tannenreisig, Kiefernzapfen, ja sogar Erlen- und Buchenholz. Dann war sie endlich so, wie sie sein sollte: einzigartig saftig, unübertrefflich knackig, vollkommen im Geschmack.« Er drückte mit einer Gabel die Ränder seiner Pastete sorgfältig fest und stach die Oberfläche leicht ein. Anschließend strich er mit einem Pinsel verdünntes Eigelb über den Teig. »Fertig«, sagte Jan-Patrick zufrieden und öffnete die Tür eines seiner Öfen. »Dreißig Minuten bei zweihundertfünfundzwanzig Grad. – Du kannst nachher gern probieren.«

»Mit Vergnügen – wenn ich dann noch Appetit darauf habe«, sagte Paul plötzlich gedämpft.

Jan-Patrick richtete sich neben dem Ofen auf. Er wischte sich mit einem großen weißen Tuch die Schweißperlen von der Stirn und musterte Paul besorgt. »Was ist denn nun schon wieder passiert?«

»Noch nichts«, sagte Paul und legte den Brief auf eine saubere Stelle der hölzernen Arbeitsplatte. »Das sind quasi Antoinettes letzte Worte«, sagte er theatralisch.

Der Küchenmeister näherte sich mit verhaltenen Schritten. »Von der ermordeten Französin? Warum kommst du damit ausgerechnet zu mir?«, fragte er nicht gerade begeistert.

Paul deutete auffordernd auf das Kuvert. »Der Brief ist auf Französisch geschrieben. Ich hatte gehofft, dass du ihn für mich übersetzen kannst.«

»Ich?« In Jan-Patricks braun gebranntem Gesicht stand offenes Erstaunen.

»Ja«, bekräftigte Paul. Er nahm den Brief aus dem Umschlag und hielt ihn seinem Freund auffordernd entgegen.

»Ich und Französisch?«, fragte Jan-Patrick noch immer verdutzt. »Du meinst wegen *Charolais Entrecôte, Crottin de Chèvre* oder *Crépinettes*?« Der Koch fasste sich an den Kopf und lachte. »Ich bitte dich, Paul: Die Namen meiner Gerichte kannst du im Kochbuch nachschlagen. Und für die ganz kniffligen Fälle habe ich meine Marlen. Ich selbst aber bin ...«

»... ebenfalls ein alter Lateiner«, ergänzte Paul niedergeschlagen.

»Nö«, sagte Jan-Patrick selbstbewusst. »Freiwilliger Abgänger nach der Neunten. Ich habe mich nie mit irgendwelchen unnötigen Fremdsprachen herumgeschlagen.« Dann bedachte er Paul mit einem fürsorglichen Blick und schlug vor: »Die Sache mit dem armen Mädchen belastet dich wohl ziemlich?

Was hältst du davon, wenn wir Marlen hinzuziehen und sie den Brief übersetzen lassen?«

Tatsächlich haderte Paul für einige Augenblicke mit sich und zog Jan-Patricks Vorschlag in Erwägung. Aber dann wurde ihm klar, dass er den Kreis der Eingeweihten so klein wie möglich halten musste – schließlich hatte er ein wichtiges Beweismittel unterschlagen und handelte momentan absolut eigenmächtig.

»Nein, lieber nicht«, schlug er die Offerte seines Freundes aus.

»Ich verstehe«, sagte Jan-Patrick nachdenklich. Dann streckte er seine Hand nach dem Papier aus. »Lass mal schauen. Vielleicht kann ich ja wenigstens das ein oder andere Wort übersetzen. Viel wird es aber nicht sein.«

Sein Freund hielt die inzwischen reichlich zerknitterten Zettel dicht vor sein Gesicht; beinahe hätte seine große Rübennase das Papier berührt. »Mmm – das Mädchen hätte bestimmt keinen Schönschreibwettbewerb gewonnen.«

»Kannst du etwas davon entziffern?«

»Geduld, Geduld«, bremste der Koch seine Erwartungen und fügte spitz hinzu: »Ich dachte immer, wenn man Latein gelernt hat, kann man jede romanische Sprache ganz leicht verstehen – scheint wohl nicht weit her zu sein mit dieser Weisheit.«

»Übersetz bitte, wenn du auf ein Wort stößt, das du kennst«, drängte Paul.

»Ja, ja, mach ich.« Abermals vertiefte sich der Küchenmeister in die zierliche, geschwungene Handschrift. »Es ist wirklich nicht einfach ... Moment ... hier: *saucisse à rôtir* – das heißt Bratwurst.« Jan-Patrick sah auf. »Hilft dir das?«

Paul legte die Stirn in Falten. »In einem in Nürnberg verfassten Brief wird das Wort Würstchen erwähnt – das ist nicht gerade ungewöhnlich.« Doch dann dachte er an Antoinettes Zeitungsrecherchen bei den Wiesingers. »Taucht das Wort öfter auf?«

Jan-Patrick fuhr mit den Fingern über die Zeilen und nickte. »Ja, mehrmals. Deine Bekannte muss sich ausschließlich von Nürnberger Rostbratwürstchen ernährt haben.«

»Kannst du sonst noch etwas übersetzen?«

»Mmm, nein … nein, wirklich … das heißt: Ja, dieses Wort kenne ich auch: *père*. Das heißt, glaube ich, Vater.«

»Vater?«

»Ja«, bestätigte Jan-Patrick. »Vielleicht war der Brief an ihren Vater adressiert?«

Paul sah auf den Briefumschlag, doch dort war eindeutig ein Frauenname angegeben. »Bist du sicher, dass *père* Vater heißt?«

»Ja, ziemlich sicher. Kannst du damit etwas anfangen?«

Paul sah den Koch ratlos an. »Nein, ehrlich gesagt, kann ich das nicht.«

Die Würstchenpastete verbreitete einen appetitlichen Duft in der kleinen Küche, und Paul beschloss schweren Herzens, lieber schnell das Weite zu suchen, ehe er sich tatsächlich von Jan-Patricks Kochkünsten verführen lassen würde. Denn für ein weiteres Mahl bei seinem Freund fehlte ihm einfach die notwendige Muße.

»Wenn du mal eine ganz dumme Frage erlaubst«, setzte Jan-Patrick an und legte ihm vertraulich den Arm um die Schulter. »Warum schnappst du dir nicht ein Wörterbuch und schlägst die Wörter selbst nach?«

»Weißt du, wie lange das dauern würde?«, hielt Paul dem entgegen.

»Sicher nicht länger, als hier mit mir herumzustehen und halbgare Vermutungen anzustellen.«

Paul musste seinem Freund widerstrebend zustimmen. »Mir wird wohl nichts anderes übrig bleiben – aber nur, wenn sich wirklich kein anderer Weg findet.«

»Da du ohnehin schon so viel Zeit verloren hast: Wie wäre es mit einer weiteren Bratwurstgeschichte zum Abschied?«, schlug Jan-Patrick lächelnd vor, als sich Paul verabschieden wollte.

»Welche sollte das denn sein?«, fragte Paul amüsiert.

»Eine neue Variante der Sieben-Zentimeter-Story«, sagte der Küchenmeister. »Warum ist die Nürnberger Rostbratwurst so kurz, wie sie ist?«

Paul winkte ab. »Ich muss inzwischen doch sämtliche Versionen dieser Story kennen.«

»Aber nicht die bei weitem skurrilste«, gab sich der Koch geheimnistuerisch. »Sie hat etwas mit unserem Stadtheiligen zu tun«, deutete er an.

»Also?«

»Ich verrate es dir nur, wenn du zum Essen bleibst.«

»Dann muss ich leider passen«, sagte Paul. Er steckte Antoinettes Brief ein und verließ den *Goldenen Ritter.*

31

Draußen schlug ihm sofort wieder die trockene Hitze entgegen. Sie haute einen schier um. »Was für ein Sommer«, sagte er, als er auf den Gehsteig trat. Er sah nach oben: kein Wölkchen. Das mochte für einen Urlauber in Strandnähe angenehm sein, nicht aber für ihn in seiner jetzigen Situation.

Moment einmal, stutzte Paul. In was für einer Situation war er denn? Im Grunde genommen ging es ihm doch gut. Er hatte einige gewinnbringende Aufträge in petto, seine Miete für diesen Monat war bereits bezahlt und er lebte derzeit eigentlich ein sorgenfreies und unbekümmertes Singleleben. Was hinderte ihn eigentlich daran, sich in seinen Renault zu setzen und hinunter zur fränkischen Seenplatte zu fahren? Ausspannen am Sandstrand, Erfrischung im kühlen Nass der Stauseen, ab und zu ein unverfängliches Techtelmechtel mit einer Bikinischönheit. – Paul sog die warme Luft in seine Lungen. – Das wäre wirklich einmal eine Wohltat.

Doch es war zu schön, um wahr zu sein.

Er betrat sein Loft und wusste, dass er nicht so frei war, wie er vielleicht sein könnte. Mochten es auch nicht die äußeren Umstände sein, so war es eine Stimme tief in seinem Inneren, die ihn auf einen ganz bestimmten Weg zwang, den er zu gehen hatte – koste es, was es wolle. Er konnte seine Beklommenheit in Bezug auf die Morde nicht so einfach von sich schieben.

Paul nickte routinemäßig seiner Mokkabraunen zu. Dann ging er in sein Wohnatelier. Das wilde Blinken seines Anrufbeantworters fiel ihm schon aus der Ferne auf. Flüchtig sah er sich nach Blohfeld um, doch ein leises Rauschen und Plätschern verriet ihm, dass der Reporter sich unter der Dusche abkühlte.

Paul drückte den Wiedergabeknopf und ließ sich auf sein Sofa fallen.

»Hallo?«, fragte eine argwöhnisch klingende Frauenstimme. »Hallo? Herr Flemming? – Hier spricht Frau Imhof. Sie erinnern sich? – Sie haben mir Ihre Karte überlassen, nach Ihrem Besuch bei mir.«

Paul sprang auf.

»Wie gesagt«, schepperte es aus dem Anrufbeantworter, »Sie haben mich ja gebeten, dass ich mich melden soll. Falls etwas passiert. Nun, Sie wissen schon.«

Paul lauschte angespannt.

»Ich mache mir allmählich Sorgen. Ich habe Ihnen ja gesagt, dass mein Mann öfter mal verschwunden war ... Sie können sich denken, dass da hin und wieder andere Frauen im Spiel waren. Das ist mir letztlich gleichgültig. Wir sind seit so vielen Jahren zusammen. Ich meine: Was soll's? Jedem seine Freiheit.«

Paul wurde ungeduldig.

»Früher war er mit seinen Affären öfter mal im Sommerhaus an der Rednitz.«

Paul horchte auf.

»Das ist eine ziemlich heruntergekommene Sozialeinrichtung der Wiesingers in Fürth. Stammt noch aus den Siebzigern. Ist damals auf Druck der Gewerkschaft als eine Art Sommerfrische für fleißige Mitarbeiter eingerichtet worden. Das alles ist ziemlich lange her. Mir ist nicht einmal bekannt, ob mein Mann überhaupt noch einen Schlüssel für das Haus hat. Damals, als Betriebsratsmitglied, hatte er ja die Schlüsselgewalt, aber heute wäre das sicher illegal, wenn er ihn noch immer benutzen würde ...«

Paul beugte sich dicht über den Anrufbeantworter. Fast so, als wollte er hineinkriechen.

»Ist ja auch egal. – Ich dachte nur: Es könnte vielleicht nicht schaden, wenn Sie dort einmal nachsehen. – Ich kenne ja sonst niemanden, an den ich mich wenden könnte ...«

Frau Imhof hatte zögernd die Adresse des Sommerhauses auf den Anrufbeantworter diktiert. Paul kritzelte sie auf einen Notizzettel, der neben dem Telefon lag. Dann ging er zurück zum Sofa, setzte sich und ließ das eben Gehörte auf sich wirken.

Die Frau machte sich wirklich Sorgen um ihren Mann. Imhof war ein Herumtreiber; so viel konnte sich Paul mittlerweile zusammenreimen. Er kannte Imhof nicht, und dennoch wusste er schon jetzt, dass er ihn nicht besonders mochte.

Andererseits ... Paul stand noch einmal auf, ging an ein Regal unweit der Küchenzeile. Er schob ein silbern gerahmtes Aktfoto beiseite. Das Model ließ Ähnlichkeiten mit Antoinette erahnen, schoss es Paul dabei durch den Kopf, als er die im Schneidersitz vor einer Zimmerpalme sitzende Nackte betrachtete. Hinter dem Bild stand eine quadratische schwarze Pappschachtel, in der Paul seine Stadtpläne aufbewahrte. Er suchte eine Weile, bevor er den Plan Nürnberg / Fürth fand. Dann machte er es sich wieder auf seinem Sofa bequem.

Er entfaltete die Karte und konzentrierte sich auf die Umgebung von Fürth. Mit dem Finger fuhr er die blaue Linie der Rednitz ab und suchte nach der Adresse, die ihm Frau Imhof mitgeteilt hatte.

Die Lage des Sommerhauses war nicht leicht auszumachen. Paul tippte auf ein Grundstück in Ufernähe kurz vor der

Vereinigung der Rednitz mit der Pegnitz. Es würde nur eine Möglichkeit geben, mehr über dieses ominöse Haus an der Rednitz in Erfahrung zu bringen: Er würde selbst dorthin fahren und nachschauen müssen.

Er sah auf die Uhr. Es war kurz nach drei. Er hatte nicht vor, das Ende von Blohfelds ausgiebigem Duschbad abzuwarten, und raffte sich wieder auf. Kaum hatte er den Flur erreicht und den Autoschlüssel vom Schlüsselbrett genommen, klingelte das Telefon. Womöglich noch einmal Frau Imhof, schoss es ihm durch den Kopf.

»Ja?«, rief er etwas außer Atem in den Hörer.

Als er das rasselnde, metallisch verzerrte Atmen hörte, wusste er sofort, dass er es wieder mit dem anonymen Anrufer zu tun hatte. Pauls Puls zog an. Jetzt war es wichtig, einen kühlen Kopf zu bewahren und das Gespräch in die Länge zu ziehen, um Katinkas Leuten eine Chance für ihre Fangschaltung zu geben.

»Was wollen Sie von mir?«, ging Paul die Sache präventiv an. »Ich dachte, Ihr voriger Anruf sollte die letzte Warnung sein.«

Der Unbekannte am anderen Ende der Leitung räusperte sich und begann höhnisch zu lachen. »Nicht Sie bestimmen die Regeln, Herr Flemming, sondern wir.«

»Na schön«, sagte Paul forsch, »und wie sehen diese Regeln aus?«

»Die Regeln besagen, dass Sie Ihre Nase aus unseren Angelegenheiten heraushalten werden.«

Paul wartete mit seiner Antwort bewusst einige Sekunden ab – irgendwie musste er mehr Zeit schinden. »Leider stecke ich meine Nase in ziemlich viele Angelegenheiten. Wie soll ich wissen, welche davon Ihre ist?«

Der andere zögerte und räusperte sich erneut. »Machen Sie mir nichts vor – Sie wissen sehr genau, um was es geht.«

»Um Bratwürste?«, fragte Paul aufs Geratewohl.

»Wie? Was?«

Jetzt war Paul am Zug, denn er hatte den anderen offensichtlich aus dem Konzept gebracht.

»Ich arbeite derzeit für die Wiesingers, und da könnte es doch sein …«

»Nein, verdammt!« Sein Gesprächspartner mochte vielleicht gut darin sein, jemanden zu bedrohen, ganz sicher aber war er kein Stratege, dachte sich Paul erleichtert.

»Also, was ist jetzt?«, provozierte Paul den anderen.

»Heimatbund«, klang es gepresst aus dem Hörer.

»Was soll mit dem Heimatbund sein?«

»Der Fränkische Heimatbund ist für Sie und Ihre Freundin von der Staatsanwaltschaft tabu.« Der Mann hatte sich wieder gefangen, zumindest klang seine Stimme nun fester und bestimmter.

»Ich habe zwar keine Ahnung, warum ich mich plötzlich nicht mehr mit Heimatforschung beschäftigen darf, aber es spielt ohnehin keine Rolle«, entgegnete Paul barsch. »Ich lasse mir von niemandem drohen. Schon gar nicht so feige übers Telefon.«

»Sie glauben wohl, Sie sind ein besonders Cleverer, was?«, tönte es aus dem Hörer. »Das haben schon ganz andere gedacht. Warten Sie nur Flemming, bis wir wirklich Ernst machen.«

Da bin ich gespannt, wollte Paul kontern. Doch der andere hatte aufgelegt.

Paul tippte Katinkas Nummer in den Apparat.

»Hallo, Paul!«, meldete sie sich sofort. »Bist du okay?«

»Ja, ja. Er hat wieder angerufen.«

»Oh – bist du sicher?«

»Hundertprozentig. Habt Ihr den Kerl erwischt?«

»Das kann ich dir nicht sagen, aber ich werde mich sofort darum kümmern. Wie bist du zu erreichen?«

»Am besten übers Handy«, sagte Paul, denn er hatte nicht vor, sich durch den Drohanruf von seinen Sommerhaus-Plänen abbringen zu lassen.

32

Auf dem Weg in die Nachbarstadt hatte er einige Zeit zum Nachdenken. Über die Identität des Anrufers zum Beispiel, die hoffentlich bald bekannt werden würde. Aber auch über den Hinweis auf den Heimatbund. Es war also doch etwas faul am smarten Dr. Jungkuntz und an seinem Verein. Paul war überaus gespannt darauf, welche Art von Dreck Jungkuntz am Stecken hatte.

Paul passierte die Stadtgrenze, folgte der U-Bahntrasse, die für einige Kilometer als Hochbahn parallel zur Straße verlief. Er erreichte Fürth, fuhr durch die Straßenschlucht mit ihren schmucken Gründerzeitfassaden, ließ Rathaus und Theater links liegen und folgte der Bundesstraße stadtauswärts.

Dann steuerte er seinen Wagen auf den Parkplatz bei der *Grundig*-Sporthalle. Von hier aus, dachte er, konnte er zu Fuß weitersuchen. Vor ihm lag das weite, lediglich durch einige Strommasten unterbrochene Überschwemmungsgebiet. Die Sonne brannte nach wie vor gnadenlos vom Himmel. Die Wiesen waren verdorrt. Ihm war sein Unterfangen nicht ganz geheuer, so dass ihm einige Hundebesitzer, die ihn harmlos grüßten, auf unbestimmte Art gefährlich oder zumindest verdächtig erschienen. Kurz hinter dem Zusammenfluss von Rednitz und Pegnitz erblickte er eine Anhöhe mit einigen eingewachsenen, flachen Gebäuden.

Hier musste es sein, dachte er, als er durch einen stellenweise verrotteten Jägerzaun das Grundstück betrat. Bis auf ein dumpfes Brummen, das aus Richtung der Ludwigbrücke über die Wiesen getragen wurde, war alles still. Paul blickte sich um: Insgesamt drei Bungalows fanden auf dem kleinen Plateau Platz. Sie wirkten überaus vernachlässigt und marode. Ihr vielleicht einmal vorhandener Charme war längst verflogen.

Der heiße Wind blies Sandkörner und Staub zu kleinen Wirbeln auf. Irgendwo klapperte ein loser Fensterladen. Die unterschwellig bedrohliche Atmosphäre und die Hitze ließen

Paul an einen Hollywood-Western kurz vor der tödlichen Schießerei denken.

Die Eingänge von zwei Bungalows waren mit Holzbrettern vernagelt. Das dritte, rechts außen stehende Gebäude war zwar in einem ebenso erbärmlichen Zustand, wirkte aber noch bewohnbar. Paul ging langsam darauf zu.

Die Tür war verschlossen. Da Paul keine Klingel fand, klopfte er erst sachte, dann kräftig an. Nichts rührte sich. Paul überlegte, was die Leute in Filmen taten, wenn sie ein verdächtiges Haus ausspionieren wollten. Er schmunzelte, weil ihm bewusst wurde, wie skurril seine momentane Situation war. Dennoch entschloss er sich, den nächsten Schritt zu tun und den Bungalow zu umrunden.

Die rückwärtigen Fenster waren zwar nicht vernagelt, doch blickdichte Vorhänge verwehrten einen Blick ins Innere. Das gleiche Bild bot sich ihm an der Terrassentür: auch hier dicke Vorhänge, die nicht einmal einen handbreiten Spalt zum Spähen ließen.

Das war wohl schon wieder ein Reinfall, gestand sich Paul ein, als er den Blick über den verwilderten Garten des Hauses schweifen ließ.

Plötzlich fuhr er zusammen: Hatte sich der Vorhang hinter der Terrassentür nicht eben bewegt?

Er traute sich kaum zu atmen. Doch nichts geschah.

Paul tastete sicherheitshalber nach seinem Handy, während er sich langsam heranpirschte. Bis auf einen halben Meter näherte er sich der Tür, ohne den Vorhang auch nur für eine Sekunde aus den Augen zu lassen.

Ihm schlug das Herz bis zum Hals, als er eine Hand hob, um zu klopfen.

Der Vorhangstoff hing unbewegt vor ihm. Paul starrte auf das verblichene Muster und ballte seine Hand zur Faust. Wenn er herausbekommen wollte, ob wirklich jemand im Haus war und ihn beobachtet hatte, musste er es tun: Er musste an diese verflixte Tür klopfen!

Sein Handy klingelte.

»Verdammt!« Paul entfernte sich hektisch von der Terrassentür und hielt das Gerät zitternd ans Ohr.

»Ja?«, fragte er kurzatmig und blickte argwöhnisch auf den Vorhang.

»Ich bin es, Katinka. – Warum klingst du so komisch?«

»Komisch?«, zischte Paul. »Ich klinge ganz bestimmt alles andere als komisch.« Der Vorhang blieb wie auf einem Foto fixiert: Nicht die leiseste Bewegung deutete sich an.

»Bist du sicher, dass alles in Ordnung ist?«, fragte Katinka besorgt.

Paul vergrößerte den Abstand zur Terrassentür. »Schon gut, schon gut. Habt ihr den Kerl?«

»Ja, der Anruf war leicht nachzuverfolgen. Mich wundert, warum der Idiot kein Handy benutzt, sondern aus dem Festnetz telefoniert hat.« Katinka gab Paul die Adresse eines Fitnesscenters im Stadtteil Gostenhof durch. »Wir treffen uns dort in – sagen wir – einer Viertelstunde. Schaffst du das?«

»Du willst den Typ mit mir zusammen stellen?« Paul war mehr als verblüfft über Katinkas unkonventionellen Vorschlag.

»Ich denke, wir beide haben gute Gründe dafür, uns den Mann persönlich vorzuknöpfen. Aber keine Sorge: Vor dem Fitnesscenter wird eine Streife warten und uns notfalls zur Hand gehen.«

»In Ordnung«, sagte Paul. »Ich mache mich gleich auf den Weg.« Er warf einen letzten zweifelnden Blick auf die Terrassentür des Bungalows und setzte sich dann in Bewegung.

»Moment noch«, bremste ihn Katinka. »Was ist das für eine Geschichte von dieser Frau Imhof und diesem merkwürdigen Sommerhaus an der Rednitz?«

»Woher weißt du ...« Paul biss sich auf die Zunge. Es war logisch: Katinka hatte illegalerweise auch die übrigen Gespräche mithören lassen, die bei ihm eingegangen waren. Darunter natürlich ebenso die Nachricht von Frau Imhof auf seinem Anrufbeantworter. Aber konnte er ihr daraus in seiner jetzigen Situation einen Vorwurf machen? Schnellen Schrittes entfernte er sich von dem Bungalow. »Vergiss es«, sagte er zu Katinka. »Das ist eine ganz andere Baustelle. Für dich nicht weiter von Belang.«

»Wenn ich dir nur glauben könnte, du Schlitzohr.«

Paul atmete erleichtert auf, als er das Plateau mit den drei Gebäuden hinter sich gelassen hatte und sich der sichere Wiesengrund vor ihm ausbreitete.

33

Das flaue Gefühl, das sein Abstecher nach Fürth in ihm hervorgerufen hatte, hing ihm noch nach, als er Gostenhof erreichte. Er drosselte das Tempo, als er in eine der engen und hoffnungslos zugeparkten Straßenfluchten einbog. Eigentlich mochte er Gostenhof. Paul hatte hier einige Bekannte und Kollegen; sie lebten und arbeiteten auf Tuchfühlung mit dem bunt gemischten Gostenhofer Volk – angeblich Menschen aus achtzig Nationen.

Ja, dachte Paul, während er auf dem Weg zum Fitnesscenter mit seinem Wagen die Straße entlangschlich und einen Parkplatz suchte, Gostenhof hatte das gewisse Etwas. Er schaute aus dem Fenster und sah Menschen vor einem Dönergrill, einen Gemüsehändler hinter seinem Stand mit eingelegten Oliven, Käse und Obst und dösende alte Männer unter einem Baum. Gostenhof war laut und schmutzig, andererseits grün und nostalgisch: Paul dachte an die vielen versteckten Biergärten und die verschlafenen, oft begrünten Innenhöfe, wo der wilde Wein die maroden Backsteinwände hinaufkletterte.

Er fuhr einige Male vergeblich um den Block. Dann hatte er die Nase voll von der Parkplatzsuche und stellte seinen Wagen direkt im Halteverbot ab.

Die letzten Meter bis zu dem über einem Bistro im ersten Stock untergebrachten Fitnesscenter ging er zu Fuß. *Fitness Schaller* stand in großen Neonbuchstaben über dem Eingang.

Aber natürlich, dachte Paul: Hans Schaller, auch der Schöne Hans genannt, war stadtbekannt! Eine schillernde Persönlichkeit. Wenn er sich richtig erinnerte, hatte der Schöne Hans eine viel beachtete Karriere als Kampfsportler hinter sich und sogar einige Europameistertitel in Karate errungen. Doch dann war Hans Schaller auf Abwege geraten. Er hatte in einigen Softpornos mitgewirkt und eine Securityfirma gegründet, die er wegen mehrerer schlagzeilenträchtiger Körperverletzungsverfahren aufgeben musste. Nun besaß er einen Fitnessclub.

Über eine ausgetretene Holztreppe gelangte er in das Studio. Hier stank es nach kaltem Männerschweiß, und tatsächlich mühten sich trotz der Affenhitze einige Muskelmänner an Kraftmaschinen und Hantelbänken ab.

Er versuchte sich möglichst unauffällig in der Fitnesshalle nach Katinka umzusehen und war erstaunt, sie ganz allein am anderen Ende des Raums zu entdecken. Sie winkte Paul vom Tresen einer Bar aus zu, über der ein Schild für eiweißhaltige Energiedrinks warb.

Zügig ging Paul auf sie zu. »Wo ist die Verstärkung, von der du am Telefon gesprochen hast?«, raunte er ihr zu, während er sie zur Begrüßung hastig umarmte.

»Hallo, erst einmal«, sagte Katinka und ignorierte seine Frage.

»Du hast doch nicht vor, die Sache allein zu regeln?«

»Nein.« Katinka lächelte abenteuerlustig. »Du bist ja bei mir.«

Paul fand das nicht besonders lustig und erkundigte sich, ob Katinka den Drohanrufer bereits ausgemacht hatte.

Katinka nickte und deutete mit beiläufiger Kopfbewegung auf einen kleinen, kompakt gebauten Mann hinter dem Tresen, der ihnen den Rücken zuwandte. »Das ist er.«

»Der Schöne Hans höchstpersönlich?«, fragte Paul erstaunt.

Obwohl er sehr leise gesprochen hatte, musste ein Wortfetzen den Mann hinterm Tresen erreicht haben. Der Schöne Hans vollzog völlig unerwartet eine wieselflinke Drehung um seine eigene Achse. Paul sah für Sekundenbruchteile in zwei weit aufgerissene helle Augen, die in einem solariumgebräunten Gesicht mit rotblondem Schnauzer leuchteten.

Der Schöne Hans hievte seinen trainierten Körper mit geübter Leichtigkeit über eine Schwenktür am Ende der Theke und rannte los.

Paul schaute Katinka verdutzt an. Diese zog schnell aus ihrer Handtasche ein kleines Walkie-Talkie und gab ein paar knappe Anweisungen.

Wenige Minuten später stand die unglückliche Gestalt wieder hinter dem Tresen. Dieses Mal allerdings in Handschellen und mit zwei Polizeibeamten hinter sich.

»Dann wollen wir uns mal gegenseitig vorstellen«, eröffnete Katinka das Verhör und hielt dem Schönen Hans ihren Dienstausweis unter die Nase. Anschließend deutete sie auf Paul. »Darf ich bekannt machen, Herr Schaller: Das ist Herr Flemming, mit dem Sie ja bereits mehrfach telefoniert haben.«

»Tach«, sagte Paul und kniff feindselig die Augen zusammen.

Hans Schaller war bei näherer Betrachtung noch zierlicher, als ihn Paul von einigen Fototerminen aus der Vergangenheit in Erinnerung hatte. Sein ursprünglich volles lockiges Haar war ausgedünnt, das feiste Gesicht zerknittert, und der Schnauzer wirkte wie ein lächerliches Relikt aus den Siebzigern.

Katinka stützte ihre Arme auf die Theke und beugte sich vor. »Werfen Ihre Geschäfte als Fitnesstrainer so wenig ab, dass Sie sich Ihr Auskommen mit Drohanrufen aufbessern müssen?«, kam sie gleich auf den Punkt.

»Ich weiß nicht, wovon Sie sprechen«, versuchte sich Schaller mit dünner Fistelstimme herauszureden.

Katinka hob die rechte Augenbraue. »Meinen Sie, wir haben ein solches Theater nötig? Ihre Anrufe wurden mitgeschnitten und bis in Ihr Büro zurückverfolgt. Sie sind überführt – mit einem Geständnis könnten Sie sich allerdings eine Menge Ärger ersparen.«

Paul sah, wie es im Kopf des Schönen Hans arbeitete. Schaller schaute sich um. Nervös wanderte sein Blick durch das Fitnessstudio und blieb an der Ausgangstür haften.

»Keine Chance«, bereitete Katinka seinen Fluchtgedanken ein vorzeitiges Ende. »Kooperieren Sie mit uns, und ich kann mich vor Gericht auf mildernde Umstände einlassen.«

Paul musterte den Schönen Hans skeptisch. Dann konnte er nicht mehr an sich halten und mischte sich in Katinkas Verhör ein: »Sie waren es sicher auch, der mein Fahrrad zu Brei gefahren hat.«

»Ganz zu schweigen von meinem Mini«, ergänzte Katinka, blieb im Gegensatz zu Paul aber sachlich kühl.

Der Schöne Hans blickte schuldbewusst zu Boden. »Ich werde für den Schaden aufkommen«, nuschelte er in seinen Bart.

»Wie bitte?«, fragte Paul empört. »Sie werden doch wohl nicht ernsthaft erwarten, dass Sie sich mit ein paar Scheinchen aus der Affäre ziehen können!« Er war so wütend, dass er dem kleinen Mann am liebsten an den Kragen gegangen wäre. Die beiden hinter Schaller wartenden Polizeibeamten traten vorsichtshalber einen Schritt vor, und Paul ließ von seinem Vorhaben ab.

»Ich bezahle Ihnen ein nagelneues Fahrrad.« Der Schöne Hans sah Paul flehend an.

»Kommt gar nicht in Frage! Für Ihre Attentatsversuche und die Drohanrufe wandern Sie in den Knast!«, ereiferte sich Paul, wobei er seinen rasenden Puls an den Schläfen pochen fühlte.

Dann spürte er ein leichtes Ziehen an seinem Ärmel. Verwundert drehte er sich zu Katinka um.

»Kann ich dich einen Moment sprechen?«, fragte sie.

»Nur zu«, sagte Paul.

»Ich meine, unter vier Augen.«

Katinka führte Paul in einen Umkleideraum. Auch hier roch es penetrant nach Schweiß. Die Türen der Spinde hingen schief in den Scharnieren. »Wir sollten auf sein Angebot eingehen«, sagte Katinka.

»Wie? Was?« Paul wusste nicht, worauf Katinka hinauswollte.

»Schaller ersetzt uns die Schäden, und damit lassen wir es bewenden«, erklärte sie nüchtern.

»Aber warum lässt du dich von ihm um den Finger wickeln?«, fuhr Paul sie an. »Wer sagt, dass er nicht morgen wieder bei mir anruft und mich bedroht?«

Katinka schüttelte langsam den Kopf. »Für den Schönen Hans würde eine weitere Verurteilung das endgültige Aus bedeuten. Er müsste seinen Fitnessclub schließen und stände vor dem Nichts. Davon abgesehen würde sich die Presse auf ihn stürzen.«

»Na und? Hat er das nicht verdient nach alldem, was er getan hat?« Paul fragte sich, warum ausgerechnet Katinka, die Staatsanwältin, den Schönen Hans verteidigte.

Für einige Augenblicke druckste Katinka herum. Sie massierte sich nachdenklich den Nasenrücken. »Wir wissen beide, dass Schaller lediglich ein Handlanger ist. Ich möchte ihn dazu bringen, dass er gegen seinen Auftraggeber aussagt.«

»Das ist also dein Plan?

»Ja«, nickte Katinka. »Ich mache Schaller zu meinem Kronzeugen.«

Die hintere Tür der Umkleide öffnete sich, und zwei nackte Frauen kamen tropfnass herein. Sie sahen Katinka und Paul desinteressiert an und machten sich noch nicht einmal die Mühe, ihre Handtücher umzubinden.

»Ich denke, wir gehen dann mal besser«, sagte Katinka und dirigierte Paul am Arm aus dem Umkleideraum.

Schaller schien inzwischen noch kleiner geworden zu sein. Paul sah auf ihn hinab, und fast tat ihm der abgehalfterte Sportler nun doch leid. Aber dann bemerkte er den starken

Bizeps, der sich unter Schallers T-Shirt wölbte, und Paul war klar, dass sich der kleine Mann auf seine Art durchaus zu verteidigen wusste.

Katinka ließ keine Zeit verstreichen, um ihren Plan in die Tat umzusetzen. Sie zeigte auf die Studiotür, durch welche die Besucher mit bangen Blicken auf die Polizeibeamten nach und nach den Club verließen. »Durch diese Tür werden in ein paar Minuten die Kollegen der Kripo kommen. Sie gehören einer Sonderkommission an, die in dem Ruf steht, nicht zimperlich zu sein.«

Paul sah Katinka mit leiser Verwunderung an. Solche Töne kannte er gar nicht von ihr.

»Es spricht für Sie, dass Sie geständig sind und uns unsere Schäden ersetzen wollen«, sagte sie.

»Aber?«, fragte Schaller und schaute sie unsicher an.

»Aber das reicht nicht. Die Kripo wird Sie trotzdem auseinandernehmen.«

»Sie haben mir versprochen, die Sache würde glimpflich ausgehen, wenn ich mit Ihnen zusammenarbeite«, flehte Schaller.

Katinka sah ihn berechnend an. »Erstens habe ich gar nichts versprochen. Und zweitens reicht Ihr guter Wille nicht aus, um Sie laufenzulassen.«

Schallers Blicke taxierten in schneller Folge Katinka, die Beamten und die Ausgangstür. Unruhig wippte er auf seinen Füßen. »Was wollen Sie wissen?«, fragte er. Paul spürte, dass Schaller von ernsthaften Existenzängsten geplagt wurde.

»Nennen Sie uns Ihren Auftraggeber.«

Aus Schallers Gesicht wich jede Farbe. Seine fleischigen Lippen bewegten sich, aber er war offensichtlich nicht fähig etwas zu sagen.

»Der Name genügt«, sagte Katinka. »Die Adresse bekommen wir selbst heraus.«

»Ich bin kein Verräter«, stammelte Schaller.

»Dann tut es mir leid für Sie.« Demonstrativ wandte sich Katinka ab. »Komm, Paul, wir gehen. Schaller ist jetzt ein Fall für die SoKo.«

»Nein, warten Sie!« Schaller rüttelte an seinen Handschellen. »Diese verflixten Dinger.«

»Reden Sie, dann können wir eventuell auf diese Maßnahme verzichten«, sagte Katinka und blieb dem Ausgang zugewandt stehen.

Schaller schüttelte noch einmal die Arme, dann riss er den Kopf nach oben, bleckte die Zähne und brüllte: »Jungkuntz! Jungkuntz war's, verdammt!«

»Danke«, sagte Katinka. Paul merkte, wie die Spannung von ihr abfiel. Sie stieß Paul schadenfroh grinsend an. »Gehen wir.«

»Halt, warten Sie!«, rief Schaller völlig außer sich. »Was ist mit den Handschellen?«

»Regen Sie sich erst einmal ab, dann sehen wir weiter.«

Katinka hatte es eilig, das Studio zu verlassen, und überließ Schaller der Obhut der Polizei. Paul folgte ihr durch das schmuddelige Treppenhaus hinaus in die Sonne.

»Ich habe gewusst, dass er uns Jungkuntz ans Messer liefert«, sagte sie und steuerte mit Paul im Schlepptau einen Döner-Stand an. »Verhöre machen hungrig. Magst du auch einen? In Gostenhof gibt es bekanntlich die besten.«

»Hast du geahnt, dass Jungkuntz dahintersteckte?«, fragte Paul, den Katinkas Tempo gerade etwas überforderte.

»Du etwa nicht?«, entgegnete sie. »Ich nehme einen mit Knoblauchsoße. Und du?«

Paul schüttelte den Kopf. »Keinen Appetit.«

»Mit etwas Glück können wir Jungkuntz' Laden auffliegen lassen – und ihn vielleicht sogar wegen des Mordes an Hans-Paul Wiesinger drankriegen«, sagte Katinka gut gelaunt und biss herzhaft in ihren Döner.

Paul rieb sich nervös die Hände. Offensichtlich hatte sie ihren Verdacht gegen Andi Wiesinger endgültig ad acta gelegt. »Du meinst ...«

Katinka strahlte ihn siegessicher an. »Nach allem, was ich von den Kollegen der Abteilung Wirtschaftskriminalität bisher gehört habe, hat Jungkuntz wahrscheinlich nicht nur Schwarzgeld für seine potente Kundschaft gewaschen, sondern diese obendrein um erkleckliche Beträge betrogen. Seine Geldgeber konnten sich ja schwerlich an die Polizei wenden …«

»Du glaubst also, dass es Hans-Paul Wiesinger eines Tages zu viel geworden ist und er reinen Tisch machen wollte«, folgerte Paul aufgeregt.

»Genau«, bestätigte Katinka triumphierend und wischte sich einen Spritzer Knoblauchsoße vom Kinn. »Wiesinger hat Jungkuntz die Daumenschrauben angelegt. Der wiederum hielt dem Druck nicht stand und schaltete den lästig gewordenen Kunden aus.«

»Das ergibt Sinn«, sagte Paul und dachte an die wie aus dem Ei gepellte Playmobilfigur zu Hause, die er für Jungkuntz verwendet hatte. Das führte ihn gedanklich jedoch sogleich zu dem unrasierten Playmobilmann: Blohfeld. »Und was ist mit dem Mordfall Antoinette?«, fragte Paul zögernd.

Katinka sah ihn verdutzt an. »Warum? Alles bleibt natürlich beim Alten. Es gibt keine Zusammenhänge zwischen den Morden.« Sie legte Paul besänftigend die Hand auf die Schulter. »Du wirst endlich einsehen müssen, dass dein Freund Blohfeld – wenn auch vielleicht nur im Affekt – einen Mord begangen hat.«

»Er ist nicht mein …«, hob Paul kraftlos an, sprach aber nicht zu Ende.

34

Der Mittwoch begann schwül und drückend. Zwischen einem mit Obatzter bestrichenen Brötchen und einem Stoß ausgedruckter Interneteinträge über den Schönen Hans und den Heimatbund platzierte Paul seine Playmobilfreunde. Er nahm die hübsche Blondine zur Hand und stieß mit ihr gegen die Figur im Anzug und mit Koffer: Jungkuntz fiel um.

Eine Woche nach dem ersten Mord hatte Katinka also ihre Schuldigen gefunden. Beide Morde galten aus ihrer Sicht als geklärt, und Paul konnte nicht umhin, ihr in gewisser Weise zuzustimmen. Es passte wirklich alles zusammen. Es gab Motive, es gab Beweismittel, es gab Belastungszeugen ...

Paul biss in sein Brötchen. Der gut gewürzte Streichkäse kam seinem Appetit sehr gelegen. Nach einem weiteren großen Bissen ließ er seine Finger über die Figuren gleiten. Er hob das Mädchen mit den Zöpfen auf und betrachtete es traurig: Antoinette.

Dann wanderten seine Blicke widerstrebend in Richtung seines Sofas, auf dem Blohfeld saß, lustlos in einer Zeitschrift blätterte und statt eines Frühstücks Pauls letzte Kartoffelchipsreserve aß. Paul würde sich dringend Gedanken darüber machen müssen, wie es mit ihrer gemeinsamen Zwangs-WG weitergehen sollte. Doch selbst wenn Katinkas Argumentation noch so einleuchtend sein mochte, war er nicht bereit, den Reporter zu verraten. Es gab noch immer zu viele Fragezeichen. Allein das Rätsel um Antoinettes Brief bot Anlass genug, Blohfelds Versteck vorerst geheim zu halten.

Wie war das noch? Paul legte die Plastikfigur beiseite und suchte seinen Schreibtisch nach dem Brief ab. Er faltete ihn auf und rief sich die kärglichen Übersetzungsversuche von Jan-Patrick in Erinnerung. »Bratwurst« hatte er aus der winzigen Schrift der Französin herausgelesen. Und »Vater«.

Meine Güte, dachte Paul, wie sollte er sich nun bloß verhalten?

Er brauchte endlich einen diskreten und dennoch kompetenten Übersetzer. Denn noch mochte Katinka mit der Verhaftung von Dr. Jungkuntz beschäftigt sein, aber ganz sicher würde es nicht mehr lange dauern, bis sie ihm wegen Blohfeld auf den Zahn fühlen würde. Am Ende würde es ein Leichtes für sie sein, Blohfelds Exil in seinem Atelier ausfindig zu machen. Es grenzte ohnehin an ein Wunder, dass sie es noch nicht getan hatte.

Er steckte den Brief in die Hosentasche. »Blohfeld«, sagte er möglichst beiläufig, »ich gehe in die Stadt. Brauchen Sie irgendetwas?«

»Ja, meine Freiheit«, kam es bärbeißig vom Sofa zurück. »Was für einen Brief verstecken Sie da eigentlich so beharrlich vor mir?«

»Das möchte ich Ihnen lieber nicht verraten«, sagte Paul ehrlich.

Blohfeld sah zu ihm auf. Sein spitzes Gesicht war noch fahler als sonst, seine Augen wirkten müde und hoffnungslos. »Sehen Sie zu, dass Sie endlich einen Beweis für meine Unschuld finden. Ich bin Käfighaltung nicht gewohnt.«

Paul trat vor das Haus, freute sich über die frechen Spatzen, die die Gäste vorm *Café Sebald* ärgerten, und schlug den direkten Weg zur Sebalduskirche ein.

Den, den er suchte, traf er wider Erwarten nicht in, sondern vor der Kirche an. Pfarrer Fink stand auf einer sehr wackeligen Leiter und betrachtete die Steinmetzarbeiten an der Flanke des Brautportals.

»Ist mit Good Old Sebald irgendetwas nicht in Ordnung?«, erkundigte sich Paul laut, worauf sich Hannes Fink erstaunt umsah und beinahe das Gleichgewicht verlor.

Das in Stein gehauene Relief des Stadtheiligen zeichnete sich nicht nur durch einen auffällig großen Pilgerhut mit einer prachtvollen Muschel in Stirnhöhe aus, sondern auch dadurch, dass St. Sebald hier ein steinernes Miniaturmodell der Kirche in der rechten Hand trug. Wie Paul bemerkte, war Fink gerade damit beschäftigt, etwas von dem faltenumsäumten Rock des Heiligen zu entfernen.

»Kannst du mir erklären, wie es jemand schaffen kann, hier oben einen Kaugummi hinzupappen?«, fragte er. Langsam bewegte der Pfarrer seinen fülligen Körper die Leiter herab.

»Einen Kaugummi?«, fragte Paul mit gespieltem Zorn. »Wie kann es jemand wagen, Nürnbergs wichtigsten Heiligen so schnöde zu verunglimpfen?«

»Lach nur«, sagte Fink und wedelte drohend mit dem Zeigefinger. »Dem armen St. Sebald wird viel zu oft unrecht getan. Man hat sich diesem Mann von jeher entschieden zu wenig gewidmet.«

»Wieso? Der Kaugummiweitspucker hat sich ihm doch sehr intensiv gewidmet«, frotzelte Paul weiter.

Fink zog ein Taschentuch aus seiner Hose und tupfte sich die schweißnasse Stirn ab. Dann richtete er seine großen, leicht hervorstehenden Augen auf die Steinfigur und sagte leise: »Du weißt genau, was ich meine: St. Sebald ist ein Heiliger, über den man so gut wie nichts weiß, weil nie ausreichend Forschungsarbeit über ihn betrieben wurde.«

»Was soll das heißen?«, wollte Paul wissen.

»Der Mann ist ein Mysterium«, sagte Fink, »von seinem irdischen Lebensweg ist uns fast nichts bekannt.«

»Immerhin ist er der Namensgeber für eine Kirche, einen Stadtteil, ja sogar für einen Wald.«

»Von Sebaldus selbst aber kennen wir weder Herkunft, Geburts- noch genaues Sterbedatum. Wir wissen nichts von seinem Wohnsitz, nichts von seinem Beruf, schon gar nichts von seinen Familienverhältnissen. Nur seine Wunder, über die wir neulich sprachen, sind überliefert.«

»Es bleibt also ein Rätsel.«

»Absolut – eines der größten und geheimnisvollsten dieser Stadt.« Fink legte seinen Kopf in den Nacken und sah bewundernd zu der steinernen Figur empor. »Nürnberg taucht im Jahr 1050 das erste Mal in den Geschichtsbüchern auf. Kaum zwanzig Jahre später werden Pilgerströme zum Grab des wunderwirkenden St. Sebald erwähnt. Die Stadt beginnt daraufhin zu florieren und zu wachsen, denn Pilger leben ja nicht allein von Luft und Heiligenverehrung. Ganz besonders haben davon später die Bratwurstküchen profitiert.«

»Ich weiß«, sagte Paul amüsiert. »Und damit wären wir nämlich bei meinem aktuellen Lieblingsthema.«

»Bitte?«, fragte Fink irritiert.

»Bei der Bratwurst.« Paul kniff verschmitzt die Augen zusammen und dachte an die Andeutung, die Jan-Patrick neulich gemacht hatte. »Meinst du ernsthaft, es gibt Zusammenhänge zwischen Sebaldus' Wirken und dem Entstehen der Rostbratwurst?«

Fink deutete eine Kopfbewegung an, die Paul sowohl als Zustimmung als auch als Ablehnung deuten konnte. Mit gewisser Ehrfurcht betrachtete Paul das in Stein gehauene Bildnis des Stadtheiligen und ließ den weisen, ernsten Blick im schmalen Gesicht des Vollbärtigen auf sich wirken. »Wenn er tatsächlich etwas mit der Erfindung der Nürnberger Rostbratwurst zu tun hatte, hätte er sich seinen Platz als Stadtheiliger doppelt verdient.«

Dann zog er den Brief aus seiner Hosentasche. »Ich habe hier ein sehr irdisches und sehr konkretes Problem zu lösen – mit oder ohne die Hilfe des heiligen Sebaldus brauche ich deinen Rat.«

Ein interessiertes Funkeln trat in die dunklen Augen des Geistlichen. »Was gibt es denn?«

Paul erläuterte ihm die Sache, ohne dabei allzu sehr ins Detail zu gehen. Dann nahm er wie zur Bestätigung seiner Ausführungen den Brief aus der Tasche und hielt ihn Fink entgegen: »Nun? Kennst du jemanden, der ihn übersetzen könnte?«

»Ja«, sagte der Pfarrer spontan und schnappte sich den Brief. »Komm mit ins Pfarrhaus. Ich werde das selbst übernehmen.«

Unterwegs ins alte Pfarrhaus direkt gegenüber der Kirche am Sebalder Platz erfuhr Paul, dass Fink zwar – selbstverständlich – das Lateinische beherrschte, aber ebenso vertraut mit der französischen Sprache war.

»Die Liebe zu einer Französin war damals der Auslöser«, erzählte Fink lächelnd, während er Paul in sein mit Büchern und Dürer-Drucken vollgestopftes Arbeitszimmer führte. »Das Land und seine Sprache haben mich seither nicht losgelassen.« Der Pfarrer kramte eine unscheinbare Lesebrille aus seiner Schreibtischschublade und entfaltete Antoinettes Brief.

Paul – gleichermaßen gespannt wie beunruhigt – folgte mit seinen Blicken dem dicken Zeigefinger des Pfarrers, der beim Lesen über die Zeilen fuhr.

Liebe Tante, ich weiß, dass ich viel zu lange nichts von mir hören lassen habe. Wie geht es euch in Grimaud? Laufen deine Geschäfte gut oder schreckt die Hitze die Touristen ab? Bei euch ist es sicher noch heißer als hier bei uns. Nicht dass es nicht schön wäre, hier in Nürnberg. Die Stadt ist große Klasse, glaube mir – und das nicht nur wegen der Bratwürste! Aber mein Heimweh wird von Tag zu Tag größer. Ich vermisse unser altes Haus mit dem Lavendelbeet, ich vermisse deine wunderbare Fischsuppe, ich vermisse inzwischen sogar den Mistral! Jetzt ist es glücklicherweise nur noch eine Frage von Tagen, bis ich meine Angelegenheiten hier geregelt habe.

Fink sah kurz auf und forschte in Pauls Gesicht nach einer Reaktion. Doch der drängte ihn weiterzulesen.

Ich will mich jetzt nicht länger in meine Sehnsüchte nach Grimaud flüchten. Liebe Tante, ich habe Angst. Große Angst sogar. Ich habe …

Fink zögerte erneut.

»Was ist los?«, wollte Paul wissen.

»Die Schrift wird an dieser Stelle recht klein und unleserlich.« Der Pfarrer rückte seine Brille zurecht.

Ich habe einen Fehler gemacht und stecke in Schwierigkeiten. Hier gibt es niemanden, dem ich mich anvertrauen könnte. Meine Freundin Hannah, bei der ich wohne, kann ich nicht mit der Sache belasten; es wäre zu gefährlich für sie. Mein Chef bei der Zeitung, für die ich jetzt jobbe, würde die Geschichte nur für seine Zwecke missbrauchen. Und ein Bekannter von Hannah, ein Fotograf, der mir eigentlich ganz gut gefällt, ist viel zu sehr mit sich selbst beschäftigt, als dass er sich in meine Lage hineinversetzen könnte.

Fink warf Paul einen vorwurfsvollen Blick zu, bevor er fortfuhr.

Liebe Tante, ich bin verzweifelt. Ich habe in meinem Leben einige leichtsinnige Dinge getan. Die Angst aber, die ich jetzt fühle, ist anders und viel konkreter. Ich kann nicht einfach zur Polizei gehen, weil ich eine Fremde bin in diesem Land – und würde man mir überhaupt glauben? Was gäbe ich darum, wenn wenigstens Onkel Louis bei mir wäre. Der weiß immer Rat.
Doch der Reihe nach, du musst mich sonst ja für völlig verwirrt halten. Du weißt, warum ich in Nürnberg bin – und ich weiß, dass du das für keine besonders gute Idee hältst. Aber du kennst mich gut genug: Seit ich ein kleines Mädchen war, habe ich für mich so etwas wie einen Vater gesucht. Mit der einseitigen Liebe zu älteren Männern kann man den Verlust des eigenen Vaters nicht ausgleichen; das habe ich inzwischen eingesehen. Nun, nachdem Mama gestorben ist, sah ich keinen Grund mehr dafür, ihn nicht endlich aufzusuchen.
Wie du ebenfalls schon weißt, habe ich ihn tatsächlich gefunden. Ich habe es erst nicht wirklich für möglich gehalten, dass Mama und er – wie soll ich es ausdrücken? Du musst dir vor Augen halten, dass er mir bei unserer ersten Begegnung völlig fremd vorkam. Von einer äußeren Ähnlichkeit bin ich ja gar nicht ausgegangen, aber da war nicht einmal ein Anflug von Verbundenheit.

Wieder sah Fink auf. »Um was geht es hier eigentlich?«, wollte er wissen.

»Keine Ahnung. Lies weiter, dann werden wir es erfahren.«

»Also gut«, sagte Fink argwöhnisch und ließ seinen Finger weiter über das zerknitterte Papier gleiten.

Es war nicht so einfach, mit ihm in Kontakt zu treten, denn Vater ist ein bekannter Mann in dieser Stadt. Man kommt kaum an ihn heran. Inzwischen muss ich wohl sagen: Er war ein wichtiger Mann.

Liebe Tante, setz dich jetzt besser hin, bevor du weiterliest, und mach dir um Himmels willen keine allzu großen Sorgen um mich. Ich weiß, dass das Folgende sich schlimm anhören muss. Ich habe auch lange mit mir gerungen, ob und wie ich dir diese ganze verfahrene Situation schildern soll.

»Das klingt ja mehr als alarmierend«, sagte Fink zunehmend besorgt.

»Lies weiter«, entgegnete Paul.

Fink nickte langsam.

Die Gelegenheit, ihn allein zu sprechen, ergab sich vor drei Tagen. Unter dem Vorwand, als Studentin ein Referat über Logistiklösungen in der Lebensmittelindustrie zu schreiben, rief ich an und wurde – obwohl ich es kaum erwartet hatte – tatsächlich zu ihm durchgestellt. Am Abend dann lud er mich in seine Villa ein. Darüber habe ich mich schon gewundert. Keine Ahnung, was er sich von diesem privaten Treffen mit einer für ihn unbekannten jungen Frau versprochen hatte. Jedenfalls: Da stand ich nun. Ich – das Ergebnis eines dreiundzwanzig Jahre zurückliegenden Urlaubsflirts zwischen ihm und Mama an irgendeinem einsamen Strand in der Bucht von St. Tropez.

Stell dir nur vor, was der für Stielaugen gemacht hat, als ich ihm erzählte, wer ich in Wirklichkeit bin. Liebe Tante, das hättest du sehen müssen! Er hat es zeit seines Lebens verdrängt, dass es noch eine Wiesinger gibt – nämlich mich!

Entsetzt sah Fink erneut auf. »Was?« rief er aus. »Antoinette war Hans-Paul Wiesingers uneheliche Tochter?«

Auch Paul war wie vom Blitz getroffen. Die Gedanken in seinem Kopf schlugen Kapriolen.

»Das nenne ich eine wirkliche Offenbarung.« Fink deutete auf den Brief. »Soll ich weiter übersetzen?«

»Ja«, sagte Paul.

Um es kurz zu machen, es war keine große Wiedersehensfreude. Vielleicht habe ich zu viel erwartet von diesem Treffen. Ich weiß es nicht, und es kann mir nun auch egal sein. Ich glaube, dass er immer nur an sein Bratwurst-Imperium und an sein Geld gedacht hat, auch an diesem Abend. – Nein, ich glaube es nicht nur, sondern ich weiß es. Er sagte, dass er nach meinem Anruf schon gewisse Befürchtungen gehabt und sich mit seinem Notar in Verbindung gesetzt hatte. Er wollte wohl prüfen lassen, ob sein Testament hieb- und stichfest ist. Nun ja, das werden wir bald sehen, denn ich will bis zur Testamentseröffnung hier bleiben.
Jedenfalls, der Abend ist nicht gut ausgegangen. Ganz und gar nicht gut. – Vater und ich hatten zumindest eines gemeinsam: unser Temperament.
Ich habe etwas nach ihm geworfen, ihn verfehlt. Aber die Scheibe der Terrassentür ist in die Brüche gegangen. Das alles war wohl sehr laut. Wenig später hörten wir Schritte, und Vater sagte mir, ich sollte mich nur ja verstecken und meinen Mund halten. Instinktiv folgte ich seiner Anordnung und stellte mich hinter einen Vorhang.
Dann passierte es. Es kam völlig unerwartet für mich – nie habe ich etwas ähnlich Schreckliches erlebt. Ich kann diese Sätze kaum zu Papier bringen, da meine Hände allein bei der Erinnerung an diese grausame Tat zu zittern anfangen.
Tante, ich habe ihn sterben sehen: Mein Vater starb, kaum dass ich ihn das erste Mal in meinem Leben getroffen hatte.
Ich kann dir nicht genau schildern, wie sich alles abspielte. Denn ich kenne nur Bruchstücke. Es kam tatsächlich jemand

ins Zimmer. Mein Vater war aufgebracht und streitlustig. Es war nur eine Sache von Minuten, bis die Situation eskalierte. Es war furchtbar und grausam, aber ich kann trotzdem verstehen, warum mein Vater sterben musste.

Das mag kaltherzig und gnadenlos für dich klingen, aber ich empfinde so, weil ich als heimliche Zeugin alles miterlebt habe: Ich habe zugehört, wie mein Vater einen anderen Menschen abkanzelte und zu einem Nichts degradierte. Und das sicher nicht zum ersten Mal, denn sonst wäre die Reaktion des anderen nicht so heftig ausgefallen.

Es gab einen höllischen Streit, in dem Vater auf seine arrogante Art die Oberhand behielt. Dann hörte ich mit einem Mal einen dumpfen Schlag, woraufhin sich eine gespenstische Stille ausbreitete. Ich habe einige Minuten gewartet, in Todesangst. Langsam wagte ich mich aus meinem Versteck und sah Vater in einer großen Blutlache liegen.

Ich wollte nur noch raus! Raus aus dieser schrecklichen Villa! Mir war übel, und beinahe hätte ich mich übergeben. Ich stolperte in Richtung Terrassentür und stieg über die zertrümmerte Scheibe im Türrahmen. Dabei schnitt ich mir die Hand an einer hervorstehenden Scherbe auf. Als ich vor Schmerz aufschrie und mich noch einmal umsah, wusste ich, dass ich beobachtet wurde.

Du wirst dich jetzt fragen, warum ich nicht umgehend die Polizei angerufen habe. Aber vielleicht kannst du mich verstehen, wenn ich dir sage, dass ich mich vor den Konsequenzen gefürchtet habe. Der Tod des Bratwurstkönigs wirbelt hier viel Staub auf. Und bin ich nicht selbst verdächtig? Mein Deutsch ist zwar gut, aber reicht es aus, um mich gegenüber einem misstrauischen Kriminalpolizisten zu verteidigen? Um wenigstens bei den polizeilichen Ermittlungen auf dem neusten Stand zu bleiben, habe ich mir ein Praktikum bei der Zeitung verschafft: Mein Chef, den ich eingangs ja schon erwähnt habe, ist ein ruppiger Kerl. Aber er trägt das Herz am rechten Fleck und erzählt mir bereitwillig alles, was es über den Mord an meinem Vater Neues zu berichten gibt.

Trotzdem möchte ich jetzt nur noch eines: nach Hause zu euch kommen, weil ich diese bedrohliche Angst allein nicht mehr aushalte! Onkel Louis wird dann sicher wissen, was zu tun ist.

In ein paar Tagen werde ich dir dies alles noch einmal ausführlich erzählen. Bis dahin musst du Geduld haben. Du kannst dich darauf verlassen, dass ich mich beeilen werde: Ich werde – wie gesagt – die Testamentseröffnung abwarten. Ich kann nicht anders. Denn ich bin noch immer nicht bereit dazu mir einzugestehen, dass Vater mich wirklich verleugnet hat. Ich war seine Tochter – seine einzige Tochter! Aus Mamas Hinterlassenschaft weiß ich, dass sie ihm von mir geschrieben hat. Er hat nie auf ihre Briefe geantwortet. Aber ich bin sicher, dass er uns nicht ganz vergessen hat. Er muss mich erwähnt haben in seinem Nachlass! Er muss, er muss ...

Inzwischen breche ich hier meine Zelte ab. Ich habe mich schon bei der Mitfahrzentrale eintragen lassen und packe bald meine Koffer.

Liebe Tante, bitte mach dir bis dahin keine allzu großen Sorgen um mich. Natürlich ist mir klar, dass ich mich in Gefahr befinde. Aber seit dem Mord sind einige Tage vergangen, und bisher ist nichts passiert. Das beruhigt mich ein wenig und hilft mir, einen kühlen Kopf zu bewahren.

Bis bald, deine Antoinette

Fink ließ den Brief traurig sinken. »Wie kann man nur so naiv sein«, murmelte er.

Paul stimmte dem Pfarrer zu. »Sie muss völlig durcheinander gewesen sein. Einerseits war sie traurig, dass sie ihren Vater so schnell wieder verloren hatte. Andererseits bot sich durch den Mord plötzlich ein Ventil für den Kummer und vor allem die Wut, die sich in ihr viele Jahre lang auf ihren treulosen Erzeuger aufgestaut hatte.«

»Ja«, sagte Fink, »für Antoinette war damit ein leidiges Thema radikal, aber zumindest endgültig erledigt. Für den

Mörder dagegen wurde es mit Antoinette als Zeugin erst richtig kompliziert.«

»Der Mörder«, murmelte Paul und sah den Pfarrer besorgt an. »Schreibt sie wirklich nicht, wer es war? Ich meine: Gibt es denn überhaupt keine zusätzlichen Hinweise?«

Fink nahm noch mal den Brief zur Hand. »Nein. Der Brief endet genau so, wie ich ihn dir vorgelesen habe. Keinerlei Hinweis auf die Identität des Mörders. Aus dem Brief geht ja nicht einmal das Geschlecht des Täters hervor. Sie hat eine sehr indifferente Art gewählt sich auszudrücken – vielleicht aus Angst?«

Paul fuhr sich mit der Hand übers Kinn. »Irgendetwas stimmt hier nicht.«

»Da hast du Recht«, sagte Fink besänftigend. »Gar nichts stimmt in dieser schrecklichen Angelegenheit.«

»Das meine ich nicht«, setzte Paul an. »Mir ist der Sinn dieses Briefes nicht klar. Warum hat Antoinette ihre Tante nicht ganz einfach angerufen?«

»Vielleicht hat die Tante kein Telefon?«

Paul schüttelte den Kopf. »Nein, nein, es muss mehr dahinterstecken.« Er blickte auf. »Wenn Antoinette dieser Brief so wichtig war – warum hat sie ihn dann unzureichend frankiert?«

»Das kann an ihrer Nervosität gelegen haben«, sagte der Pfarrer wenig überzeugt.

Paul sah ihn ratlos an.

»Wie dem auch sei«, sagte Fink nun bestimmt und fixierte ihn aus seinen hervorstehenden Augen. »Du musst den Brief sofort der Polizei übergeben oder besser noch Katinka. Es eilt!«

Paul zwang sich dem Pfarrer zuzuhören. Doch viel zu viel ging jetzt in seinem Kopf herum. Er streckte seine Hand aus. »Gib mir den Brief, bitte.«

Fink sah ihn streng an. »Wirst du ihn weiterreichen?«

Paul war klar, dass Antoinettes Brief ein erstklassiges Entlastungsschreiben für Blohfeld darstellte, und war sich gerade deshalb nicht sicher, wer der geeignete Adressat dafür sein würde.

»Wirst du?«, wiederholte Fink eindringlich.

Paul deutete ein Nicken an und nahm ihm den Brief ab.

35

Zu Hause, in seinem Loft, wurde er bereits erwartet.

»Wo, zum Teufel, haben Sie gesteckt?« Blohfeld kam ihm im Flur entgegen. Er trug eine von Pauls ausgeblichenen Jeans und eines seiner weit fallenden weißen T-Shirts sowie Pauls Hausschlappen. »Zum Einkaufen in der Stadt waren Sie ganz sicher nicht. Wo sind denn, bitte sehr, Ihre Einkaufstüten?«

Paul registrierte mit gemischten Gefühlen, dass Blohfeld sich mehr und mehr in seinem Leben einnistete, doch er erzählte kurz, was er im Laufe des Tages in Erfahrung gebracht hatte.

Als er auf Antoinettes Brief zu sprechen kommen wollte, fiel sein Blick auf seinen Sofatisch, auf dem wahllos etliche CDs mit entnommenen Booklets verstreut lagen. Einige der Silberscheiben lagen sogar auf dem Fußboden.

Er spürte den Zorn in sich aufsteigen. »Blohfeld, das geht zu weit!«

Der Reporter sah ihn fragend an.

Paul hob eine der CDs auf: eine vergriffene Auflage eines der seltenen Live-Konzerte von Alan Parson. »Wenn ich eines hasse, ist es, wenn meine Sachen ramponiert werden!«

Blohfeld nahm ihm die CD mit spitzen Fingern ab und beäugte sie kritisch. Dann ließ er sie auf den Tisch fallen und sagte: »Pedant.«

Nur mit Mühe fand Paul zum eigentlichen Thema zurück und machte Blohfeld mit dem Inhalt von Antoinettes Brief vertraut.

Der Reporter hörte aufmerksam zu. Blohfelds Gesicht erschien Paul dabei noch schmaler zu werden, als es ohnehin schon war. Die dünnen grauen Haare hingen kraftlos über seine Schläfen, die Himmelfahrtsnase schimmerte rosig im weißen Gesicht. »Habe ich es doch gewusst«, sagte Blohfeld schließlich nach langem Zögern. »Dieses Mädchen hat mich nur benutzt, um an Informationen über den Wiesinger-Mord heranzukommen.«

»Wer hat denn hier wen benutzt?«, fragte Paul provozierend. »Haben Sie wirklich nicht geahnt, warum sich Antoinette so eifrig auf den Wiesinger-Fall gestürzt hatte?«

»Nein, aber ich hätte es ahnen müssen. Ihr Interesse an Wiesinger war viel zu intensiv und persönlich für das einer normalen Berufseinsteigerin – das hätte mich stutzig machen müssen.«

»Machen Sie sich keine Vorwürfe. Ich habe genauso versagt: Als Antoinette mich neulich in die Felsengänge begleitet hatte, habe ich sie für ausgesprochen zickig gehalten und sie gemieden. Dabei hatte sie wahrscheinlich nach einer Gelegenheit gesucht, mich ins Vertrauen zu ziehen.« Paul sah Blohfeld nun wieder freundlicher an. »Immerhin sind Sie jetzt aus dem Schneider. Der Brief belegt Ihre Unschuld.«

»Nein, nein, so einfach ist das nicht.« Blohfeld gab Paul zwar in so weit Recht, dass Wiesingers Mörder aller Wahrscheinlichkeit nach auch Antoinette auf dem Gewissen hatte, dennoch waren die belastenden Indizien gegen ihn damit nicht aus der Welt geräumt. Keinesfalls wollte Blohfeld sein Exil verlassen, bevor die letzten Zweifel nicht zerstreut waren.

»Und nun?«, fragte Paul einigermaßen ratlos.

»Nun nehmen Sie den Brief und fahren zu Ihrer Freundin in den Justizpalast. Machen Sie ihr klar, dass Antoinettes Notizen meine Unschuld beweisen, aber verraten Sie ihr noch nicht, wo ich mich aufhalte.«

»Na gut«, sagte Paul, während er sich erhob. Er steckte den Brief ein und wandte sich zum Gehen.

»Eines noch«, gab ihm Blohfeld mit auf den Weg und wedelte dabei mit der Tageszeitung. »Ich habe gelesen, dass in der Wiesinger-Villa fremde Blutspuren gefunden worden sind.«

Paul nickte bestätigend.

»Bringen Sie die Blohm dazu, diese Spuren mit Antoinettes Blutgruppe zu vergleichen. Wenn ihr Brief der Realität entspricht, muss es ihr Blut gewesen sein und nicht das des Mörders oder der Mörderin.«

Darauf wäre Katinka nach der Lektüre des Briefes bestimmt selbst gekommen, dachte Paul, sagte aber nichts. Er salutierte und verließ sein Atelier.

36

Das Nürnberger Justizgebäude, das Paul mit der U-Bahn erreichte, flößte ihm beim Näherkommen wie stets Ehrfurcht ein, obwohl er nichts verbrochen hatte. Nach einem langen Weg durch die schier unendlichen Flure und Treppenhäuser stand Paul vor Katinkas schlichter Bürotür und klopfte an.

Katinka sah mitgenommen aus. Als Paul ihr die Hand schüttelte und ein Küsschen auf die Wange drückte, registrierte er die ungewöhnlich dicke Schminkschicht auf ihrer Haut. Was wollte Katinka unter dieser Maske verbergen? Müdigkeit und Abgespanntheit? Oder litt sie noch immer unter dem Verrat durch Basse?

Katinka bedeutete ihm, sich zu setzen. »Manchmal habe ich den Eindruck, dass wir wirklich alt werden.«

»Wie kommst du denn darauf?«, fragte Paul, erleichtert, dass es anscheinend nur das war, was Katinka Sorgen bereitete.

»Überlege mal: Wann hast du mich das letzte Mal mit den Worten begrüßt, dass ich gut aussehe?«

Paul erinnerte sich schmerzlich an den verpatzten Auftritt von neulich und hütete sich daher davor, auf ihre Frage einzugehen.

Katinka reagierte mit einem feindseligen Funkeln ihrer Augen. »Weißt du, ich war gestern Abend beim Juristenstammtisch, und niemand, aber auch wirklich niemand hat nur andeutungsweise etwas in der Richtung fallen lassen. Da habe ich so bei mir gedacht: Ich sehe wahrscheinlich ganz schön Scheiße aus.« Sie schüttelte den Kopf. »Aber das ist ja auch völlig unwichtig, also denke nicht, dass ich das so ernst nehme.« Leise fügte sie an: »Andererseits freut sich jede Frau ab und zu über was Nettes.«

Schuldbewusst senkte Paul den Blick.

»Ich verstehe schon«, sagte Katinka müde. »Gernot Basse bleibt offenbar – trotz seiner zweifelhaften Berufsethik – der einzige Mann weit und breit, der einem das Gefühl gibt, eine begehrenswerte Frau zu sein.«

Paul biss sich auf die Zunge. Er beschloss, nicht auf ihre Anspielungen einzugehen, und schob Antoinettes Brief über den Schreibtisch bis direkt unter Katinkas Augen.

Ihre Reaktion war heftig. Nachdem sie den Brief zuerst zögernd und mit vielen Fragezeichen im Blick in die Hand genommen hatte, las sie ihn mit zunehmendem Interesse. Ihr Atmen wurde mit jeder Zeile heftiger, und schließlich blickte sie Paul mit fassungslosem Erstaunen an.

Paul musste ihr haarklein berichten, wo und unter welchen Umständen er den Brief gefunden hatte und wer seinen Inhalt kannte. Blohfeld nannte er selbstverständlich nicht. Trotzdem erwähnte Katinka ihn als Erstes: »Falls dein Reporterfreund Kontakt zu dir aufnehmen sollte, schärfst du ihm ein, dass er sich stellen soll. Blohfeld hat sonst keine Chance. Wenn wir ihn fassen, dann sieht es nicht gut aus. Zumindest wegen Behinderung der Justiz werden wir ihn drankriegen.«

Paul stimmte ihr zu, denn was hatte er schon für eine andere Wahl? Dann wies er Katinka auf Antoinettes Handverletzung hin und regte an, einen Vergleich mit den am Tatort gefundenen Blutspuren vorzunehmen.

Katinka nahm diesen Vorschlag wenig euphorisch auf, und Paul merkte daran, dass er sich viel zu sehr in ihre Kompetenzen einmischte und damit ihr Ego kränkte. Er musste Katinka schleunigst eine Gelegenheit zur Rehabilitierung bieten.

Doch nicht nur Paul hatte Überraschungen parat, auch Katinka: In Sachen Heimatbund hatte sich nach dem Geständnis des Schönen Hans einiges getan. Ihre Kollegen von der Wirtschaftskriminalität hatten sich eingehend mit Jungkuntz' Geschäftsgebaren befasst. »Seine Spezialität sind illegale Transaktionen am Finanzamt vorbei, geschickt getarnt unter dem Deckmantel der Heimatliebe. Zu seinen Kunden gehörten Wiesinger und andere Wirtschaftsgrößen.«

»Ich habe es mit Zahlen nie besonders gehabt«, gestand Paul ein. »Kannst du einem Laien wie mir bitte erklären, wie Jungkuntz und Wiesinger das gedeichselt haben?«

»Die ganze Sache war eigentlich ausgesprochen einfach – wie so viele brillante Ideen. Wiesinger hat dem Heimatbund im Laufe der Jahre immer wieder größere Summen zum Geschenk gemacht. Und zwar über einen ganz bestimmten Kanal: Dr. Jungkuntz' gemeinnütziges Konto für Spendeneingänge. Das Geld war offiziell für Zwecke der fränkischen Heimatforschung bestimmt, was nach außen hin glaubwürdig und unverdächtig klang. Gleichzeitig aber diente es als Nebenbürgschaft für ein Darlehen bei einer ausländischen Bank. Auf diese Weise existierten Wiesingers Euros zweimal: und zwar sowohl in den Bürgschaftsunterlagen als auch – in verkleideter Gestalt – in Form der voll von der Steuer absetzbaren Spende.«

»Ich nehme an, Jungkuntz ließ sich das Jonglieren mit fremder Leute Geld gut bezahlen.«

»Davon gehe ich aus«, sagte Katinka. »Das ist wohl auch der Grund dafür gewesen, dass er so nervös auf unsere Ermittlungen reagiert und seinen Gorilla auf uns angesetzt hat.« Sie sah Paul nachdenklich an. »Ich hatte mir bereits eine wunderschöne neue Theorie zusammengebastelt, wie durch die Aufdeckung von Jungkuntz' Geschäften auch der Wiesinger-Mord geklärt werden könnte.«

»Wohl die nahe liegende Schlussfolgerung, dass Jungkuntz mehr für sich abgezweigt hatte als vereinbart und daraufhin in einen tödlichen Streit mit Wiesinger geraten war?«, folgerte Paul, der sich ähnliche Gedanken ja schon selbst gemacht hatte.

Katinka nickte verhalten. »Ja, das klingt im ersten Augenblick verlockend plausibel. Aber so kann es nicht gewesen sein. Denn erstens schlachtet man nicht die Kuh, die man melkt. Und zweitens kann ich Antoinettes Brief nicht ignorieren. Denn wenn es stimmt, was sie schreibt, war der Mörder während ihres Besuches bei ihrem Vater ja bereits im Haus. Was aber hätten Jungkuntz oder Schaller zu dieser Zeit bei Wiesinger zu suchen gehabt? – Nein, nein, das ergibt keinen Sinn. Jedenfalls werde ich mich gewaltig anstrengen müssen, wenn ich ihm mehr als nur die Geldschieberei nachweisen will.«

»Freu dich doch erst mal über euren Ermittlungserfolg mit den Finanzschiebereien und denke dann später in Ruhe über den Rest nach«, versuchte Paul sie aufzumuntern. Gleichzeitig hoffte natürlich auch er auf einen baldigen Durchbruch bei den Mordverfahren – einen, der Blohfeld ein für alle Mal aus der Schusslinie und aus seiner Wohnung bringen würde.

37

Der nächste Tag war ein einziges Sich-aus-dem-Weg-Gehen. Für Paul war das Leben in der ihm aufgezwungenen Männer-WG mittlerweile unerträglich geworden. Stündlich entdeckte er mehr an Blohfeld, das ihn störte. Ob es nun seine penetrante Art war, zu allem und jedem einen meist mürrischen

Kommentar abzugeben, oder die niederschmetternde Tatsache, dass er sich offenbar mit jedem Thema dieser Welt auskannte.

Spaßeshalber sprach Paul mit Blohfeld beim Mittagessen über das Fliegen, worauf der andere ihm selbstgerechte Vorträge über die Gesetze der Aerodynamik hielt und über die unumstößliche Tatsache, dass nicht etwa die Gebrüder Wright die Luftfahrtgeschichte eingeläutet hätten, sondern der Franke Gustav Weißkopf.

Es gab nur eine Chance, von dieser Dauerberieselung mit Weisheiten à la Blohfeld verschont zu bleiben: die Flucht aus den eigenen vier Wänden! Paul würde sich eine Auszeit gönnen und sich ein wenig verwöhnen. Während er sich im Flur auf die Suche nach seinen Schuhen machte, überlegte er sich ein lohnendes Ziel für seine Flucht. Er würde zum Frühstücken hinüber ins *Lukas* in die Kaiserstraße gehen. Von der großen Terrasse aus könnte er – von voluminösen Sonnenschirmen geschützt und in einem gepolsterten Teakholzstuhl sitzend – die Schönen und Reichen beim Stadtbummel beobachten.

»Wohin wollen Sie?«

Der drohende Unterton in Blohfelds Stimme ließ Paul innehalten. »Ich denke nicht, dass ich Ihnen über mein Tun und Lassen Rechenschaft schuldig bin. Oder mimen Sie neuerdings nicht nur die Rolle des unerwünschten Untermieters, sondern auch die der Gouvernante?«

»Sie müssen mir einen Gefallen tun«, schallte es aus Pauls Atelier.

»Was liegt denn nun schon wieder an?«, fragte Paul genervt. »Sie werden sich kaum jemals für all das revanchieren können, was ich gerade für Sie tue.«

Blohfeld, der über einer ausgebeulten Hose heute nur ein ärmelloses Feinrippunterhemd trug, wies Paul eindringlich auf seine momentane Zwangssituation hin. Schon den vierten Tag war er quasi eingesperrt.

»Es ist nur eine Frage der Zeit, bis Basse meinen Schreibtisch knacken lässt und die Früchte meiner jahrelangen Arbeit erntet«, schilderte Blohfeld aufgewühlt sein Problem. Er sah seine Recherchen, seine Informanten, seine intimsten Geheimnisse über Nürnberger Polit- und Wirtschaftsgrößen gefährdet.

»Ich wüsste nicht, wie ich Ihnen aus dieser Klemme heraushelfen sollte.«

Aber Blohfeld hatte sich natürlich bereits einen Plan zurechtgelegt: Paul sollte der Zeitungsredaktion unter dem Vorwand, auf der Suche nach neuen Aufträgen zu sein, einen Besuch abstatten. In einem unbeobachteten Moment sollte er dann Blohfelds Schreibtisch aufschließen und eine in schwarzes Leder gefasste Kladde sicherstellen.

»Eine Kladde? Haben Sie für Ihre supergeheimen Aufzeichnungen keine geschützte Datei im Computer angelegt?«

»Bin ich verrückt? Da würde ja jeder mittelklassige Hacker herankommen. Nein, nein – ich schwöre auf meine Kladde.« Blohfeld kniff verschwörerisch die Augen zusammen und strapazierte – wie er es ja gern tat – Klischees: »Jeder Buchstabe, den die Kladde enthält, ist pures Dynamit.«

Paul ärgerte sich über seine Gutmütigkeit, als er einwilligte. Irgendwann, so schwor er sich, würde Blohfeld für all diese Gefälligkeiten zahlen müssen.

Es war für Paul kein großes Problem, in die Redaktionsräume zu gelangen. Schließlich kannte man ihn sogar an der Pforte, und er wurde anstandslos durchgewinkt. Dennoch ging er vorsichtig vor, denn auf keinen Fall wollte er Gernot Basse über den Weg laufen. Dass der Zeitungsboss sich an Katinka herangemacht hatte, wurmte ihn noch immer.

Aber alles lief glatt. Freundlich nickend durchquerte Paul die Lokalredaktion, in der Redakteure, Volontäre und Praktikanten lautstark in ihre Tastaturen hackten. Er ging schnurstracks in das nur durch eine schmale Sperrholzwand abgetrennte Büro Blohfelds. Durch eine große Glasscheibe blieb der Blick in die Redaktion allerdings frei. Paul vergewisserte sich, dass die Journalisten in ihre Arbeit vertieft waren, bevor er sich dem Schreibtisch zuwandte.

Er war sich seiner Sache sicher und sah sich gedanklich bereits auf dem Weg zurück zu seinem Atelier, als das Telefon klingelte. Blohfelds Telefon.

Paul blickte auf. In der Redaktion tippten alle fleißig weiter. Doch das Läuten beunruhigte ihn. Über kurz oder lang würde jemand auf den Anruf aufmerksam werden. Paul blickte sich um. Noch immer keine Reaktion der anderen.

Er fasste sich ein Herz und griff zum Hörer. »Ja, hallo?«

Die Stimme einer dem Klang nach älteren Dame erkundigte sich nach dem Preis für einen Veranstaltungstipp fürs Wochenende. Paul atmete auf. »Tut mir leid. Sie sind in der Lokalredaktion gelandet. Wählen Sie bitte die Nummer der Anzeigenabteilung.«

Ehe die Anruferin Gelegenheit für eine Antwort gehabt hätte, hatte Paul den Hörer schon auf die Gabel geknallt.

In der Redaktion herrschte noch immer emsige Betriebsamkeit. Paul steckte den Schlüssel, den Blohfeld ihm mit auf den Weg gegeben hatte, ins Schloss. Die schwarze Kladde fand er in der obersten Schublade. Paul steckte sie in eine Plastiktüte und beeilte sich, das Büro zu verlassen.

Der unangenehme Teil der Übung war damit überstanden. Als Paul das Treppenhaus erreichte, überkam ihn ein Gefühl des Übermuts. Blohfelds Kladde sicher verstaut, beschloss er gegen jede Planung doch noch bei Basse hineinzuschauen.

Paul ging die Treppe also hinauf statt hinunter und betrat das Vorzimmer der Chefredaktion. Das Sekretariat war verwaist. Frau Goscinnys Computer flimmerte, doch von ihr selbst war nichts zu sehen.

Paul überlegte, ob er auch ohne vorherige Anmeldung bei Basse anklopfen konnte. Im Nähertreten sah er, dass die Tür zum Büro des Redaktionsleiters angelehnt war. Paul hörte Basses Stimme:

»Nein, nein. Wie stellen Sie sich das vor? Dass kann ich unmöglich verantworten!«

Der Zeitungsboss klang ungewöhnlich angespannt.

Als Paul eine zweite Stimme hörte, hielt er überrascht den Atem an. Diese Frauenstimme war unverkennbar. Der südländische Einschlag, das im Klangbild mitschwingende Temperament ...

»Als Sie meinen Mann in Ihrem Blatt als Mörder dargestellt haben, hatten Sie weniger Skrupel.« Doro Wiesinger klang verbittert.

»Gerade deshalb werde ich Ihren Vorschlag nicht berücksichtigen können«, sagte Basse gequält.

Paul traute sich zwei weitere Schritte vor, um mehr verstehen zu können.

»Herr Basse«, säuselte Doro Wiesinger, »Sie sind ein geachteter Journalist und – wenn ich das feststellen darf – ein gestandener Mann. Ich kann nicht ganz einsehen, warum Sie aufgrund von ein paar relativ harmlosen Drohungen der Anwälte meines Mannes den Schwanz einziehen.«

Paul musste schmunzeln. Basse bei seiner Männlichkeit zu packen war ganz sicher der richtige Weg, um ihn gefügig zu machen. Nun musste er nur noch herausfinden, für was sie ihn einspannen wollte. Paul spähte in den Flur. Die Luft war rein.

»Sie müssen mich verstehen.« Basses Ton war ausweichend. »Ich stehe schon wegen meiner ersten Wiesinger-Geschichte auf der Abschussliste des Verlegers.«

»Aber nach der zweiten Story werden nicht Sie, sondern mein Mann zum Abschuss freigegeben. Das verspreche ich Ihnen.«

»Wissen Sie – mein Motto lautet, den Ball immer schön flach halten.«

»Aber ich serviere Ihnen doch die allerschönste Boulevardstory«, ereiferte sich Doro Wiesinger. »Ich gebe ja zu: Die aktuelle Freundin meines Mannes ist unheimlich jung, sehr, sehr schlank, blond, hübsch – nur fehlt ihr jegliche Ausstrahlung. Sie müssen ihr nur einmal ins Gesicht sehen. Da ist nichts – absolute Leere. Für eine Frau wie mich ist das ständige Hintergangenwerden eine Zumutung. Ich will die Scheidung ...«

» ... die Sie gewinnbringend nur erreichen können, wenn Ihr Mann durch mich in aller Öffentlichkeit als Ehebrecher vorgeführt wird«, vollendete Basse den Gedankengang. »Warum klären Sie das nicht unter sich?«

»Andi hatte seine Chance«, sagte Doro Wiesinger hart. »Wir hätten die schmutzige Wäsche im Verborgenen waschen können. Wenn er doch nur nicht so geizig wäre. Genau wie sein Vater!«

»Hmmm!« Ein Räuspern ließ Paul herumfahren.

»Kann ich Ihnen helfen?«, fragte Basses Sekretärin, die wie aus dem Nichts aufgetaucht war.

Paul schüttelte lächelnd den Kopf. »Ich wollte ohnehin gerade gehen.«

Er hatte es sehr eilig, als er die Treppen hinabhetzte. Atemlos verließ er das Redaktionsgebäude und rannte um die nächste Ecke. Dort lehnte er sich an die von der Sonne gewärmte Hauswand und holte tief Luft.

Er ließ einige Minuten verstreichen. Dann lugte er um die Ecke. Er beobachtete, wie Doro Wiesinger – heute in Seidengrün gehüllt – das Zeitungsgebäude verließ und sich stolz erhobenen Hauptes entfernte.

Irgendwie, dachte sich Paul, wirkte sie wie ein deplatzierter Paradiesvogel.

38

Paul ging zurück zum Weinmarkt. Er stieß die Tür zum Hausflur auf und trat mit Schwung ein. Um ein Haar hätte er Hannah umgerannt. Lediglich mit knappen Shorts und bauchfreiem Top bekleidet stand sie, völlig aus der Puste, im Türrahmen. Ihre Locken klebten ihr feucht an der Stirn.

»Ich bin gerade mit dem Fahrrad gekommen«, sagte sie zur Erklärung ihres Outfits.

»Das habe ich mir beinahe gedacht«, entgegnete Paul knapp.

»Was ist?«, fragte Hannah irritiert. »Wollen Sie mich nicht mit nach oben nehmen?«

»Was willst du denn bei mir?«

Hannah stemmte ihre Fäuste in die Hüften. »Na, das ist ja eine tolle Begrüßung! Ich dachte, Sie freuen sich, wenn Sie mal Besuch von einem jungen knackigen Mädel bekommen.«

Paul lächelte sie gekünstelt an. Keinesfalls durfte er Hannah in sein Atelier gelangen lassen. Sie würde sofort wissen, woher der Wind wehte, und Blohfelds Spuren entdecken. »Es passt gerade nicht so gut, Hannah«, sagte er.

Hannah nestelte an ihrem Oberteil. »Ich bin total ausgepowert. Kann ich mich nicht wenigstens kurz bei Ihnen frisch machen?«

Paul stieß die Haustür wieder auf. »Nein.«

Hannah neigte misstrauisch den Kopf. »Sie haben wohl schon Damenbesuch?«

»Und wenn es so wäre, würde es dich nichts angehen.« Paul sah Hannah an, und es freute ihn, dass sie sich nach Antoinettes Tod relativ schnell gefangen hatte und wieder ganz die Alte war.

Sie ließ sich an der kahlen Flurwand hinabgleiten und setzte sich auf eine Treppenstufe. »Okay«, sagte sie. »Dann reden wir eben hier. Ich brauche zehn Minuten Pause von der Hitze.«

Paul nickte und setzte sich neben sie. Hannah war offenbar in Plauderlaune, denn sie erzählte viel über ihr Studium. Paul bezweifelte zwar, dass dieses Thema der wirkliche Grund ihres Kommens war, ging aber darauf ein.

Hannah zupfte sich kokett an einer ihrer Locken, als sie sagte: »Mama ist ziemlich sauer auf Sie, weil Sie sich dauernd einmischen.«

Paul zog unmerklich die Brauen hoch. Er wandte den Blick ab. »Ich kann es ihr nicht mal verübeln, wenn sie so empfindet«, sagte er kleinlaut. »Man greift nicht in eine Morduntersuchung ein und unterschlägt bei jeder Gelegenheit Beweismaterial.« Nun blickte er Hannah direkt in die Augen. »Frag mich bloß nicht, warum ich das tue. Warum, zum Kuckuck, ich meine Nase immer in Dinge stecken muss, in denen sie nichts zu suchen hat.« Er stützte sein Kinn auf seine Hände. »Vielleicht meinst du, es sei Abenteuerlust. Oder die verfrühten Anzeichen einer Midlifecrisis?« Er zwinkerte Hannah zu. »Nein, nein, ist es nicht. Es ist Dummheit. Pure Dummheit. Oder mindestens zu neunzig Prozent.«

»Und die übrigen zehn Prozent?«, wollte Hannah wissen.

Paul schmunzelte. »Fünf Prozent Neugierde und die restlichen fünf Prozent, tja ...«

»Tja was?«

»Wie kann es anders sein – die restlichen fünf Prozent sind natürlich eine Frau.«

»Sie machen mich neugierig«, funkelte ihn Hannah an. »Wem wollen Sie imponieren?«

Paul lachte auf. Darauf musste seine forsche Begleiterin schon allein kommen. Noch besser wäre es natürlich, wenn Katinka es erkennen würde, dachte er mit einem Anflug von Selbstmitleid. Aber sie würde ihm wohl kaum so schnell eine neue Chance geben.

»Also gut«, unterbrach Hannah seine Gedanken. »Ihre Begründung gefällt mir. Damit kann ich etwas anfangen. Wie sehen also unsere Pläne aus?«

»Unsere Pläne?« Paul wusste beim besten Willen nicht, worauf das Mädchen hinauswollte.

»Ich kenne Sie mittlerweile ja auch schon eine Weile, Flemming.« Hannah sah ihn eindringlich an. »Ich weiß, dass Sie es nicht ertragen könnten, wenn Antoinettes Tod ungesühnt bleibt.«

»Nun …«

»Ich finde es ebenfalls unerträglich, dass sich alles um die Wiesingers dreht und Antoinette nur eine unbedeutende Nebenfigur zu sein scheint. Was ist aus dem Brief geworden, den Sie bei mir gefunden haben?«

Paul musste ihr alles, was er wusste, haarklein berichten. Während seines Berichts schüttelte sie immer wieder ungläubig den Kopf. Dann erzählte er ihr noch von dem Gespräch, das er vor Gernot Basses Büro belauscht hatte.

Nachdenklich knabberte Hannah am Daumennagel. »Weiß Mama davon?«

»Bisher nicht«, sagte Paul leise.

»Sie würden ihr gern den komplett aufgeklärten Fall servieren, um sie zu beeindrucken, ja?«, folgerte Hannah.

Paul schlug die Augen nieder. »Vielleicht hast du ein ganz klein wenig Recht mit deiner Vermutung.«

Hannah blieb zunächst in ihrer zusammengesunkenen Haltung sitzen. »Schön und gut«, setzte sie dann an. »Sie haben jetzt eine ganze Menge Stückwerk gesammelt, und alles hängt irgendwie mit der Bratwurst zusammen: Dieser Jungkuntz zog wahrscheinlich Bratwurstkönig Wiesinger über den Tisch, Antoinette war seine heimliche Tochter und wusste vielleicht durch Blohfeld von ein paar Ungereimtheiten bei den Wiesingers, und dieser untergetauchte Ex-Mitarbeiter wiederum wusste angeblich etwas über üble Machenschaften in der Bratwurstproduktion der Firma. Vermutlich wird da minderwertiges Fleisch verarbeitet.« Sie blickte ihn auffordernd an. »Warum also hocken wir uns nicht einfach vor der Wiesinger-Fabrik auf die Lauer und schauen, worin das große Geheimnis wirklich liegt?«

Paul sah Hannah verblüfft an. Er wollte schon dankend ablehnen, aber dann gefiel ihm der Einfall, gerade weil er so absurd war. »Wann?«, fragte er schließlich.

»Heute Nacht«, sagte Hannah bestimmt. »Oder zu welcher Tageszeit würden Sie Gammelfleisch anliefern?«

Paul lachte herzhaft, woraufhin ihn Hannah kräftig in den Oberarm boxte.

»Es ist mir Ernst damit«, sagte sie selbstbewusst. »Das bin ich Antoinette schuldig.«

39

Sie trafen sich gegen neun Uhr abends, um ihre ganz persönliche und völlig unvernünftige Bratwurstschwindel-Aufklärungsaktion zu starten. Paul holte Hannah mit seinem Renault vorm Noricus ab. Schweigend fuhren sie zur Wiesinger-Fabrik und suchten nach einem geeigneten Platz für ihre heimliche Observierung.

Diesmal trug Hannah eine dunkle Jeans und ein braves graues T-Shirt. Ihre Locken hatte sie zu einem stramm gekämmten Zopf gebändigt. Ihr Blick war ernst und fest entschlossen.

»Du denkst noch häufig an sie, habe ich Recht?«, erkundigte sich Paul behutsam, nachdem er den Wagen vor einer Plakatwand unter einer dicht belaubten Linde unmittelbar gegenüber der Hauptzufahrt der Fabrik abgestellt hatte.

Hannah nickte zögerlich. »Natürlich«, sagte sie leise. »Zumindest möchte ich endlich wissen, warum sie sterben musste.«

»Das möchte ich auch«, sagte Paul mitfühlend.

Es wollte nicht dunkel werden an diesem Abend. Paul und Hannah vertrieben sich die Zeit mit Radiohören. Später holte Hannah für sie beide zwei Pizzaecken von einem italienischen Imbiss ein paar Straßenecken weiter. An der Zufahrt der Wiesinger-Fabrik tat sich währenddessen rein gar nichts.

Die Zeit verstrich.

Paul schaute auf die Uhr: Es ging auf Mitternacht zu. Die beiden gerieten in einen sich steigernden Konflikt über das Radioprogramm. Paul wollte, um nicht einzuschlafen, Nachrichten auf *Bayern 5 aktuell* hören, während Hannah *Hitradio N 1* vorzog. Sie hatten sich gerade in bester Streitlaune hochgeschaukelt, als sie auf das Dröhnen eines Lkws aufmerksam wurden.

»Jetzt wird es Ernst«, sagte Paul und rutschte langsam in seinem Sitz hinunter, um sich kleiner zu machen.

Hannah tat es ihm gleich, verrenkte aber dabei den Kopf, um mehr sehen zu können. »Ein Kühl-Lkw«, stellte sie fest.

Der Lastwagen reduzierte sein Tempo, so dass sie beide einen Blick auf den weißen Kastenaufbau werfen konnten. Der Wagen trug keine Werbeaufschrift oder sonstige Hinweise auf die Fracht.

»Das ist wirklich ziemlich verdächtig«, raunte Paul Hannah zu. »Ich glaube, du hattest den richtigen Riecher.«

Der Lkw stand jetzt genau zwischen ihnen und dem Werktor. Etwa eine Minute lang geschah nichts. Paul und Hannah kauerten unruhig in ihren Sitzen. Dann wurde die Beifahrertür des Lasters geöffnet. Paul konnte erkennen, wie sich eine hoch gewachsene Gestalt aus der Kabine hievte. Beim näheren Hinsehen identifizierte Paul sie als kräftigen, vollbärtigen Mann im Blaumann.

Zu Pauls großem Missfallen ging der Kraftprotz nicht etwa aufs Wiesinger-Tor, sondern direkt auf ihr Auto zu. Paul zog den Kopf ein, doch es war unmöglich, sich auf eine so geringe Distanz unsichtbar zu machen. Ehe er dazu kam, sich einen Fluchtplan auszudenken, stand der Mann neben ihrem Wagen und klopfte an die Fahrerscheibe.

Paul wechselte mit Hannah einen unschlüssigen Blick. Dann kurbelte er die Scheibe herunter.

»Äh ja?«, war alles, was Paul imstande war zu sagen.

»'Tschuldigung!«, brummte der Riese und rieb sich den Bart. »Unser Navi hat den Geist aufgegeben.«

»Ihr Navi?«, fragte Paul befremdlich.

Der Mann nickte bedächtig. »Können Sie uns den Weg zur *Schöller* Eisfabrik beschreiben? Wir sind spät dran.«

Ohne weiter darüber nachzudenken, spulte Paul die Wegbeschreibung herunter, woraufhin sich der Riese bedankte und wieder in seinen Laster stieg. Mit lautem Röhren setzte sich der Lkw in Bewegung und verschwand um die nächste Ecke.

Paul klappte seinen Mund mehrmals auf und zu. »Ich fasse es nicht«, sagte er schließlich.

Hannah, die sich erst jetzt wieder aufgerichtet hatte, nickte. »Ich hätte mir vor Angst beinahe in die Hosen gemacht – und dann fragt uns dieser Typ bloß nach dem Weg.«

Paul kniff die Augen zusammen, um seine Gedanken zu sammeln. Er war drauf und dran, diese alberne Aktion abzubrechen. Lächerlich machen konnten sie sich genauso gut zu Hause, wo es kein anderer mitbekam.

Als er mit Hannah darüber reden wollte, stieß sie ihn mit besorgter Miene an. »Da kommt noch jemand«, flüsterte sie und deutete auf den Rückspiegel.

Paul verstellte den Spiegel, um selbst besser sehen zu können. Und tatsächlich: Vom anderen Ende der Straße näherte sich eine dunkel gekleidete Gestalt in einem langen Mantel.

»Soll ich mich wieder ducken?«, fragte Hannah.

Paul nickte und schaute erneut in den Spiegel. Die Gestalt hatte etwas Unheimliches an sich. Die Schritte waren nicht gleichmäßig, sondern zögernd. Als würde der Unbekannte auf etwas warten oder aber sich umsehen, womöglich nach einem eventuellen Verfolger. »Dann wollen wir mal schauen, was der Kerl vorhat«, flüsterte Paul.

Auch er rutschte nun wieder tiefer in seinen Sitz. Vorsichtig lugte er durch den Spalt unterhalb der Kopfstütze nach hinten. Die schwarze Gestalt hatte sich dem Wagen bis auf drei oder vier Meter genähert. Sie wurde langsamer, blieb immer wieder stehen und kam plötzlich mit wenigen schnellen Schritten auf sie zu.

»Runter, runter!«, befahl Paul Hannah. Er rechnete mit dem Schlimmsten. Waren sie aufgeflogen? Würden sie die nächsten Opfer des Killers sein?

Paul brach der kalte Schweiß aus. Er malte sich aus, wie der schwarze Mann in diesem Augenblick einen Schalldämpfer vor seine Pistole schraubte und dann mit zwei ploppenden Geräuschen seine Kugeln auf sie abfeuern würde. Die Geschosse würden das dünne Blech seines Autos wie Butter durchdringen und sie tödlich treffen ...

»Hören Sie das?« Hannahs Stimme hörte sich für Paul wie aus einer anderen Welt an.

»Was meinst du?«, fragte er.

»Dieses Plätschern.«

Paul zwang sich dazu, das Pochen in seinen Ohren zu unterdrücken. Hannah hatte Recht: Auch er hörte ein leises Plätschern, das aber kurz darauf verebbte.

Behutsam wagte er sich vor und blickte über den Fensterrand. Was er sah, traf ihn wie ein Schlag vor den Kopf: Die dunkle Gestalt entfernte sich von Pauls Renault. Sie hielt eine Schnur in der rechten Hand, genauer gesagt: eine Leine. Ein Dackel trabte neben dem Mann her und blieb ab und zu schnuppernd und sein Bein hebend stehen.

»Wo bitte«, fragte Paul entgeistert, »ist die versteckte Kamera?«

Nun reichte es! Es war genug! Paul drehte den Zündschlüssel.

»Was haben Sie vor?«, erkundigte sich Hannah.

»Was ich vorhabe?« Paul lachte mit einem Anflug von Hysterie auf. »Ich werde nach Hause fahren und mich ins Bett legen. Das habe ich vor!«

»Das können Sie nicht tun!«, protestierte Hannah.

»Aber sicher kann ich das,« sagte Paul, »ich habe mich für heute genug zum Affen machen lassen. Wir sollten einsehen, dass wir zwei lausige Hobbydetektive sind und das Observieren lieber den Profis überlassen.«

»So schnell geben Sie auf?«

Paul fixierte Hannahs herausfordernde blaue Augen. »Hör mir mal gut zu, mein Lockenköpfchen: Mein Auto ist soeben von einem Dackel angepinkelt worden. Mag ja sein, dass sich echte Detektive durch so etwas anstacheln lassen. Ich jedenfalls werte das als ein Zeichen dafür, dass ich mich zurückziehen sollte. – Und zwar jetzt.« Er schlug das Lenkrad ein und setzte den Blinker.

»Okay«, sagte Hannah barsch und legte die Hand an den Türgriff. »Dann lassen Sie mich aussteigen.«

»Was soll das?« Paul starrte sie finster an.

»Ich werde diese Sache hier notfalls auch ohne Sie durchziehen.«

»Das wirst du nicht.«

»Oh doch. Das werde ich.« Hannah öffnete die Tür.

»Mach sie wieder zu«, sagte Paul. Er stellte den Motor ab.

Die Nacht blieb ruhig. Und je mehr Zeit Paul zum Nachdenken hatte, umso mehr ärgerte er sich über sich selbst. Warum ließ er sich von diesem Mädchen zu so etwas zwingen? Warum überließ er sie nicht einfach ihrer Unvernunft?

Er vermied den Blickkontakt mit Hannah; sie beide sprachen kein Wort mehr miteinander. Paul sah das letzte Mal um kurz vor drei auf die Uhr. Dann fielen ihm die Augen zu.

»Wachen Sie auf!«

Paul hörte Hannahs Stimme und spürte gleichzeitig ihren spitzen Ellenbogen in seinen Rippen.

»Wie spät ist es?« Er rieb sich die Augen.

»Kurz vor sechs«, sagte Hannah aufgeregt. Sie tippte auf den Rückspiegel. »Es sieht so aus, als bekämen wir doch noch Besuch.«

Paul drehte am Spiegel. Inzwischen war es taghell. Dieses Mal gab er sich nicht die Mühe sich zu verstecken. Paul war sicher, dass der Lkw an ihnen vorbeifahren würde. Durchgangsverkehr. Mehr nicht.

Doch er irrte sich. Genau auf ihrer Höhe trat der Fahrer auf die Bremsen. Paul hörte deutlich das Zischen der Druckluft. Er musterte den hoch aufragenden Aufbau des Lasters, der mit fremdsprachigen Aufschriften versehen war. Paul tippte von der Buchstabenfolge her auf eine osteuropäische Sprache.

»Ob der sich auch verfahren hat?«, fragte Hannah zaghaft.

Paul wartete neugierig auf das, was sich nun tun würde. Eine Weile passierte gar nichts. Dann, plötzlich, fuhr der Lkw mit einem Rucken an und bog in das weit geöffnete Tor der Wiesinger-Fabrik.

»Mensch, Flemming«, platzte es aus Hannah heraus. »Der fährt tatsächlich da rein!«

»Na und? Ein Zulieferer um diese Uhrzeit ist doch völlig normal«, sagte er lässig, war jedoch durch die ausländische Beschriftung selbst misstrauisch geworden. Er versuchte, das Nummernschild des Lasters zu entziffern. Doch aus dieser Entfernung hatte er kaum eine Chance.

Der Lkw hatte das Tor jetzt durchquert. Paul überlegte, wie sie weiter vorgehen könnten. Vorsichtshalber nahm er seine Kamera zur Hand und schoss ein paar Fotos. Seine Bewegungen waren fahrig und die Bilder sicherlich verwackelt, aber vielleicht würde er später am Computer einiges Verwertbares aus den Aufnahmen herauskitzeln können.

Plötzlich stockte ihm der Atem: Am Rand seines Suchers sah er jemanden durch das Werktor laufen. Paul setzte die Kamera ab, um sich mit eigenen Augen davon zu überzeugen, dass neben dem Lkw tatsächlich jemand mit jugendlich sportlicher Figur und goldener Lockenmähne lief.

Paul fuhr herum: Der Beifahrersitz war leer. »Verdammt!« Er schlug kräftig auf das Polster. Was sollte der Unsinn? War Hannah lebensmüde? Sie wusste doch, dass bei den Wiesingers etwas oberfaul war, dass bereits zwei Menschen gestorben waren! Warum musste sie ausgerechnet jetzt die Heldin spielen?

Paul sprang aus dem Wagen und überquerte im Eiltempo die Straße. Der Lkw hatte inzwischen die Zufahrt verlassen und die Tore begannen sich zu schließen.

»Scheiße, Scheiße, Scheiße!«, stieß Paul aus. Er ging in geduckter Haltung weiter, damit man ihn vom Pförtnerhäuschen aus nicht sehen konnte, und zwängte sich im letzten Augenblick durch den Spalt, bevor die Tore scheppernd einrasteten.

Auf dem weitläufigen Gelände war von Hannah keine Spur. Es roch nach Schlachtung, Blut und Abfallprodukten für die Abdeckerei. Er hütete sich nach Hannah zu rufen. Im schützenden Schatten der Gebäude schlich er weiter und fluchte still vor sich hin. Ein Pfiff ließ ihn herumfahren. Er entdeckte Hannahs von der Morgensonne beschienenen Lockenkopf im Schutz einer vorgezogenen Verladerampe an einer Kühlhalle, etwa zwanzig Meter von seiner eigenen Position entfernt. Paul beeilte sich, den Weg zu ihr schnell zurückzulegen, ohne seine schützende Deckung aufzugeben.

»Sie werden es nicht für möglich halten«, empfing ihn Hannah außer Atem.

»Bist du verrückt geworden, mir einfach stiften zu gehen?«, fauchte Paul sie an.

Hannah winkte ab. »Schauen Sie sich das an«, flüsterte sie und wagte sich ein Stück weit aus ihrem Versteck unterhalb der Rampe hervor. »Sehen Sie, was die Männer aus dem Lkw laden?«

Erst jetzt registrierte Paul das geschäftige Treiben auf der Rampe über ihnen. Zwei Männer, wahrscheinlich die Fahrer des Lastwagens, hatten transparente Plastiksäcke geschultert und trugen diese ins Innere der Kühlhalle.

Paul wollte im ersten Moment nicht glauben, was er da sah: Durch die Hülle der Säcke zeichnete sich die charakteristische Form von Nürnberger Würstchen ab. Hunderte, Tausende, tiefgefroren und in Plastik verpackt.

»Wow!«, stieß Hannah aus. »So machen die das also.«

»Was machen die?«, fragte Paul fassungslos.

»Die brechen das allerheiligste Nürnberger Reinheitsgebot«, folgerte Hannah. »Die kaufen billig produzierte Bratwürste aus dem Ausland ein ...«

»... die dann in Nürnberg nur noch verpackt und als ›Original Nürnberger‹ etikettiert werden«, brachte Paul den Satz zu Ende.

Hannah sah ihn euphorisch an. »Sie hatten doch erzählt, dass Sie nicht in der Produktionshalle fotografieren durften – jetzt kennen Sie den Grund dafür.«

»Diese Tiefkühlladung erklärt so einiges«, stimmte Paul noch immer verblüfft zu.

»Die Masche ist echt krass: Die Lkws fahren hier einfach ein und aus und mischen sich zwischen die anderen Zulieferer, als wäre es das Selbstverständlichste von der Welt.«

»Mit unserer Nacht- und Nebelaktion lagen wir völlig daneben.« Paul ärgerte sich, dass sie nicht vorher draufgekommen waren. »Alles läuft ganz offen ab, als gehöre es zum normalen Tagesgeschäft. Und die Zahl der Eingeweihten kann man wahrscheinlich an einer Hand abzählen; das reicht aus, um den Laden am Laufen zu halten.«

Hannah nickte eifrig. »Wahrscheinlich kommt gleich schon die nächste Fuhre Importwürstchen, und so läuft das den ganzen Tag«

»Tja, Dreistigkeit siegt eben«, sagte Paul und meinte damit auch Hannahs Alleingang.

Diese überhörte seine Spitze und schlug vor: »Lassen Sie uns nachsehen, aus welchem Land der Laster gekommen ist.«

Ehe Paul sich versah, war sie abgetaucht und hinter dem Wagen verschwunden. Paul folgte ihr.

Das Nummernschild, aus der Nähe betrachtet, war durchaus aufschlussreich.

»Slowenien«, las Paul ernüchtert.

»Dort sind die Arbeitskräfte noch richtig günstig«, sagte Hannah sarkastisch. »Und in zwei Jahren wird die Produktion von Nürnberger Würstchen dann bis nach China verlagert. Es lebe die Globalisierung!«

»Globalisierung hin oder her«, sagte Paul und sah sich missmutig um. »Die Frage ist, wie wir hier wieder herauskommen.«

»Klettern«, entgegnete Hannah trocken.

40

Dieses Mal hatte Paul korrekt und ohne jede Zeitverzögerung gehandelt: Er hatte Katinka noch vor ihrem Aufbruch ins Büro erreicht und ihr von seinen Beobachtungen in der Wiesinger-Fabrik erzählt, ohne natürlich Hannah zu erwähnen.

Dennoch plagten Paul Gewissensbisse, als er sich mit Katinka zum Frühstücken am Hans-Sachs-Platz traf. Die Liegestühle des Lokals und die ungezwungen heitere Sommeratmosphäre, die über der Stadt lag, konnten ihn nicht so richtig aufheitern.

Katinka musterte ihn unverhohlen, während sie an ihrem Milchkaffee nippte. »Welche Laus ist dir über die Leber gelaufen? Eigentlich müsstest du mit deinem Erfolg von heute Morgen doch zufrieden sein.«

Eine ganze Armee von Läusen, dachte Paul, presste aber die Lippen zusammen.

»Jetzt sei mal ein bisschen stolz auf dich«, stachelte ihn Katinka an. »Immerhin hast du den Ruf der Nürnberger Rostbratwurst gerettet. Das, was die Wiesingers durch ihre illegalen Fremdwurstimporte betrieben haben, hätte auf lange Sicht die ganze Branche schädigen können – und ich muss dir nicht sagen, was das für Nürnberg bedeuten würde.« Katinka grinste. »Du bist der Held von Bratwurst-City!«

»Sehr witzig«, sagte Paul.

Doch Katinka gab nicht auf. »Neulich hast du mich aufzumuntern versucht, heute bin ich an der Reihe. Soll ich dir einen Tipp geben?«, fragte sie augenzwinkernd und winkte ihn näher zu sich heran. »Der echte George Clooney würde sich niemals so gehen lassen, sondern seine charmante Souveränität bewahren.«

Charmante Souveränität? Paul war überhaupt nicht danach, hier den coolen Typen zu mimen, ihn plagten böse Selbstvorwürfe.

Er hatte letzte Nacht fahrlässig das Leben von Katinkas Tochter aufs Spiel gesetzt, er verheimlichte noch immer Informationen vor ihr, wie etwa das Gespräch zwischen Doro Wiesinger und Gernot Basse oder was es genau mit dem Sommerhaus auf sich hatte. Nicht zuletzt beherbergte er einen gesuchten Mordverdächtigen in seinem Atelier. Schlimmer ging es eigentlich gar nicht. Und ausgerechnet in einer solchen Situation fing Katinka mit ihrem bescheuerten George Clooney an.

»Ich merke schon: Du bist heute nicht besonders gesprächig.« Katinka rückte ihre Prada-Sonnenbrille auf der Nase zurecht. »Dann will ich mal den Anfang machen. Aber vorweg: Welches Frühstück nimmst du? Die Croissants sind hier sehr zu empfehlen.«

»Amerikanisch«, sagte Paul trotzig, »Spiegeleier mit Speck und Toast.«

»Na gut«, sagte Katinka, nachdem sie bestellt hatten. »Jedenfalls sind wir inzwischen ein ganzes Stück weitergekommen. Die Blutspuren vom Tatort in der Wiesinger-Villa waren tatsächlich eine gute Fährte. Auch die Fußspuren waren nicht etwa die einer Putzfrau, sondern diejenigen von Antoinette. Es hat sich damit eine völlig neue Konstellation ergeben«, sagte sie und erwartete wohl, dass Paul selbst die richtigen Schlüsse ziehen würde. »Auch Antoinette könnte die Mörderin von Wiesinger gewesen sein.«

Paul verschluckte sich an seinem Kaffee. »Bitte?« Für seinen Geschmack wechselte Katinka ziemlich leichtfertig von einem Tatverdächtigen zum nächsten. »Aber wir wissen, dass Jungkuntz eng mit der Sache verstrickt war. Und die Familie Wiesinger bleibt ja wohl auch höchst verdächtig«, argumentierte er aufgebracht. »Du willst sie doch wohl nicht ungeschoren davonkommen lassen!«

Katinka tat diesen Einwand mit einer lässigen Handbewegung ab. »Natürlich nicht. Jungkuntz sitzt bereits in U-Haft und wird nicht so bald auf freien Fuß gesetzt werden. Er ist nachgewiesenermaßen ein gewitzter Betrüger und Steuerhinterzieher.

Aber«, sie sah Paul fest in die Augen, »er hat sich selbst nie die Hände schmutzig gemacht. Auch seinem Mann fürs Grobe, dem Schönen Hans, konnte nicht nachgewiesen werden, zur Tatzeit in der Nähe der Wiesinger-Villa gewesen zu sein.« Katinka nahm einen Schluck Kaffee. »Und bei den Wiesingers sind mir zur Zeit bekanntlich die Hände gebunden.«

»Na fein«, entgegnete Paul lakonisch. »Da kommt Antoinette als neuer Sündenbock wohl gerade recht.«

»Jetzt werde bitte nicht unsachlich, Paul«, rügte ihn Katinka. Sie lehnte sich zurück. »Ich sage ja nicht, dass sie es wirklich war, aber sie könnte es gewesen sein. Überleg doch mal: Es wäre möglich, dass Antoinette ihren Vater umgebracht hat, weil er sie nicht als legitime Tochter anerkennen wollte. Meinetwegen im Affekt. Sie selbst wurde später durch unglückliche Umstände Opfer eines Überfalls – vielleicht könnte man hier von Schicksal sprechen.«

Paul sah Katinka voll Unverständnis an. »Du kannst doch nicht die Freundin deiner Tochter als Mörderin abstempeln! Und es ist blanker Unsinn, ihren eigenen Tod als Zufall abzutun! Willst du ihren Brief etwa ignorieren?«

»Lieber Paul, leider muss ich immer wieder feststellen, dass du dich nicht in die Gedankenwelt anderer Leute und schon gar nicht in die von Tätern hineinversetzen kannst«, sagte sie belehrend. »Antoinettes Brief könnte auch ein Ablenkungsmanöver gewesen sein. Reiner Selbstschutz.«

»Selbstschutz?«

»Ja«, nickte Katinka, »eine Finte! Vielleicht hat sie den Brief bewusst falsch frankiert, damit wir ihn in die Hände bekommen und sie nicht verdächtigen, selbst die Täterin gewesen zu sein. Ein cleverer Schachzug von ihr.«

»Das glaube ich nicht«, sagte Paul – und doch fand er Katinkas Argumentation schlüssig. Auch er hatte sich darüber gewundert, dass Antoinette ihren Brief dermaßen ausführlich zu Papier gebracht, ihn aber mit zu wenig Porto versehen hatte. Und ein Mordmotiv hatte sie bekanntlich allemal gehabt. War

Antoinette eine kühl kalkulierende Mörderin gewesen und ihr eigener Tod am Ende wirklich nur das Ergebnis eines einfachen Verbrechens? Alles in Paul sträubte sich gegen diese Vorstellung. Vor allem die vielen Fragezeichen um Antoinettes Tod stärkten seine Zweifel. »Haltet ihr an eurem Fahndungsaufruf fest?«

Katinka wandte sich blasiert ab. »Wie oft willst du mich das eigentlich noch fragen? Blohfeld bleibt unter Mordverdacht. Hast du ein Problem damit?«

»Ja«, sagte Paul schroff. »Und du könntest bald auch eines damit bekommen. Weil du nicht einsiehst, dass die Sache inzwischen ganz andere Kreise zieht.«

Katinka musterte ihn feindselig.

»Bitte verstehe mich nicht falsch, aber ich glaube, dass wir alle von irgendjemandem an der Nase herumgeführt werden«, versuchte Paul sie auf den richtigen Weg zu bringen.

»Und – bitte sehr – von wem?« Katinka lachte rau. »Willst du mir jetzt womöglich mit einem unbekannten Dritten kommen? Wieder ein neuer Verdächtiger?«

Paul war selbst verunsichert. Es fiel ihm schwer zu argumentieren: »Immerhin kann Antoinettes Brief auch einen verklausulierten Hinweis auf den wahren Mörder enthalten.«

»Paul, lass es doch einfach sein«, sagte Katinka. »Durch dein Herumgepfusche in meiner Arbeit wird alles nur noch komplizierter.«

Seine geplante Einladung für einen gemeinsamen Abend verkniff sich Paul ebenso wie jeden Versuch, das Gespräch über die Morde fortzusetzen. Immerhin war wenigstens das Frühstück ausgesprochen gut. Beide saßen in ihren Liegestühlen, aßen und schwiegen sich an.

Passanten zogen an ihnen vorbei. Die meisten luftig gekleidet, mit einem Lächeln auf den Lippen. Paul kam sich ein wenig vor wie im Italienurlaub. Nur entspannen konnte er sich nicht, denn da stand dieser Misston zwischen Katinka und ihm. Er hielt Katinka in ihrem Auftreten für entschieden zu wankelmütig – denn er wusste, sie quälten die gleichen Fragen wie ihn.

Warum, zum Teufel, spielte sie ihm ständig etwas vor? Zugegeben: Er mischte sich in ihre Arbeit ein. Aber trotzdem musste sie erkennen, dass sie mit ihren vorschnellen Vorverurteilungen auch nicht weiterkam.

Katinka schien seine Gedanken zu erahnen. Sie tupfte sich den Mund mit einer Serviette ab und blickte ihn freundlich an. »Ich gebe zu, dass ich mich in den letzten Tagen mehrfach geirrt habe. Erst habe ich Wiesinger junior für einen Mörder gehalten, dann Blohfeld, Dr. Jungkuntz und Hans Schaller. Und nun Antoinette.« Sie kräuselte die Stirn. »Das alles ist für mich genauso schwer zu verarbeiten wie für dich. Aber im Gegensatz zu dir muss ich mir mit derartig krummen Gedankengängen meinen Lebensunterhalt verdienen. Ich bin die Anklägerin, die nach einem Mörder sucht. Spiele du meinetwegen weiter den Anwalt und werfe dich für meine Verdächtigen ins Zeug – vielleicht finden wir auf diese Weise am Ende sogar den wahren Schuldigen.«

Nun konnte auch Paul wieder lächeln. Er rechnete es Katinka hoch an, dass sie einen versöhnlichen Ton anschlug. Paul tunkte den letzten Streifen Speck ins Eigelb. »Was schlägst du also vor, was wir tun sollen?«

Katinka sah ihn einen Moment lang grüblerisch an. »Wir könnten die Akten schließen und mit dem Aktenzeichen ›ungelöst‹ versehen.«

»Und dann?«, fragte Paul verwundert.

»Und dann fahren wir gemeinsam zum Flughafen, kaufen uns ein Ticket in den Süden und lassen es uns gut gehen.«

Paul lachte. Natürlich wusste er, dass Katinka eine solche Möglichkeit niemals ernsthaft in Betracht ziehen würde. Gerade wollte er auf ihren Scherz eingehen, als er einen jungen Mann im dunklen Anzug auf sie zueilen sah. Im ersten Moment hielt er ihn für irgendeinen Banker, der seine Pause ebenso wie sie vorm *Sachs & Söhne* verbringen wollte. Doch

Katinkas wenig begeisterte Gesichtszüge signalisierten ihm, dass sie den Herannahenden persönlich kannte.

»Wer ist das?«, erkundigte sich Paul.

»Gehört zur kommenden Generation der Topjuristen«, flüsterte Katinka sarkastisch und wandte sich dem Ankömmling mit aufgesetzter Freundlichkeit zu.

»Frau Blohm«, setzte der junge Mann abgehetzt an. »Man hat mir gesagt, dass ich Sie hier finden würde. Ich habe vergeblich versucht, Sie übers Handy zu erreichen.«

Paul beobachtete amüsiert, wie Katinka ihr Telefon aus der Tasche zog und gleichgültig feststellte, dass es ausgeschaltet war.

Der Jungjurist schien das weniger lustig zu finden: »Es gibt eine wichtige neue Entwicklung im Fall Wiesinger.«

Katinka und Paul sahen auf. Wie aus einem Mund fragten sie: »Schon wieder eine?«

»Die Verkehrspolizei Ingolstadt hat sich bei uns gemeldet. Die Ingolstädter haben von unseren Ermittlungen Wind bekommen «, erklärte der junge Mann umständlich.

»Ja, und?«, fragte Katinka.

»Der Wiesinger-Porsche ist in der Mordnacht in Höhe von Ingolstadt auf der Autobahn in einem geschwindigkeitsbeschränkten Bereich geblitzt worden.«

»Zum Donnerwetter, kommen Sie endlich auf den Punkt!«, fauchte ihn Katinka an.

Der schmächtige Bote sah sie ängstlich an. »Die Kamera hat den Porsche um drei Uhr früh in Fahrtrichtung München mit Tempo zweihundertzehn erwischt.«

»Und wer saß am Steuer?«, schaltete sich Paul ein.

Der steife Nachwuchsjurist schaute ratsuchend auf Katinka, bevor er antwortete: »Frau Doro Wiesinger.«

41

Katinka hatte seufzend einen Zwanzig-Euro-Schein auf den Tisch geknallt und war mit ihrem Hilfssheriff aufgebrochen. Paul war seelenruhig in seinem Liegestuhl sitzen geblieben, denn inzwischen wunderte ihn gar nichts mehr.

Es gab also wirklich eine neue Verdächtige. Oder sollte er sagen: eine alte/neue Verdächtige? Denn ein wenig suspekt war ihm Doro Wiesinger von Anfang an gewesen. Das aufgetauchte Polizeifoto war ohne jeden Zweifel dermaßen belastend, dass die Karten für sie sehr, sehr schlecht standen.

Er erhob sich langsam aus seiner bequemen Position. Auf dem Weg zurück zum Weinmarkt versuchte er gar nicht erst, die neueste Entwicklung in irgendeinen nachvollziehbaren Sinnzusammenhang zu bringen. Irgendwie schien sich allmählich jeder als potenzieller Täter anzubieten. Ausnahmsweise war Paul einmal richtig scharf darauf, ein paar abgeklärte Worte mit seinem Mitbewohner zu wechseln, um den Wirrwarr um die Morde ein wenig zu lichten. Der alte Haudegen Blohfeld war wenigstens in der Lage, ganz pragmatisch ein paar logische Zusammenhänge zu konstruieren oder aber zu Fall zu bringen.

Als Paul seine Wohnungstür aufschloss, kam ihm der Reporter völlig aufgelöst entgegen. Er trug lediglich Boxershorts und wieder sein weißes Unterhemd. Paul gewann den Eindruck, dass Blohfeld bei einem noch längeren Aufenthalt im Exil unweigerlich verwahrlosen würde.

»Ein Anruf für Sie wurde auf Band gesprochen«, sagte der Reporter in ungewohnter Nervosität.

»Um was ging es denn?«, erkundigte sich Paul ruhig.

Der Reporter stand vor ihm und bebte vor innerer Anspannung. »Warum haben Sie mir nichts von dem Sommerhaus an der Rednitz erzählt?«

»Es hat sich eben nicht ergeben.«

»Nicht ergeben?«, fragte der andere aufgebracht. »Ich habe eine sehr aufschlussreiche Nachricht von einem sehr aufschlussreichen Menschen mitgehört, der das Wiesinger-Imperium aus dem Effeff kennt. Dieser Herr wollte Sie dringend sprechen, Flemming. Sie haben sich neulich sogar beinahe getroffen, wie ich erfahren habe.«

»Ach?«, sagte Paul mit kaum unterdrücktem Ärger. »Hatten wir nicht vereinbart, dass Sie die Finger von Telefon und Anrufbeantworter lassen?«

»Erstens werden Sie inzwischen ja nicht mehr abgehört.«

»Man kann nie wissen ...«

»Und zweitens hielt ich das für einen legitimen Weg, um möglichen neuen Hinweisen schneller nachgehen zu können.«

Paul wollte protestieren, doch war er auch neugierig. »Herr Imhof war also tatsächlich im Sommerhaus?«

Blohfeld nickte und starrte ihn diabolisch an. »Ja, er stand hinter der Gardine und hat Sie beobachtet.«

»Wie hat er mich erkannt? Und warum ist er nicht herausgekommen und hat sich zu erkennen gegeben?« Paul wurde bei dem Gedanken daran allmählich wieder ärgerlich.

»Weil er genauso viel Angst hatte wie Sie«, mutmaßte Blohfeld. »Er hat erst später von seiner Frau erfahren, dass Sie es gewesen sein mussten, der wie ein Einbrecher um das Haus gestrichen ist. Sie hat ihm dann auch Ihre Nummer gegeben.« Blohfeld plusterte sich auf und wetterte: »Warum – verdammt! – haben Sie mich nicht eingeweiht? Ihnen hätte sonst was passieren können!«

Paul sagte erst mal gar nichts und goss sich ein Glas Orangensaft ein. Dann berichtete er von seinen Erlebnissen in der letzten Nacht, von Katinkas aktuellen Hypothesen und von Frau Imhof, die den Besuch des Sommerhauses überhaupt erst veranlasst hatte.

Angesichts der brandheißen Information, die Paul von seinem Frühstück mit Katinka mitbrachte, büßten Imhof und sein Sommerhaus jedoch rasch an Interesse ein.

»Doro Wiesinger«, sagte Blohfeld salbungsvoll, und ein Funkeln trat in seine Augen. »Was für eine interessante Wendung!«

Dann schwieg der Reporter mehrere Minuten und massierte grüblerisch seine schmale Himmelfahrtsnase. »Also gut«, sagte er schließlich. »Lassen Sie mich mal einen Kurzabriss der Ereignisse versuchen, die mich endgültig entlasten könnten: Die Wiesingers betrügen auf doppelte Weise. Zum einen importieren sie illegal falsche Nürnberger Würste. Zum anderen prellen sie in seltenem Einvernehmen das Finanzamt durch ihre Scheinspenden an den Heimatbund. Alles läuft gut, doch dann drohen die miesen Geschäfte ruchbar zu werden: Hans-Paul Wiesinger heißt den Bratwurstschwindel, der wohl hauptsächlich von seinem geschäftstüchtigen Sohn ausgetüftelt wird, aus unerfindlichen Gründen nicht mehr gut, woraufhin sich Doro Wiesinger aus Angst vor der Enterbung ihres Mannes zu einer Kurzschlusshandlung hinreißen lässt: Sie tötet den Schwiegerpapa. Dann erfährt sie – vielleicht durch eine Indiskretion des Notars – von der Existenz Antoinettes. Da sie nun bereits in Übung ist, schlägt sie ein zweites Mal zu. Und sorgt auch dieses Mal durch eine falsche Fährte dafür, dass sie nicht in Verdacht gerät.«

Paul hörte den kühn konstruierten Ausführungen des Reporters fasziniert zu. »Wenn sich diese Theorie halten lässt, wäre das ein Beweis Ihrer Unschuld, den selbst Katinka nicht ignorieren könnte.«

»Ich werde nach Bekanntwerden aller Fakten zwar nicht gänzlich rehabilitiert sein, aber immerhin steigen endlich meine Chancen, mit einem blauen Auge davonzukommen.« Mit diesen Worten verschwand der Reporter in Richtung Badezimmer.

»Eines noch«, hielt ihn Paul auf. »Sie haben mir gar nicht gesagt, was Imhof von mir wollte.«

»Ach«, sagte Blohfeld lapidar. »Zweitrangig. Hören Sie den AB doch selbst ab. Er sagte, dass er im Sommerhaus Dokumente gesammelt hat, die den illegalen Wurstimport der Wiesingers belegen würden.«

»Aber das kann doch wichtig sein«, wunderte sich Paul über Blohfelds Gleichgültigkeit.

»Eben nicht. Denn Imhof musste eingestehen, dass ihm die Dokumente abhanden gekommen sind. Im Sommerhaus konnte er sie jedenfalls nicht mehr finden.« Blohfeld grinste: »Aber dank Ihrer Nacht- und Nebelaktion vor und hinter den Werktoren der Wiesingers sind diese Dokumente ja nun ohnehin überflüssig geworden.« Dann zog er die Badezimmertür hinter sich zu; kurz darauf hörte Paul das gedämpfte Prasseln der Dusche.

Paul nutzte die unverhoffte Ruhe und streckte sich auf seinem Sofa aus.

Er hatte vor, ein wenig abzuschalten, aber das gelang ihm nicht. In seinen Augen blieb Doro Wiesingers Rolle dubios. Warum, um alles in der Welt, war sie in der Mordnacht nach Nürnberg gerast, während sich ihr Mann in einem Bordell amüsierte? Aus Angst vor dem Verlust ihres Vermögens, wie es Blohfeld vermutete? Und warum hatte sich das Ehepaar anfänglich gegenseitig Alibis gegeben, indem beide zunächst ausgesagt hatten, nach Mitternacht brav in ihr Hotelzimmer gegangen zu sein? War Andi Wiesinger etwa mit im Boot und duldete stillschweigend den gewaltsamen Tod seines Vaters?

Paul, dem das amerikanische Frühstück inzwischen ziemlich schwer im Magen lag, konnte sich ausmalen, was als Nächstes passieren würde: Katinka würde Doro Wiesinger sicherlich sehr bald ein paar unangenehme Fragen stellen. Die Wiesinger würde sich schwer tun, ihre nächtliche Autofahrt zu erklären. Oder auch nicht: Denn vielleicht hatte sie sich – genau wie ihr Gatte – in jener Nacht einfach nur außerehelich amüsiert. Die gegenseitigen Alibis hätten dann lediglich den profanen Zweck gehabt, den Schein einer heilen Ehe nach außen hin zu wahren.

Die Chancen standen fifty-fifty. Je länger Paul darüber nachdachte, desto weniger konnte er sich vorstellen, dass man den Wiesingers letztlich ernsthaft an den Karren fahren konnte. Sicher: Die Strafen für den Bratwurstbetrug und die

Steuerhinterziehung würden das Wiesinger'sche Familienvermögen schrumpfen lassen. Aber was die Morde anbelangte – hatte Katinka ausreichend schwerwiegendes Beweismaterial in der Hand?

Paul überlegte: Er war ja noch immer mit der Konzeption und Gestaltung des neuen Würstchenkatalogs betraut. Er hatte also einen guten Vorwand, noch einmal im Hause Wiesinger vorbeizuschauen.

Ein nervöses Kribbeln stieg in ihm auf, als er – ohne den noch immer im Badezimmer beschäftigten Blohfeld in Kenntnis zu setzen – erneut sein Atelier verließ.

42

Als Paul am Werktor der Wiesinger-Fabrik eintraf, grüßte er selbstbewusst ins Pförtnerhäuschen. Der Pförtner blickte ihn unbeeindruckt an. »Ja?«

»Ich bin hier beschäftigt«, sagte Paul. »Zumindest zeitweise. Ich bin der Fotograf für den neuen Imageprospekt.«

Der Pförtner verzog keine Miene. »Den Betriebsausweis, bitte.«

»Sie verstehen nicht recht«, erklärte Paul. »Ich bin freier Fotograf, aber von Herrn Wiesinger persönlich beauftragt.«

Sehr langsam und übertrieben deutlich wiederholte der Pförtner: »Ich brauche einen Betriebsausweis.«

»Begreifen Sie nicht? Ich fotografiere für Ihren Chef!«

Pauls Drohgebärde fruchtete nichts. Sein Gegenüber griff zum Telefon.

»Wen rufen Sie an?«, fragte Paul.

»Das Vorzimmer von Herrn Wiesinger.«

Paul hob beschwichtigend die Hände. »Das wird nicht nötig sein. Es gibt ganz bestimmt eine Liste der zugangsberechtigten Personen. Dort bin ich sicher erwähnt.«

Der Pförtner behielt seinen unbeteiligten Gesichtsausdruck bei, als er den Hörer auflegte und ein abgenutztes DIN-A4-Buch zur Hand nahm. »Wie, sagten Sie, war der Name?«

»Flemming.«

Im selben Moment ertönte die dröhnende Hupe eines Lkw. »Einen Moment, bitte«, sagte der Pförtner zu Paul und wandte sich einem hinter ihm angebrachten Bildschirm für die Zufahrtskontrolle zu.

Während sich das Gespräch um Ausweise und Zugangsberechtigungen mit dem Fahrer des Lkw wiederholte, nutzte Paul die Zeit, um aus blanker Neugierde einen Blick in das Besucherbuch des Pförtners zu werfen. Er beugte sich über den Fensterrahmen der Pförtnerloge und blätterte vorsichtig durch die Seiten.

Pauls Interesse war keineswegs zielgerichtet. Umso mehr überraschte es ihn, auf einen sehr vertrauten Namen zu stoßen. »Antoinette!«, stieß er leise aus. »Was zum Teufel ...« Er sah nach dem Pförtner, doch der zeigte ihm seinen breiten Rücken und sprach durch ein Mikrophon mit dem Fahrer des Lkw.

Paul drehte das Buch zu sich herum. Hinter Antoinettes Namen waren mehrere Daten verzeichnet. Paul sah sich die anderen Spalten hinter den Datumseinträgen an. Dort waren die jeweiligen Abholer eingetragen. Paul konnte die Handschrift des Pförtners nur schwer entziffern, doch schließlich setzte er aus den schnell geschriebenen Silben den Namen Wiesinger zusammen. Und zwar bei allen drei Besuchsterminen. Vor dem Wort Wiesinger war jeweils der Buchstabe D angegeben.

Paul pfiff leise durch die Zähne. Doro Wiesinger?

Hektisch schob Paul das Buch zurück. Keine Sekunde zu früh, denn der Lkw fuhr dröhnend an ihm vorbei, und der Pförtner richtete seine volle Aufmerksamkeit auf Paul.

»Flemming, sagten Sie?« Er blätterte in seinem Besucherbuch. Dann schüttelte er den Kopf. »Herr Wiesinger hat Sie mit einem Sperrvermerk versehen. Ich kann Sie nicht passieren lassen.«

»Und was ist mit meinem Auftrag?«

Der Pförtner blieb ruhig. »Sie werden sich wohl einen anderen Auftraggeber suchen müssen.«

»Sehr freundlich von Ihnen«, sagte Paul mit einem Anflug von Sarkasmus.

Es hatte wenig Zweck, mit dem stoischen Wachmann weiterzudiskutieren. Paul entschied sich für einen würdevollen Rückzug, immerhin hatte er eine unfassbare neue Information gewonnen: Antoinette hatte sich mehrmals mit Doro Wiesinger getroffen. Er war gespannt, was Katinka dazu sagen würde.

Paul hatte sich nur wenige Schritte entfernt, als er hinter sich das verräterische Klackern von Stöckelschuhen hörte. Ungläubig drehte er sich um.

Doro Wiesinger trug wieder ein extravagantes Kleid, diesmal in leuchtendem Gelb. Sie hatte die Pforte offenbar kurz nach ihm passiert und redete wild gestikulierend auf ein Handy ein. Zu Pauls Erleichterung bemerkte sie ihn nicht.

Paul drückte sich an einen Baum und versuchte sich unsichtbar zu machen. Doro Wiesinger war ungefähr fünf Meter von ihm weg. Von ihren Worten, die sie ins Telefon sprach, bekam er nur Bruchstücke mit. Immerhin glaubte er zu verstehen, dass es um Geld ging, wohl um eine größere Summe. Doro Wiesingers Stimme hatte einen dringlichen Ton.

Gerade als er sich aus seinem Versteck herauswagen wollte, bog die schwarze Limousine der Wiesingers in die Straße ein. In Höhe von Doro Wiesinger blieb das Luxusgefährt stehen. Schönberger schwang sich heraus. Dann öffnete er die hintere Tür.

Aus dem Wagen meldete sich eine Stimme zu Wort: »Du wirst einen Anwalt brauchen. Die Staatsanwaltschaft hat versucht dich zu erreichen.«

Paul erkannte Andi Wiesingers überheblichen Tonfall sofort.

»Ich kann mir denken, worum es geht: Die Bullen haben mich in der Nacht auf der Autobahn geblitzt«, giftete Doro Wiesinger. »Na und? Was besagt das schon?«

»Eine ganze Menge, wenn man seinen gesunden Menschenverstand benutzt«, antwortete ihr Mann mit einem Anflug von Gehässigkeit. »Jedenfalls stellt es dein Alibi in Frage. Kannst du dir das leisten?«

»Du ... du ...!«

Paul hörte trotz der Entfernung, wie Doro Wiesingers Stimme bebte.

»Möchten Sie bitte einsteigen?«, übte der Chauffeur einen sanften Druck auf sie aus und hielt weiter die Tür auf.

»Ich denke nicht daran!« Sie stemmte die Arme in die Hüften. »Soll es doch die ganze Stadt erfahren, dass es mit den Wiesingers zu Ende geht.«

»Still!«, herrschte Andi Wiesinger sie an, der nun ebenfalls die Limousine verließ. »Nichts geht zu Ende. Die Sache mit Jungkuntz werden wir vor Gericht regeln. Und wegen der Würstchen verhandeln unsere Anwälte mit dem Rechtsreferat der Stadt. Nach zwei, drei Tagen Produktionspause ist das Thema vom Tisch.«

»So billig wirst du nicht davonkommen«, giftete Doro Wiesinger. »Dein Vater hat deinen Geschäftsstil nie gut geheißen.«

»Schrei nicht so in der Gegend herum!«, ermahnte sie Andi Wiesinger erneut. »Steig endlich ein. Ich rufe meine Anwälte an, und Schönberger wird dich nach Hause fahren.«

Der Chauffeur setzte sich weisungsgemäß wieder hinter das Steuer und wartete.

»Das werde ich nicht tun!«

»Du verstehst noch immer nicht«, sagte Andi Wiesinger. »Nicht ich stecke in Schwierigkeiten, sondern du.«

Paul machte sich hinter dem Baum so schmal, wie er konnte. Dennoch fürchtete er, jeden Moment entdeckt zu werden.

»Willst du mir etwas anhängen?«, forderte Doro Wiesinger ihren Mann weiter heraus.

Der ließ sich nicht lange bitten. »Ich bin nicht blind, Doro: Es ist nicht an mir vorbeigegangen, dass du dich mit dieser Französin getroffen hast. Mehrmals sogar.«

»Sie tat mir leid, das ist alles. Sie hat sich mir anvertraut, und ich wollte zwischen deinem Vater und ihr vermitteln. Dazu ist es zwar nicht gekommen, weil sie zu ungeduldig war und selbst Kontakt zu ihm aufgenommen hatte, doch immerhin habe ich mich um sie bemüht. Aber so etwas wie Mitgefühl ist dir ja fremd.«

Andi Wiesinger lachte auf. »Ausgerechnet du sagst das? Wo du ständig um jeden Cent deines Erbes bangst! Dein angebliches Mitgefühl nehme ich dir nicht ab, Doro. Die Polizei wird es ebenso wenig tun. Die Kleine war dir ein Dorn im Auge!«

Doro Wiesinger funkelte ihren Mann böse an.

Dieser legte mit Gewalt einen Arm um ihre Schulter. Seine Stimme klang jetzt säuselnd: »Steig ein, Doro. Schönberger hat für dich sogar die Minibar nachgefüllt.«

»Du bist ekelhaft.«

»Was hast du in jener Nacht in Nürnberg gemacht?«

Paul wünschte sich inständig, nicht die Aufmerksamkeit des streitenden Paares zu erwecken, und drückte sich dicht an den Baum. Vom Rest des Gesprächs bekam er kaum etwas mit. Die Wiesingers zankten noch eine Weile in gedämpftem Ton. Dann ließ Andi Wiesinger seine Frau unvermittelt stehen und passierte grußlos den Pförtner.

Doro Wiesinger ging ihm einige Schritte hinterher und schaute ihm dann perplex nach. Paul meinte zu erkennen, wie ein leichtes Zittern durch ihren Körper ging.

Während Paul überlegte, was er tun sollte, winkte sie die wartende Limousine zu sich heran. Der schwere Wagen rollte langsam bis an den Bordstein neben sie, und das Fahrerfenster glitt herunter. Paul sah Schönbergers schlohweißen Haarschopf.

»Darf ich Sie jetzt nach Hause fahren, Frau Wiesinger?«, erkundigte sich der Chauffeur.

»Nein, nein, nicht nach Hause. Zum Flughafen!« Sie stieg ein, viel schneller, als Paul hätte reagieren können. Schönbergers verwunderte Frage »Kein Gepäck?« war das Letzte, was

Paul hörte, bevor sich das massige Gefährt nahezu geräuschlos in Bewegung setzte.

Ratlos sah Paul auf das schnell kleiner werdende Heck. Hatte er richtig gehört? Nur schwer konnte er sich vorstellen, was in Doro Wiesinger vorging und ob sie wirklich glaubte, sich Hals über Kopf davonstehlen zu können.

Er wählte Katinkas Nummer. Endlose Sekunden hörte er lediglich das Rufzeichen. Von der Limousine war inzwischen nichts mehr zu sehen.

»Ich bin in einer Besprechung«, zischte Katinka ins Telefon. »Ruf später wieder an.« Damit legte sie auf.

Paul fuhr sich mit der freien Hand aufgebracht durchs Haar und betätigte die Wahlwiederholung. Wieder musste er lange warten. Dann hörte er Katinka fauchen: »Ich bin im Büro des Oberlandesgerichtspräsidenten.«

»Bekommst du einen Haftbefehl für Doro Wiesinger?«, wollte Paul wissen.

»Bist du verrückt? Eine zweite überstürzte Aktion gegen ein Mitglied dieser Familie kommt nicht in Frage.« Flüsternd fügte sie hinzu: »Ich kämpfe gerade dafür, sie wenigstens vorladen zu dürfen.«

»Dafür bleibt keine Zeit«, drängte Paul. »Doro Wiesinger will türmen!«

Als keine Antwort folgte, erkannte Paul, dass Katinka bereits wieder aufgelegt hatte. Energisch drückte er wieder die Wahlwiederholung. Dieses Mal meldete sich nur Katinkas Mobilbox. Mit Wucht trat Paul gegen den Stamm des Baums, bevor er ihr mit kaum unterdrückter Wut aufs Band sprach.

Dann wählte er seine eigene Nummer.

Blohfeld war sofort am Apparat. »Ja?«

»Ich bin's: Flemming. Nehmen Sie sich meinen Wagen und fahren Sie zum Flughafen! Ich komme mit dem Taxi hinterher.«

»Moment, Moment«, bremste der Reporter Pauls Schwung. »Was soll ich beim Airport? Mein Haftbefehl ist noch nicht aufgehoben. Ihre Freundin wird mich sofort einkassieren.«

»Vergessen Sie Katinka!«, herrschte Paul ihn an. »Doro Wiesinger ist auf dem Weg zum Flughafen.«

Diese Information reichte Blohfeld. Er legte auf. Paul rief die Taxizentrale an.

43

Kurz hinter dem Kreisel im Zufahrtsbereich des Flughafens staute sich der Verkehr. Paul bezahlte den Taxifahrer und sprang aus dem Wagen. Er rannte an den Parkhäusern und dem Hotel vorbei und eilte in Richtung der gläsernen Schiebetüren vor der Abflughalle 1. Dann blieb er abrupt stehen: In einer Parkbucht wenige Meter von ihm entfernt stand die Wiesinger-Limousine. Sollte Doro Wiesinger womöglich erst jetzt angekommen sein? Paul näherte sich argwöhnisch dem Wagen und wollte einen Blick durch die getönten Scheiben riskieren. Als er in Höhe der Fahrertür angelangt war, wurde diese unversehens aufgerissen. Das chromverzierte Metall traf ihn schmerzhaft am Schienbein.

»Verflucht, was soll das?«

Chauffeur Schönberger stieg aus dem Wagen und baute sich vor ihm auf. »Ich muss Sie doch sehr bitten, Ihre Neugierde zu zügeln«, sagte er ernst.

Paul rieb sich das Knie. »Das haben Sie absichtlich getan.«

»Ja, weil Sie sich absichtlich meinen Arbeitgebern in den Weg stellen.«

Paul musterte den Weißhaarigen verärgert. »Sie schützen die Falschen!«

Paul wollte an Schönberger vorbei, doch auch der trat einen Schritt zur Seite. »Ich werde es jedenfalls nicht zulassen, dass Sie Herrn und Frau Wiesinger weiter belästigen. Mir ist längst klar, dass Ihr Interesse für den Imageprospekt nur vorgeschoben war.«

»Und ich werde es nicht zulassen, dass der Mord an dem jungen Mädchen – Hans-Paul Wiesingers Tochter – ungesühnt bleibt.« Paul sprang vom Bordstein und entfernte sich schnellen Schrittes von der Limousine. Der Fahrer machte keine weiteren Anstalten ihn aufzuhalten.

Trotz der vielen Menschen sah Paul Blohfeld sofort: Der Reporter hatte sich unterhalb der Anzeigentafeln am Ende der Abflughalle platziert und winkte ihm zu.

»Ich habe schon das ganze Terminal abgeklappert«, empfing Blohfeld den abgehetzten Paul. »Von Doro keine Spur. Was soll sie eigentlich für einen Grund für diesen überstürzten Aufbruch haben? Weiß Sie etwa von dem Verdacht gegen sich?«

Während sich Paul hektisch umsah, berichtete er von seinen neusten Informationen.

»Mit anderen Worten: Wir können jetzt guten Gewissens zuschlagen«, fasste Blohfeld zusammen.

Paul nickte bekräftigend. »Womöglich hatte Antoinette Vertrauen zu Doro gefasst und sich ihr offenbart. Ich weiß, was Sie jetzt denken: Antoinettes Verhalten war völlig irrational.«

»Sie vergessen, dass Verbrechen selten rational sind«, belehrte ihn Blohlfeld. »Ich stimme Ihnen also zu. Wie sieht Ihr Plan aus?«

»Ich weiß es nicht. Aber wenn wir sie abfliegen lassen, werden wir die Wahrheit womöglich nie erfahren.«

Die beiden setzten sich in Bewegung und gingen die Ladenstraße in Richtung Abflughalle 2 entlang. Weder in den Shops noch an den Bars konnte Paul das auffällige Gelb von Doro Wiesingers Kleid erblicken.

»Selbst wenn wir sie finden, haben wir kaum etwas in der Hand, um sie aufzuhalten«, sagte Blohfeld außer Puste.

»Ich bitte einen Polizisten um Hilfe«, sagte Paul wild entschlossen, als sie in die lichtdurchflutete zweite Abflughalle gelangten. »Dort hinten steht einer.«

Blohfeld griff sich blitzschnell einen ausliegenden Reiseprospekt und verbarg dahinter sein Gesicht. »Tolle Idee«, sagte er bissig. »Der wird seine Handschellen nicht Doro, sondern mir anlegen. Vergessen Sie nicht, dass nach mir gefahndet wird!«

Paul fluchte still in sich hinein, während sie eine Rolltreppe benutzten, um auf die Empore der Halle zu gelangen. Von dort konnten sie die Schalter der verschiedenen Fluggesellschaften überblicken. Von Doro Wiesinger war weit und breit nichts zu sehen.

»Doros Motive für die Morde liegen trotz aller Indizien ziemlich im Dunkeln«, ließ Blohfeld letzte Zweifel anklingen.

»Nehmen wir an, sie wollte ihren Schwiegervater erpressen«, sagte Paul. »Sei es wegen des Bratwurstbetrugs oder der Geldwäsche im Heimatbund oder wegen Antoinette. Sie schlug ihm möglicherweise einen Tausch vor: ihr Schweigen gegen die Scheidung von Andi und finanzielle Entschädigung für die Jahre in ihrer Ehehölle.«

»Und Antoinette musste sterben, weil sie den Deal belauschte oder sogar Zeugin des Mordes war?«, folgerte Blohfeld. »Das erklärt manches – nicht aber den fiesen Hinterhalt, in den mich die Wiesinger gelockt hat, indem sie eines meiner Seidentücher neben der Toten platziert hat. Warum musste sie ausgerechnet mich in die Sache hineinziehen?«

»Vielleicht waren Sie ihr unangenehm aufgefallen, als Sie sich nach dem Mord in der Wiesinger-Villa mit ihr unterhalten hatten.«

»Unterhalten? Kein Wort hatte sie mir gegenüber fallen lassen.«

»Dafür Sie Ihr Halstuch ...«

Blohfeld überlegte kurz. »Wahrscheinlich haben Sie Recht: Ich muss es bei meinen Recherchen in der Wiesinger-Villa verloren haben. Für Doro bot sich damit die Gelegenheit, die Spur auf mich zu lenken.«

Eine Lautsprecherdurchsage unterbrach ihr Gespräch: »Letzter Aufruf für die Passagiere gebucht auf *Air France* 5525 nach Paris Charles de Gaulle mit Weiterflug nach Rio de Janeiro. Bitte finden Sie sich umgehend an Gate 16 ein.«

Paul und Blohfeld sahen sich an. »Ist Doro nicht Brasilianerin? Das ist unsere letzte Chance«, sagte Blohfeld. »Wir bauen uns links und rechts der Sicherheitskontrollen auf. Wenn Doro dort noch nicht durch ist, erwischen wir sie.«

Beide rannten zu den Zugängen für die Personen- und Handgepäckkontrollen. Vor den Kontrollstraßen hatten sich lange Schlangen gebildet. Sie teilten sich auf und musterten im Eiltempo die Wartenden.

Paul hatte damit gerechnet, dass sich Doro Wiesinger tarnen würde, vielleicht mit hochgestelltem Kragen, ins Gesicht gezogenem Hut und Sonnenbrille. Doch Doro Wiesinger erfüllte dieses Klischee nicht. Als sie die Schlange verließ und sich mit nach oben gehaltenem Flugticket vorzudrängeln versuchte, hatte Paul keinerlei Mühen, sie in ihrer knallfarbenen Garderobe zu erkennen.

Auch sie hatte ihn sofort im Visier. Sie fixierte ihn feindselig, als Paul sie ansprach: »Frau Wiesinger, Sie können nicht abfliegen.«

Doro Wiesingers tiefschwarze Augen funkelten. »Sie, Herr Flemming, haben mir gar nichts zu sagen.«

»Was halten Sie davon, wenn wir die Polizei hinzuziehen?« Blohfeld stand Paul jetzt bei.

Doro Wiesinger zuckte zusammen. »Lassen Sie mich in Ruhe. Sie haben genug Unheil angerichtet.«

»Das trifft wohl eher auf Sie zu«, sagte Blohfeld bestimmt. »Ich schlage vor, Sie verzichten auf eine unschöne Szene in aller Öffentlichkeit und begleiten uns.«

Beunruhigt stellte Paul fest, dass sie die Kontrollstelle nun fast erreicht hatten. Lediglich zwei andere Passagiere standen noch vor ihnen.

»Ich denke nicht daran!« Doro Wiesinger verschränkte die Arme und schob das Kinn vor.

»Man wird Sie nicht an Bord lassen«, bluffte Paul.

Doch Doro Wiesinger sah sie nicht mehr an. Der Kontrolleur winkte sie durch die Torsonde.

Paul und Blohfeld hatten keine Möglichkeit ihr zu folgen. »Ohne Ticket kommen wir nicht weiter«, stellte Paul überflüssigerweise fest.

»Wir waren so nahe dran.« Blohfeld richtete sich auf, straffte seine Schultern und befahl Paul: »Rufen Sie noch mal bei Ihrer Freundin an. Sie soll sich um einen internationalen Haftbefehl kümmern. Vielleicht können wir Doro damit beim Umsteigen in Paris schnappen.«

Von der anderen Seite der Sicherheitskontrolle erreichten sie plötzlich laute Stimmen. Energische Rufe von Männern und dazwischen – unverkennbar – der schrille Protest von Doro Wiesinger.

Paul reckte den Kopf, um durch die Torsonde hindurch mehr erkennen zu können. Er sah die Uniformen mehrerer Polizisten. Und dann atmete er auf: Katinkas blondes Haar hob sich kontrastreich vom unübersichtlichen Trubel um sie herum ab.

Blohfeld ließ sich seine Überraschung kaum anmerken und kehrte sogleich den nüchternen Profi heraus. Er drängte Paul, zum Wagen zurückzugehen, den er in der Kurzparkzone vor dem Terminal abgestellt hatte. Im Kofferraum lag – zu Pauls Erstaunen – seine Kameraausrüstung. »Die Exklusivstory von Doros Verhaftung wird mein Wiedereinstieg ins Boulevardgeschäft«, verkündete Blohfeld.

Paul schraubte ein Teleobjektiv vor seine Kamera und blickte durch den Sucher. Ihr Timing war perfekt: Sie mussten keine Viertelstunde am Auto warten, dann glitten die Glastüren des Terminalgebäudes auf. Begleitet von zwei Polizistinnen und gefolgt von einem Tross weiterer Beamter in Uniform und Zivil trat Doro Wiesinger hoch erhobenen Kopfes heraus.

Paul zoomte näher heran. Er konnte ihr Gesicht deutlich erkennen. Was er sah, beeindruckte ihn nachhaltig. Sie trug einen überzeugenden Stolz zur Schau. Fasziniert folgte ihr

Paul mit seinem Teleobjektiv: Doro Wiesingers Mimik und auch ihre Körperhaltung drückten etwas Unbeugsames aus. Warum auch immer sie zur Mörderin geworden war – zum Bereuen war sie ganz offensichtlich noch nicht bereit.

»Verflucht, Flemming, drücken Sie endlich ab!«, drängte ihn Blohfeld.

Kaum den Kopf aus der Schlinge und schon große Töne spucken, dachte Paul genervt und anerkennend zugleich. Also tat er ihm den Gefallen und löste mehrmals aus. Auch die obligatorische und meistens demütigende Szene, in der die Tatverdächtige mit aufgelegter Hand in den Fond eines Streifenwagens geschoben wird, bannte er auf ein Bild.

Sehr schnell löste sich der Menschenauflauf vor der Abflughalle auf. Eine Kolonne silbergrüner Autos passierte Pauls Renault zügig, doch Paul merkte sehr wohl, dass Blohfeld nervös war.

Mit einigem Abstand folgte Katinkas Mini. Die Staatsanwältin hielt neben ihnen, beugte sich über den Rahmen der Fahrertür und lächelte den beiden Männern zu. »Ihr habt euch soeben wegen unerlaubten Parkens in der Kurzhaltezone schuldig gemacht. Für diese Verkehrswidrigkeit kann ich euch lebenslänglich hinter Gitter bringen – mindestens.«

»Wenn es weiter nichts ist«, entfuhr es dem sichtlich erleichterten Blohfeld.

»Nun«, sagte Katinka, »nach der Festnahme von Frau Wiesinger sind Sie in weiten Teilen vorläufig entlastet, Herr Blohfeld. Aber wegen Behinderung der Justiz, Unterschlagung von Beweismitteln und einer ganzen Reihe anderer Delikte werde ich Ihnen in nächster Zeit einige unangenehme Fragen stellen müssen. Und dir auch, Paul.«

Paul lachte verhalten, während der Reporter sich vor Spaß auf die Schenkel klopfte.

»Nehmen Sie die Sache nicht allzu sehr auf die leichte Schulter«, warnte ihn Katinka. »Sie müssen mich auf jeden Fall zum Haftrichter begleiten, Herr Blohfeld. Wenn Sie Glück haben, kommen Sie unter Auflagen und gegen Kaution frei. Aber es wird ein Nachspiel für Sie geben.«

Blohfeld öffnete die Tür, um das Fahrzeug zu wechseln. »Danke für Kost und Logis«, sagte er gut gelaunt zu Paul und stieg aus. Katinka sah Paul überrascht an, sagte aber nichts.

Viel konnte dem Reporter nicht passieren, dachte sich Paul. Sicher musste Katinka eine Weile die strenge Gesetzeshüterin mimen, aber faktisch war Blohfeld aus dem Schneider.

»Hat Doro Wiesinger schon irgendetwas gesagt?«, fragte Paul Katinka, die die Beifahrertür für Blohfeld aufstieß.

Katinka schüttelte den Kopf, während es sich Blohfeld neben ihr bequem machte. »Nein. Sie verweigert die Aussage. Das eiskalte Püppchen hat versiegelte Lippen.« Dann gab sie Gas und ließ ihre durchdrehenden Reifen auf dem Asphalt quietschen.

44

Endlich allein!

Paul ging durch sein Atelier und schaute sich voller Wohlbehagen um. Vor dem lebensgroßen Aktbild mit der Mokkabraunen blieb er stehen und zwinkerte ihr vergnügt zu. Dann stellte er seine Espressomaschine an und gab sich besonders Mühe mit dem Milchschaum seines Cappuccinos.

Als er sich an seinen Schreibtisch setzte, um endlich die Fotos aus den Felsenkellern zu bearbeiten, fiel sein Blick auf die neben der Tastatur liegenden Playmobilfiguren.

Jetzt, nachdem der Fall gelöst war, konnte er sie getrost beiseite räumen. Einzeln nahm er sie in die Hand, den alten Wiesinger, Blohfeld, Antoinette, Andi Wiesinger, und ließ sie schließlich in einer Schublade verschwinden. Am Schluss waren nur zwei Figuren übrig: die von Doro Wiesinger und das überschüssige Männchen, für das er nie eine Verwendung gefunden hatte.

Er nahm die aufgedonnerte Playmobildame zwischen Daumen und Zeigefinger und betrachtete sie aufmerksam. Doro Wiesinger war für ihn bis zum Schluss rätselhaft geblieben. »Jetzt ist es vorbei mit deinem sorglosen Leben«, flüsterte er.

Etliche der offenen Fragen waren durch Doros Täterschaft beantwortet worden. So zum Beispiel ihr denkwürdiger Auftritt bei Pauls erstem Besuch in der Wurstfabrik: Dass sie sich ihm an den Hals geworfen hatte, war nicht, wie Paul zunächst angenommen hatte, der Wunsch nach einer unverbindlichen Affäre mit ihm gewesen. In Wahrheit hatte es sich um ein cleveres Ablenkungsmanöver gehandelt. Sie wollte ihn im Auge behalten und gleichzeitig abwimmeln. Denn sie hatte viel zu tun: eigene Spuren verwischen, falsche Fährten legen und neugierige Fragesteller wie Blohfeld von sich fernhalten.

Mit gewisser Anerkennung im Blick drehte Paul die Spielfigur in seiner Hand. Nach wie vor blieben allerdings einige Fragen offen. Noch immer hatte er kein schlüssiges Bild vom Verlauf der Mordnacht in der Wiesinger-Villa vor Augen.

Er versuchte sich gedanklich an einer Rekonstruktion: Wiesinger senior hielt sich nach einem langen Tag in seinem privaten Arbeitszimmer auf. Sein Sohn und die Schwiegertochter wähnte er außer Haus. Auch das Personal hatte längst Feierabend, abgesehen vom alten Schönberger, der weit ab vom Geschehen in seinem Zimmer schlief. Wiesinger war nervös, denn er erwartete Damenbesuch. Er ahnte, dass die junge Frau mehr wollte als nur das angekündigte Gespräch über ihr Referat. Er hatte schon nach dem ersten Telefonat mit der Französin an die Sünden seiner Vergangenheit zurückgedacht und Vermutungen angestellt. Aus diesem Grund war auch der Notartermin vereinbart worden – Wiesinger wollte auf Nummer Sicher gehen.

Wahrscheinlich hatte er auch von den Treffen seiner Schwiegertochter mit Antoinette erfahren. Sie trugen zu seinem Misstrauen bei. Aus diesem Grund hatte er sich für den Abend ein Konzept zurechtgelegt: Dieses Konzept bestand weitestgehend aus Geld. Er würde sich anhören, was das Mädchen zu sagen hatte. Er würde alles tun, um die Sache nicht an die Öffentlichkeit gelangen zu lassen. Ein Gentest oder ähnlich auffällige Aktionen kamen für ihn nicht in Frage. Er würde sie großzügig abfinden und die Sache damit ein für alle Mal aus der Welt schaffen.

Doch Hans-Paul Wiesinger hatte nicht mit der Willenskraft und dem Temperament seiner unehelichen Tochter gerechnet. Antoinette machte ihm die Hölle heiß. Das Geld war ihr egal – oder aber es war zu wenig. Vielleicht wollte sie Anerkennung, väterliche Liebe oder hatte andere Forderungen, die sich nun nicht mehr rekonstruieren ließen. Jedenfalls kam es zum Streit, in dessen Verlauf eine Scheibe zu Bruch ging und Antoinette sich ihre Hand verletzte. Anschließend trat Doro Wiesinger auf den Plan. Überraschend aus München zurückgekehrt, platzte sie in die turbulente Szene zwischen Vater und Tochter.

Aus Pauls Sicht gab es für den weiteren Verlauf nur zwei mögliche Varianten. Erstens: Doro Wiesinger traf genau während des Streits zwischen Wiesinger senior und Antoinette in der Villa ein. Da sich Antoinette hinter dem Vorhang versteckte, bemerkte sie sie nicht und versuchte mit dem alten Wiesinger über ihre Scheidung zu sprechen. Als dieser nicht darauf eingehen wollte, wurde sie wütend und drohte ihm. Vielleicht damit, dass sie den Fleischbetrug auffliegen lassen würde, wenn er nicht auf ihre Forderungen einging. Die Situation eskalierte, es kam zum Eklat mit tödlichem Ausgang. Als Antoinette ihr Versteck verließ und flüchtete, erkannte Doro sie und wartete auf die passende Gelegenheit, um auch sie mundtot zu machen. Alibis verschaffte sie sich durch ihre angeblich in München verbrachte Nacht und durch den am Tatort drapierten Seidenschal Blohfelds.

Diese erste Version würde sich in weiten Teilen mit den Aussagen aus Antoinettes Brief decken. Doch auch die zweite Möglichkeit war schlüssig: Doro Wiesinger kam zu später

Stunde in der Villa an. Sie hörte den Lärm aus dem Arbeitszimmer und lauschte an der Tür. Sie schlug sich spontan auf die Seite von Antoinette, versetzte ihrem tobenden Schwiegervater den tödlichen Schlag und riet Antoinette zur Flucht. Später fürchtete sie dann, von der Französin verraten zu werden, und tötete sie.

Sehr geschickt, attestierte Paul Doro Wiesinger und legte die Playmobilfigur langsam zu den anderen in die Schublade. Blieben dennoch ein paar Fragen. Etwa über Sinn und Zweck von Antoinettes Abschiedsbrief: Hatte sie ihn versehentlich oder absichtlich mit zu wenig Porto versehen? Wenn ein Vorsatz dahintersteckte, wollte sich Antoinette mit dem Brief wahrscheinlich absichern: Sollte ihr etwas zustoßen, konnte sie zumindest davon ausgehen, dass ihre Version der Geschichte schwarz auf weiß dokumentiert war. – Doch warum hatte sie nicht konkret Doro Wiesinger als Mörderin genannt?

Paul verspürte Lust auf eine zweite Tasse Cappuccino. Auf dem Weg zur Küchenzeile betätigte er mit dem Ellenbogen die Abhörtaste seines blinkenden Anrufbeantworters. Jan-Patrick hatte eine Nachricht hinterlassen und ihn und seine Freunde zum Abschluss seiner Bratwurstwochen für heute Abend in den *Goldenen Ritter* eingeladen. Das hob Pauls Laune um eine weitere Nuance.

Beim Blick auf das flackernde rote Licht des Anrufbeantworters fiel Paul auch wieder Imhofs Nachricht über das Sommerhaus an der Rednitz ein. In der Aufregung um die Verhaftung von Doro Wiesinger war Imhofs Mitteilung auf seinem Anrufbeantworter völlig in den Hintergrund geraten.

Paul hörte sie sich nun an: »Herr Flemming? Paul Flemming?« Zu Pauls Überraschung klang Imhof nicht wie der verschlagene Quertreiber, als den Paul ihn sich vorgestellt hatte, sondern sehr sachlich und höflich. »Es ist schade, dass ich Sie nicht persönlich erreiche. Wir haben uns vor kurzem knapp verpasst. Ich konnte nicht wissen, dass Sie derjenige waren, der am Sommerhaus in Fürth war. Durch meine Frau habe ich erst einen Tag später erfahren, dass Sie Kontakt zu mir aufnehmen wollten. Herr Flemming, ich will es kurz machen: Meine Frau hat Ihnen gegenüber angedeutet, dass ich im Besitz von Dokumenten bin, die schwere Verfehlungen in der Wiesinger'schen Wurstfabrik belegen. Ich hatte diese Dokumente im Sommerhaus aufbewahrt, weil ich annahm, dass dies der letzte Ort sein würde, an dem nach den Papieren gesucht worden wäre. Leider habe ich mich getäuscht. Ich war im Juli zweimal im Sommerhaus. Beim ersten Mal war alles beim Alten. Beim zweiten Mal aber, das war vor zwei Wochen, fand ich die Baracke durchwühlt vor. Nicht dass Sie mich falsch verstehen: Es gab keinerlei Einbruchspuren. Aber meine Dokumente sind seitdem verschwunden. Vielleicht werden Sie nachvollziehen können, dass ich mich seitdem so gut es geht verstecke. Für die Wiesingers steht viel auf dem Spiel – ich habe allen Grund, um Leib und Leben zu fürchten.

Herr Flemming, ich bin froh, dass Sie sich um die Sache kümmern. Finden Sie denjenigen, der die Dokumente an sich genommen hat, und Sie werden den Fall abschließen können.«

Paul blieb einigermaßen ratlos neben dem Anrufbeantworter stehen. Gestohlene Akten mit brisanten Fakten über die Bratwurstproduktion – hatte Doro Wiesinger auch hier ihre Hände im Spiel? Aber wie sollte sie von Imhofs Versteck erfahren haben?

Nein, dachte Paul und ging weiter zur Kaffeemaschine. Dieser Zusammenhang erschien ihm unwahrscheinlich. Andererseits ließ ihn die Erwähnung des Zeitraums, dem Imhof den Diebstahl zugeordnet hatte, doch ins Grübeln kommen: Anfang Juli, also etwa eine Woche vor dem Mord an Wiesinger, wie Paul aus Imhofs Nachricht schließen konnte. Diese zeitliche Nähe kam Paul verdächtig vor. Sollte derjenige, der die Dokumente – durch Zufall oder ganz gezielt – an sich genommen hatte, sie gegen Wiesinger verwendet haben? Für einen Erpressungsversuch möglicherweise? Einen Erpressungsversuch mit tödlichen Folgen? Paul seufzte und beschloss ein anderes Mal darüber nachzudenken. Vielleicht hatte sich inzwischen bei Katinkas Ermittlungen etwas ergeben.

Er kehrte mit einem frischen Cappuccino an seinen Schreibtisch zurück. Auf der Glasplatte lag der letzte übrig gebliebene Playmobilmann, die Standardfigur mit blauen Hosen und Nullachtfünfzehngesicht. Dieser Jedermann verriet nichts über seinen verborgenen Charakter. Paul setzte das Männchen kurzerhand auf den oberen Rand seines Bildschirms, lud alle seine Freunde für abends in den *Goldenen Ritter* ein und widmete sich dann in Ruhe seinen Fotos von den Gewölbekellern.

45

Paul hatte einen von Wein umrankten Tisch in einer gemütlichen Nische des kleinen Biergartens hinter dem Lokal ausgewählt und wartete dort bei einem dunklen Hefeweizen auf die anderen.

Während er die milde Abendluft genoss und die letzten goldenen Sonnenstrahlen des Tages bei ihrem Tanz auf den Weinblättern beobachtete, dachte er über die vergangene Woche nach. Es war eine aufregende Zeit gewesen, und Paul war froh darüber, dass der Ärger nun endlich vorüber zu sein schien. Doro Wiesinger saß in Untersuchungshaft. Nicht weit vom Frauengefängnis in der Mannertstraße entfernt wähnte Paul ihren Noch-Ehemann: Andi Wiesinger wollte inzwischen nicht nur das Finanzamt an den Kragen, sondern auch Gewerbeaufsicht und Zollbehörde. Die Produktion im Hause Wiesinger stand vorläufig still. Auch Heimatbundchef Jungkuntz saß in U-Haft und wartete auf die Anklage.

Paul lehnte sich zurück. Die Ereignisse hatten stärker an ihm gezehrt, als er sich eingestehen mochte. Vor allem der Tod von Antoinette tat ihm nach wie vor unendlich leid. Paul hätte das Geschehen am liebsten rückgängig gemacht, er würde sich ewig vorwerfen, dass er Antoinettes verdeckte Hilferufe nicht erkannt hatte.

Wäre sie doch nur rechtzeitig zurück nach Frankreich gereist! Mittlerweile wusste Paul von Katinka, dass Antoinette ihre Abreise völlig umsonst verschoben hatte: Es gab keinen Passus in Hans-Paul Wiesingers Testament, der auf ein uneheliches Kind hinwies. Sie hätte ihr Recht aus sicherer Distanz über einen Anwalt einklagen müssen, statt selbst darum zu kämpfen. Es war so naiv von ihr gewesen anzunehmen, dass ihr Vater sie nach so langer Zeit des Schweigens sofort als Tochter akzeptieren würde.

In der Rückschau war Paul am meisten entsetzt darüber, auf wie viel Lug und Betrug, Eifersucht, Missgunst und Verrat er gestoßen war. Alles war letztlich auf lächerliche sieben Zentimeter gebratenes Hackfleisch zurückzuführen und natürlich auf das Geld, das damit zu verdienen war.

Paul entsann sich, im Laufe seiner Recherchen über die Rostbratwurst auf einige ähnlich böse verlaufenen Geschichten gestoßen zu sein: Schon im ausgehenden dreizehnten Jahrhundert waren Schlampereien mit der Bratwurst nachgewiesen worden. Mal wurde der Inhalt gestreckt, mal der Preis erhöht. Wie sich die Zeiten doch gleichen, sinnierte Paul.

Das Bier, auf nüchternen Magen getrunken, entspannte ihn und als Hannah suchend ihren Lockenkopf durch die Hintertür des Lokals steckte, war Paul in der richtigen Verfassung für einen unterhaltsamen Abend. Hannah war also die Erste. Sie setzte sich ihm gegenüber auf die Bierbank und begann gleich draufloszuschwatzen. Sie erzählte von ihrem Studium, dem Ärger mit ihrem Volkswirtschaftsprofessor und konfrontierte Paul mit der Frage, ob sie die falsche Fakultät gewählt hätte.

Paul lächelte, hörte zu, mochte aber keinen Rat geben. Mit seinem zweiten Weizen traf auch der zweite Gast ein: Blohfeld in einem seiner abgetragenen Anzüge, die grauen Haare zu lang, die Himmelfahrtsnase aber schon wieder forsch nach oben gerichtet. Zwei Schritte hinter ihm ging die linkische Volontärin, die Paul von ihrem kurzen Aufzugsgespräch in der Redaktion lebhaft in Erinnerung hatte.

»Mein alter Vermieter!«, grüßte Blohfeld Paul mit einem kumpelhaften Schlag auf die Schultern. »Ich vermisse Ihr schönes Atelier – das schmutzige Geschirr, den leeren Kühlschrank, Ihre vorwurfsvolle Miene …«

»Danke für die Blumen«, sagte Paul. »Ich bin auch froh, Sie nicht mehr ständig in meiner Nähe zu haben.« Mit Blick auf seine Begleiterin merkte er leise an: »Sie haben sich ja offenbar gleich wieder ins Arbeitsleben gestürzt, kaum dass Sie Katinkas Klauen entronnen sind.«

»Natürlich! Ich komme direkt aus dem Büro und habe ein paar sehr interessante Informationen mitgebracht.« Blohfeld zwinkerte der Volontärin zu. »Es kann nämlich ein sehr befreiendes Gefühl sein, jemanden loszuwerden«, sagte er, wobei seine Augen übermütig blitzten.

Paul verstand den Wink. »Sagen Sie bloß, dass Basse gegangen ist!«

Blohfeld nickte und freute sich diebisch. »›Gegangen worden‹ trifft es besser.«

»Haben ihn seine vorschnellen Veröffentlichungen den Kopf gekostet?«

»Unter anderem«, erklärte Blohfeld. »Vor allem aber hatte sich die Verlagsleitung daran gestört, dass Basse den größten Teil seiner Arbeitszeit in Cafés verbracht hat statt in der Redaktion.« Blohfelds sonst eher fahle Wangen glühten rosig, als er davon erzählte, wie er höchstpersönlich Basses grauenhafte Katzenbilder von der Wand nehmen werde. »Die schicke ich ihm unfrei hinterher.«

Mit wippendem Pferdeschwanz gesellte sich auch Pfarrer Fink zu ihnen. Unter seinen rechten Arm hatte er ein dickes Buch geklemmt, das er vor sich auf den Tisch legte, als er sich setzte.

»Ihre Memoiren?«, fragte Blohfeld.

Fink schenkte dem Reporter ein schiefes Lächeln. »Eine rare Ausgabe der Forschungen über den heiligen Sebaldus – aber mehr als den bloßen Namen werden Sie wohl nicht von ihm kennen.«

Blohfeld kniff die Augen zusammen. »Eins zu null für Sie, Herr Pfarrer. Über St. Sebald weiß ich tatsächlich so gut wie nichts. Meinen Sie, dass Sie mir Ihr Buch einmal ausleihen könnten? Vielleicht springt ja eine nette Boulevardstory dabei heraus.«

Fink blickte den Reporter grimmig an. Paul meinte schon eingreifen zu müssen, als der Pfarrer überraschenderweise sagte: »Das würde mir sogar sehr gelegen kommen. Ich bin fest entschlossen, das Wirken des heiligen Sebaldus einer breiteren Öffentlichkeit zugänglich zu machen. Sie müssen sich allerdings der Verantwortung bewusst sein, die Sie im Falle einer Veröffentlichung auf sich nehmen würden. Immerhin genießt Sebaldus Kultstatus bei uns.«

Blohfeld zog den Kopf ein. »Wenn ich es mir recht überlege, hat die Sache ja vielleicht doch noch ein wenig Zeit.«

Fink wandte sich nun an Paul und senkte den Ton: »Ich habe heute mit meinem Kollegen in Grimaud telefoniert. Antoinettes Leiche ist inzwischen überführt. Der Kollege kümmert sich auch um Antoinettes Verwandte – sie machen sich Vorwürfe, dass sie Antoinette nicht davon abgehalten haben, nach ihrem Vater zu suchen.«

»Antoinette hätte sich nicht zurückhalten lassen«, sagte Paul leise. »Dafür war sie zu besessen von dem Gedanken, endlich ihren Vater kennen zu lernen.«

»Das glaube ich auch«, stimmte Fink nachdenklich zu.

Katinka war die Letzte, die zu der Runde stieß. Sie drückte ihrer Tochter zwei Küsschen auf die Wangen und ließ sich erschöpft neben Paul fallen.

»Kommst du direkt aus dem Büro?«, erkundigte er sich fürsorglich.

Katinka bejahte.

»Hat sich die gute Doro denn schon zu ihrem überstürzten Fluchtversuch geäußert?«, fragte Blohfeld. »Das passt so gar nicht zu ihrer weiblichen Raffinesse.«

»Es gibt bislang nur Vermutungen: Nach dem letzten Gespräch mit Andi Wiesinger hatte sie ein für alle Mal genug von ihrem Ehemann. Sie hatte außerdem begriffen, dass sie keinen Rückhalt mehr von irgendwem erwarten konnte. Impulsiv, wie sie nun mal ist, wollte sie in ihre Heimat reisen und von dem Anwalt ihrer Familie die Scheidung einreichen lassen. Zumindest wissen wir, dass sie auf dem Weg zum Flughafen von der Limousine aus mit einer Kanzlei in Salvador in Brasilien telefoniert hat.«

»Das darf ich doch so in meiner Zeitung schreiben?«, fragte Blohfeld.

»Nein, natürlich nicht.« Katinka legte ihre Handtasche ab und streifte unter dem Tisch ihre Schuhe von den Füßen. »Ich brauche jetzt erst einmal etwas zu trinken.«

»Da empfehle ich etwas perlend Prickelndes.« Jan-Patrick hatte sich unbemerkt genähert. Mit stolz geschwellter Brust stand er in seiner weißen Küchenmeisteruniform vor ihnen und kündigte das Tagesgericht an. Wie Paul vermutet hatte, eine weitere Bratwurstkreation – allerdings war es eine wirklich ganz besondere. »Ihr dürft heute die Krönung meiner Bratwurstwochen kosten«, versprach Jan-Patrick vollmundig.

»Drei im Weggla?«, fragte Blohfeld sarkastisch.

Der kleine Koch ging nicht darauf ein. Mit ungebremstem Elan fuhr er fort: »Freut euch auf Champagnerbratwürste à la Jan-Patrick.«

Hannah verschluckte sich an ihrem Cocktail. »Wie bitte? Ist das nicht ein wenig übertrieben?«

»Überhaupt nicht!«, stellte Jan-Patrick selbstbewusst klar. »Man nehme rohe Nürnberger Rostbratwürste, guten Champagner, Crème fraîche, Salz, Pfeffer, Zucker. Der Champagner wird vorsichtig erhitzt, und die Würstchen ziehen im Sud, bis sie den nötigen Biss haben.«

»Klingt vielversprechend«, sagte Katinka, und Paul bemerkte, wie sich die Anspannung von ihr löste. »Ich nehme eine Portion davon.«

»Ich auch«, beeilte sich Paul zu sagen.

»Ich weiß nicht recht«, sagte Hannah und verzog den Mund. »Ich hole mir nachher lieber was von McDonald's.«

Blohfeld lachte auf. Dann wandte er sich Jan-Patrick zu und fragte ihn verschwörerisch: »Mal ganz ehrlich. Nichts gegen Ihre zweifelsohne phantasievollen Wurstrezepte – aber wie essen eigentlich Sie persönlich echte Nürnberger am liebsten?«

Jan-Patrick stutzte. Er rollte nachdenklich seine Augen. Dann sagte er sehr leise, so dass die Gäste an den anderen Tischen nichts hören konnten: »Ganz ehrlich mag ich sie am liebsten als Nackerte.«

Blohfeld, Katinka, Hannah und Paul brachen in schallendes Gelächter aus. Als Nackerte – also das rohe Gehäck aus dem Darm gepellt und mit Zwiebeln und ein paar Gewürzen verfeinert – war nach Pauls Geschmack so ziemlich die provinziellste Variante des Wurstverzehrs. Aber gerade das, fand er, machte den Küchenmeister noch sympathischer, als er ohnehin schon war.

»Jetzt fehlt nur noch die Auflösung des Rätsels, warum unsere Wurst so kurz ist, wie sie ist«, mischte sich die sonst so schüchterne Volontärin ein.

»Betrachten wir sie doch einfach als Schöpfungsgabe des achten Tages«, sagte Pfarrer Fink lachend.

Die Abendstunden verflogen, und Paul registrierte mit gewisser Genugtuung, dass es selbst Hannah überraschend lange mit seinen verstaubten Bekannten aushielt.

Das änderte sich allerdings, als die lustige Runde auf das Thema Mitbewohnerin zu sprechen kam. Hannah erklärte äußerst wortkarg, dass sie inzwischen Ersatz für Antoinette gefunden hätte und damit die Mietkosten im Griff behalten könnte.

Vor allem Katinka war es, die über diesen Ersatz ein wenig mehr erfahren wollte. Sie biss mit ihren Fragen jedoch auf Granit. Als sich dann auch noch Blohfeld einschaltete und ihr unverblümt unterstellte, dass Hannah mit dem Ersatz wohl nicht nur die Wohnung, sondern auch das Bett teilen würde, verabschiedete sich Hannah überstürzt.

Die anderen blieben erheitert zurück. Selbst Katinka musste lächeln, als sie einräumte: »Sie ist alt genug, um solche Entscheidungen für sich selbst zu treffen.«

»Und trotzdem bricht es Ihnen das Mutterherz, stimmt's?«, bohrte Blohfeld nach. Daraufhin versetzte ihm Paul unter dem Tisch einen kräftigen Tritt.

Paul war gerade dabei, seinen Espresso zu genießen, als Katinkas Handy zu zirpen begann. Während sie sprach, rückte sie von ihren Begleitern ab.

Paul bemerkte sofort, dass die Stimmung zu kippen drohte: Katinkas Gesichtsausdruck wurde sehr ernst. Ihre Beteiligung an dem Telefonat beschränkte sich auf kurz gehaltene Bemerkungen wie »Ja« und »Nein«.

Schließlich beendete sie das Gespräch und wandte sich ihnen wieder zu. Jegliche Unbekümmertheit war aus ihren Zügen gewichen, und Paul fragte besorgt: »Gibt es etwas Neues?«

»Ja«, sagte Katinka, »Doro Wiesinger hat ihr Schweigen gebrochen.«

»Aber das ist doch fabelhaft!«, freute sich Blohfeld und tastete in seiner Hemdtasche nach Stift und Notizblock.

Auch Paul konnte nicht verstehen, was Katinka daran so bekümmerte. »Doro Wiesinger hat dem Druck nicht standgehalten und endlich ihr Gewissen erleichtert«, folgerte er.

»Eben nicht«, entgegnete Katinka. »Sie hat lediglich zugegeben, in der Mordnacht das Gespräch mit ihrem Schwiegervater gesucht zu haben. Sie wollte mit ihm über den Kopf ihres

Mannes hinweg einen ähnlichen Deal aushandeln, wie er ja bereits zwischen dem Senior und dessen Ex-Frau bestand.«

Paul fiel das von ihm belauschte Gespräch zwischen Doro Wiesinger und Gernot Basse wieder ein. »Du meinst eine schnelle Scheidung mit Garantie auf großzügige Zahlungen auf Lebenszeit?«

»Genau eine solch rosige Zukunft schwebte Doro vor. Aber als sie nachts in der Wiesinger-Villa eintraf, war der Senior angeblich schon tot. Sie hätte es dann mit der Angst zu tun bekommen und wäre zurück nach München gefahren.«

»Das ist alles erstunken und erlogen!«, ereiferte sich Blohfeld. »Das sind nichts als Schutzbehauptungen.«

»Hauptkommissar Aufseß, der die Soko Wiesinger leitet, meint, dass Doro Wiesinger einen sehr überzeugenden Eindruck gemacht hat«, sagte Katinka.

Blohfeld verzog zweifelnd das Gesicht. »Dann hat der gute Herr Aufseß sich wohl von ihrem Dekolleté blenden lassen.«

Katinka seufzte und stützte nachdenklich ihr Kinn auf die Hand. »Es kommt noch etwas anderes hinzu: Wiesinger erhielt den tödlichen Schlag genau auf den Scheitelpunkt seines Schädels. Deshalb waren wir ja am Anfang davon ausgegangen, dass wir eigentlich nach einem männlichen Täter suchen müssen.«

»Na und?«, fragte Blohfeld. »Dann haben Sie sich eben getäuscht.«

Katinka hob abwehrend die Hände. »Wiesinger war einsachtzig groß, seine Schwiegertochter misst aber gerade mal einsfünfundsechzig. Sie hätte sich auf einen Stuhl stellen müssen, um Wiesinger die tödliche Wunde zuzufügen. Mal abgesehen von der fehlenden Kraft für einen solchen Schlag. – Ich fürchte, die Partylaune ist mir soeben vergangen.«

Paul bemerkte sehr wohl, wie sich Katinka unruhig umsah. Wahrscheinlich auf der Suche nach Jan-Patrick oder Marlen, um die Rechnung zu verlangen.

»Lass nur«, sagte er, »du bist eingeladen.«

46

Nach dem Anruf aus dem Polizeipräsidium hatte Katinka ihre gelassene Unbeschwertheit nicht wiederfinden können, stellte Paul mit Bedauern fest. Nachdem sich die Runde aufgelöst hatte, half er Katinka in ihren leichten Sommertrenchcoat. Sie waren die letzten Gäste im *Goldenen Ritter* gewesen, und Jan-Patrick verschloss hinter ihnen die Tür.

Schweigend traten sie den Weg hinüber zur anderen Seite des Weinmarktes an, wo Katinka ihren Mini in der Nähe von Pauls Wohnung abgestellt hatte. Es war trotz allem sehr spät geworden an diesem Abend, und Paul hatte ein bisschen zu viel getrunken. Jeder hing seinen eigenen Gedanken nach.

Paul verspürte wenig Lust, sich erneut mit dem Fall Wiesinger zu befassen. Diese vertrackte Angelegenheit hatte sich als eine besonders harte Nuss erwiesen, die sie zwar geknackt zu haben glaubten, aber bei der sie nun offenbar auf eine zweite, verborgene Schale gestoßen waren.

Während er nachdenklich hinab auf die dunklen Pflastersteine sah, dachte er an das Playmobilmännchen, das bei ihm zu Hause auf dem Bildschirm seines Rechners saß, und spürte leichtes Unbehagen. Dieses ungute Gefühl wurde durch einen plötzlich aufkommenden, unangenehm kühlen Wind verstärkt. Paul schloss die oberen Knöpfe seines Hemdes und schaute skeptisch in den Himmel: Ein düsteres Wolkenfeld zog über die Stadt hinweg, und von Ferne hörte er leises Grummeln.

Katinka, die fröstelnd den Kopf einzog, schien sich ähnlich unwohl zu fühlen. »Mit dem schönen Wetter ist es wohl vorbei. Sieht nach einem aufziehenden Gewitter aus.« Sie beschleunigten ihr Tempo und waren bald vor Pauls Haus angelangt.

»Habe ich dir schon von meiner Playmobilsammlung erzählt?«, fragte Paul, als Katinka ihm zum Abschied die Hand reichen wollte. Sie zog belustigt die Brauen hoch, worauf ihr Paul von seinen Plastikhelferchen berichtete. Er beschrieb ihr kurz die jeweiligen Rollen der Figuren und endete bei dem übrig gebliebenen Männchen und seiner Ratlosigkeit darüber, wie er es einsetzen sollte.

Katinka hörte aufmerksam zu. »Playmobilfiguren als Gedankenstützen, und eine passt nicht ins Schema – das ist in der Tat interessant«, sagte sie schließlich grüblerisch.

»Magst du die Figuren sehen und auf einen Sprung mit nach oben kommen?«, fragte Paul.

Katinka blickte ihn scheel an. »Immer noch besser, als wenn du mir vorschlagen würdest, deine Briefmarkensammlung anzuschauen. Aber, nein, danke. Es ist spät, und ich möchte nach Hause.«

Ein weiterer kühler Windstoß erfasste sie, und im selben Moment setzte ein starker Platzregen ein. Paul zog Katinka kurz entschlossen unter das Vordach. »Wenn du jetzt zu deinem Wagen gehst, wirst du klitschnass«, sagte er.

Katinka lächelte. »Also gut. Du hast gewonnen. Zeig mir deine Playmobilsammlung. Ich bleibe aber nur so lange, bis der Regen nachlässt.«

Sie betraten das Treppenhaus, und Katinka kam sofort wieder auf den Fall Wiesinger zu sprechen. »Erinnerst du dich an deine Parabel mit dem kleinen Jungen, der seine Füße in eine Plastiktüte gesteckt hat, um damit zu hüpfen?«

»Ja«, antwortete Paul und drückte den Lichtschalter. Doch im Flur blieb es dunkel.

»Wir hatten daraus den Schluss gezogen, dass der Mörder womöglich Schuhüberzieher benutzt hatte, um keine Spuren zu hinterlassen.«

»Stimmt«, sagte Paul und drückte den Schalter abermals kräftig. Nichts tat sich.

»Ich fürchte, deine Plastiktütentheorie hat uns von dem Offensichtlichen abgelenkt«, sagte Katinka ruhig.

»Tut mir leid, der dumme Schalter scheint mal wieder kaputt zu sein. Wir versuchen es in der nächsten Etage«, schlug Paul vor und tastete sich langsam durch das düstere Treppenhaus.

Katinka folgte ihm, während sie ihre neueste Theorie weiterspann: »Ich glaube jetzt, dass der wirkliche Täter sehr wohl Spuren hinterlassen hat. Wir haben nur nicht auf sie geachtet, weil sie uns harmlos erschienen sind.«

Paul tastete sich vorsichtig die Treppenstufen hinauf. »Was waren denn dort für Spuren? Soviel ich weiß, nur die der Familienangehörigen.«

»Und die des Personals.«

Sie hatten die erste Etage erreicht. Paul betätigte den nächsten Lichtschalter, hatte jedoch wieder keinen Erfolg. Leise fluchend setzte er den Weg nach oben im Dunkeln fort. »Aber jemand vom Personal kommt kaum in Frage, oder?« Er dachte mit steigendem Unbehagen an die letzte Playmobilfigur.

»Nur weil es uns bisher unwahrscheinlich erschienen ist, dürfen wir es nicht ausschließen«, sagte Katinka, und man hörte ihr an, dass ihr nicht wohl bei der Sache war.

»An wen denkst du?«, fragte Paul. Sie hatten endlich das oberste Stockwerk erreicht, und Paul nestelte an seinem Schlüsselbund.

Katinka stieß einen unterdrückten Schrei aus, als sich aus der Finsternis am Ende des Korridors ein Schatten löste und zielgerichtet auf sie zukam. Instinktiv spannte sich Pauls ganzer Körper an. »Wer sind Sie?«, rief er in den Flur, in der vergeblichen Hoffnung, einer seiner Nachbarn könnte ihn hören.

Der Schatten blieb wenige Meter vor ihnen stehen.

»Herr Schönberger?«, fragte er ungläubig. Im gleichen Moment erkannte er, dass der Mann eine mattschwarze Pistole auf sie gerichtet hielt. Katinka stellte sich dicht an Pauls Seite. Er spürte, wie sie zitterte.

»Ich glaube nicht, dass Sie dieses Ding brauchen werden«, sagte Paul sehr ruhig, obwohl ihm das Herz bis zum Hals schlug. »Was immer Sie getan haben, Sie werden Ihre Gründe dafür haben.«

Schönberger trat näher. Er hielt seine rechte Hand ausgestreckt. Seine Pistole war nun einen knappen Meter von Pauls Oberkörper entfernt. »Seien Sie still!«, befahl Schönberger mit schneidendem Ton. »Schließen Sie Ihre Wohnungstür auf.«

»Wir können über alles in Ruhe reden«, sagte Katinka mit erstickter Stimme.

»Es gibt nichts zu bereden.« Schönberger deutete mit seiner Waffe auf die Tür.

Während Paul die Tür aufschloss, dachte er fieberhaft über einen Ausweg aus dieser Zwangslage nach. Doch er konnte in den wenigen Sekunden weder einen Sinn in Schönbergers Handeln erkennen noch sich einen einigermaßen geeigneten Fluchtplan ausdenken.

Sobald sie die Wohnung betreten hatten, zog Schönberger die Tür hinter sich ins Schloss. Die Mündung seiner Pistole zielte unbeirrt auf Paul.

»Warum tun Sie das?«, fragte Katinka.

Schönbergers breites, von Falten durchzogenes Gesicht hatte jeglichen sympathischen Zug verloren. Seine Augen wirkten fahl und kalt, und seine Mundwinkel hingen schlaff nach unten. »Ich bringe nur etwas zu Ende«, sagte er mechanisch.

»Hören Sie«, sagte Paul und hob beschwörend seine Hände. »Wir wissen, dass Herr Wiesinger nicht immer ein einfacher Chef war …«

Schönberger rang sich ein gequältes Lächeln ab. »Nichts wissen Sie. Rein gar nichts.« Er fuchtelte mit der Pistole herum. »Herr Wiesinger saß im Fond des Wagens hinter mir. Jeden Tag, Jahr für Jahr. Er hat telefoniert. Seine Anweisungen gegeben. Immer ganz offen. Die Limousine war für ihn ein geschützter Raum. Niemals drang etwas nach außen.«

Paul registrierte feine Schweißperlen auf Schönbergers Stirn, als dieser weitersprach. »Ich habe alles mitbekommen. Seine Geldschiebereien. Seinen Einfluss auf den Stadtrat. Seine Frauengeschichten. Und zum Schluss seine Versuche, den Fleischbetrug seines Sohnes zu vertuschen.«

»Habe ich es mir doch gedacht, dass der Junior die Sache angezettelt hat«, sagte Paul in der Absicht, Verständnis für Schönbergers Tat zu heucheln.

»Ganz recht«, bestätigte Schönberger. »Mit Andi Wiesingers zweifelhaften Geschäftspraktiken hat das Übel seinen Lauf genommen.«

»Das muss Sie alles sehr belastet haben«, sagte Katinka und klammerte sich fest an Pauls Arm.

»Seien Sie still!«, forderte Schönberger energisch. »Sie verstehen gar nichts!«

Daher weht also der Wind, begann sich Paul zusammenzureimen. Der Chauffeur fühlte sich als unterdrückter Angestellter, dem der eigentliche Lohn für seine Dienste als verschwiegene Vertrauensperson versagt geblieben war. Aber was hatte er von einem patriarchisch geführten, traditionellen Familienunternehmen wie dem der Wiesingers anderes erwartet?

»Ich war bis zum Schluss ein loyaler Vertrauter von Herrn Wiesinger«, sagte Schönberger, und nun klang sein Tonfall rechtfertigend. »Ich wäre mit dieser Familie durch dick und dünn gegangen.«

Was kam dazwischen?, wollte Paul wissen, schwieg aber wohlweislich.

Schönberger schwenkte seine Pistole kurz in Katinkas Richtung, um gleich darauf wieder auf Paul zu zielen. »Ich wollte nicht als namenloser Fahrer in den Ruhestand treten. Alles, was ich von Herrn Wiesinger verlangt habe, war die Art von Wertschätzung, die ich mir in all den Jahren redlich verdient habe. Im Gegenzug hätte ich der Familie einiges belastendes Material überlassen, das mir in die Hände gefallen ist.«

Paul ahnte allmählich, was den letzten Ausschlag für Schönbergers Tat gegeben hatte. Vorsichtig fragte er: »Dieses belastende Material, von dem Sie sprechen – wo haben Sie das her?«

Ohne Umschweife kam Schönberger auf das Sommerhaus an der Rednitz zu sprechen. »Hans-Paul Wiesinger hatte mich vor kurzem persönlich darum gebeten, in den ausgedienten

Behausungen ab und zu nach dem Rechten zu sehen. Das hätte er besser nicht tun sollen.«

Schönberger war im Sommerhaus auf die Unterlagen von Imhof gestoßen, die dieser dort in der irrigen Annahme gehortet hatte, es handele sich um ein sicheres Versteck.

»Die Unterlagen haben mir zunächst einen großen Schrecken eingejagt. Ich sah die Firma, ja, die ganze Wiesinger-Dynastie in Gefahr«, sagte Schönberger pathetisch. »Ich wollte die Papiere zurückgeben.«

»Aber?«, fragte Paul.

»Nach längerem Nachdenken gelangte ich zu der Überzeugung, dass ich eine Belohnung für meinen Fund verdient hätte.«

Er hat den alten Wiesinger also doch erpresst, folgerte Paul.

»Eine würdevolle Verabschiedung, einen kleinen Aufschlag auf die Rente. Das war alles, was ich verlangt habe.« Schönberger klang traurig.

»Das ist sehr bescheiden von Ihnen«, versuchte sich Paul einzuschmeicheln.

»Das will ich meinen«, sagte der Weißhaarige. »Aber Hans-Paul Wiesinger wollte von meinen Vorschlägen nichts hören. Er hat mich verhöhnt. Und als ich an dem Abend den Lärm hörte und zu ihm ging ...«

»Sie meinen nach seinem Streit mit seiner Tochter Antoinette?«, schaltete sich Katinka vorsichtig ein.

Schönberger nickte. »Ja, ja. Eine Glasscheibe ist zerbrochen. Das war sehr laut. Ich bin davon wach geworden, dachte zunächst an einen Einbruch und wollte meinem Chef helfen. Ich nahm einen Wagenheber mit, um damit den Einbrecher zu verjagen. Aber da war ja niemand. Nur Wiesinger: allein, aufgewühlt. Ich sah das Durcheinander und die vielen Glassplitter, versuchte ihn zu besänftigen, doch Herr Wiesinger ging nicht darauf ein. Er herrschte mich an, was ich in seinem Arbeitszimmer zu suchen hätte. Als ich nicht sofort gehen wollte, kam es zum Streit. Und was für ein Streit! Dieses Mal habe ich ihm gehörig die Meinung gesagt. Ich hatte genug von der Duckmäuserei!«

Paul bemerkte, dass Schönberger seine Waffe entsicherte. Er versuchte, den aufgebrachten Mann zu beruhigen: »Tun Sie nichts Unüberlegtes. Wir haben Verständnis für Ihre Situation.«

»Gar nichts haben Sie!«, fauchte Schönberger. Das dünne Licht des Mondes fiel durch ein Fenster auf sein schlohweißes Haar und ließ ihn noch gespenstischer und gefährlicher erscheinen, als er es mit der Pistole im Anschlag ohnehin schon war. »Wiesinger hat sich über mich lustig gemacht. Wie so oft in all den Jahren. Aber dieses Mal ist mir der Kragen geplatzt. Ich habe es ihm heimgezahlt – all die Demütigungen ...«

»Warum musste Antoinette sterben?«, fragte Paul leise.

Schönberger schloss die Augen. Viel zu kurz, um Paul eine Chance zum Handeln zu geben. Dann sagte er bedächtig: »Sie war Zeugin, hat alles gesehen.« Wieder schloss der alte Mann für Sekundenbruchteile die Augen. »Ich habe bemerkt, dass eine junge Frau hinter dem Vorhang stand. Dann flüchtete sie. Ich ließ sie laufen. Ich dachte, nun wäre alles vorbei.« Schönberger ließ die Pistole langsam sinken.

Paul schöpfte Hoffnung. Aber plötzlich zeigte die Mündung wieder auf seine Brust.

»Ich hatte fest damit gerechnet, dass sie mich am Tag nach Wiesingers Tod verhaften würden. Aber nichts passierte. Ich konnte mir nicht erklären, warum das Mädchen nicht zur Polizei gelaufen ist. Doch ich machte das Beste aus meiner Lage und dachte mir: Ich konnte meine Ansprüche ja noch bei Wiesinger junior geltend machen. Aber dafür musste diese Zeugin verschwinden.«

»Sie haben Antoinette aufgelauert«, folgerte Paul.

Schönberger nickte. »Ich habe sie beobachtet, sie verfolgt. Schließlich erkannte ich meine Chance in den albernen Annäherungsversuchen dieses Reporters.«

Blohfeld, dachte Paul.

»Ich habe mir eines seiner Seidentücher besorgt und es neben der Toten platziert. Damit war ich aus dem Schneider.«

»Das war ein schlauer Schachzug«, sagte Katinka und löste sich langsam von Pauls Seite. Auch sie schien nun Hoffnung zu schöpfen.

»Trotz der beiden Toten sind Sie nicht wirklich weitergekommen«, sagte Paul. Er wollte Schönberger eine Möglichkeit bieten, seine Waffe ohne Gesichtsverlust abzugeben.

Der Alte zögerte einige Momente, streckte dann aber seinen Arm. »Die beiden Toten waren ein Irrweg, da haben Sie Recht«, sagte er. »Aber noch habe ich eine Chance. Ich möchte meine letzten Jahre nicht hinter Gittern verbringen.«

»Das ist eine sehr vernünftige Einstellung«, bestätigte ihn Paul. »Wenn Sie gestehen, haben Sie gute Aussichten auf ein mildes Urteil. Stimmt's, Katinka?« Er wandte sich Hilfe suchend nach ihr um.

Diese nickte bekräftigend. »Jeder Richter wird ein offenes Ohr für Ihre Erklärungen haben.«

Schönberger kniff die Augen zusammen. Er straffte seine Muskeln und krümmte den Finger um den Abzug seiner Pistole.

Paul brach der Schweiß aus. Sie standen hier seit mehr als fünf Minuten, redeten um ihr Leben – und noch immer wusste Paul nicht, warum Schönberger ihnen aufgelauert hatte. Er starrte in die Mündung der Waffe und fragte verzweifelt: »Was wollen Sie von uns, Schönberger? Warum haben Sie es ausgerechnet auf uns abgesehen? Wir sind doch überhaupt nicht an der Sache beteiligt!«

»Außer Ihnen, Herr Flemming, ahnt bisher niemand, dass ich es war«, sagte Schönberger tonlos. »Normalerweise hätte es nach der Verhaftung von Doro Wiesinger noch Tage oder sogar Wochen gedauert, bis man den Irrtum erkannt hätte und mir auf die Spur gekommen wäre. Aber mir war klar, dass Sie mir durch Ihre penetranten Schnüffeleien in kürzerer Zeit gefährlich werden könnten, als ich für die Planung meiner Flucht benötige.« Schönberger taxierte Paul kalt. »Sie haben sich das hier selbst zuzuschreiben. Dass die Staatsanwältin Sie heute Abend begleiten würde, konnte ich nicht ahnen. Aber nun ist es auch für sie zu spät.«

Katinka reagierte sofort. Sie stellte sich vor Paul und fragte: »Erwarten Sie von uns, dass wir vor Gericht ein gutes Wort für Sie einlegen?«

»Nein«, sagte Schönberger ruhig. »Ich erwarte von Ihnen nur, dass Sie sterben.« Dann drückte er den Abzug. Ein Schuss löste sich mit peitschendem Knall.

Paul sah fassungslos mit an, wie Katinka sich krümmte, ihre Hände auf den Bauch presste und stöhnend zusammensackte.

Schönberger stand unbewegt da. Nachdem Katinka am Boden lag, zielte er mit der Pistole wieder auf Paul. Schönbergers Augen funkelten böse.

Paul kniete sich neben seine blutende Freundin. Katinka stöhnte. Unbeholfen tastete er ihren Bauch ab. »Sind Sie verrückt geworden? Warum tun Sie das?« Paul zitterte. Ihm wurde schlecht vor Angst und Sorge.

»Es ist der reine Selbsterhaltungstrieb: Wenn ich Sie nicht erledigen würde, würden Sie mich erledigen.« Schönbergers Stimme klang kalt und emotionslos. »Ich habe nichts zu verlieren. Bis man Ihre Leichen findet, bin ich mit etwas Glück außer Landes.«

Paul, seine Hände jetzt fest auf die Wunde in Katinkas Körper gepresst, fühlte ihr warmes, pulsierendes Blut unter seinen Fingern. Verzweifelt hörte er, wie Schönberger erneut den Abzug seiner altmodischen Pistole spannte. Das Geräusch hallte in seinen Ohren. Und es war glasklar.

Paul sah keine andere Möglichkeit: Er sprang auf, warf sich nach vorne, rammte Schönberger und brachte ihn damit für einen kurzen Moment aus dem Gleichgewicht. Paul riss die Wohnungstür auf und lief los.

47

In seinen Gedanken sah er Katinka blutüberströmt vor sich auf dem Boden liegen, doch er rannte weiter. Er lief um sein Leben. Er nahm drei oder vier Stufen auf ein Mal. Hinter sich hörte er die lauten Schritte von Schönbergers schweren Stiefeln.

Mein Gott – wie konnte er Katinka bloß so schmählich im Stich lassen? Paul rannte und rannte. Es war eine animalische Kraft, die ihn trieb. Ein Fluchtinstinkt.

Er hetzte über den dunklen Weinmarkt. Der Regen schlug ihm ins Gesicht und durchnässte binnen kürzester Zeit seine Kleider. Die Tropfen prasselten auf den Boden, aber ansonsten war es beängstigend still. Nur seine Schritte hallten auf dem Kopfsteinpflaster wider – und die seines Verfolgers.

Er musste versuchen, Hilfe für Katinka zu organisieren. Während er lief, zog er sein Handy aus der Tasche. Er schaltete es ein.

Auf Höhe von Jan-Patricks Restaurant musste er feststellen, dass Schönberger trotz seines Alters erstaunlich schnell war und ihm dicht auf den Fersen folgte. Es blieb ihm keine Zeit, eine Nummer in sein Telefon zu tippen. Für einen Moment überlegte er, beim *Goldenen Ritter* zu klingeln und Zuflucht zu suchen.

Doch dann hörte er einen Knall. Der Schuss galt ihm, daran bestand kein Zweifel. Paul hetzte weiter durch die Gassen des Burgviertels, die zu dieser Uhrzeit ausgestorben waren.

Er fühlte, dass Schönberger sich nicht abschütteln ließ. Ein weiterer gezielter Schuss von ihm, und Paul wäre erledigt gewesen.

Er bog völlig außer Atem und verzweifelt um die nächste Ecke, rutschte auf dem regennassen Boden aus, rappelte sich aber sofort wieder auf. Vor ihm ragte das dunkle Dürer-Denkmal in die Höhe und zeichnete sich drohend gegen den Nachthimmel ab. Paul erkannte seine Chance: Trug er nicht noch immer die Schlüssel zu den Felsenkellern bei sich? Er würde sich in den Kellern verschanzen und nach Hilfe telefonieren!

Paul schaute sich um und sah jetzt auch Schönberger um die Ecke biegen. Wild entschlossen zerrte er an seinem Schlüsselbund. Mit einem Satz sprang er über das Gatter vor der Treppe, die hinab zu den Felsenkellern führte, und machte sich sogleich an der Eingangstür zur schaffen. Er spürte seinen Verfolger wie einen kalten Hauch in seinem Nacken.

Vor ihm tat sich mit lautem Quietschen die schwere Metalltür zum Nürnberger Untergrund auf – womöglich seine einzige noch verbliebene Chance auf Rettung. Paul schlug mit Wucht auf den Lichtschalter und sah das Treppenhaus im grellen Neonlicht vor sich. Dann drückte er die Tür ins Schloss zurück, um sie zu verriegeln, aber zu seinem Entsetzen gab es von innen keine Möglichkeit sie zu versperren.

Ohne weitere wertvolle Zeit verstreichen zu lassen, hetzte er die Stufen nach unten. Während er sein Tempo erhöhte, rief er sich den Aufbau der Felsenkeller ins Gedächtnis: Vor ihm lagen fünfundzwanzigtausend Quadratmeter in Stein gehauene Kellergewölbe. Das war etwa so viel wie drei Sportplätze, also ausreichend Platz, um sich darin zu verstecken.

Paul hatte den breiten, hell erleuchteten Hauptflur erreicht, den zentralen Korridor der 1940 angelegten unterirdischen Polizeizentrale. Er wusste, dass von diesem Flur dutzende Türen zu Dienstzimmern und Versorgungsschächten abgingen. Sein erster Gedanke war, sich hinter einer dieser Türen zu verbarrikadieren und zu hoffen, dass Schönberger daran vorbeilief.

Doch Paul befürchtete, dass Schönberger diese Finte durchschauen würde. Also disponierte er blitzschnell um: Er hörte bereits die Schritte seines Verfolgers im Treppenhaus, als er eine Tür zu einem engen, etwa einen Meter siebzig hohen Gang wählte.

Paul zog den Kopf ein und eilte durch die schmale Flucht, deren Wände mit weiß getünchtem Spritzbeton stabilisiert worden waren. Nach einer weiteren, abwärts führenden Treppe hatte er sein Ziel erreicht: Er stand jetzt inmitten der oberen Felsenkeller. Paul bückte sich, stemmte seine Fäuste auf die Oberschenkel und rang nach Luft. Kaum erholt, sah er sich Zuflucht suchend um: Die rot schimmernden Sandsteindecken wurden von trutzigen quadratischen Pfeilern gehalten. Sie mochten ihm möglicherweise kurzzeitig Schutz gewähren, doch wirklich sicher würde dieses Versteck nicht sein.

Paul beeilte sich, in dem durch einige Glühbirnen spärlich beleuchteten Labyrinth voranzukommen. Auf dem Boden vor ihm sah er einige wasserführende Rillen und folgte ihnen bis zu einem abgemauerten, mannshohen Hohlraum, in dem sich die Rinnsale in einem Absetzbecken sammelten. Die Höhle hatte einen schmalen Zugang. Es gelang ihm, sich unter einigen Verrenkungen hineinzuzwängen. Mit gespreizten Beinen blieb er über dem Wasserbecken stehen.

Er lauschte in die trügerische Stille. Tatsächlich war außer einem permanenten Tropfen und Plätschern nichts zu hören. Neue Hoffnung schöpfend nahm Paul sein Telefon zur Hand, um die Notrufnummer zu wählen.

Doch er hätte es sich denken können – knapp fünfzehn Meter unter der Erde gab es keinen Empfang.

Paul sah nach unten auf das glitzernde Wasserbecken zu seinen Füßen. Er würde sein Versteck wieder verlassen müssen, wenn er Katinka helfen wollte. Er musste an Schönberger vorbei einen Weg nach draußen finden, um den Notarzt und die Polizei zu verständigen.

Doch wie – um Himmels willen – sollte er das anstellen?

Plötzlich hörte er Schritte. Paul presste sich dicht an die raue Sandsteinwand. Was sollte er tun? Je näher Schönberger kam, desto schlechter standen Pauls Chancen.

Die Schritte wurden lauter. Paul verfluchte sich dafür, zu viel Hefeweizen getrunken zu haben. Dann hielt er den Atem an: Der Gedanke an Bier brachte ihn auf eine mögliche Lösung seines Problems.

Vorsichtig wagte er sich aus seinem Versteck. Schönberger stand nur wenige Meter entfernt und wandte ihm den Rücken zu.

Noch einmal wog Paul all seine Möglichkeiten ab. Ihm blieb keine Wahl. Mit einem beherzten Sprung ließ er das schützende Wasserbecken hinter sich und stürzte den Gang entlang, unmittelbar an Schönbergers Rücken vorbei.

Dieser reagierte sofort, drehte sich um und brachte seine Pistole in Anschlag. Doch Paul war schneller und stürmte in einen kaum beleuchteten Verbindungstunnel.

Feuchte Luft schlug ihm entgegen. Er hatte vielleicht zwanzig Meter hinter sich gebracht, als er wieder die näher kommenden Schritte seines Verfolgers hörte.

Jetzt bloß nicht stolpern!, schärfte er sich ein. Die verbleibende Distanz bis zum nächsten Felsenkeller und damit bis zu seinem Ziel schätzte er auf knappe hundert Meter.

In diesem Moment fiel erneut ein Schuss. Die Kugel peitschte dicht an seinem linken Ohr vorbei und sprengte Steinsplitter aus der Tunnelwand. Einer der Splitter traf Paul ins Auge.

»Verflucht!« Er kniff die Augen zusammen, strauchelte und musste sich an der Wand abstützen. Ihm schwirrte der Kopf. Seine Beine waren plötzlich bleiern schwer, seine Zunge fühlte sich taub an. Er hörte Schönberger immer näher kommen. Paul zwang sich weiterzugehen. Mühsam setzte er einen Fuß vor den anderen. Erst langsam, dann immer schneller.

Er musste sich extrem konzentrieren, denn das Licht, das die spärlich verteilten Glühbirnen in den Kellern am Ende des Korridors ausstrahlten, war sehr schwach. Die Sekunden schienen sich zu Minuten auszudehnen. Jeden Augenblick könnte der nächste Schuss auf ihn abgefeuert werden.

Endlich endete der bedrückend enge Gang und gab den Blick in einen weiträumigen Keller frei. Jetzt kam es darauf an, Schönberger in die richtige Richtung zu lenken. Paul durchquerte den Keller, so schnell es in seiner Verfassung ging, und spähte nach dem Gitter, das den Eisschacht umsäumte. Er entdeckte es gerade in dem Moment, als Schönberger den Tunnel verließ und sich breitbeinig und mit vorgehaltener Pistole positionierte.

Paul war bewusst, dass er jetzt nur noch diese eine Chance haben würde. Leise drückte er sich im Schatten an der rauen Wand entlang, bis er in ausreichender Entfernung zum Eisschacht stand. Noch war er in Sicherheit: Sein Verfolger hatte ihn noch nicht bemerkt. Dann bückte er sich langsam und hob einen faustgroßen Stein auf.

Schönberger bewegte sich behutsam vorwärts. Er spähte ins Halbdunkel der Katakomben. Paul sah sein schlohweißes Haar im schwachen Licht der Wandleuchten schimmern.

Im Stillen verfolgte Paul jeden von Schönbergers Schritten und zählte langsam ab, bis der geeignete Augenblick gekommen schien. Dann holte er aus und warf den Stein in hohem Bogen in den Eisschacht hinein.

Schönberger reagierte genau so, wie Paul es erwartet hatte: Er fuhr für einen Augenblick erschrocken zusammen und rannte dann auf das verrostete Eisengatter zu.

Paul wartete, bis der Chauffeur vor ihm das Gittertor durchschritten hatte und sich auf der Suche nach ihm an den Rand des Eisschachtes vorwagte. Paul sprintete vor und versetzte den morbiden Eisenstreben einen heftigen Stoß. Das Gitter löste sich aus seiner Verankerung, kippte um und traf den völlig überrumpelten Schönberger an der Hüfte.

Für eine kurze Zeit sah es so aus, als würde sich Schönberger halten können. Voller Angst musste Paul zusehen, wie er die Waffe in Anschlag brachte und versuchte, auf Paul zu zielen. Doch dann kippte Schönberger unversehens nach hinten weg.

Paul hielt den Atem an. Ein ohrenbetäubendes Krachen kündete von Schönbergers Auftreffen auf dem Grund des Schachtes. Am ganzen Körper zitternd wagte sich Paul vor und sah hinunter.

Das Bild, das sich seinen Augen nun bot, machte ihn ganz sicher nicht stolz, aber es ließ ihn dennoch erleichtert aufatmen: Schönberger lag mit weit ausgestreckten Armen und Beinen gut fünf Meter unter ihm auf einem Haufen morscher Holzbalken. Es waren die Reste des Eisgalgens.

Ein makabrer Zufall, dachte Paul im Gehen: Schönberger war für seine Taten im wahrsten Sinne des Wortes am Galgen gelandet.

Epilog

Die Wasseroberfläche reflektierte das Sonnenlicht, nur die Fleischbrücke warf einen Schatten. Mit leisem Plätschern passierte die venezianische Gondel den Brückenbogen, während Paul den kühnen Schwung des historischen Sandsteingemäuers bewunderte.

»Es ist schön, dich so entspannt zu sehen«, sagte Katinka.

Paul senkte den Blick. Die Staatsanwältin, heute in luftiger Spätsommerkleidung, saß ihm gegenüber. Direkt hinter ihr stand der Gondoliere und bewegte das prächtig lackierte Boot mit langsam fließenden Bewegungen durch das seichte Gewässer.

Katinka beugte sich zu Paul vor. Flüsternd fragte sie ihn: »Sag mal – findest du es nicht auch ein wenig dekadent, wie ein Paar auf Hochzeitsreise durch Nürnberg zu schippern?«

Paul antwortete nicht sofort. Er sah sich in aller Ruhe um. Die Gebäude, die die Ufer der Pegnitz im Kern der Altstadt säumten, hatte er nie zuvor aus dieser Perspektive gesehen. Während die Gondel gemächlich auf die urwüchsig begrünte Halbinsel mit dem Heilig-Geist-Spital zusteuerte und Paul die romantisch imposante Kulisse der alten Reichsstadt auf sich wirken ließ, verlor er sein Herz zum wiederholten Mal an Nürnberg. In Venedig – dachte er in diesem Moment versonnen – könnte es jetzt nicht schöner sein.

Katinka schien sich seinen Gedanken anzuschließen, denn sie ließ ebenfalls ihre Blicke schweifen, wobei ein zufriedenes Lächeln ihre Mundwinkel umspielte.

»Die Sache mit Schönberger liegt jetzt sechs Wochen zurück«, setzte sie dann behutsam an.

»Ja«, sagte Paul, der das Thema eigentlich nicht noch einmal anschneiden wollte. Ausweichend antwortete er: »Wie die Zeit vergeht – bald ist der Sommer vorbei.«

Katinka musterte ihn intensiv. »Du hast mir das Leben gerettet. Ohne deine Hilfe wäre ich verblutet.«

»Du bist gestern erst aus dem Krankenhaus entlassen worden und hast viel hinter dir. Du solltest dir über Schönberger keine Gedanken mehr machen.«

»So einfach funktioniert die Verarbeitung von Traumata aber nicht«, entgegnete Katinka.

»Schönberger ist noch immer im Krankenhaus und wird dann im Gefängnis für seine Taten büßen. Deine Kollegen haben ganze Arbeit geleistet und wollen ihn bis an sein Lebensende wegsperren. Was verlangst du mehr?«

»Nichts«, sagte Katinka versöhnlich. Sie rutschte ein Stück vor, so dass ihre Knie die von Paul berührten. »Ich habe eine kleine Überraschung für dich.«

»So?«, fragte Paul verblüfft und suchte in Katinkas Händen vergebens nach einem Päckchen.

»Es ist kein materielles Geschenk«, fügte Katinka schnell hinzu. »Aber ich weiß ja, dass du dich brennend für die Frage interessierst, warum Nürnberger Würstchen so kurz sind, wie sie sind.«

Paul nickte erwartungsvoll. Was hatte sich Katinka bloß wieder einfallen lassen?

Katinka verringerte die Distanz zu ihm um ein weiteres Stück. »Ich werde dir ein Geheimnis verraten.« Ihr Mund berührte fast sein Ohr, als sie flüsterte: »Meine Kollegen haben im Safe von Wiesinger nicht nur jede Menge belastendes Material sowie das Rezept seiner Wurstkräutermischung gefunden, sondern auch zwei äußerst aufschlussreiche Dokumente.«

»Und die wären?«, fragte Paul gespannt.

»Zum einen ein zeitgenössisches Faksimile der 1313 erstmals urkundlich erwähnten Anleitung zur handwerklichen Herstellung der Nürnberger Rostbratwurst samt Produktionsrichtlinien, Garküchenverzeichnis und einer Liste aller zur Fleischlieferung zugelassenen Schweinezüchter.«

Pauls Neugierde wurde größer. »Und das zweite Dokument?«, fragte er wissbegierig.

»Eine Art Bulle«, sagte Katinka geheimnisvoll.

»Bulle? Was soll ich mir darunter vorstellen?«

»Ein sehr altes, gerolltes Pergament.«

»Was steht darauf?«

»Der Text ist in lateinischer Sprache verfasst, aber wir haben ihn übersetzen lassen.«

»Mach es nicht so spannend.«

»Es handelt sich um eine Anleitung, einen Versorgungsplan.«

»Versorgungsplan für wen?«, fragte Paul voller Ungeduld.

»Für Pilger.«

»Pilger?«

Katinka nickte. »Es ging dem Verfasser des Textes darum, auf möglichst Ressourcen sparende Art und Weise künftige Pilgerströme abzuspeisen. Der Autor drängte vorbeugend auf Rationierung und schlug vor, das Gewicht des Hauptnahrungsmittels streng zu reglementieren.«

»Lass mich raten«, sagte Paul. »Bei dem Nahrungsmittel handelt es sich um die Nürnberger Rostbratwurst.«

»Ja«, sagte Katinka lächelnd. »Zumindest um eine Vorgängerin von ihr.«

»Und bei dem Verfasser des Textes handelt es sich ...«

»... um niemand Geringeren als den Stadtheiligen St. Sebald persönlich«, führte Katinkas Pauls Satz zu Ende.

»Er hat also geahnt, dass er nach seinem Tod Pilgerströme auslösen würde, und wollte, dass die Bürger seiner Stadt davon profitierten.« Paul sah sie verblüfft an. »Das würde bedeuten, dass Sebaldus tatsächlich ein weiteres Wunder vollbracht hat.«

»Das Würstchen-Wunder«, folgerte Katinka weihevoll. »Sebaldus hat seiner Stadt die Anleitung für eine wirtschaftlich sichere Zukunft mit auf den Weg gegeben.«

Paul war mehr als angetan von dieser Vorstellung. »Ist die Bulle denn authentisch?«, wollte er wissen.

»Wir werden das prüfen lassen«, sagte Katinka, »doch selbst wenn nicht, sind wir um eine sehr unterhaltsame Legende über die Entstehung der Original Nürnberger Rostbratwurst reicher geworden.«

Paul zwinkerte ihr zustimmend zu.

Die Gondel musste wenden, denn in Höhe des vor ihnen aufragenden Schuldturms befand sich ein Wehr, das nicht befahrbar war. Paul ließ seine Beine unbewegt und tolerierte Katinkas Berührung. Als Paul darüber nachdachte, gestand er sich ein, dass er die Berührung lange herbeigesehnt hatte.

»Hast du eigentlich eine Vorstellung von dem, was verliebte Paare in venezianischen Gondeln normalerweise tun?«, fragte Katinka.

Paul sah sie, in seinen Gedanken ertappt, verwirrt an.

Katinka wartete einige Augenblicke ab. »Ich habe Ihnen soeben eine zweite Chance gegeben, Herr Fotograf«, sagte sie schließlich.

Da Paul noch immer nicht reagierte, ergriff Katinka abermals die Initiative. Sie bekam Paul mit ihrer Rechten im Nacken zu fassen und zog ihn zu sich heran.

Ihre Lippen waren nur Millimeter voneinander entfernt, als die Gondel die Museumsbrücke passierte. Paul schloss die Augen. Er war entspannt und glücklich zugleich. Alles deutete auf ein rundum harmonisches Ende hin.

Die Berührung, die folgte, war kalt und klebrig. Paul schreckte zurück und ertastete ungläubig eine schnell schmelzende rote Masse auf seiner Wange.

Über sich hörte er eine energische Frauenstimme schimpfen: »Ich habe dir doch gesagt, du sollst es gerade halten!«

Paul sah hinauf zur Brüstung, über die sich ein Junge gebeugt hatte, in der Hand eine leere Eiswaffel.

»Dabei mag ich gar keinen Erdbeergeschmack«, sagte Paul.

Katinka reichte ihm lachend ein Taschentuch.

Wie schon bei Paul Flemmings erstem Fall, »Dürers Mätresse«, handelt es sich bei diesem Buch um einen Roman. Die Mitwirkenden sind, genau wie ihre Namen, frei erfunden. Auch die Wiesinger-Wurstfabrik und den Fränkischen Heimatbund gibt es in Nürnberg nicht.

Die beschriebenen Örtlichkeiten und historischen Ereignisse dagegen basieren auf Informationen aus zuverlässigen und seriösen Quellen. Ob es wirklich das Würstchen-Wunder des heiligen Sebaldus gab, bleibt hingegen der Phantasie des Lesers überlassen …

Ich möchte mich bei meinen Freunden und Förderern und ganz speziell meiner Familie für die Hilfe bedanken – und für ihr Verständnis für manch durchgearbeiteten Abend.

Den Nürnberger Nachrichten und der Abendzeitung danke ich für die unkomplizierte Hilfe bei meinen Recherchen.

Besonderer Dank für Tipps und Anregungen gebührt Susanna Gräwe, Sabine Gräwe, Dr. Uwe Meier, Hannes Henn, Peter und Dietlind Beinßen sowie Anett Schwarz für ihre wertvolle und geduldige Lektoratsarbeit.

Und natürlich danke ich Annika, der dieser Roman gewidmet ist.

Jan Beinßen

Jan Beinßen

Dürers Mätresse

Paul Flemmings erster Fall.
288 Seiten. Piper Taschenbuch

Während die Menge vor der Frauenkirche dem Prolog des Christkinds lauscht, stürzt ein Mann von der nahegelegenen Fleischbrücke und ertrinkt in der Pegnitz. Der erste einer Serie mysteriöser Unfälle, die sich im vorweihnachtlichen Nürnberg ereignen. Der notorisch neugierige Fotograf Paul Flemming begibt sich gemeinsam mit dem Boulevardjournalisten Victor Blohfeld und der jungen Staatsanwältin Blohm auf die Suche nach der Wahrheit und findet heraus, dass die Unfallopfer eines gemeinsam hatten: ein ungewöhnlich ausgeprägtes Interesse an dem großen Sohn der Stadt, Albrecht Dürer.

»Jan Beinßens spannender Krimi macht neugierig auf die Stadt der Bratwürste und Lebkuchen und ihren berühmten Sohn Albrecht Dürer.«
Norddeutscher Rundfunk

05/2420/01/L

Renate Klöppel

Schlangensaat

Ein Freiburg-Krimi. 288 Seiten.
Piper Taschenbuch

Spätabends kommt Professor Kilian in sein Institut an der Freiburger Universität, um sich mit der Studentin Xenia zu treffen, doch zu seinem Entsetzen findet er sie in einem Labor tot am Boden liegend. Im Gegensatz zur Polizei ist er davon überzeugt, dass sie umgebracht wurde, und vermutet, dass ihr Tod mit ihrem Kampf gegen den Einfluss großer Gentechnikkonzerne zusammenhängt. Zu seinem eigenen Schutz verschweigt er, was ihn wirklich mit der attraktiven jungen Frau verband, und beginnt die Suche nach ihrem Mörder. Dabei zieht sich das Netz aus Lügen und Intrigen immer weiter zu, bis auch Kilians Leben auf dem Spiel steht …

»Spannender, interessanter, farbiger können Krimis kaum sein.«
krimi-forum.de

05/2728/01/R

Gerwens & Schröger

Anpfiff in Kleinöd

Ein Niederbayern-Krimi. 320 Seiten. Piper Taschenbuch

In der Nähe des niederbayerischen Weilers Kleinöd wird eine furchtbar zugerichtete Leiche gefunden. Wer war der Tote, der von vielen Frauen des Dorfes als Heiliger verehrt wurde, weil er angeblich die Stimmen der Toten hören konnte? Und warum musste er sterben? Ein Fall für Kommissarin Franziska Hausmann, die es bei ihren Ermittlungen diesmal nicht leicht hat: Seit das Los entschieden hat, dass der prominente Fußballklub Schalke 04 der nächste Gegner der örtlichen Kicker im DFB-Pokal sein wird, haben zumindest die meisten männlichen Kleinöder nichts als das runde Leder im Kopf. Als die Polizei endlich auf eine heiße Spur gerät, ist es fast zu spät, und die Ereignisse überschlagen sich dramatisch …

»Gerwens und Schröger gelingt eine gleichermaßen rasante wie auch hintergründige Durchdringung menschlicher Abgründe und dörflicher Idylle.«
Heilbronner Stimme

05/2400/01/L

Susanne Mischke

Tod an der Leine

Kriminalroman. 272 Seiten. Piper Taschenbuch

Die Menschentraube auf dem Altstadt-Flohmarkt am Ufer der Leine verwehrt Kommissar Fernando Rodriguez lange die Sicht auf eine grausame Wahrheit: auf die Leiche einer schönen Frau, die keine Unbekannte für ihn war. Als heimlicher Verehrer der jungen Regisseurin hatte er sich extra für diesen Abend Premierenkarten besorgt. Nun ist er am Boden zerstört. Nicht nur, dass seine Eroberungsträume geplatzt sind – auf das Team der Kripo Hannover um Casanova Fernando Rodriguez, Schafzüchter Bodo Völxen, Rabenmutter Oda Kristensen und Küken Jule Wedekin wartet ein stolzer Berg Arbeit. Und ein gefährlicher Einsatz, der nicht nur menschliche Abgründe offenbart. Denn der Fall der ermordeten Künstlerin führt die Ermittler tief hinab – bis in Hannovers Katakomben.

05/2416/02/R

Heinrich Steinfest

Die feine Nase der Lilli Steinbeck

Kriminalroman. 352 Seiten. Piper Taschenbuch

Das Auffälligste an der ausgesprochen schlanken und eleganten Lilli Steinbeck ist ihre Nase. Eine Klingonennase, die ihr eine Schar stark verunsicherter Bewunderer beschert. Als international anerkannte Spezialistin für Entführungsfragen wird sie von der Polizei in einen brisanten Fall eingeschaltet – in ein Spiel mit zehn lebenden Figuren, um die ein weltweit operierendes Verbrecherteam kämpft. Auf allerhöchstem Niveau und zum Zeitvertreib. Es gewinnt, wer alle zehn Spieler getötet hat … Der Kriminalroman des preisgekrönten Erfolgsautors Heinrich Steinfest ist ein Feuerwerk der Sprache voller Humor und philosophischem Hintersinn.

»Heinrich Steinfest ist ein Meister der skurrilen Sprachbilder und alltagsphilosophischen Exkurse.«

Der Spiegel

05/2408/01/L

Volker Klüpfel, Michael Kobr

Laienspiel

Kluftingers vierter Fall. 368 Seiten. Piper Taschenbuch

Lodenbacher, der Chef von Kommissar Kluftinger, tobt. Ausgerechnet bei ihnen im schönen Allgäu hat sich ein Unbekannter auf der Flucht vor der österreichischen Polizei erschossen. Verdacht: Er plante einen terroristischen Anschlag. Bloß wo? Nun muss Kluftinger nicht nur mit Spezialisten des BKA, sondern auch noch mit den Kollegen aus Österreich zusammenarbeiten. Doch das ist nicht sein einziges Problem. Er soll mit seiner Frau Erika und dem Ehepaar Langhammer einen Tanzkurs absolvieren. Gleichzeitig steckt er mitten in den Endproben für die große Freilichtspiel-Inszenierung von »Wilhelm Tell« … Kluftingers vierter Fall von dem Allgäuer Autoren-Duo Volker Klüpfel und Michael Kobr.

»Kommissar Kluftinger ist ein höchst plastischer, liebenswert eigenwilliger Ermittler, wie es im Kriminalroman auch international nur wenige gibt.«

Vanity Fair

05/2413/01/R

Tödliches Spiel

Tommie Goerz
Schafkopf
Kriminalroman
Klappbroschur, 280 Seiten
12,4 x 21 cm
ISBN978-3-86913-041-5

Als ein Wirt aus dem Nürnberger Umland seinen Bierkeller aufschließt, stößt er auf eine bestialisch zugerichtete Leiche. Bei dem Toten findet die Polizei einen rätselhaften Gegenstand: ein Fußball-Trikot. Ein Zeichen ja, aber wofür? Mit dieser Frage ist der Nürnberger Kommissar Friedo Behütuns konfrontiert. Steht dahinter ein Fankrieg? Zielt die Tat auf den Sponsor dieses Fußballvereins, einen Atomkonzern, ab? Oder ist nicht vielmehr im rechtsradikalen Milieu zu ermitteln? Bald tauchen weitere Opfer auf, alle ähnlich grausam ermordet. Die Ereignisse eskalieren, Behütuns stochert im Dunkeln – bis er ein altes fränkisches Wirtshaus betritt ...

»Mitunter gelingen ihm mitreißende Passagen, die an Herz, Nieren und Verstand gehen, die davon zeugen, dass sich da einer die richtigen Gedanken über Sinn und Unsinn des Lebens gemacht hat, und die Eckhard Henscheid weitaus näher sind als jedem Autor aus dem Crime-Genre.«

11 Freunde

»Ein fesselnder Krimi, der den Leser immer wieder auf die falsche Fährte lockt!«

BR

ars vivendi Krimi

www.arsvivendi.com